戰爭與和平

·第四部·

1869

Война и миръ

Leo Tolstoy

列夫·托爾斯泰——著　婁自良——譯

目錄

第四部

第一章

這段時期在彼得堡的上流社會，魯緬采夫、法國人、皇太后瑪麗亞·費多羅夫娜、皇儲等各派之間的複雜鬥爭進行得空前激烈，而壓倒這一切的，是宮中雄蜂[1]的嗡嗡聲。彼得堡平靜奢華的生活依然如故，只關心生活的浮華和假象；置身於這種生活中，要做出很大的努力才能意識到局勢的危險和俄國人民的困難處境。依舊的朝覲、舞會，依舊的法國劇院，依舊的宮廷中利害之爭以及功名利祿和陰謀角逐。只有最高層努力提醒人們，要注意當前局勢的艱難。人們在私下小聲議論，在這艱難的局勢下，兩位皇后[2]還彼此競逐。皇太后瑪麗亞·費多羅夫娜關心她轄下的慈善機構和教育機構的福利，指示將所有貴族女子中學遷往喀山，這些學校的所有物已裝載妥當。皇后伊莉莎白·阿列克謝耶夫娜卻以她固有的愛國熱情對向她請示的人回答說，她不能對國家機構發出指示，因為那是關乎皇上旨意的；至於她本人可以決斷的問題，她說，她將最後一個離開彼得堡。

八月二十六日，在波羅金諾會戰這一天，安娜·帕夫洛夫娜舉行了晚會，晚會上最精采之處是要宣

1 蜂巢中蜂王什麼也不做，比喻不勞而獲的寄生蟲。

2 兩位皇后分別是保羅皇帝的遺孀，即皇太后，另一位則是亞歷山大一世的妻子伊莉莎白·阿列克謝耶夫娜。

讀至聖者[3]的一封信，這封信是他派人向皇上獻出上帝虔誠的僕人謝爾吉[4]的畫像時寫的。這封信被奉為教會愛國詞令的典範。預定由瓦西里公爵親自宣讀，他向來以擅長朗誦著稱（他曾為皇后朗誦）。人們認為，朗誦的技巧在於詞句響亮、悅耳，時而是絕望的呼號，時而是溫柔的絮語，卻完全不取決於詞義，因而何時呼喊、何時絮語完全出於偶然。這次宣讀，正如安娜．帕夫洛夫娜舉辦的所有晚會一樣，深具政治意義。有幾個重要人物出席晚會，務必使他們因為經常出入法國劇院而感到羞愧，並激起他們的愛國熱情。此刻，已經聚集了相當多的人，不過安娜．帕夫洛夫娜看到客廳裡該來的人還沒有到齊，因而未安排朗讀，而是引領一般性的談話。

這一天，彼得堡的焦點新聞是別祖霍夫伯爵夫人的病情。伯爵夫人幾天前突然患病，因而錯過了幾次聚會，她本來是這些聚會引以為榮的人物，聽說她現在不接待任何人，而且辭退了平常為她醫療的幾位彼得堡名醫，卻信賴一名義大利醫生以一種特殊方法為她治療。

所有人都很清楚，美麗的伯爵夫人病因是由於不便同時嫁兩位丈夫，義大利醫生的治療便是要排除這種不便；不過有安娜．帕夫洛夫娜在場，不僅沒有任何人敢多想，也沒有人表示知道這件事。

「據說伯爵夫人很虛弱。醫生說是患了心絞痛。」

「心絞痛？噢，這種病很危險。」

「有人說，她得了這種病，兩個情敵因而和解了……」

人們興奮地重複心絞痛這個詞。

「聽說，老伯爵很傷感。他聽醫生說病情危險，竟像孩子一樣哭了起來。」

「噢，這是莫大的損失。這麼有魅力的女人。」

「你們在說可憐的伯爵夫人吧，」安娜·帕夫洛夫娜走過來說，「我派人去探問她的病情。說是好些了。噢，毫無疑問，她是世界上最有魅力的女人。」安娜·帕夫洛夫娜帶著對自己的激烈訕笑說道。「我們屬於不同的陣營，然而這無礙於我對她以及她的貢獻的尊敬。她太不幸了。」安娜·帕夫洛夫娜接著又說。

一個不謹慎的年輕人認為，安娜·帕夫洛夫娜已經用這些話稍微揭開了伯爵夫人患病的內幕，竟然表示驚訝，為什麼不請有名的醫生呢，一個江湖郎中為伯爵夫人治療，也許會使用一些帶有危險性的藥物。

「您的消息也許比我的更可靠，」安娜·帕夫洛夫娜刻薄地攻擊這個涉世不深的年輕人，「可是我從可靠來源獲悉，這個醫生學識淵博、深諳醫道。他是西班牙皇后的御醫。」安娜·帕夫洛夫娜說得年輕人啞口無言後轉向比利賓，他在另一個圈子裡談論奧地利人，他皺起額上的皮膚，正準備舒展開來，說句佳句。

「我發現這簡直太妙了。」他評論的是一份外交公函，和公函一起送到維也納去的還有彼得堡的英雄（在彼得堡人們這麼稱呼維特根·施泰因）所繳獲的奧地利軍旗[5]。

「什麼，在說什麼呢？」安娜·帕夫洛夫娜問他，因而引起一陣靜默，以便都能聽到佳句，而這佳句她已經知道了。

於是比利賓把由他草擬的外交急件重述一遍：

---

3 至聖者是對主教的尊稱，指莫斯科都主教普拉東（彼得·格奧爾吉耶維奇·列夫申）。

4 上帝虔誠的僕人謝爾吉，指被列為聖徒的謝爾吉·拉多涅日斯基（一三一四—一三九二），謝爾吉聖三一修道院的創建人和院長。

5 維特根·施泰因於一八一二年七月在克利亞斯季齊打敗不久前的盟軍奧地利軍隊，當時他們在拿破崙的統率下作戰。

「皇帝將奧地利軍旗奉還，這是誤入歧途的友軍的旗幟，皇帝是在它們不該出現的路上取得的。」比利賓說完，額上的皮膚也舒展開來。

「妙極，妙極。」瓦西里公爵說。

「那是在華沙大道上吧，或許是。」伊波利特公爵突然高聲說道。所有人一逕轉頭看他，不明白他想表達什麼。伊波利特公爵又驚又喜的環顧周遭。他和所有人一樣，不明白自己想表達什麼。他在自己的外交生涯中不止一次發覺，這麼突如期來的話往往語驚四座，於是他每有機會，話到嘴邊便脫口而出。「也許會有很好的效果，」他想，「即使不合適，他們也會打圓場的。」果然，在籠罩著難堪的沉默之後，安娜·帕夫洛夫娜等著要教訓的那個缺乏愛國精神的人來了，於是她微笑著舉起手指警告伊波利特，接著便邀請瓦西里公爵到桌前來，為他拿來兩根蠟燭和文稿，請他開始宣讀。此時鴉雀無聲。

「最仁慈的皇帝陛下！」瓦西里公爵莊嚴地高聲朗讀，並掃視人群，彷彿在問，對此誰有什麼反對的話要說嗎。但沒有任何人開口。「先朝故都莫斯科，這座新的耶路撒冷，將迎接自己的基督，」他突然把重音放在自己上，「像母親將兒子攬入懷裡，透過眼前的黑暗，預見你強大國家的無上榮光，欣然吟唱：『和撒那[6]，將來的人有福了！』」最後這句話瓦西里公爵是以哭腔朗讀的。

比利賓正細心檢查自己的指甲，看來許多人都很惶恐，彷彿在問，他們有什麼罪過呢？安娜·帕夫洛夫娜的聲音好像老太婆在領聖餐時禱告似的，先一步低聲重複道：「讓這個膽大妄為、厚顏無恥的歌利亞……」她輕輕地說。

瓦西里公爵繼續讀了下去：

「讓這個膽大妄為、厚顏無恥的歌利亞從法國邊境向俄國的疆土散布死亡的恐怖吧；溫順的信仰，這俄國大衛的機弦[7]，將出其不意地打破他那傲慢嗜血的頭部。謹將古代熱心於國家福祉、信仰虔誠的謝爾吉像奉獻於皇帝陛下。我體力日衰，無緣得見天顏，深以為憾。我熱忱禱告上蒼，願全能的上帝光耀正義之師，得遂陛下宏願。」

「鏗鏘有力！文采斐然！」響起了對朗讀者和撰稿者的一片讚歎之聲。在這篇談話的鼓舞下，安娜·帕夫洛夫娜的賓客再次就國家的形勢談論許久，對日內即將進行的會戰做出種種預測。

「你們會看到，」安娜·帕夫洛夫娜說，「明天是皇上的誕辰，我們一定能得到消息。我有很好的預感。」

6 和撒那，古希伯來語，原意為「求你施救」，古猶太教徒和今基督教徒用以表示頌揚、祈福、祝願。

7 據《舊約·撒母耳記上》第十七章，非利士和以色列人兩軍對峙，歌利亞從非利士營中出來挑戰，信仰耶和華的大衛用機弦甩石打中歌利亞的額頭。

二

安娜·帕夫洛夫娜的預感果真應驗了。翌日，皇宮舉行皇帝陛下誕辰祈禱時，沃爾康斯基公爵被請出教堂，接收庫圖佐夫公爵的信件。這是庫圖佐夫在會戰當天寫於塔塔里諾沃的報告。庫圖佐夫寫道，俄軍寸步不退，法軍傷亡遠多於我軍，他的報告在戰場上匆匆寫就，未及統計最後戰果。如此說來，這是一場勝仗。於是，當即在教堂為造物主的護佑、為勝利舉行了感恩祈禱。

安娜·帕夫洛夫娜的預感應驗了，城裡整個上午洋溢著喜慶的氣氛。所有人都認為這是最後的勝利，有些人已經談到要俘獲拿破崙本人、推翻他的統治、為法國另立新君。

遠離戰爭，在宮廷的生活環境裡，事態是很難得到全面且充分反映的。在所有事件中，人們的關注自然而然地圍繞著某些個別事件。例如現在近臣們的主要快樂與其說在於我們獲得勝利，不如說在於勝利的消息正好在皇上的誕辰傳來。這似乎是意外的驚喜。在庫圖佐夫報告的消息中，同時談到俄軍傷亡，列舉了陣亡者圖奇科夫、巴格拉季翁和庫塔伊索夫等人。在壞消息方面，彼得堡所關注的，也自然而然地圍繞著一起事件——庫塔伊索夫之死。這個人大家都認識，他是皇上的愛將，年輕、為人風趣。這一天大家一見面就說：

「真奇怪。正好在祈禱的時候。庫塔伊索夫的死是多大的損失啊！唉，太遺憾了！」

「關於庫圖佐夫我對你們說什麼來著？」現在，瓦西里公爵以預言家的自豪語氣說道，「我總是說，只有他才能戰勝拿破崙。」

可是，第二天沒有來自軍中的消息，於是人心惶惶。近臣們因為皇上在毫無音訊中感到煩惱而煩惱。

「皇上是何等處境啊！」近臣們說，現在已經不像前天那麼讚揚，反而責備起庫圖佐夫了，因為他是皇上寢食不安的原因。這一天，瓦西里公爵也不再因為他賞識庫圖佐夫而自鳴得意，話題一涉及庫圖佐夫，他便默不作聲。此外，這天傍晚，彷彿一切壞消息接連來到，彼得堡的人們更是驚慌失措，其中一個可怕的消息是，海倫．別祖霍夫伯爵夫人意外死於人們曾耳語的那種可怕病症。在人數眾多的場合中，人們無不一本正經地說，別祖霍夫伯爵夫人是死於心絞痛發作，而在私人的聚會裡卻詳述內情說，西班牙皇后的御醫為海倫開了一種輕劑量服用的藥，這種藥能產生那種不便明言的效果。可是海倫因為老伯爵懷疑她，又因為她寫信給丈夫（這個該死的好色之徒皮埃爾），丈夫卻置之不理而痛苦不堪，突然大劑量吞服這些藥，於是在飽受折磨中因搶救不及而離世。據說，瓦西里公爵和老伯爵本想抓住那個義大利醫生；不過義大利人向他們出示不幸的死者所撰寫那些便條，他們當即放了他。

一般的談話都集中在三個話題：皇上不明戰爭情勢、庫塔伊索夫的犧牲和海倫之死。

在收到庫圖佐夫的報告後的第三天，莫斯科一個地主來到彼得堡，於是莫斯科淪陷的消息便在全城傳開了。這簡直太可怕了！皇上是何等處境啊！庫圖佐夫是叛徒，瓦西里公爵在人們因他女兒去世而前來向他弔唁時，談到他過去讚揚的庫圖佐夫（他在悲痛中忘記自己過去曾說過的話，這是可以諒解的），他說，對一個腐化的瞎老頭是不能抱有任何指望的。

「我只是覺得奇怪，怎能把俄國的命運寄託在這種人身上。」

這個消息暫時還沒有得到官方證實，因此仍是不確定的，可是第二天，拉斯托普欽伯爵的報告到了，內容如下：

庫圖佐夫公爵派副官送來一封信，他在信中要求我派遣警官護送軍隊前往梁贊大道。他說，他懷著遺憾的心情放棄莫斯科。陛下！庫圖佐夫的行動決定著首都和陛下帝國的命運。得知放棄莫斯科，俄國舉國震動，這個城市體現了俄國的偉大，有陛下先祖的陵寢。我將追隨軍隊而去。我已運走一切，唯有為我國家的命運大慟。

收到這份報告後，皇上派沃爾康斯基公爵向庫圖佐夫傳達旨意如下：

米哈伊爾．伊拉裡翁諾維奇公爵！八月二十九日以來，我未看到您的任何報告。而在此期間，九月一日這一天，我經由雅羅斯拉夫爾接到莫斯科總督送達的可悲消息，獲悉您決定全軍撤離莫斯科。您可想而知，這個消息對我的打擊，而您的沉默更令我不解。今派遣侍從將軍沃爾康斯基公爵奉旨前來，向您了解軍情以及您採取如此可悲決定的原因。

三

莫斯科棄守九天後，庫圖佐夫派出的專使帶著棄守莫斯科的正式消息抵達彼得堡。這名專使是法國人米紹上校，他不懂俄語，不過，雖然是外國人，其內心深處卻是俄國人，他在談到自己時這麼形容。

皇上立即在石島行宮的辦公室接見這名專使。米紹在會戰前從未到過莫斯科，而且不諳俄語，然而當他出現在我們最仁慈的君主（他這麼寫道）面前時，他滿溢著同情的感動，他帶來的是關於莫斯科大火的消息，那火光照亮了他的道路。

儘管米紹先生悲痛的緣由一定和俄國人有所不同，但是當米紹被引見，進入皇上辦公室時，他的神色是那麼悲傷，皇上不禁立刻問他：

「您為我帶來什麼消息？是壞消息嗎，上校？」

「是很壞的消息，陛下，」米紹垂頭嘆息道，「棄守莫斯科了。」

「難道要不戰而將我的故都拱手讓人嗎？」皇上突然發火，旋而說道。

米紹恭敬地報告了他奉庫圖佐夫之命要轉達的話，亦即當時要在莫斯科城下作戰是不可能的，唯有兩者必居其一的選擇——或者喪失軍隊和莫斯科，或者只喪失莫斯科，因而元帥只能選擇後者。

皇上默默聽著，他未正眼直視米紹。

「敵人進城了嗎？」他問。

「是的，陛下，此時此刻，城市已化為一片火海。我離開時只見烈焰飛騰。」米紹果斷地說；可是看了皇上一眼，米紹大驚，想不到會這樣。皇上呼吸沉重且急促，下嘴唇在顫抖，漂亮的藍眼頓時熱淚盈眶。

不過，這僅持續了一分鐘。皇上皺起眉頭，彷彿因為自己的軟弱而自責。接著，他抬起頭來，語氣堅定地對米紹說：

「根據目前的情勢，我明白，上校，」他說，「上帝還要求我們做出更大的犧牲……我願服從祂的旨意；但是您要告訴我，米紹，您離開時，不戰而棄守我的故都，軍隊狀況如何？是否有士氣低落的情形？……」

眼見這位最仁慈的君主已然平靜下來，米紹也安心了，不過，皇上這個直率的現實問題自然也要求率直的回答，而他對這個問題的答案，還沒來得及準備周全。

「陛下，您允許我像一個真正的軍人那樣直言不諱嗎？」他這麼問道，以便爭取時間。

「上校，這是我一貫的要求，」皇上說。「您不要有任何隱瞞，我一定要全盤了解。」

「陛下！」米紹已經準備好答案，他輕鬆而恭敬地玩了一個文字遊戲，他唇邊掛著微妙的、難以察覺的微笑說道：「陛下！我離開時，全軍上自指揮官，下至最普通的士兵，全都處於極大的、絕望的恐懼之中……」

「怎麼會呢？」皇上嚴厲地皺起眉頭，打斷了他的話。「我的俄羅斯人會在挫折面前士氣低落嗎？……絕不會！……」

「陛下，」他神色謙恭卻又賣弄地說，「他們害怕的，只是陛下出自內心的仁慈而決定簽訂和約。他們渴望重新投入戰場，以死向陛下證明對您的無限忠誠……」這位俄羅斯人民的代表說。

「啊！」皇上拍著米紹的肩膀，眼睛閃耀親切的光芒平靜說道，「您讓我放心了，上校。」

皇上低頭沉吟片刻。

「好了，您回部隊去吧，」他身姿筆挺，神態親切而莊嚴地對米紹說，「您要告訴我們英勇的官兵，要在您所到之處告訴我的臣民，等到我不再有一兵一卒的時候，我將親自率領我親愛的貴族和善良的農民，直至拚盡我國的資源。敵人一定想不到，我們的力量如此強大，」皇上愈來愈激昂，「但是如果天意注定，」他仰天說道，漂亮、溫順的眼睛洋溢著內心的感慨，「本朝不能再繼承我先祖的皇統，那麼在耗盡我所掌控的所有資源之後，我會讓鬍子長到這裡（皇上用手比了比胸前），寧可去和我的最後一個農民分食一顆馬鈴薯，也絕不在使我的國家和我親愛的人民蒙羞的條約上簽字，人民所付出的犧牲，我是懂得珍惜的！……」皇上語氣激動地說了這些話，驀然轉過身去，彷彿不願讓米紹看到湧入眼眶的淚水，走到了辦公室深處。他在那裡站了一會兒，又大步回到米紹面前，用力地緊握他的前臂。皇上完美、謙和的臉脹得通紅，目光炯炯，閃耀著決心和憤怒的光芒。

「米紹上校，請不要忘記我在這裡對您所說的話；也許有一天，我們會愉快地回憶起今日的交談……或是拿破崙或是我，」皇上拍著胸膛說，「從此我們不可能同日為王。我認清他的為人了，他已經騙不了我……」於是皇上緊蹙雙眉，默然不語。聽了這些話，親眼目睹皇上下定決心的眼神，雖然身為外國人，內心深處卻是俄國人的米紹在這莊嚴的時刻對他所聽到的一切深感鼓舞（他後來這麼描述），於是他用如下的話語既表達了自己的心情，也表達了俄國人民的心情，他自認為是俄國人民的代表。

「皇上！」他說。「陛下此刻是在簽署維護人民榮譽和拯救歐洲的宣言！」

皇上點頭讓他走了。

四

那時俄國已喪失一半國土，莫斯科市民紛紛逃往遙遠的外省，民兵部隊相繼奮起保衛祖國，我們這些未生活在當下的人自然會覺得，所有俄國人不論老少都在自我犧牲，忙於救國或為國家的危亡而痛哭。對當時的描述不外乎只談自我犧牲、愛國家、絕望、痛苦和俄國人的英雄氣概。其實並非如此。我們的感覺之所以有誤，是因為我們只著眼於歷史過程的利弊得失，而看不到當時人們的個人的、人性的需求。其實個人的現實需求比共同的利弊得失重要得多，以致對共同的利弊得失完全感覺不到（甚至完全不予理會）。當時的人們大多不去注意戰局的發展，而只是被個人的現實需求所驅使，也正是在意個人需求的這些人，才是當時最有影響的行動者。

那些試圖理解戰局發展、抱著自我犧牲和英雄主義精神渴望參戰的人們卻是最徒勞的社會成員；他們誤判一切，他們想做的所有好事，結果無不事與願違，比如皮埃爾、馬莫諾夫等人組建民兵團，而這些民兵團卻在鄉間進行掠奪，女人們提供裹傷用的紗布，而這些紗布從未到達傷患手裡，諸如此類的情形。有些人甚至由於自作聰明、表達情緒而對俄國當前形勢妄作解釋，他們在其言論中不由自主地帶有自身的偽善和謊言的痕跡，毫無根據地憎恨和譴責他人，指責他們犯下誰也不可能犯的過錯。在歷史事件中最忌品嘗認識之樹的果實。只有無意識的活動才會帶來成果，而在歷史事件中，有影響力的人，往往是不理解該事件意義的人。若他試圖理解這起事件，那麼他就會遭受失敗，無果而終。

當時發生在俄國的事件，個人愈是直接參與其中，便愈不會注意該事件的意義。在彼得堡和遠離莫斯科的外省省會，女人和身穿民兵制服的男人都為俄國和故都的災難而痛哭，大談自我犧牲等；而在撤離莫斯科的軍隊中，幾乎不談也不想莫斯科，望著城裡的大火，沒有人發誓要向法國人復仇，而是想著就要發下來的三分之一軍餉，想著下一個宿營地，想著隨軍女商販馬特廖什卡等。

尼古拉·羅斯托夫並沒有抱定自我犧牲的想法，而是偶然直接且持續地參加了保衛國家的行動，因為他在服役時適逢戰爭爆發，因而他看待當時在俄國所發生的一切，既不悲觀失望，也不費神思索。若問他對俄國當前形勢有什麼想法，他會說，他沒有什麼可想的，因為這應該由庫圖佐夫和其他人去思考，不過他聽說，各團都在整頓補充，看來要打持久戰了，在目前的情況下，過兩年他是不難升任團長的。

因為他這麼看待戰事，所以他在獲知即將奉命出差到沃羅涅日為全師採購馬匹時，他非但不因為失去一次參戰的機會而懊惱，反而深感慶幸，這種心情他毫不掩飾，他的戰友們也都很能理解。

在波羅金諾會戰的幾天前，尼古拉取得款項和文件，於是他派了幾名驃騎兵打前哨，自己乘上驛站馬車前往沃羅涅日。

具有同樣的體驗，即一連幾個月處於軍事和戰爭氛圍中的人，才能領會尼古拉那種暢快的心情。他離開部隊的儲備飼料、運載軍糧的大車和野戰醫院陸續抵達的地區；他脫離了士兵、行李車和軍營所在地的骯髒環境，眼前淨是鄉村和農夫農婦、地主宅院、放牧牲畜的田野、在驛站屋裡熟睡的驛站長。他是那麼愉悅，彷彿生平第一次目睹這一切。尤其是那些婦女，令他不住地感到愉快又驚訝，她們年輕、強健，身邊也沒有十來個軍官獻殷勤，看到他這個過路的軍官向她們調笑，顯得既開心又得意。

夜裡，尼古拉心情愉快地來到沃羅涅日的一家旅店，要了他在軍中久未品嘗的美味，第二天，他把臉刮得乾乾淨淨，穿上許久不曾穿過的軍禮服，騎馬向長官報到。

民兵司令是年老的文職將軍，看來他為自己的軍銜和軍職而洋洋得意。他滿是憤慨地（他認為這才是軍人本色）接待尼古拉，煞有介事地詳加盤問，彷彿他有這個權利，又彷彿在討論戰局似的，表示贊同與否。尼古拉心情很好，只覺得他的樣子真有趣。

他離開民兵司令去見省長。省長是矮小活躍的人，親切又平易近人。他向尼古拉介紹了可以購得馬匹的幾處養馬場，推薦了城裡的馬販和離城二十俄里的地主，他們都有好馬，他還答應盡力協助。

「您是伊利亞．安德烈耶維奇伯爵的兒子吧？我的妻子和您的母親很有交情。我家每逢星期四都有聚會；今天正好星期四，歡迎您來，不必拘禮。」省長在他告辭時說。

尼古拉離開省長，要來驛站的馬車，帶上司務長直奔二十俄里外那個地主的養馬場。在初到沃羅涅日的這段期間，尼古拉享受著輕鬆愉快的好心情，往往如此，一個人只要心態健全，便會事事如意。

尼古拉前去拜訪的地主是擔任過騎兵的老鰥夫、相馬的行家、獵人，擁有鋪地毯的客廳、百年佳釀、陳年匈牙利葡萄酒和駿馬。

尼古拉未多說什麼，便花六千盧布買下十七匹清一色的（他這麼說）公馬，做為選購軍馬的參考。午餐後，多喝了幾杯匈牙利葡萄酒的尼古拉和地主熱情親吻，對他已經友好地以「你」相稱了，隨即沿著崎嶇不平的路疾馳而回，不停地催促車夫，要趕上省長的晚會。

尼古拉換上衣物、噴灑香水，又用冷水洗頭，雖然遲了些，不過總算到現場了，並對省長說了遲到總比不到好以表達歉意。

這不是舞會，也沒有人說要跳舞；不過大家都知道，卡捷琳娜．彼得羅夫娜要彈奏〈華爾滋圓舞曲〉

和〈蘇格蘭民間舞曲〉，自然是要跳舞的，基於此，人們如同參加舞會般盛裝而來。

一八一二年，外省的生活和往常一樣，只有一個區別，就是省城裡由於來了許多莫斯科富裕家庭而更顯熱鬧了，而且正像當時俄國在各方面的表現一樣，明顯有一種特殊的豪放不羈——肆無忌憚、對一切都滿不在乎的態度，還有就是人們之間必不可少的日常應酬話，從前談的是天氣和共同的熟人，如今談的淨是莫斯科、軍隊和拿破崙。

在省長住所聚會的都是沃羅涅日的上層人士。

女賓客很多，其中幾位甚至是尼古拉在莫斯科的舊識；不過男士中能與他匹敵的，一個也沒有，這個聖喬治勳章獲得者、採購軍馬的驃騎兵軍官、為人謙和又具良好教養的羅斯托夫伯爵是出類拔萃的。男賓客中，有個被俘的義大利人原是法軍軍官，尼古拉覺得，有這個俘虜在場更提高了他這位俄軍英雄的地位。他好似戰利品。尼古拉感覺到這一點，他覺得其他人也都是這麼看待這個義大利人的，於是尼古拉自重且得體地向這名軍官表達關心和同情。

尼古拉身穿驃騎兵軍服進來了，周圍散發著一股香水和葡萄酒氣息，他自己說，也幾次聽到別人對他說：遲到總比不到好。他一進來就被人們圍繞；所有目光都集中在他身上，他立即感覺到，身在外省的自己，進入了對他恰如其分的、向來令人愉快的大眾寵兒境界，而現在，他在長期軍旅生涯之後更是為之欣然陶醉。非但在驛站、旅店和地主的客廳裡有那些受到他的注意便受寵若驚的年輕女僕，在這裡、在省長住所的晚會上也有（尼古拉覺得）無數年紀輕輕的少婦和容貌姣好的少女迫不及待地盼望獲得尼古拉的注意。少婦、少女向他撒嬌賣俏，幾位老太太第一天便開始張羅，要為這個年輕浪子驃騎兵軍官相親，讓他更穩重一些。其中一位便是省長夫人，她像近親一樣接待尼古拉，並稱呼他「尼古拉」和「你」。

卡捷琳娜．彼得羅夫娜果然彈奏起〈華爾滋圓舞曲〉和〈蘇格蘭民間舞曲〉，於是舞會開始，尼古拉以其靈巧的舞姿令省會的整個社交界傾羨不已。他那特別的、奔放的舞姿甚至令所有人驚訝。尼古拉本人對自己今晚的舞姿也有些感到驚訝。他在莫斯科從未這麼跳舞，甚至認為這種過於放肆的舞姿不雅，格調不高；但他覺得，在這裡有必要以某種不尋常的表現讓人們驚訝，他們會以為這是流行於都城，而他們在外省還沒有見識過的。

尼古拉整晚最青睞的，是一位體態豐滿、容貌可人的金髮碧眼女子，她是省城一位官員的妻子。快樂的年輕人總以為別人的妻子是為他們而生的，尼古拉抱持這種天真的看法，和這位太太寸步不離，同時友好地、略顯神祕和她的丈夫周旋，彷彿兩人雖未明言，卻心照不宣，他們，即尼古拉和這個丈夫的妻子一定會情投意合。然而丈夫似乎並不認同這種看法，對尼古拉甚至面有慍色。可是，尼古拉的善意天真是那麼異於平常，以致丈夫有時會不由自主地受到尼古拉愉悅的心情感染。不過到晚會臨近尾聲時，隨著妻子的臉色愈來愈紅潤而興奮，丈夫的臉色就愈來愈憂傷而蒼白，彷彿夫妻兩人共享一份興奮，妻子興奮的成分愈多，丈夫的興奮也就相形減少了。

五

尼古拉一直面帶微笑，坐在扶手椅裡微微彎腰，俯身向金髮女子，對她天花亂墜地大獻殷勤。

尼古拉矯健地變換緊裹在馬褲裡的雙腿，渾身散發著香水味，欣賞著女伴，也欣賞著自己以及在緊繃的馬褲下顯露的雙腿完美線條，他竟對金髮女子說，他想從沃羅涅日誘拐一位太太。

「哪一位太太呢？」

「仙女般迷人的太太。她的眼睛（尼古拉看了看對方）是藍色的，嘴如紅珊瑚，肌膚白皙……」他向肩膀瞥了一眼，「身軀像月神……」

丈夫面色陰沉地走到他們面前，問妻子她在說什麼。

「啊！尼基塔．伊萬內奇。」尼古拉彬彬有禮地站起來說，一副想把尼基塔．伊萬內奇也拉進他的玩笑中似的，將自己想誘拐一名金髮女子的想法也告訴了他。

丈夫的笑容淒涼，妻子則笑得燦爛。善良的省長夫人不以為然地走了過來。

「安娜．伊格納季耶夫娜想見見你，尼古拉，」她說，在提到安娜．伊格納季耶夫娜時她的語調顯得特殊，尼古拉立刻明白了，這位太太是重要人物。「我們走吧，尼古拉。你不是允許我這麼稱呼你嗎？」

「噢，是的，夫人。她是誰？」

「安娜．伊格納季耶夫娜．馬利溫采娃。她聽外甥女提過你，說你救了她……猜得到她是誰嗎？」

「我救過的人可不少！」尼古拉說。

「你救了她的外甥女鮑爾康斯基公爵小姐。她人在沃羅涅日，和阿姨住在一起。呵！臉紅了！怎麼，莫非……」

「我可沒有想過，別說了，夫人。」

「好吧，好吧。噢！看看你！」

省長夫人帶他去見一位戴圓筒女帽、身材高大肥胖的老太太，她和城裡幾位要人的牌局剛剛結束。這是瑪麗亞公爵小姐的阿姨馬利溫采娃，一個沒有子女的孀居富婆，一直住在沃羅涅日。尼古拉來到她身邊時，她正站著結算賭金。她莊重且高傲地瞇起眼看看他，又繼續責罵那個贏錢的將軍。

「很高興見到你，親愛的。」她向他伸出手來說，「歡迎到舍下去。」

她談了瑪麗亞公爵小姐和她已故的父親，顯然馬利溫采娃不喜歡已故公爵，她又向尼古拉詳細詢問安德烈公爵的情況，似乎對他也沒有好感，高傲的老太太再次重申她的邀請，便讓他走了。

尼古拉答應拜訪，在鞠躬告退時臉再次紅了。在想起瑪麗亞公爵小姐時，尼古拉自己也不明白，怎麼會感到靦腆甚至惶恐。

尼古拉一離開馬利溫采娃後，便想再去跳舞。可惜矮小的省長夫人把胖胖的小手放在他的衣袖上說，她想和他談談，隨即把他帶到休息室，休息室裡的人立刻出去，以免妨礙省長夫人。

「你知道嗎，親愛的，」省長夫人和善的小臉上神情嚴肅地說，「她和你十分匹配。你願意讓我為你談妥這婚事嗎？」

「您是說誰，夫人？」尼古拉問。

「我說的是公爵小姐。卡捷琳娜・彼得羅夫娜說，公爵小姐名叫莉莉，我看好像不是。你願意嗎？我相信你的母親會感謝我的。真的，多好的女性，沒得抱怨！而且她並不醜。」

「一點也不醜，」尼古拉好像生氣似的說，「夫人，我身為軍人，從不強求什麼，也從不拒絕。」尼古拉來不及想便隨口說道。

「那你要記住啊：這可不是戲言。」

「怎麼是戲言呢！」

「好，好。」省長夫人彷彿自言自語道，「還有一點，我的朋友，你對那個金髮女子過分獻殷勤了。丈夫的樣子怪可憐的，真的。」

「噢，不，我和他是朋友。」尼古拉心思單純地說，他簡直想不到，這麼愉快地消遣會令人感到不悅。

「可是，我對省長夫人到底說了什麼蠢話啊！」晚餐時，尼古拉突然想起。「她真的會去提親的，那麼索尼婭呢？」向省長夫人告辭時，她又笑嘻嘻地對他說：「喂，你可得記住啊。」這時他請她到一旁。

「情況是這樣的，我必須如實地告訴您，夫人……」

「說吧，說吧，我的朋友；我們就在這裡坐下談。」

尼古拉突然有一種願望，也覺得有必要對這個幾乎陌生的女人傾訴內心的想法（這些想法他對母親、妹妹和朋友也不會明說）；後來，當尼古拉想起這沒有來由的衝動，深感結果實在太嚴重，便覺得（人們往往會這麼覺得）那不過是一時興起罷了；其實這次敞開心扉的衝動以及其他一些小事的巧合，對他以及全家人都產生了莫大的影響。

「是這樣的，夫人。媽媽早就希望我能和富有的女性結婚，可是我對這種為金錢而結婚的想法相當反感。」

「噢，是的，我理解。」省長夫人說。

「不過，說到鮑爾康斯基公爵小姐，那就是另一回事了。首先，我對您實話實說，我很喜歡她，對她很滿意；其次，我在那種情況下遇見她之後，奇怪的是，我常常會想，這是天意。特別是，媽媽早就有這個想法了，可是以前我沒有機會見到她，不知怎麼，就是無緣相見。等到娜塔莎成了她哥哥的未婚妻，要知道，當時我根本不可能考慮娶她。想不到，我和她相遇正好是在娜塔莎解除婚約以後，可是後來老是……對了，我想告訴您。這些話我對誰也沒有說過，以後也不會對別人說。我只對您說了。」

省長夫人感激地握了握他的手臂。

「您認識我的表妹索尼婭吧？我愛她，也答應過會娶她，我是會娶她的……所以您看，這件事就不必提了。」尼古拉語無倫次地紅著臉說。

「親愛的，親愛的，你怎麼會這麼想呢？要知道，索尼婭一無所有啊，而你自己說過，你父親的境況很不樂觀。而你的母親呢？這會傷透她的心的，這是其一。再說索尼婭，如果她夠通情達理，她以後的日子怎麼過啊？母親絕望，家業一敗塗地……不，親愛的，你和索尼婭都要明白這一點。」

尼古拉默然不語。他聽到這些說法後，感到安心了。

「夫人，這畢竟是不可能的，」他沉吟半晌，嘆口氣說，「公爵小姐怎麼還會嫁給我呢？何況，她現在是居喪期間。可以論及婚嫁嗎？」

「難道你以為，我是要你馬上結婚？一切都得按規矩來。」省長夫人說。

「您是多麼出色的介紹人哪，夫人……」尼古拉親吻著她胖乎乎的小手說。

六

瑪麗亞公爵小姐和尼古拉分別之後來到莫斯科，見到了姪子、家庭教師，也收到安德烈公爵的一封信，他規定他們前往沃羅涅日的路線，去投靠阿姨馬利溫采娃。遷徙的操勞、對哥哥的擔心、新居生活的安頓、新結識的人們、姪子的教育——這一切壓倒了瑪麗亞公爵小姐心裡一種彷彿受到誘惑的感覺，這種誘惑在父親患病期間和亡故之後，特別是在與尼古拉相遇之後曾使她深受折磨。她很悲傷。現在，在平靜的生活環境中又過了一個月之後，在她心裡和俄國危亡相繫的喪父之痛愈來愈強烈了。她很不安，一想到她唯一的親人哥哥所面臨的種種危險，便坐臥不寧。她為姪子的教育操心，經常覺得自己對他無能為力；不過她盡力維持內心的和諧，這是因為她意識到，她已經抑制住隨著尼古拉的出現而蠢蠢欲動的個人夢想和希望。

省長夫人在晚會的第二天來見馬利溫采娃，和阿姨商量自己的打算（她附帶說明，儘管在目前情況下還不算正式提親，但畢竟可以讓兩個年輕人見面，增進彼此了解）並得到阿姨的同意後，省長夫人當著瑪麗亞公爵小姐的面提起了尼古拉，並稱讚他，還強調，在提到瑪麗亞公爵小姐時，他瞬間臉紅了——這時，瑪麗亞公爵小姐不是感到高興，而是萌生一種病態的心情：她內心的和諧不復存在，且再次激起了心願、疑慮、責難和希望。

從獲得這個消息及至尼古拉來訪的這兩天裡，瑪麗亞公爵小姐不斷思考，她該以什麼態度應對尼古拉。有時她決定，他來拜訪阿姨時，她不到客廳去，她身穿重孝是不宜見客的；有時她想，在他為她所做的一切之後，這樣很失禮；有時她不禁覺得，阿姨和省長夫人對她和尼古拉一定有某種想法（她們的眼神和話語，有時似乎證實這猜想）；有時她對自己說，只有她想入非非，才會對她們有這種的想法：她們不會不記得，她重孝在身，此時談婚論嫁是對她和悼亡者的褻瀆。在考慮出去見他的時候，瑪麗亞公爵小姐設想像著他對她說的話和她要對他說的話；而她覺得，這些話要麼不合情理地冷淡，要麼隱含太多的涵義。她最擔心的是在與他相見時會顯得靦腆，她感到，一旦見到他，她難免會害羞而暴露情意。

不過，在星期天午禱後，僕人在客廳通報尼古拉伯爵光臨時，公爵小姐並未顯得靦腆；她只是臉上微現紅暈，眼睛閃現著從未有過的神采。

「您見過他嗎，阿姨？」公爵小姐平靜問道，自己也不知道，她怎麼會表現得如此平靜而自然。

當尼古拉走進客廳時，公爵小姐把頭低下片刻，彷彿讓客人有時間和阿姨寒暄，然後正好在尼古拉轉向她的瞬間，她抬起頭來，一雙神采奕奕的眼睛迎上他的目光。她愉快、充滿自信、舉止優雅地欠起身，向他伸出纖細柔美的手，第一次以充滿女性柔情的語調和他交談。布里安娜小姐在客廳裡，她困惑且驚訝地望著瑪麗亞公爵小姐。她雖是賣弄風情的專家，在與自己心儀的人相見時，也不可能應付得更為出色。

「也許是一身黑色服裝非常適合她，也許是她真的變得更漂亮了，只是我不曾注意到罷了。重點是——那麼優雅得體！」布里安娜小姐想。

要是瑪麗亞公爵小姐此刻也能想一想，她會比布里安娜小姐更驚訝於自己的變化。從她見到這張親切的臉龐那一刻起，一種新的生命活力便主宰了她，她不由自主地說話和行動。自從尼古拉進來，她的面容驀然有所變化。如同四面雕花彩繪的燈籠，本來顯得粗糙、晦暗且拙劣，一旦從裡面點亮，這件繁複精巧的藝術品便突然出人意料地顯現出其驚人的美：瑪麗亞公爵小姐的面容就是這麼突然起了變化。她至今所經歷過的純潔內心活動第一次流露於外。她對自己不滿的內在感受、她的痛苦、對善的追求、她的溫順、她的愛和自我犧牲精神——此刻，都在她閃亮的雙眼、優雅的微笑、臉上柔美的輪廓裡閃耀著光輝。

尼古拉把這一切看得清清楚楚，彷彿對她的一生皆已了然。他覺得，眼前的這個人是出類拔萃的，比他生平見過的人都更為優秀，重點是，也比他自己更為優秀。

談話內容極其普通且無關緊要。他們聊到戰爭，自然而然地和大家一樣，誇大自己對這起事件的憂傷，談到最後的一次相遇，不過尼古拉盡力岔開話題，談到善良的省長夫人以及尼古拉和瑪麗亞公爵小姐的親人。

瑪麗亞公爵小姐沒有談及哥哥，阿姨才剛提起安德烈，她就把談話引到其他話題上。顯然，關於俄國的不幸，她可以隨口敷衍，然而哥哥是她太親近的人，她不願也不能泛泛而談。

尼古拉注意到這一點，一般來說，洞察力非其所長，然而他總能發現，瑪麗亞公爵小姐性格上的一切細微之處，而這些細微之處再再證實了他的看法：她是十分特殊、與眾不同的人。尼古拉也像瑪麗亞公爵小姐一樣，每當有人對他談起公爵小姐，甚至在想到她的時候，就會臉紅、害羞，而有她在座的時候，他卻覺得無拘無束，他所說的並不是預先準備好的那些話，而是隨機應變，卻又表達得十分得體。

在尼古拉短暫拜訪時，一如常見有孩子的場景，尼古拉會跑到安德烈公爵年幼的兒子身邊，輕撫他，問他想不想當驃騎兵？他把小男孩抱起來，高興地摟著他旋轉，又回頭看看瑪麗亞公爵小姐。感動、幸福又含羞的目光在追隨著戀人懷裡的她心愛的小男孩。這眼神尼古拉也注意到了，他彷彿懂得這眼神的涵義，興奮得臉上泛起紅暈，滿心歡喜地親著孩子。

由於瑪麗亞公爵小姐守喪期間不便出門，而尼古拉認為，經常在他們住處出入不合禮數；不過省長夫人仍盡力促成，她向尼古拉轉達公爵小姐讚揚他的話，又往回傳話，她堅持要尼古拉向瑪麗亞公爵小姐表明感情。為了這次表白，她安排兩個年輕人於午禱之前在主教那裡見面。

儘管尼古拉對省長夫人說，他不會向公爵小姐有任何表白，但他答應赴約。

尼古拉當初在蒂爾西特不許自己懷疑，大家公認的好事是否真好，現在也完全一樣，在經過短暫且真誠的內心掙扎後，他試圖依照的理智安排生活以及馴服地聽從環境的支配之間選擇了後者，並決定完全服從一種力量的支配，這種力量正（他感覺得到）不可抗拒地引導著他。他知道，在向索尼婭承諾之後，又向公爵小姐表白，這是所謂的卑鄙。他知道，他絕不會做出卑劣的行徑。但是他也知道（也不是知道，而是在內心深處意識到了），現在聽從環境和引導者們的支配，他不僅不是在做壞事，而且是在做一件非常、非常重要的事情，一件在他的一生中還從未做過的重要的事。

在他和瑪麗亞公爵小姐見面之後，儘管他的生活方式表面上依然如故，但所有以往的娛樂都對他失去了吸引力，他時常思念瑪麗亞公爵小姐；但是他對她的思念總是不同於他對上流社會所邂逅的那些貴族小姐們那千篇一律的思念，不同於他長期來對索尼婭所曾有過的激情思念。對所有的貴族小姐，他幾乎像任何一個正派年輕人，將她們視為未來的妻子，試著想像所有適合她們的婚後生活條件：家常穿的寬鬆的白色連身裙、妻子侍奉的茶壺、妻子的轎式馬車、孩子們、父親和母親、他們和她的關係等，而這些對未來的想像使他心滿意足。可是當他想到有人為他談親的瑪麗亞公爵小姐時，他對未來的婚後生活卻從未有過任何想像。倘若他試圖想像，結果卻總是不如意、不真實。他感到的只有惶惶不安。

七

關於波羅金諾會戰和我軍傷亡的可怕消息，以及莫斯科陷落這更可怕的消息於九月中旬傳到沃羅涅日。瑪麗亞公爵小姐只從報紙上得知哥哥受傷，未有任何關於他的確切報導，尼古拉聽說（他本人沒有見到她），她準備出發尋找安德烈公爵。

得知波羅金諾會戰和放棄莫斯科的消息後，尼古拉所感受到的並不是絕望、憤怒、復仇，而是突然覺得，沃羅涅日的一切再再令他感到窒息、惱火，不知怎麼老是覺得愧疚、尷尬。他覺得，他所聽到的談話都是虛偽的；他不知道該如何評判這一切，覺得只有回到軍團裡，他才能再次對一切有明確的了解。他急於結束購買馬匹的任務，時常對僕人和司務長無緣無故發火。

在尼古拉回部隊的前幾天，大教堂要為俄軍獲勝舉行感恩祈禱，尼古拉也去參加了。他站在省長稍後之處，保持禱告的莊重態度，心裡想著各種事情，一直堅持到祈禱結束。感恩祈禱結束後，省長夫人把他叫了過去。

「你看見公爵小姐了嗎？」她說，用頭部指點站在唱詩班後一身黑衣的女子。

尼古拉立刻認出瑪麗亞公爵小姐，與其說是根據女式禮帽下露出的側影，不如說是根據霎時襲上心頭的那種謹慎、擔憂和憐憫。瑪麗亞公爵小姐顯然沉浸於自己的思緒，在出教堂之前畫著最後的十字。

尼古拉驚喜地看著她的臉。這還是他以前所見到的那張臉，臉上依舊流露著敏銳的、內在精神活動的一般表情；不過現在，同一張臉龐上閃耀著全然異樣的光輝。臉上是哀思、禱告和希冀等令人為之動容的神情。像往常有她在場時一樣，尼古拉未等省長夫人的建議，便朝她走了過去，也不問問自己，他在教堂裡接近她好或不好、是否得體，他走到她面前告訴她，他聽說她的不幸，由衷地向她表示同情。一聽到他的聲音，她的臉上便閃耀著燦爛的光輝，照亮她悲喜交集的面容。

「我想對您說明一點，公爵小姐，」尼古拉說，「如果安德烈．尼古拉耶維奇公爵不幸陣亡，那麼做為一位團長，他的陣亡會立刻在報上公布的。」

公爵小姐看著他，不明白他在說什麼，但她欣慰地看到他臉上充滿同情的沉痛表情。

「我知道很多案例，被彈片（報上說是榴彈）擊中，要麼當即致命，要麼傷勢很輕，」尼古拉說，「應該抱有希望，我相信……」

瑪麗亞公爵小姐打斷他的話。

「噢，那就太……」她激動得未把話說完，動作優雅地（正如她在他面前的一切舉止）低下頭，跟隨阿姨離去了。

這天晚上，尼古拉沒有出門，留在住處和出售馬匹的人結清幾筆帳款。事情處理完，若再出門已經太晚，不過睡覺仍嫌太早，於是尼古拉在房裡久久獨自來回踱步，思考著自己的生活，這對他而言，是極其少見的。

瑪麗亞公爵小姐在斯摩稜斯克讓他留下了愉快的印象。當時他在那種特殊的情況下與她相遇，而他的母親在某個時期正好將她指定為富有的伴侶，所以她特別引起他的注意。在沃羅涅日，在他前去拜訪之際，她所留下印象不僅是愉悅的，而且極富感染力。他在那一次所發現的她，那特有的心靈之美使他感到震憾。不過他準備離開了，並不因為離開沃羅涅日會失去與公爵小姐見面的機會而感到惋惜。可是今天在教堂裡與瑪麗亞公爵小姐的相逢，深深銘刻在他心裡，深得超乎他的想像，深得他為了保持內心的平靜而不敢相信。那蒼白、清秀、哀傷的臉，那光芒四射的眼神，那嫻靜優雅的舉止，重要的是——她的面容處處流露的深沉溫柔哀思令他惶恐，他油然升起同情之心。在男人身上，尼古拉看不起崇高的精神生活表現（因此他不喜歡安德烈公爵），他輕蔑地稱之為玄學、想入非非；但在瑪麗亞公爵小姐身上，完全表現出與尼古拉格格不入的精神世界中的深度哀思，他因此感覺到不可抗拒的魅力。

「一定是人品極佳的女性！這就是天使啊！」他自言自語道。「為什麼我不是自由之身，我何必對索尼婭操之過急呢？」於是他不由得比較起這兩人：一個的精神天賦貧乏，而另一人擁有豐富的精神天賦，這些天賦是尼古拉所缺少的，因而他才給予崇高的評價。他試著想像，如果他是自由的，情況會如何。他會怎麼向她求婚，而她會成為他的妻子嗎？不，這是他無法想像的。他驚慌失措了，在他的想像中沒有出現任何清晰的形象。他早就勾勒好和索尼婭在一起的未來生活，而且一切簡單明瞭，正因為這一切都是出於想像，因為他了解索尼婭的一切；他卻無法想像和瑪麗亞公爵小姐在一起的未來生活，因為他不了解她，只是愛她。

關於索尼婭的幻想含有某種愉快、嬉鬧的成分。可是要想像瑪麗亞公爵小姐總是太難，甚至有些惶惶不安。

「她是怎麼祈禱的啊！」他回憶了起來。「看來她是全心全意地祈禱。是的，這是力能移山的祈禱，我相信她的祈禱一定會有用。為什麼我不向上帝祈禱呢？」他想起來了。「祈求什麼呢？祈求自由，擺脫和索尼婭的關係。她說得對，」他想起了省長夫人的話，「我娶她，除了不幸，不會有任何結果。一團混亂，母親的痛苦……家境……一團混亂，可怕的一團混亂！何況我也不愛她。是的，那不是真正的愛。我的上帝！讓我擺脫這可怕的絕境吧！」他突然開始祈禱。「是的，祈禱能移山，但是要有信仰，不能像我和娜塔莎小時候那樣祈禱，要求把雪變成糖，還跑到院子裡去嚐嚐，雪是不是變成了糖。不，我現在不是為小事祈禱。」他說，他把菸斗放在牆角，雙手交疊，站在聖像前。對瑪麗亞公爵小姐的回憶使他滿懷柔情，他祈禱了起來，他久已不曾這麼祈禱過。他兩眼含淚，喉頭哽咽，這時拉夫魯什卡拿著信件走了進來。

「笨蛋！沒有叫你，怎麼闖了進來！」尼古拉迅速改變姿勢說。

「省長，」拉夫魯什卡睡眼惺忪地說，「派了信使來，有您的信。」

「噢，好，謝謝，你去吧！」

尼古拉收到兩封信。一封是母親的，一封是索尼婭的。他從筆跡辨識出來，並先拆開索尼婭的信。他只看了幾行，就臉色發白，又驚又喜地瞪大雙眼。

「不，這不可能！」他總算開口。他坐不住了，拿著信，邊看邊在房裡踱步。他先大致瀏覽信件，然後又看了一遍、兩遍，他聳肩、攤開雙手，停在房間當中目瞪口呆。剛才他虔誠地祈求上帝，深信上帝會遂其所願，此時此刻，他的願望竟實現了；不過尼古拉對這件事十分驚訝，彷彿這件事太異乎尋常，他彷彿從未期待這件事會發生，而這件事來得這麼突然，猶如說明，這不是他祈求上帝的結果，只是日常的巧合。

限制尼古拉自由、看似解不開的死結，被索尼婭一封出乎意料的（尼古拉這麼認為）、無緣無故的來信解開了。她在信中寫道，近來發生的種種不幸、羅斯托夫在莫斯科的財產喪失殆盡、伯爵夫人一再表示希望尼古拉能和鮑爾康斯基公爵小姐結婚、他最近的沉默和冷淡——這一切迫使她下決心拒絕他的承諾，還他完全的自由。

「我的心情太沉重了，因為我想到，我可能成為引起家庭不幸或紛爭的源頭，而這個家庭是有恩於我的，」她寫道，「我的愛，是以我所愛的人的幸福為唯一目的；因此我懇求您，尼古拉，承認您是自由的，並且知道，無論如何，誰也不可能像您的索尼婭一樣，這麼深情地愛著您。」

兩封信都寄自特羅伊察。另一封信是伯爵夫人寫來的。這封信敘述了最近幾天在莫斯科的情況，出逃、大火、家產全毀。伯爵夫人在信中順便提到，安德烈公爵和其他傷患和他們同行。他的病情危險，不過醫生說，比較有希望了。索尼婭和娜塔莎像兩個助理護士一樣照顧他。

第二天，尼古拉帶著母親的來信去見瑪麗亞公爵小姐。無論尼古拉或是瑪麗亞公爵小姐都一字不提「娜塔莎照顧他」這句話意味著什麼；不過由於這封信，尼古拉和公爵小姐突然更親近了，猶如有親戚關係一樣。

第二天，尼古拉送瑪麗亞公爵小姐前往雅羅斯拉夫爾，幾天後他也回部隊去了。

八

這封令尼古拉的祈禱得以成真的信，是索尼婭寫於特羅伊察的。會有這封信的原因是，老伯爵夫人愈來愈執著於尼古拉娶富家閨女這件事。她知道索尼婭是這段婚姻的主要障礙。最近，尤其是在尼古拉寫信提及他在鮑古恰羅沃遇到瑪麗亞公爵小姐以後，索尼婭在伯爵夫人家中的日子就愈來愈難過了。伯爵夫人不放過任何機會，不停地以侮辱性或冷酷無情的態度向索尼婭暗示。

但是在離開莫斯科的前幾天，因為所發生的一切而百感交集、心情激動的伯爵夫人把索尼婭叫到面前，伯爵夫人沒有責怪她，也沒有強迫她，而是含淚哀求她，要她犧牲自己，斷絕和尼古拉的關係，從而報答這個家庭為她所做的一切。

「要是妳不答應我，我永遠不會安心的。」

索尼婭歇斯底里地大哭，她哭著回答說，她一定做到，她願意做任何事，可惜就是沒有當下承諾，她心裡無法斷然決定這些要求。為了撫養和教育她的這個家庭的幸福，她理應犧牲自己。為他人的幸福而犧牲自我，早已成為索尼婭的習慣。她在這個家的處境早已決定，唯有藉由犧牲才能彰顯自身的價值，所以她習於也樂於犧牲。但是，過去自我犧牲的結果，她都意識到，她的自我犧牲能在自己和別人心目中提高地位，因此更是配得上她生命中的至愛尼古拉；而如今，她的犧牲卻在於，她必須放棄她自我犧牲的獎賞、構築她生活意義的愛情。於是，她生平第一次對那些人有所怨懟，他們施恩於她，是為了讓她感受更痛苦的折磨；由此並激起了她對娜塔莎的嫉妒，娜塔莎從來不會有任何類似的遭遇，從來不需要犧牲，她只要別人為她犧牲，卻仍然得到所有人的愛。索尼婭第一次感到，從她對尼古拉平靜、純潔的愛情中，突然滋長了淩駕於規範、道德和宗教之上的情欲；在情欲的驅使下、在寄人籬下的生活中，學會深藏不露的索尼婭無意中籠統而含糊其辭地搪塞了伯爵夫人，從此迴避和她交談，決心等待和尼古拉重逢，而在這次重逢中，不是要給他自由，反之，是要把自己和他永遠連結在一起。

羅斯托夫在莫斯科最後幾天的忙碌和恐懼中，壓倒了索尼婭心中那令她感到壓抑的陰暗想法。她慶幸能在實際操勞中得到解脫。但是，當她了解到安德烈公爵就在他們住處時，儘管她對他和娜塔莎滿懷真摯的憐憫，覺得上帝不願讓她和尼古拉分開的迷信觀念仍讓她喜不自勝。她知道，娜塔莎只愛安德烈公爵，而且一直愛著他。她知道，現在兩人在這不幸的情況下重逢，一定會舊情復燃，那麼尼古拉由於他們之間的親戚關係，是不可能娶瑪麗亞公爵小姐的。儘管在這最後幾天以及在出走後的前幾天所發生的一切是那麼駭人聽聞，認為天意正干預她個人問題的想法以及意識，還是令索尼婭滿懷喜悅。

來到聖三一大修道院，羅斯托夫在旅途中第一次停下來休息整整一天。

修道院把客房的三個大房間分給羅斯托夫，安德烈公爵占用其中一間。這一天，他的傷勢大有起色。娜塔莎坐在他身邊。伯爵和伯爵夫人坐在隔壁房裡，彬彬有禮地與修道院長聊天，他是來看望兩位舊識和施主的。索尼婭也坐在那裡，她非常好奇，很想知道安德烈公爵和娜塔莎在聊些什麼。她從門後聽著他們說話的聲音。安德烈公爵的房門開了。娜塔莎神情激動地走了出來，未注意欠身相迎併攏起右手寬大衣袖的修道院長，她來到索尼婭面前抓住了她的手。

「娜塔莎，妳怎麼了？妳過來呀。」伯爵夫人說。

娜塔莎走過去接受祝福，修道院長勸她向上帝和上帝的侍者祈求保佑。

修道院長離去後，娜塔莎立刻拉著索尼婭的手，和她到另一處空房去。

「是嗎，索尼婭？他會活著嗎？」她說。「索尼婭，我多麼幸福，又多麼憂傷！索尼婭，親愛的——還是老樣子啊。但願他能活下去。他不能……因為，因……為……」娜塔莎放聲大哭。

「是的！這我知道！感謝上帝，」索尼婭說，「他會活下去的！」

索尼婭的激動不亞於女友——由於自身的恐懼和悲傷，也由於自己從未向人訴說的心事。她哭著親吻娜塔莎、安慰她。「但願他能活下去！」她想。兩個朋友哭了好一會兒，說了一會兒話，擦乾眼淚後來到安德烈公爵的房門口。娜塔莎小心地推開門，往房裡看了一眼。索尼婭和她並肩站在半開的門前。

安德烈公爵高高地躺在三個靠枕上。蒼白的臉是安詳的，眼睛閉著，看得出，他的呼吸很均勻。

「哎呀，娜塔莎！」索尼婭突然叫出聲來，抓住表妹的手從門口往後退。

「什麼？什麼？」娜塔莎問。

「這是我看到過的，看到過的，妳看……」索尼婭說，她臉色發白，嘴唇在顫抖。

娜塔莎輕輕關上門，和索尼婭退往窗口，但她還是不明白索尼婭說的是什麼。

「妳記得嗎？」索尼婭神色驚駭且凝重地說，「記得嗎？我曾代替妳看鏡子……在快樂莊園，在聖誕節假期時……記得我看到什麼嗎？」

「是的，是的！」娜塔莎瞪大眼睛說道，模糊地想起，當時索尼婭談過安德烈公爵，看到他躺著。

「妳記得嗎？」索尼婭接著說道，「我當時一看到，便對大家說過，對妳和杜尼亞莎都說過。我看到他躺在床上，」她說，在提及每個細節時，都豎起一根手指筆畫著，「閉上眼睛，身上的被毯是粉紅色的，兩手交疊在一起。」索尼婭說，隨著她對眼前所見細節的描述，她深信這些細節正是她當時所看到的。但當時，她其實什麼也沒看到，卻說她看到了，所有細節都是她臨時編造出來的；但是她覺得，她當時所杜撰的一切和任何其他回憶一樣真實。她當時所說的是，他回頭看著她微微一笑，身上有藍色和紅色的東西；但現在，她不僅記得，而且確信不疑自己當時就說過而且看到了，他蓋著一條粉紅色的被毯，正是粉紅色的，而他的眼睛是閉上的。

「是的，是的，就是粉紅色的。」娜塔莎說，她現在也彷彿記得，當時說的是粉紅色，認為這是預言中的奇妙和神祕之處。

「不過，這意味著什麼呢？」娜塔莎若有所思地說道。

「唉，我不知道，這一切太神奇了！」索尼婭抱著頭說。

幾分鐘後，安德烈公爵搖鈴喚人，娜塔莎進去他的房間；而索尼婭體驗到一種少有的激動和感動，她留在窗前，反覆思量著這件事的神奇之處。

這天有機會寄信至部隊，伯爵夫人正在寫信給兒子。

「索尼婭，」伯爵夫人見索尼婭自她身邊走過，便從信紙上抬起頭來說。「妳不寫封信給尼古拉嗎？」伯爵夫人輕輕地說，聲音微顫，從她透過眼鏡往外看的疲憊目光裡，索尼婭感受到伯爵夫人這句話的涵義。這目光所流露出的是懇求，是擔心被拒絕的恐懼，是不得不有求於人的羞愧，以及在遭到拒絕後無法化解的怨恨。

索尼婭走到伯爵夫人面前，雙膝跪地，親吻她的手。

「我寫，媽媽。」她說。

這一天所發生的一切，尤其是她剛才看到的占卜神祕應驗，促使她態度軟化了，她滿懷激動和感慨。現在她既然知道，在娜塔莎和安德烈公爵恢復關係後，尼古拉不可能娶瑪麗亞公爵小姐為妻，便雀躍地感覺到，習於自我犧牲的心情恢復了，她在生活中是樂於並習慣擁有這種心情的。她喜極而泣，意識到自己正在捨己為人，由於淚水模糊了那雙溫柔的黑眼睛而幾次擱筆，好不容易完成了令尼古拉讀後大為驚歎的感人信件。

九

在皮埃爾被帶進去的拘留所裡，逮捕他的官兵敵視他，也尊重他。在他們對他的態度中，既有對他究竟是什麼人（是不是很重要的人物）的疑慮，也有他們個人不久前和他鬥毆所產生的敵意。

不過第二天早上，看守人員換班後，皮埃爾感覺到，這些官兵對他的態度完全不一樣了。的確，在這個身穿農民式束腰長衫的高大胖子身上，看守人員看到的，已不再是和搶劫犯以及和押送兵鬥毆的人，也不是嚴正地聲稱要拯救孩子的那個人。他不過是根據最高長官的命令逮捕、羈押的第十七名俄國人。要說皮埃爾身上有何與眾不同之處，那就是他毫不畏懼、凝神沉思的神態和法國人也感到驚訝的流利法語。儘管如此，皮埃爾當天就和其他被捕的嫌犯關在一起，因為一個軍官需要他所待的那個獨立房間。

和皮埃爾拘押在一起的所有俄國人都是底層的民眾。他們看出皮埃爾是貴族便疏遠他，尤其是他會說法語。皮埃爾滿腹憂傷地聽著他們對自己的冷嘲熱諷。

第二天傍晚，皮埃爾得知，所有被拘留的人（他大概也在其中）都會因縱火罪而受審。第三天，皮埃爾和其他人一起被帶到一棟屋子裡，裡面坐著一位白鬍法國將軍、兩名上校和其他幾個肩上披著三色綬帶的法國軍人。他們對皮埃爾也像對別人一樣，向受審者提出幾個似乎不涉及人間善惡的明確問題，如你是什麼人？到過哪些地方？有什麼目的？

這些問題忽視生死攸關的案件的實質意義，也排除揭示其實質的可能，像法庭上提出的所有問題一樣，其目的只是為了設置一條溝槽，審判者希望受審者的回答沿著這條溝槽滑下去，將他引向既定目標，即判定有罪。一旦他所說的話不符合判定有罪的標準，便採用多種溝槽，於是水可以流向任何地方。此外，皮埃爾體驗到所有受審者的感受；不懂為什麼要向他提出這些問題，並感到困惑。他覺得，只是出於寬容或出於禮貌吧，才會使用這種設置溝槽的話術。顯然，所有回答都要引向定罪。他知道，他處於這些人的權力支配之下，是權力把他帶到這裡，是權力使他們能逼迫他回答問題，這次集合的唯一目的是要判定他有罪。因此，既然擁有定罪的權力和企圖，也就無需在提問和審判時耍弄詭計。顯然，所有回答都會導致有罪的認定。對於逮捕他時，他在做什麼的問題，皮埃爾有些淒慘地回答說，他正將從火海中救出的孩子送交給孩子的父母。為什麼同搶劫者打架？皮埃爾回答，他在保護一個女人，保護受欺凌的婦女是每個人應盡的責任，而且……他被制止了：這與案件無關。有人看到他在起火的樓房院子裡，為什麼待在那裡？他回答，去看看莫斯科發生了什麼事。他又被制止：不是問他到哪裡去，而是問他為什麼待在火場附近。他是什麼人？對方又向他提出第一個問題，而他曾說對這個問題不願回答。皮埃爾再次回答說，他不能告訴他。

「記錄下來，這樣不好。很不好。」一面色紅潤的白鬍將軍對他厲聲說。

第四天，祖博夫土堡有幾處起火。

皮埃爾和其他十三人被帶到克里木淺灘一個商人住宅的車棚裡。走在街道上時，皮埃爾被煙嗆得難受，似乎全城上空都瀰漫著煙霧。四處都起火了。皮埃爾那時還不明白，莫斯科被焚毀的意義，只是駭然地看著各處大火。

皮埃爾在克里木淺灘附近一座住宅的車棚裡又度過四天，在這些日子裡，皮埃爾從法國士兵的談話裡得知，所有拘押在這裡的人，每天都在等候元帥的決定。皮埃爾未能從士兵口中打聽到是哪個元帥。對一個士兵來說，元帥顯然是權力最高、也最神祕的環節。

這最初的幾天，在九月八日把被捕的人們帶去接受第二次審訊之前，是皮埃爾最難熬的日子。

十

九月八日，從看守們畢恭畢敬的態度來看，一名很重要的軍官走進了關押犯人的車棚。這大概是參謀部的軍官，他拿著俄國人的名單逐一點名，同時將皮埃爾稱為不說出姓名的人。他冷漠且懶洋洋地打量全體罪犯，命令一名看守的軍官，在把他們帶到元帥所在地之前，務必讓他們衣著得體、打理乾淨。一個小時後，一個連的士兵前來將皮埃爾和其他十三人押往聖女廣場[8]。這是雨後初晴、陽光明媚的一天，空氣也非常清新。煙霧不像從祖博夫土堡拘留所帶走皮埃爾的那一天那樣在低處瀰漫；清新的空氣中騰起一個個煙柱。看不到熊熊大火，只是四面八方都升騰起煙柱，整個莫斯科、皮埃爾的眼界所及之處，淨是一片瓦礫場。四面八方都可以看到亂放著爐子和煙囪的荒地，有些地方甚至看得到磚房被燒焦的斷垣殘壁。皮埃爾仔細打量那些瓦礫場，他認不出城市中那些熟悉的街區了。有些地方可以看到僥倖保全的教堂。克里姆林宮未遭破壞，從遠處可以看到其白色的塔樓和伊凡大帝鐘樓。近處，新聖女修道院的圓頂歡欣地閃爍著，而傳來召喚祈禱的鐘聲顯得格外清脆。這鐘聲使皮埃爾想起，今天是星期日，也是聖母誕生的節日。可是，看來沒有人會慶祝這個節日了：遍地是火災留下的廢墟，只是偶爾碰到一些衣衫襤褸、神色驚慌、一見到法國人便躲閃的俄國民眾。

顯而易見的是，俄國人的家園遭到破壞和毀滅；但是在俄國人的生活秩序被摧毀之後，皮埃爾不自覺地意識到，法國人在這片家園被毀的廢墟上已建立起截然不同卻堅不可摧的秩序。皮埃爾意識到這件事，是根據那些押送他和其他犯人的士兵們隊伍整齊、警覺且充滿活力行進的樣子；他意識到這件事，是根據一名法國重要官員坐在由一個士兵駕駛的雙套輕便馬車上駛過的樣子。皮埃爾意識到這件事，是根據從廣場左側傳來的歡愉軍樂聲，而促使他意識到並懂得的，是今天早上那個法國軍官清點犯人時所宣讀的名單。皮埃爾只是被幾個士兵逮捕，和其他幾十個人一起被押送到這個地方、那個地方；看來他們可能已忘記他，並認為他和其他人都一樣了。然而並非如此：他在受審時又被稱為不說出姓名的人，因而現在就是頂著這個令他感到恐懼的名字，被他們押送到什麼地方去。他們臉上的神情說明，他們深信不疑，所有遭到逮捕的人和他都是他們要找的人，現在要把他們押送到該去的地方。皮埃爾感覺自己是微不足道的木屑，落在他所不了解但運轉正常的機器輪子下。

皮埃爾和其他犯人被帶到聖女廣場右邊、離修道院不遠的一座白色巨宅前，其中有座大花園。這原是謝爾巴托夫公爵的府邸，過去皮埃爾常來這裡和公爵相聚，他從士兵們的談話中得知，如今，這是埃克米爾公爵達武元帥的駐地。

他們被帶到臺階前，然後被逐個帶進屋內。皮埃爾是第六個被帶進去的。皮埃爾經過他所熟悉的玻璃走廊、穿堂、前廳，被帶進低矮狹長的書房。一名副官站在書房門口。

達武坐在房間盡頭的桌子旁，鼻上架著一副眼鏡。皮埃爾走到他面前。達武沒有抬起眼，看來正在核對放在他面前的一份文件。達武未抬起眼，低聲問道：

「您是什麼人？」

---

8 聖女廣場位於新聖女修道院旁邊。

皮埃爾沉默著，因為他沒有力氣說話。在皮埃爾的心目中，達武不只是法國將軍。皮埃爾知道，達武以殘酷聞名。他像嚴厲的老師，只願意暫時耐住性子等待回答，看著他冷冷的臉色，皮埃爾感到，任何一秒的遲疑都可能要他付出生命的代價；但他不知道該說什麼。他不敢造次地說出他在第一次受審時所說的話；而對於坦承身分和地位卻感到既危險又可恥。皮埃爾沉默著。可是在皮埃爾拿定主意之前，達武已經抬起頭來，把眼鏡推到腦門上，眯眼向皮埃爾凝神注視了一下。

「這個人我認識。」他不急不徐地冷冷說，顯然意在恐嚇皮埃爾。剛剛掠過皮埃爾脊背的一股涼氣如鉗子般夾住了他的腦袋。

「您不可能認識我，將軍，我從來沒有見過您……」

「這是俄國奸細。」達武打斷他的話，對皮埃爾不曾注意到、房裡的另一位將軍說。於是，達武轉過身去。皮埃爾一時情急迅速說道：

「不，殿下，」他說，驀地想起達武是一位公爵。「不，殿下，您不可能認識我。我是一名警官，不曾離開過莫斯科。」

「您的姓名？」達武又問。

「別祖霍夫。」

「誰能向我證明，您不是在說謊？」

「殿下！」皮埃爾大聲叫道，他的語氣不是氣惱，而是懇求。

達武抬起眼，向皮埃爾凝神注視。他們彼此對視了幾秒，正是這對視的目光挽救了皮埃爾。這目光超越了戰爭和審判的一切條件，在兩人之間建立起人性的關係。他們在此刻隱隱約約地百感交集，終於悟到兩人都是人類之子，彼此是兄弟。

放在達武面前的是一份名單，人的案件和生命都以編號來稱謂，當他剛從名單上抬起頭來時，皮埃爾最初在他的眼裡只是一種情況。達武會槍斃他而不覺得做了什麼違心壞事；但現在，他已經把皮埃爾視為一個人了。他沉吟片刻。

「您怎麼向我證明您的話是真實的呢？」達武冷冷問道。

皮埃爾想起了朗巴爾，便說出他所屬的軍團、他的姓名和那棟房子所在的街道。

「您不是您所說的那種人。」達武又說。

皮埃爾聲音發顫，斷斷續續地列舉證據來證明供詞的真實性。

但這時副官進來向達武報告了什麼。

達武聽到副官報告的消息頓時容光煥發，開始扣上鈕釦。他好像完全忘了皮埃爾。

當副官提醒他關於這個犯人的問題時，他皺起眉頭，朝皮埃爾的方向一擺頭說，把他帶走。可是要帶到哪裡？皮埃爾不知道是帶回車棚，或是帶往準備好的刑場，在經過聖女廣場時，難友們曾把那處刑場指給他看。

皮埃爾回頭一看，只見副官又在詢問什麼。

「對，當然！」達武說，不過「對」是什麼意思，皮埃爾不知道。

皮埃爾記不得他走了多久、走向哪裡。他處於完全麻木、神志不清的狀態，對周圍的一切視而不見，他和別人一起移動腳步，直到所有人都停了下來，他也停了下來。這段期間，皮埃爾的腦海裡一直盤旋著一個想法。他在想，是誰、究竟是誰宣判他死刑？這不是在委員會審問他的那些人，他們之中沒有人願意承擔，顯然也無權這麼做。這不是達武，他那麼有人情味地凝視著他。只要再一分鐘，達武就會明白，他們的行為是惡劣的，但是進來的副官干擾了這一分鐘。而這名副官顯然並無惡意，不過他是可以不進來的。究竟是誰宣判他有罪、要殺害他、剝奪他的生命呢——他，這個有回憶、有追求、有希望、有思想的皮埃爾？這是誰指使的？皮埃爾覺得，沒有人想這麼做。

這是秩序，是情勢所造成的。是一種秩序在戕害他皮埃爾，剝奪他的生命、一切，將他徹底消滅。

十一

從謝爾巴托夫公爵的住宅筆直往下走，沿著新聖女修道院左側的聖女廣場，犯人們被帶到豎起一根柱子的植物園裡。柱子後有一個挖好的大坑和新挖出來的泥土。在土坑和柱子附近，一大群人站成半圓形。人群中少數是俄國人，而多數是拿破崙部隊的零星軍人：穿著各種制服的德國人、義大利人和法國人。柱子左右是法軍佇列，他們身穿藍軍服，頭戴高帽，足蹬中筒皮靴，佩戴紅色肩章。

犯人們依名單上的次序排列（皮埃爾排在第六）被帶到柱子前。兩旁幾名鼓手突然擊起鼓來，皮埃爾感覺到，他的心彷彿隨著這鼓聲被猛地撕掉一塊。他失去思考和想像的能力。他只能看和聽。他只有一個願望，但願即將必然發生的可怕事件趕快結束。皮埃爾環顧難友，觀察著他們。

最旁邊的兩個是剃光頭的囚犯。一個又高又瘦，另一個膚色黝黑、頭髮蓬亂、肌肉發達且有一個扁平的鼻子。第三個是家奴，大約四十歲，頭髮花白，胖胖的身體保養得很好。第四個是農民，長得好看，有一部寬而密的淺褐大鬍子和一雙烏黑的眼睛。第五個是工人，一個面黃肌瘦的小伙子，十八歲左右，穿著工作服。

皮埃爾聽見一些法國人正商議，該如何執行槍決，是一次一個，還是一次兩個？「一次兩個。」級別較高的軍官冷冷說道。士兵隊伍裡起了一陣騷動，顯而易見，所有人都很匆忙——不像是忙於去做一件所有人都能理解的事，而像是忙於結束一種不可避免且又不得人心、令人不解的行動。

一個肩上披著三色綬帶的法國官員走到犯人橫隊的右邊，以俄語和法語宣讀判決書。

然後，四個法國人分為兩組走向犯人，根據軍官的命令抓住站在邊上的兩個囚犯。囚犯走到柱子前停住腳步，拿來頭套之前默默看著周圍，猶如一頭受傷的野獸看著漸漸走近的獵人。一個犯人直畫著十字，另一個搔背部，動著嘴唇，好像在笑。士兵們手忙腳亂地為他們蒙上眼睛、套上頭套，將他們捆在柱子上。

十二名射擊手持槍邁著有節奏的堅定步伐從佇列裡出來，走到離柱子八步之處停下，皮埃爾別開臉，不想看下去了。突然響起劈啪聲和轟隆聲，皮埃爾覺得這些聲音比最恐怖的雷聲更為響亮，於是他轉頭望了望。他看到了硝煙，看到幾個臉色蒼白、雙手顫抖的法國人在土坑邊忙碌。另外兩人被帶了出來。這兩個人也以同樣的眼神看著大家，徒勞的用眼神默默哀求保護，看來他們不理解，也不相信將即將發生的事。他們不相信，因為只有他們才知道，自己的生命對他們意味著什麼，因而他們不理解也不相信，有人要奪去他們的生命。

皮埃爾不想看，又別開臉。可是彷彿可怕的爆炸聲震破他的耳鼓，隨著這聲爆炸，他看見了硝煙、鮮血和那些臉色蒼白又驚駭的法國人，他們又在柱子旁忙碌了起來，以顫抖的雙手彼此推擠。皮埃爾沉重地喘息著環顧四周，如同在問：這是怎麼回事？與皮埃爾的視線相遇的所有目光，也都有同樣的疑問。

在所有俄國人臉上，在法國士兵、軍官的臉上，在所有人臉上，皮埃爾盡皆看到和他心裡一樣的驚訝、恐懼和掙扎。「這到底是誰做的？他們都和我一樣感到悲痛啊。是誰做的呢？是誰？」皮埃爾心裡剎那間閃過這個問題。

「八十六團射擊手，出列！」有人大喝一聲。站在皮埃爾身邊的第五個人被帶走了——只帶走了他一人。皮埃爾不知道，他已經得救，他和其餘人被帶到這裡來只為了充場面。他沒有感到慶幸，也沒有感到安心，而是愈來愈恐懼地看著眼前的發展。第五人是身穿工作服的工人。法國人的手剛碰到他，他當下駭然跳開，一把抓住皮埃爾（皮埃爾渾身一震，掙脫了他的手）。這個工人走不動了。他被架著胳膊拖著走，於是他大聲叫嚷著什麼。他被帶到柱子前，這時他突然不吭聲了。他彷彿突然明白了什麼。也許是他覺得吵嚷也無濟於事，也許是覺得他們是不會打死他的，不過他還是站到柱子旁，等著和其他人一樣被蒙上眼睛，於是像一頭受了槍傷的野獸，以閃亮的眼睛打量著周圍。

皮埃爾再也無法讓自己別開臉閉上眼睛了。他和人群一樣的好奇和激動在目睹第五次殘殺時達到頂點。這第五個人和其他人一樣，看似平靜；他掩上衣襟，用一隻光腳蹭著另一隻光腳。

為他蒙上眼睛時，他自己整理了一下後腦勺上打的結，因為勒得太緊。後來，在叫他靠在血淋淋的柱子上時，他往後一仰，卻覺得這樣很不自在，便調整一下姿勢，兩腳平穩地站好，安詳地靠在柱子上。皮埃爾目不轉睛地望著他，未放過任何一個細微的動作。

大概曾傳來口令聲，或曾響起八支槍的射擊聲。總之，往後皮埃爾無論如何努力回憶，也沒有聽到槍響。他只看到工人不知怎麼的突然倒在捆綁他的繩索上，身上有兩處冒出鮮血，繩索由於身體的重量而鬆開了，於是工人不自然地垂著腦袋，蜷曲著兩腿坐倒在地。皮埃爾跑到柱子前。誰也沒有阻攔他。工人身旁有幾個驚恐而臉色蒼白的人在忙碌著。一個年長的短鬚法國人在解開繩索時下巴不住哆嗦。屍體倒下了。幾名士兵笨拙且匆忙地將屍體拖到柱子後邊，推下了土坑。

顯然，所有人無疑都知道，他們是罪犯，必須趕快將犯罪的痕跡掩蓋起來。

皮埃爾朝土坑裡望，看到工人躺在那裡，雙膝抬起靠近腦袋，一邊肩膀比另一邊肩膀高些。其中一邊肩膀仍在抽搐，均勻地起伏著。但是，一鍬又一鍬的泥土已撒落在他的全身。一個士兵很生氣，兇狠而歇斯底里地朝皮埃爾斥喝了一聲，要他回去。皮埃爾不明白他的意思，還是站在柱子旁，也沒有人來趕他走。

在土坑填平之際，傳來了一聲口令。皮埃爾被帶回原處，列隊站在柱子兩旁的法軍九十度轉身，步伐齊整地從柱子旁走過。帶著子彈已發射完的槍枝站在圓圈中央的二十四名射擊手，在各自的連隊經過時跑步歸隊。

皮埃爾茫然地望著那些射擊手成雙地從人群中跑出來。除了一人之外，全歸隊了。一個年輕的士兵面色慘白，高帽斜歪在腦後，他放下槍，還站在他剛才面對土坑舉槍射擊之處。他像個醉漢，時而跨前幾步，時而倒退幾步，支撐著踉蹌的身子。一個當士官的老兵跑出隊伍，揪住年輕士兵的肩膀，將他拽進連隊。那群俄國人和法國人漸漸散去。盡皆默然不語，垂頭喪氣地走著。

「這是他們縱火得到的教訓。」一個法國人說。皮埃爾回頭一看，說話的是一名士兵，他想在這場慘劇中找些理由聊以自慰，卻辦不到。他沒有說完想說的話，手一攤，便離去了。

十二

行刑後，皮埃爾和其他受審者被隔離了，單獨留在一處破敗骯髒的小教堂裡。

傍晚，看守他的士官帶著兩名士兵走進教堂，向皮埃爾宣布，他被赦免了，現在要到關押戰俘的板棚去。皮埃爾不明白他在說什麼，站起來便跟隨士兵們而去。他們來到一片空地，可見幾間簡易板房以燒焦的木板、原木和薄板草草搭建而起，他被帶進其中一間。在黑暗中，二十來個各式各樣的人圍住皮埃爾。皮埃爾看著他們，不清楚這是些什麼人，他們要做什麼或想要他做什麼。他聽了他們對他所說的話，卻得不出任何結論，因為他不懂這些話的意思。他自己回答向他提出的問題時，卻想像不出是誰在聽他說話，會如何理解他的回答。他看著那些人的面容以及模糊的身影，覺得他們都同樣備感索然無味。

從皮埃爾目睹那些人違心地進行可怕屠殺的那一刻起，在他心裡支撐著一切，並使一切富於生氣的彈簧彷彿突然被抽掉，於是一切都倒塌了，變成一堆毫無價值的廢物。雖然他還沒有意識到，但是他對世界的美好、對人類和自己的良心以及對上帝的信仰已經破滅。這種心情皮埃爾過去也曾經歷過，但從來不像眼下這麼強烈。從前，當皮埃爾萌生同樣的疑慮時，其根源多在於他自身的過錯。那時皮埃爾由衷感到，要擺脫這種絕望和懷疑，問題在於自己。但是現在他覺得，世界在他的心中崩潰，徒留毫無意義的一片廢墟，並不是由於他的過錯。他覺得，能否恢復對生活的信心並不取決於他。

人們在黑暗中站在他周圍。大概他身上有什麼引起了他們的興趣。人們對他說著什麼、打聽著什麼，後來帶他到什麼地方去，最後他出現在板房的一處角落和那些人擠在一起，從不同方向傳來他們有說有笑的聲音。

「這時，夥計們……就是那個親王，他（特別加重這個詞的語氣）……」板房的對角有一個人在說話。

皮埃爾動也不動默默地坐在牆邊乾草上，時而睜開眼，時而閉上眼。可是只要他一睜開眼，眼前就會出現那個工人恐懼的、因其純樸而猶為可怕的臉，以及那些被迫殺人的劊子手們因張皇失措而更顯駭人的臉色。於是他又睜開眼睛，在黑暗中茫然四顧。

一個矮小的人弓著腰坐在他身邊，皮埃爾最初是聞到一股強烈的汗臭味，這才注意到有這個人，他只要一動彈，身上便會散發出汗臭味。這個人在黑暗中搖晃著一雙腳，儘管皮埃爾看不見他的臉，卻感覺到這個人正不停打量他。在黑暗中仔細一看，才知道他在脫鞋。他脫鞋的樣子引起了皮埃爾的興趣。

他解開紮在一隻腳上的繩子，細心地捲起繩子，馬上又著手調整另一隻腳上的繩子，一邊抬頭看皮埃爾。一隻手在綁繩子時，另一隻手已經在解開另一隻腳上的繩子了。就這樣，這個人仔細地、連續的以一個接一個弧形的、俐落的動作脫掉鞋子，把鞋子掛到釘在他上方的短木頭上，拿起一把小折刀削著什麼，然後闔上小刀，放在枕頭下，隨即舒適地坐著，雙手抱膝，直勾勾地盯著皮埃爾。皮埃爾覺得，這些俐落的動作、他在角落裡這種井然有序的安排、甚至這個人身上的氣味都有一種令人愉快、安心的圓融感，於是他目不轉睛地看著他。

「您受了不少罪吧，老爺？」矮小的人突然問起。他悅耳的聲音是那麼親切純樸，皮埃爾想回答，可惜他的下巴直打戰，他感到自己已熱淚盈眶。為了不讓皮埃爾有時間露出窘態，矮小的人就在那一瞬間以其悅耳的語調說起話來。

「哎，小鷹，別憂傷。」他用俄國老太太那種溫柔悅耳的撫慰語氣說道，「別憂傷：忍得一時，長命百歲！必須如此，我親愛的。我們待在這裡，感謝上帝，沒有人欺負我們。這裡有壞人也有好人。」他說，邊說邊靈活地稍微前傾並站了起來，同時咳嗽著到什麼地方去了。

「看看，小壞蛋來了！」皮埃爾聽到板房另一頭那親切的聲音。「小壞蛋來了，牠還記得呢！好，好，好啦。」於是，這個士兵推開撲向他的小狗，回到的位子上坐了下來。他拿著用布片包著的東西。

「您吃點吧，老爺，」他說，又恢復適才恭敬的語氣，一邊打開布包，遞了幾個烤馬鈴薯給皮埃爾。「午餐供應的是稀粥。這些馬鈴薯倒是不錯。」

皮埃爾整整一天未進食，此時覺得馬鈴薯聞起來噴香。他謝過士兵，享用了起來。

「怎麼，就這樣吃嗎？」士兵笑著說，拿起一個馬鈴薯。「你要這樣。」他又拿來折刀，在手掌上將馬鈴薯對半切，從布片裡拿點鹽撒上，隨即遞給皮埃爾。

「這些馬鈴薯不錯，」他又說了一遍，「你吃吃看。」

皮埃爾覺得，他從來沒有吃過這麼好吃的食物。

「不，我吃什麼都行，」皮埃爾說，「可是為什麼他們要槍斃這些不幸的人！最後一人只有二十歲。」

「嘖嘖……」矮子說，「罪過，真是罪過……」他旋即加上一句，彷彿他的話都是預先準備好的，且會無意中脫口而出。他接著說：「這是怎麼一回事，老爺，您怎麼會留在莫斯科？」

「我沒有想到，他們來得這麼快。我不是有意留下來的。」皮埃爾說。

「他們怎麼會逮捕你呢，兄弟，是從你家裡逮捕的？」

「不，我是去看火災的，他們當場抓住我，當成縱火犯審判。」

「哪裡有審判，哪裡就沒有公正。」矮子插話道。

「你早就在這裡了？」皮埃爾咀嚼著最後一個馬鈴薯問道。

「我嗎？我是上星期天在莫斯科的醫院裡被逮捕的。」

「你是什麼人，是士兵？」

「阿普歇倫團的士兵。我得了寒熱病，差點死了。什麼消息也不告訴我們。我們二十來人躺在病床上。突然禍從天降。」

「你在這裡，覺得苦悶嗎？」皮埃爾問。

「怎麼會不苦悶呢，兄弟。我叫普拉東，卡拉塔耶夫是姓。」他補上一句，看來是要讓皮埃爾便於稱呼他。「在部隊裡，大家都叫我小鷹。怎麼會不苦悶呢，兄弟！莫斯科，她是眾城之母啊。看著這一切怎麼會不苦悶呢。不過，蟲子吃白菜，自己先受害——這是老人家說的。」他迅速補充道。

「什麼，你說什麼來著？」皮埃爾問道。

「我？」卡拉塔耶夫說道，「我說，不是靠我們的智慧，而是要靠天意。」他說，以為這是在重複他說過的話。立刻又接著說：「老爺，您家裡情況如何，有世襲領地嗎？府邸也有？這麼說，是貴族！妻子也有吧？父母兩老還健在？」他問，雖然皮埃爾在黑暗中看不見，但是他感覺得到，士兵問這些事時，含蓄、親切的微笑使他的雙唇皺了起來。看來，得知皮埃爾失去雙親，尤其是沒有母親時，令他感到傷感。

「妻子要和睦相處，丈母娘要禮尚往來，可是沒有比親生母親更親的了！」他說。「嗯，有孩子了吧？」皮埃爾否定的回答看來又令他傷感了，他連忙說：「不用愁，你們都還年輕，上帝保佑，會有孩子的。不過夫妻要和睦……」

「可是，現在都無所謂了。」皮埃爾禁不住說道。

「哎，親愛的人哪，」普拉東不贊成了，「乞討也好，坐牢也好，都要甘願承受。」他調整姿勢，想要坐得舒服些，接著又咳了一聲，顯然是準備發表長篇談話。「是這樣的，我親愛的朋友，那時我還住在家裡，」他開始說道，「我們老爺的世襲領地很富饒，土地很多，農民的日子過得不錯，我們家的生活也不差。連老爺一家七口都下田收割。生活得很好。都是真正的基督徒。想不到……」於是普拉東・卡拉塔耶夫說了一個長長的故事，說他怎麼到別人家的林子去偷木材，碰上守林人，遭到鞭打、審判，被送去當兵──「怎麼樣呢，兄弟，」他在微笑，說話的聲音也變了，「以為倒大霉，原來卻是好事一件！要不是我出事了，就得由弟弟去當兵。而弟弟家裡連大帶小有五個孩子──我呢，你看看，家裡只有老婆一人。曾有一個女兒，在我入伍之前就死了。後來回家鄉休假，我就告訴你吧。到家一看，他們的生活比過去更好了。院子裡滿是牲口，女人們都在家，兩個兄弟出去掙錢了。只有最小的弟弟米哈伊洛在家。老爺就說：『我呀，』他說，『所有孩子都一樣：咬哪個指頭都一樣痛。當時要不是普拉東去當兵，米哈伊洛就得去。』他把我們都叫去，你信不信，他讓我們都站在聖像前。『米哈伊洛，』他說，『過來，向他下跪，還有妳，媳婦，也來下跪吧，孫子們也要下跪。你們明白嗎？』他說。是呀，我親愛的朋友。命運捉弄人。我們卻老是說：這不好，那不好。朋友，我們的幸福就像拉網中的水：拉上來的過程中鼓得滿滿的，一拉出水面──什麼也沒有。就是這樣啊。」於是普拉東坐到乾草堆上去了。

普拉東沉默片刻，站了起來。

「怎麼，看樣子你想睡了吧？」他說，他迅速畫起十字，嘴裡念叨著：

「主啊，耶穌基督、聖徒尼古拉、弗羅拉和拉夫拉[9]，主耶穌基督、聖徒尼古拉！弗羅拉和拉夫拉，主耶穌基督——保佑和拯救我們吧！」他最後說，叩首，站起身來，嘆了口氣在乾草堆上坐下。「就這樣了。主啊，但願你放下的是石頭，拿起來的是麵包。」他說完便把軍大衣拉到身上躺了下來。

「你念的是什麼禱詞？」皮埃爾問。

「怎麼了？」普拉東說（他快要睡著了）。「我念什麼禱詞？向上帝禱告啊。難道你不禱告嗎？」

「不，我也禱告，」皮埃爾說，「但你怎麼會提到弗羅拉和拉夫拉呢？」

「當然啦，」普拉東立刻回答道，「今天是馬的節日呀。牲口也要愛惜才對。」卡拉塔耶夫說，「你看看，小壞蛋捲成了一團。牠暖和起來了，這個小狗崽子。」他說，摸了摸腿邊的小狗，又翻了個身，馬上就睡著了。

外面，從遠方的某處傳來哭喊的聲音，從板房縫隙可以看見火光；不過板房裡很靜也很暗。皮埃爾久久未睡去，在黑暗中兀自睜眼躺著，傾聽躺在他身旁的普拉東那均勻的鼾聲，於是他感覺到，在他的心裡，此前被摧毀的世界，如今以全新美好的面貌，在全新無可動搖的基礎上建立起來。

十三

皮埃爾來到板房，並待了四個星期。除了他之外，還有被俘的二十三個士兵、三個軍官和兩個官吏。後來，在皮埃爾的想像中，他們都像在霧裡一樣模糊不清，唯有普拉東．卡拉塔耶夫永遠留在皮埃爾心裡，是他最深切且珍貴的回憶，是一切屬於俄羅斯、善良和圓融的體現。第二天黎明，當皮埃爾看到自己的鄰人時，最初那圓融的印象完全獲得印證：普拉東身穿以繩束腰的法國軍大衣、頭戴大簷帽和腳穿樹皮鞋的身形是圓的，腦袋完全是圓的，背部、胸膛、肩膀，甚至彷彿隨時準備擁抱什麼的兩條臂膀也感覺是圓的；愉快的笑容和一雙溫柔的褐色大眼睛也是圓的。

根據普拉東．卡拉塔耶夫所描述，很久以前他身為一名士兵參加行軍打仗的故事來推論，他應是五十出頭。他自己不知道，因而怎麼也說不清他有多大歲數了；不過，他的牙齒是完整的好牙，笑的時候（他時常會笑）總露出一口潔白、堅固的牙齒；他的鬍子和頭髮沒有一根是白的，全身散發出一種柔韌、堅強和毅力的氣息。

他的臉上儘管有一些細小的弧形皺紋，卻流露出純真和青春；他的聲音是愉悅的。但是他說話的特點是直率、俐落。看來他從來不考慮他說了什麼，也不考慮他要說什麼，以致他那明快及適當的語調自有一

9 弗羅拉和拉夫拉，兩位聖徒，被認為是家畜的守護者。

種特殊的、不可抗拒的說服力。

在被俘初期，他體力充沛、俐落，似乎不知道何謂疲勞和病痛。每天早晨和傍晚躺下時，他說：「主啊，但願你放下的是石頭，拿起來的是麵包。」清晨起來，他總是聳著肩說：「躺下——縮成一團，起來——渾身抖一抖。」確實，他只要一躺下，就馬上陷入沉睡，像一塊石頭；而一早起來，只要渾身抖一抖，一秒鐘也不耽擱，立刻勞動，像孩子一起床便伸手抓玩具一樣。他什麼都會，不是很好，但也不差。他烤、煮、縫、刨、製靴子，樣樣都會。他總是在忙，只有在夜晚才會說話、唱唱歌。他唱歌不像一般歌手，很清楚知道有人正聽他唱，而是像鳥兒在歌唱，顯然是因為需要發出這些聲音，正如有時需要伸伸懶腰、散散步一樣；而這些聲音幾乎像女人一樣細緻、柔和而淒涼，這時他的神色往往是很嚴肅的。

他被俘後蓄起大鬍，他拋棄一切異己的、軍人的特點，自然而然地恢復到以前的農家習氣。「休假的士兵，襯衣露在褲子外[10]。」他時常說。他不大願意談起當兵的日子，不過他從不抱怨，而且常說，他當兵時一次也不曾挨打。他若是提起過去，大多是談到身為農民的生活，即他所說的「基督徒」[11]生活，顯然他非常珍惜這些回憶。他說話時常用諺語，不是士兵們所說的猥褻、下流的諺語，而是一些民間格言，單看他所說的這些諺語，似乎沒有什麼意思，一旦運用得宜，會立刻顯出具有深刻智慧的涵義。

他的話經常前後矛盾，卻又不無道理。他喜歡說話，而且很擅長，話裡點綴著一些親暱的字眼和諺語，皮埃爾覺得，這些諺語都是他杜撰的；但是他講述的魅力在於，他的話語所涉及的一些最簡單的事，有時正是皮埃爾看到卻未加留意的事，經他一表達，便具有一種嚴肅、優美的特點。他喜歡聽某個士兵每晚說的童話（都是一些同樣的童話），不過他更喜歡聆聽現實生活中的故事。他聆聽這些故事時，總是愉快地微笑，時而插話、提問，以便理解故事中的優美之處。皮埃爾所理解的眷戀、友誼、愛情，卡拉塔耶夫是完全缺乏的；但是他有愛心，而且滿懷愛心地對待他在生活中所遇到的一切，尤其是人——不是某個特定的人，而是出現在他眼前的那些人。他愛自己的小狗、愛難友、愛法國人、愛他身旁的皮埃爾；但是皮埃爾覺得，卡拉塔耶夫儘管對他那麼體貼、溫柔（他不由自主地對皮埃爾的精神生活報以應有的溫情），在分手時卻不曾有片刻的惜別之情。於是，皮埃爾對卡拉塔耶夫也開始懷有同樣的感情。

普拉東．卡拉塔耶夫在其他俘虜心中，是最普通的士兵；他們喚他小鷹或普拉托沙，善意地取笑他，常派他負責取郵包。但是對皮埃爾來說，這個人在第一個晚上留給他的印象，是純樸和正義的體現，充滿不可思議、圓融及永恆，且永久留在皮埃爾心中。

普拉東．卡拉塔耶夫除了自己的禱詞，什麼也記不住。他說話時，似乎一開頭就不知道如何收尾。有時皮埃爾對他的話感到震驚，會請他把說過的話重複一遍，普拉東卻怎麼也想不起片刻之前所說的話，同樣，他也無法用言語向皮埃爾傳達一首心愛的歌曲。歌詞是：「親愛的、小白樺樹、我心裡煩悶。」可是這些詞句表達不出任何深度。他不理解也無法理解從語言中單一抽取出來的詞句涵義。他的每句話和每個行動都是他不自覺的活動表現，而這些活動構築起他的生活樣貌。在他看來，他的生活若是孤立，就了無意義。他的生活，唯有做為他經常意識到的整體的一部分才有意義。他的話語和行動都極其均衡、必然而直接地流露出來，就如花香從花朵上飄散出來一樣。他無法理解，孤立的行動或言詞會有什麼價值和意義。

---

10 當時，農民習於將上衣下襬露在外，而當兵時，下襬便塞進長褲裡。

11 在俄語中，「農民」和「基督徒」的發音相近。

十四

瑪麗亞公爵小姐一旦從尼古拉口中得知，她的兄長和羅斯托夫都在雅羅斯拉夫爾的消息，便不顧阿姨的勸阻，立刻動身前往。她不是一個人離開，還要帶姪子一起離開。不管是否有困難、有沒有可能，她既不問也不想知道。她的責任，不僅是要親自守在也許已經病危的兄長身邊，也要竭盡所能為他把兒子帶去，於是她動身了。至於安德烈公爵本人為什麼沒有及時通知她，瑪麗亞公爵小姐認為，這是因為他太虛弱，無法動筆，或者是因為他覺得，如此長途跋涉對她和兒子而言太過艱難、太危險。

瑪麗亞公爵小姐幾天之內便做好出發的準備。在她的車隊中，其中一輛是公爵的高大轎式馬車，她便是乘著這輛車抵達沃羅涅日，另外還有幾輛輕便馬車和板車。同行的有布里安娜小姐、尼科連卡、家庭教師、老保母、三個女僕、吉洪、一個年輕的男僕，還有阿姨派給她使喚的隨從。

沿著平時的道路朝莫斯科方向前進根本不可能，瑪麗亞公爵小姐不得不繞道而行：經過利佩茨克、梁贊、弗拉基米爾、舒亞，這條路很長，由於沿途沒有驛馬又很難行，在梁贊附近更是危險，因為據說那裡出現法軍。

在這段艱難的旅途中，布里安娜小姐、德薩爾和瑪麗亞公爵小姐的女僕們都對她的堅定和行動能力感到震驚。她比任何人都晚就寢，卻比任何人早起，任何艱難困苦都未能使她裹足不前。多虧她的行動和毅力鼓舞了她的旅伴們，他們在第二個星期即將結束之際，終於駛近雅羅斯拉夫爾。

瑪麗亞公爵小姐在沃羅涅日的最後一段時間是她一生中最幸福的時光。對尼古拉的愛已經不再使她感到困擾和不安。這份愛充滿她的心靈，成為她不可分割的一部分，於是她不再抗拒。最近，瑪麗亞公爵小姐確信——雖然她未明確肯定地說出口，但是她確信，他是愛她的，她也愛他。她是最後一次和尼古拉見面時確信這一點的，當時他來告訴她，她的哥哥和羅斯托夫一家在一起。尼古拉沒有一句話暗示，現在（在安德烈公爵康復的情況下）他和娜塔莎原有的關係可能恢復，但是瑪麗亞公爵小姐從他的神情中看出，這件事他知道，也曾想過。儘管如此，他對她的體貼、溫柔和愛慕態度非但無法改變，他反而很高興，他和瑪麗亞公爵小姐由於這層親戚關係，今後他可以更自在地向她表達自己的友愛之情，瑪麗亞公爵小姐有時也是這麼認為的。瑪麗亞公爵小姐知道，這是她第一次也是最後一次愛人，她感覺到，她是愛他的，也在這段關係中備感幸福、安心。

不過，在這方面的幸福感不僅無礙於她為了兄長而滿懷悲傷，反而由於內心的安寧，她更能沉浸在對兄長的感情。在離開沃羅涅日初期，這種感情是如此強烈，以致同行的人看著她憔悴、絕望的神情都認為，她一定會在路上病倒。然而，正是旅途的艱難和操勞使她事必躬親，暫時忘卻自身的悲傷，並增添她的活力。

一如旅途中常有的心情，瑪麗亞公爵小姐只想著旅行本身，卻忘了旅行的目的。可是離雅羅斯拉夫爾漸漸近了，她可能面對的情況再次凸顯出來，已經不是多日之後，而是當天晚上就要面對了。這時瑪麗亞公爵小姐激動不安的情緒達到極限。

已先派遣隨從出去，以便在雅羅斯拉夫爾打聽羅斯托夫在何處落腳、安德烈公爵的情況如何。他在城門口迎接駛入的高大轎式馬車，一見到從窗口探頭看他的瑪麗亞公爵小姐那慘白的臉色，不禁大吃一驚。

「都打聽到了，公爵小姐。羅斯托夫住在廣場上商人布龍尼科夫的住所。不遠，就在伏爾加河岸邊。」隨從說。

瑪麗亞公爵小姐很驚訝，疑惑地看著他，不明白他正在對她說什麼，不明白他為什麼不回答重要問題：哥哥情況如何？布里安娜小姐為瑪麗亞公爵小姐提出這個問題。

「公爵的狀況如何？」她問。

「公爵和他們都住在那座房子裡。」

「這麼說，他還活著，」公爵小姐想，她悄聲問，「他怎樣了？」

「大家說，情況還是一樣。」

「還是一樣」是什麼意思，公爵小姐不想再問了，只是對七歲的尼科連卡悄悄地匆匆一瞥，他坐在她對面，正興高采烈地望著城市，她低下頭再也沒有抬起來，直至沉重的轎式馬車吱吱作響、搖搖晃晃地在什麼地方停了下來。接著，響起了放下踏板的聲音。

車門打開了。左邊是水——一條大河，右邊是臺階；臺階上都是人，那是僕人們和一個面色紅潤、梳一條烏黑髮辮的少女，她一看到瑪麗亞公爵小姐，便令人不快地假意微笑（這是索尼婭）。公爵小姐跑上階梯，假意微笑的少女說：「這裡來，這裡來！」於是公爵小姐出現在客廳裡一位有東方臉型的老婦人面前，她深情地快步迎了上來。這是伯爵夫人。她摟著瑪麗亞公爵小姐開始親吻她。

「我的孩子！」她說，「我先前就喜歡您，也知道您。」

瑪麗亞公爵小姐雖然非常激動，卻也明白，這是伯爵夫人，應該對她說些什麼。她自己也不明所以，竟以同樣的語氣禮貌地說了幾句法語，隨即問道：「他怎麼樣了？」

「醫生說沒有危險。」伯爵夫人說，可是在她這麼說的同時，卻嘆息著舉目望天，而這個姿態所表達的意思，和她的話自相矛盾。

「他在哪裡？可以見他嗎，可以嗎？」公爵小姐問。

「等一下，公爵小姐，等一下，我的朋友。這是他的兒子？」她說，一邊轉向尼科連卡，他正和德薩爾走了進來。「都住得下，房子很大。啊，多麼可愛的孩子！」

伯爵夫人把公爵小姐領到客廳裡。索尼婭正和布里安娜小姐說話。伯爵夫人撫著小男孩。老伯爵進來了，向公爵小姐表示歡迎。老伯爵從公爵小姐最後一次見到他以後，變化非常大。那時他是機敏、愉快、自信的老人，現在好像成了可憐的、被遺棄的人。他和公爵小姐說話時，不斷左顧右盼，似乎在詢問大家，他這麼做有什麼不妥之處嗎？莫斯科和他的莊園遭到毀滅後，他脫離了習以為常的軌道，彷彿喪失自我價值，覺得在生活中已沒有他的位置。

儘管內心十分焦急，儘管唯一的願望是趕快見到兄長，而在她渴望見到他的此刻，人們卻纏住她，假意稱讚姪子，她因而很氣惱，儘管如此，公爵小姐還是注意到她周圍所發生的一切，感到有必要暫時服從她置身其中的這種新秩序。她知道，這一切是不可避免的，她感到很難受，可是她並不怪他們。

「這是我的表姪女，」伯爵夫人向她介紹索尼婭，「您不認識她吧？」

公爵小姐轉向她，竭力壓抑心裡對這個女孩所激起的敵意，親親她。但是她的心情沉重了起來，因為周圍所有人的情緒和她的心情是那麼格格不入。

「他在哪裡？」她再次向大家問道。

「他在樓下，娜塔莎和他在一起，」索尼婭回答道，臉上泛起了紅暈。「已經派人去問了。我想，您累了吧，公爵小姐？」

公爵小姐的眼裡湧出氣惱的淚水。她別過臉，又想問伯爵夫人，到他那裡去怎麼走，這時門口響起了輕盈、急切、彷彿愉悅的腳步聲。公爵小姐回頭一看，見到幾乎是跑著進來的娜塔莎，就是很久以前在莫斯科見面時、她很不喜歡的那個娜塔莎。

公爵小姐還來不及抬頭朝娜塔莎看一眼，心裡就明白了，這是她真正的患難之交，是她的知心好友。她迎著她撲過去，摟著她，伏在她的肩頭哭了。

娜塔莎坐在安德烈公爵的床頭，一聽說瑪麗亞公爵小姐來了，便輕輕走出他的房間，以急速的、瑪麗亞公爵小姐聽來以為愉快的腳步跑來見她。

當她跑進來時，她那激動的臉上只有一個表情——愛的表情，那是對他、對她、對貼近心愛的人無限的愛，為別人感到惋惜、痛苦並激情地希望奉獻一切，並幫助他們的表情。可以看出，這時，在娜塔莎的心裡完全沒有想到自己以及自己與他的關係。

敏感的瑪麗亞公爵小姐第一眼見到娜塔莎，就明白了這一切，於是伏在她的肩頭悲喜交集地淚如雨下。

「我們走吧，到他身邊去，瑪麗亞。」娜塔莎說，把她領到另一個房間去。

瑪麗亞公爵小姐抬起頭來，擦乾眼淚，朝她轉過身來。她感覺到，可以從她口中了解一切、釐清一切。

「怎麼……」她開始問，卻又突然打住。她覺得，不能用語言來提問或回答。娜塔莎的臉色和眼神會把一切表達得更清楚、更深刻。

娜塔莎望著她，似乎有些擔心和疑慮——要不要把她所知道的全部說出來；她彷彿覺得，面對這雙光芒四射、直透她心底的眼睛，不能不說出她所看到的全部、全部實情。娜塔莎的嘴唇顫抖了一下，嘴唇周園出現了難看的皺紋，於是她雙手捂著臉，痛哭失聲。

瑪麗亞公爵小姐全都明白了。

但她還是抱著希望，用她自己也信不過的語言問道：

「他的傷口怎麼樣了？大致的情況如何？」

「您，您……會看到的。」娜塔莎只能這麼說了。

她們在樓下靠近他房間的某處坐了一會兒，讓哭聲停下來，好神色自若地進去見他。

「病情是怎麼發展的？他早就覺得惡化了嗎？這是在什麼時候發現的？」瑪麗亞公爵小姐問道。

娜塔莎說，初期因發燒和傷口劇痛曾經很危險，不過，在特羅伊察時，這次危機熬過去了，醫生只擔心一件事——壞疽。不過這個危機也熬過了。來到雅羅斯拉夫爾以後，傷口開始化膿（娜塔莎知道有關化膿等所有情況），醫生說，化膿可能是正常現象。之後，又出現寒熱病症狀。醫生說，這種症狀不太危險。

「可是兩天前，」娜塔莎說，「他就突然變成這樣……」她強忍淚水。「我不知道是什麼原因。不過您會看到，他變成了什麼樣子。」

「衰弱了？瘦了？……」公爵小姐問。

「不，不是的，不過更糟。您會看到的。噢，瑪麗亞，瑪麗亞，他這個人太好了，他不能，不能活下去了……因為……」

十五

當娜塔莎熟練的推開門，並讓公爵小姐走在前頭時，公爵小姐已經感到喉嚨硬咽。不管她先前已有心理準備，希望盡力保持平靜，可是她知道，一見到他，一定會忍不住哭出來的。

瑪麗亞公爵小姐明白，娜塔莎的話「兩天前，他就突然變成這樣」意味著什麼。她明白，這意味著，他突然變得溫柔，而這溫柔、慈悲正是死亡的前兆。她在走近門口時，腦海裡已經浮現出她自幼便熟悉的安德烈那溫柔、謙和、多愁善感的面容，這面容在往後已少見，因而總是會對她產生強烈的影響。她知道，他會和父親臨終時一樣，輕言細語地對她說些溫情的話語，而這是她所難以承受的，她一定會在他身邊放聲大哭。不過，這是遲早都會發生的，於是她走進房間。喉嚨愈是哽咽，同時她的一雙近視眼愈來愈清晰地分辨出他的身形、探尋著他的容貌，終於看到他的臉，並與他的目光相遇了。

他躺在長沙發上，身邊圍著幾個靠枕，穿著灰鼠皮睡袍。他消瘦而蒼白。一隻骨瘦如柴、白皙透明的手拿著手絹，另一隻手的手指輕輕觸摸著新長出的短鬚。他看著進來的人。

一看到他的面容，接觸到他的目光，瑪麗亞公爵小姐突然放慢了腳步，感覺淚水突然乾了，哭聲也止住了。捕捉到他的表情和眼神後，她不覺靦腆起來，以為自己犯了錯。

「但我有什麼過錯呢？」她自問。「妳的過錯在於，妳不但活著，還想念著另一個活著的人，可是我呢？」他冷峻的目光彷彿這麼回答。

當他緩緩打量著妹妹和娜塔莎時，他那深邃的、內斂的目光裡幾乎充滿敵意。

他和妹妹依習慣，手挽手地親吻了一下。

「妳好，瑪麗亞，妳是怎麼到這裡來的？」他說，他的聲音和目光一樣平靜而陌生。倘若他絕望地大聲尖叫，這叫喊聲也絕不會像這語調，令瑪麗亞公爵小姐感到恐懼。

「尼科連卡也帶來了？」他依舊平靜而緩慢地說道，顯然正努力回憶。

「現在你覺得怎麼樣？」瑪麗亞公爵小姐問，內心也對自己所說的話感到吃驚。

「我的朋友，這要問醫生。」他說，看來又做了一次努力，想表現得親切，他只動著嘴唇說（看得出，他完全未多加思考自己所說的話）：「親愛的朋友，謝謝妳來看我。」

公爵小姐握握他的手。她的握手讓他難以覺察地微微皺起眉頭。他沉默著，她也不知道說什麼好。她終於明白了，他在這兩天裡所發生的變化。在他的話語中、語調裡，可以感覺到，在這冷漠的、幾乎充滿敵意的目光裡，流露出一種疏遠塵世的精神狀態。看來他現在很難理解塵世的一切；同時也可以感覺到，他不理解人世的一切，但這並不是因為他失去理解力，而是因為他領悟到某種其他的、活著的人領悟不到也不可能領悟的道理，且盤據他的心靈。

「妳看，命運多麼神奇地又讓我們相遇！」他打破沉默，指著娜塔莎說。「她一直在照顧我。」

瑪麗亞公爵小姐聽著，卻不明白他在說什麼。他，溫柔體貼的安德烈公爵，怎麼能在彼此相愛的戀人面前說這種話呢！如果他想活下去，他就不會用這麼冷淡、唐突的口吻說這種話。如果他不知道他即將離世，他怎麼會不憐惜她、怎麼能在她面前這麼說呢！這只能有一個解釋，就是對他來說，一切都無所謂了，而他覺得無所謂，正是因為他得到一種更崇高的啟示。

談話是冷淡、缺乏連結、斷斷續續的。

「瑪麗是經過梁贊來的。」娜塔莎說。安德烈公爵未注意到，她稱呼妹妹瑪麗。娜塔莎在他面前這麼稱呼她之後，這才第一次注意到。

「那又怎麼樣？」他說。

「她聽說，莫斯科被燒毀了，完全燒毀了，好像……」

娜塔莎連忙打住：她沒辦法再說下去。他顯然正努力聽懂，卻怎麼也辦不到。

「是的，燒毀了，都這麼說，」他說，「很可惜。」於是他望著前方，漫不經心地用手指捋著鬍子。

「妳遇見尼古拉伯爵了嗎，瑪麗亞？」安德烈公爵突然問道，看來是想讓她們放輕鬆一些。「他寫信來，說他非常愛妳。」他平淡而安詳地接著說道，顯然沒有能力充分理解他的話對活著的人而言，所帶來的複雜意義。「如果妳也愛他，那就太好了……你們就可以結婚了……」他略為加速說道，彷彿非常高興，因為他想了好久，終於想到該說的話。瑪麗亞公爵小姐聽到他的話，但這些話對她徒具意義，除了說明眼前的他，離開塵世已多麼遙遠。

「何必談我的事呢！」她看了娜塔莎一眼，平靜說道。娜塔莎感覺到她投向自己的目光，不過沒有回望她。大家都沉默了。

「安德烈，你想……」瑪麗亞公爵小姐突然說，聲音顫抖了一下，「你想見尼科連卡嗎？他一直很想你。」

安德烈公爵第一次面露難以覺察的微笑，可是瑪麗亞公爵小姐太熟悉他的神情，她當下明白，這不是愉快的、對兒子的溫情微笑，而是溫柔地暗中嘲笑，在他看來，瑪麗亞公爵小姐正使出最後一招，企圖激發他的情感。

「是的，我很高興能見到尼科連卡。他身體好嗎？」

尼科連卡被帶到安德烈公爵面前時，他啞然地看著父親，但是沒有哭，因為沒有人哭，安德烈公爵親了親他，顯然不知道對他說什麼好。

尼科連卡被帶走時，瑪麗亞公爵小姐再次走到哥哥面前親他，便再也忍不住的哭了起來。

他凝神看了看她。

「妳是為尼科連卡而哭嗎？」他問。

瑪麗亞公爵小姐哭著，肯定地低下了頭。

「瑪麗亞，妳知道福音……」可是他突然不說了。

「你說什麼？」

「沒什麼。妳不要在這裡哭。」他說，還是以淡漠的目光注視她。

瑪麗亞公爵小姐哭的時候，他很清楚，她是因為尼科連卡即將失去父親而哭泣。他做了極大努力，想迫使自己回歸日常，並理解她們的想法。

「是的，她們會覺得這很遺憾！」他心想。「但其實，這是很平常的！」

「你們看那天上的飛鳥，也不種，也不收……你們的天父尚且養活牠。」[12]他自言自語道，想把這些

---

12 出自《新約・馬太福音》第六章第二十六節。

話也說給瑪麗亞公爵小姐聽。「可是不行，他們會依自己的想法去理解，他們理解不了的！這是他們所無從理解的，他們所珍視的這些感情、我們的所有思想、我們覺得重要的這些思想全是——不必要的。我們不可能相互理解。」

安德烈公爵年幼的兒子只有七歲。他剛學會識字，還什麼都不懂。在這一天之後，他有了豐富的人生經歷，他學到知識、觀察能力和經驗；然而即使他在習得這些知識後，便掌握了這一切，可是在這七歲的年紀，他不可能對父親、瑪麗亞公爵小姐和娜塔莎之間所流露出的氛圍有更深入的了解。即便他理解，他也沒有哭，他只是走出房間，默默來到跟在他後頭的娜塔莎面前，一雙若有所思的漂亮眼睛靦腆地看了看她；微微翹起的紅潤上唇顫抖了一下，他頭靠在娜塔莎身上哭了。

從這天起，他迴避德薩爾、迴避對他極其親熱的伯爵夫人，或者獨自坐，或者怯生生地走到瑪麗亞公爵小姐和娜塔莎面前，安靜又靦腆地依偎著她們。他愛娜塔莎似乎更勝於愛姑姑。

瑪麗亞公爵小姐從安德烈公爵的房裡出來以後，完全理解了娜塔莎的神色間向她所透露的一切，她和娜塔莎不再談到挽救生命的希望了。兩人輪流守在他身旁，也不再哭泣，而是不斷地向永恆的、神祕的上帝禱告，顯然，祂已降臨在瀕死者身上。

十六

安德烈公爵不僅很清楚，自己即將離世，而且感覺到他正在死亡。他已經死了一半。他意識到正與塵世的一切漸漸疏遠，而生存本身，竟有一種愉悅而難以言喻的輕鬆感。他不急也不慌，等待著他將面臨的一切。那威嚴的、永恆的、不可知而遙遠的一切，他在一生中都不斷地感覺到它的存在，現在它是離他這麼近，而且——由於他體驗到生存的那種奇妙輕鬆感——幾乎是可以理解和感覺得到的。

從前，他恐懼結束。他曾兩次體驗到對死亡、結束的恐懼，這是一種寢食不安的可怕感覺，而現在他已經無法理解這種恐懼了。

他第一次體驗到這種感覺，是有一顆榴彈在他前面像陀螺般旋轉的時候，他望著麥草地、灌木叢、天空，他知道死亡就在他面前。當他受傷後醒來時，在他的心裡，愛的花朵彷彿剎那間擺脫了抑制其生活壓力而綻放了，那是永恆的愛，不取決於今生的無限廣泛的愛，他已經不害怕死亡，也未想到死亡。

受傷後，在痛苦孤獨和半昏迷狀態中度過的那些時光，他愈是深入探究這全新的、他所發現的永恆之愛的原理，便愈是屏棄塵世生活。愛一切，愛所有人，永遠為愛而犧牲自己，這意味著誰也不愛，意味著脫離這塵世的生活。而他愈是深入領會這愛的原理，便愈是屏棄生命，因而更徹底地消滅那不偏不倚橫亙在生死之間的恐怖怕障礙。在最一開始，他一想起他必將死去的時候，他對自己說：死就死吧，死了更好。

可是，在梅季希的那個夜晚，他在半昏迷中只見面前出現了他所懷念的女性，他捧起她的手緊貼在唇間，流下了無聲的、歡愉的淚水，於是對一個女性的愛不知不覺潛入他的心底，他再次留戀起生活。歡樂和忐忑不安的思緒開始影響他。回想起他在包紮所裡見到庫拉金的那一刻，如今他已無法再次體會他當下所萌生的感情：他是否活著的問題使他非常苦惱。他不敢正視這個問題了。

他的病情一直依自然規律發展，但是娜塔莎所說的：他就突然變成這樣，是在瑪麗亞公爵小姐抵達的前兩天。這是生與死在精神上進行的最後一場掙扎，結果死亡占了上風。這是瞬間出現的意識，意識到他仍珍惜生命，在他的想像中，這生命便是對娜塔莎的愛，同時也是最後一次對不可知感到畏懼，這一次，死亡制伏了畏懼。

一天晚上，他像平時飯後一樣，出現輕微的寒熱症狀，他的思緒非常清晰。索尼婭坐在桌旁。他打起瞌睡。突然他充滿了幸福感。

「噢，這是她進來了！」他想。

果然，在索尼婭原先的座位上，坐著剛才輕手輕腳進來的娜塔莎。

自從她開始照顧他，他總能感覺到她在身邊。她坐在扶手椅上，側身對著他，以自己的身子為他遮住燭光，一邊織毛襪。（有一次，安德烈公爵對她說，沒有人能像那些會織毛襪的老保母那麼會照顧病人，織毛襪這件事有種撫慰人心的效果。自此，她便學會織毛襪。）她纖細的手指迅速擺動著時而相觸的棒針，他可以清楚地看到，她低頭若有所思的側影。她動了動，毛線球從她的膝上滾了下去。她一驚，回頭望了望他，小心翼翼地以柔和而準確的動作彎下腰撿起毛線球，又再次坐好。

他動也不動地望著她，看出她在拾起毛線球後需要深深地喘一口氣，可是她沒有這麼做，反而是放下手上的編物，緩緩地呼吸。

在聖三一大修道院時，他們曾談到過去，當時他對她說，要是他能好起來，他將因為負傷而永遠感謝上帝，因為負傷使他又能與她相逢；不過，自那次對話以後，他們就未再談起未來。

「這可能嗎？」現在他看著她，聽著棒針相觸時的輕微金屬聲響，他如此想道。「難道命運這麼神奇地讓我和她相逢，就是要讓我死嗎？難道向我啟示生命的真諦，就是要讓我在虛妄中生活？我愛她勝過一切。可是，我能怎麼辦呢，如果我愛她？」他說，由於在病痛中養成的習慣，他不禁呻吟了一聲。

一聽到這聲音，娜塔莎放下毛襪，向他探過身去，她看到他閃亮的眼睛，於是腳步輕盈地向他走了過去，彎下腰來。

「您沒有睡？」

「沒有，我一直看著您；您一進來我就感覺到了。沒有人能像您一樣，為我帶來這麼柔和的寧靜……如此光明。我高興得想哭。」

娜塔莎向他靠得更近些。她的臉上洋溢著意外的喜悅。

「娜塔莎，我太愛您了。勝過世上的一切。」

「難道我不是嗎？」她稍微別開臉一會兒。「為什麼要特別強調『太』呢？」她問。

「為什麼要特別強調『太』嗯，您是怎麼想的，您心裡有什麼感覺，妳坦白說，我能活下來嗎？您覺得呢？」

「我深信不疑，我深信不疑！」娜塔莎幾乎喊叫起來，激動的握住他的雙手。

他沉默片刻。

「那該有多好啊！」於是他捧起她的手吻了吻。

娜塔莎感到幸福又激動；不過，她當即想起不可以這樣，他是需要安靜的。

「您怎麼不睡呢？」她壓抑著喜悅說道。「您好好地睡吧……求您了。」

他握了握她的手而後放開，她走到蠟燭旁，再次坐好。有兩次她回頭看他，他的眼睛迎向她閃著光彩。她規定自己織毛襪，且在完成之前不再回頭看。

果然，此後不久，他便闔眼睡去。他睡了不久，突然一身冷汗地驚醒了。

剛才在漸漸入睡時，他仍想著他這段時期一直在想的問題——生與死的問題。想得更多的是死。他覺得自己離死更近。

「愛？愛是什麼？」他想。「愛干擾死亡。愛是生命。我之所以能理解我所理解的一切、一切，只是因為我心中有愛。是愛聯繫起一切。愛是上帝，而死亡——對我這麼一個愛的分子而言，正意味著回歸普遍和永恆的本源。」他覺得這些想法是一種慰藉。然而這只是一些想法而已，好像太偏向個人且太過理智——沒有顯而易見的宣示。依舊是惶惑和不解。他睡著了。

他夢見自己躺在房間裡，也是他這段時間躺臥的房間，不同的是，他沒有受傷，身體是健康的。很多微不足道、冷漠的人出現在安德烈公爵面前。他正和他們談話，進行一些無聊的爭論。他們準備到什麼地方去了。安德烈公爵模糊地想起，這一切都很無趣，他還有其他更重要的事，他卻還在說些令他們感到驚訝的空洞俏皮話。接著，這些人漸漸悄然隱沒，只剩下關門這件事。他站起來朝門口走去，想插上門閂，再把門鎖上。一切都取決於他是否來得及鎖門。他走著，心裡很急，他的腿沒有動，他知道來不及鎖門了，卻還是拚命地鼓足力氣。他內心滿是難以忍受的恐懼。這恐懼便是對死亡的恐懼：它就站在門外。但就在他無力且笨拙地朝門口爬去時，那可怕的東西已經在另一邊推門，想硬闖進來。一種非人的東西——死神——將破門而入，他必須把門堵住。他拚盡全力頂住門，鎖門已經不可能了，哪怕把門堵住也好；但是他勢單力薄，行動遲緩，在那可怕東西的推擠下，門開了又關上。

它又自門外推了一下。安德烈最後的努力終歸徒勞，兩扇門無聲地開了。它進來了，它就是死神。那一刻，安德烈公爵離世了。

就在他死去的那一瞬間，安德烈公爵想起他在睡覺，於是就在死去的那一瞬間振作一下，他醒了過來。「是的，這是死亡。我死了——我醒了。是的，死亡——覺醒！」他豁然開朗，至今遮掩著不可知的帷幕終於在他心靈的視線之前掀開一角。他感到，此前他心裡被束縛的力量彷彿得到釋放，他有了一種輕鬆感，這種輕鬆感從此沒有離開過他。

醒來時，他一身冷汗，他在沙發上動了動，娜塔莎走過來問他怎麼了。他沒有回答，也不明白她的意思，僅以一種抽離的目光看著她。

這便是瑪麗亞公爵小姐到達兩天前，在他身上所發生的變化。從這天起，醫生說，折磨人的寒熱病惡化了，但是娜塔莎對醫生的話不感興趣：因為，她目睹了那些可怕的、對她來說更不容質疑的精神徵兆。

從這天起，安德烈公爵自夢境中覺醒的同時，也開始自生命中覺醒。他覺得，自生命中覺醒的時間，並不比自夢境中覺醒緩慢。

在這相對緩慢的覺醒中，沒有任何恐怖和劇烈的現象。

他最後的時日過得平淡而簡單。在他身邊寸步不離的瑪麗亞公爵小姐和娜塔莎都感覺到這一點。她們沒有哭泣，也不感到震驚，她們意識到，在這最後的時刻，她們所照護的已經不是他了（他已經不在，且已離她們遠去），而是他所留下最真實的思念——他的肉體。她們兩人的這種意識是那麼強烈，以致死亡那外在的、可怕的一面已無法影響她們，覺得沒有必要再激起內心的傷痛。她們無論在他面前或私底下都不再哭泣，彼此之間也不再談論他。她們感到，她們所領悟的一切是無法用語言來表達的。

她們兩人都看到，他是如何緩慢而平靜地離開她們，愈來愈深地下沉到彼處的某個地方，她們兩人都知道，這是不可避免的，而且也是好事。

接著，便為他舉行懺悔和領聖餐的儀式；所有人都來向他告別。當兒子被帶到他面前時，安德烈將嘴唇貼在他的臉上，隨即轉過頭去，不是因為他感到難受或不捨（瑪麗亞公爵小姐和娜塔莎都明白），只是因為他以為，人們對他的要求僅止於此；不過，當人們告訴他，要為孩子祝福時，他依要求做了，並回頭望望，彷彿在問，是否還需要他做些什麼。

在靈魂即將離開肉體、最後的抽搐之際，瑪麗亞公爵小姐和娜塔莎就在身邊。

「結束了嗎？」瑪麗亞公爵小姐說，這時他的身體已有幾分鐘不動，漸漸冷卻，躺在她們面前。娜塔莎試著接近，看看死者的眼睛，她急忙闔上眼，而後，她恭敬地親吻他留下的最真實的思念。

「他去了哪裡？這時他在哪裡呢？」

為他淨身、穿衣、入殮後安放在桌上，人們上前告別，紛紛哭了。

尼科連卡，是由於撕心裂肺般痛苦的困惑。伯爵夫人和索尼婭哭，是因為可憐娜塔莎，也因為他不在了。老伯爵哭，是因為，他想到自己不久也要經歷這可怕的一步。

娜塔莎和瑪麗亞公爵小姐也哭了，不過她們哭，不是由於個人的悲傷；她們哭是由於充滿她們心靈、滿懷敬意的感動，意識到在她們面前所發生的死亡，是多麼簡單且莊嚴的祕密。

第二章

一

任一現象的原因總和，是人類智力所不可企及的。但找出原因是人類的內在需求。人類的智力不深入探究現象得以產生的複雜條件，且其中任何一個條件都可能被單獨視為原因，於是，人們便攫取最初的、最易於理解的近似條件說：這就是原因。在歷史事件中（這裡觀察的對象是人類活動），這種最原始的近似條件便是神的意志，後來是占有顯著歷史地位的人們，即歷史英雄人物的意志。但是，一旦深入考究任何一個歷史事件的實質，即深入考究參與該事件的廣大群眾活動，便不難得知，歷史上，英雄人物的意志非但不能引導群眾活動，反而經常是被引導的。表面看來，對歷史事件的意義如何理解都無所謂。可是，當一個人說，西方民族向東方進軍，是因為拿破崙要這麼做，另一個人說，這個事件之所以發生，是因為應該發生，其區別正如有些人認為，地球是固定不動的，行星環繞地球運行，另一些人則認為，他們不知道地球固定在什麼物體上，但知道地球和其他行星的運行都是受規律的支配。歷史事件除了一切原因的那個唯一原因之外，沒有也不可能有其他原因。但是存在著支配事件發展的種種規律，其中有些是未知的，有些是我們摸索出來的。要發現這些規律是可能的，只要徹底放棄以個人意志尋找原因，正如發現行星的運行規律是有可能的，只要不再把地球想像為固定不動的星體。

歷史學家認為，在波羅金諾會戰、莫斯科被敵軍占領且焚毀之外，一八一二年最重要的軍事行動莫過於俄軍由梁贊大道向卡盧加大道以及塔魯季諾營地行動，即所謂的向紅帕赫拉後方迂迴。歷史學家將這榮譽歸功於不同人[13]，並為這一功勳究竟屬於誰而爭論不休。甚至國外的，甚至法國的歷史學家在談到這次迂迴時都讚揚俄國統帥的優秀。可是，為什麼軍事作家及其後所有人都認為，這次導致俄國得到拯救、拿破崙遭到毀滅的迂迴戰術，是某個人深思熟慮後的決策呢？這是相當難以理解的。首先，何謂這次行軍策略和優秀表現？要知道軍隊的最佳位置（在沒有受到攻擊時）是在糧食補給較多的地方，這無需費心便可理解。任何一個人，甚至一個十三歲的孩子也懂，一八一二年自莫斯科撤退後，軍隊最佳位置是在卡盧加大道。總之，我們很難理解，歷史學家是經過哪些推理，認為這次行軍是深思熟慮的結果。且更難理解的是，歷史學家究竟從何處看出，這次行軍對俄國人是解救，對法國人卻是毀滅的；因為在這次行軍的同時，若其前後若發生其他情況，就很可能會使俄軍遭到毀滅而拯救了法軍。但如果，這次行動使俄軍的處境有所改善，也無論如何不能由此得出結論說，這次行動是情況改善的原因。

倘若沒有其他條件配合，這次迂迴戰術不僅無法帶來任何優勢，反而會催毀俄軍。如果莫斯科沒有毀於大火，那麼情況又會如何？要是那不勒斯王繆拉不知俄軍去向呢？[14]要是拿破崙按兵不動，或俄軍在紅帕赫拉附近根據本尼格森和巴克萊的建議打上一仗呢？倘若俄軍在紅帕赫拉後方行進時，法軍攻擊他們，情況又會如何？倘若後來拿破崙在進入抵塔魯季諾時進攻俄軍，哪怕只用他進攻斯摩稜斯克的十分之一兵力，那麼情況又會如何？倘若法國人進軍彼得堡，那又會有什麼後果？……在這些假設中，迂迴戰術反而不是拯救俄軍，而是自我毀滅。

第三，最不可理解的是，研究這段歷史的人刻意忽視，這次迂迴戰術無法歸因於任何個人，也是任何人都未曾預料到的，這次行軍正如在菲利的撤退一樣，實際上任誰也不曾對這計畫有過通盤的考量，而是一步又一步、一個事件接一個事件、一個瞬間接一個瞬間地從無數極其錯綜複雜的條件中逐漸形成的，只是在這次行軍終於完成並成為既定事實後，才完整地呈現出來。

在菲利的軍事會議上，不言而喻，俄軍將領優先考慮的，是沿著下諾夫哥羅德大道直線撤退。其證據是會議上多數主張便是如此，主要是會後總司令和主管軍需的蘭斯科伊[15]的談話。蘭斯科伊向總司令報告，軍糧主要是在奧卡河沿岸的圖拉省和卡盧加省徵收，如果退往下諾夫哥羅德，那麼在軍隊和儲備的軍糧之間便隔著寬闊的奧卡河，初冬時節要渡河運送補給往往是不可能的。這是第一個跡象，說明必須偏離原來以為最合理的直線撤退。於是部隊採取偏南方向，走梁贊大道，此處離儲備的軍糧更近些。後來，由於法國人按兵不動，甚至不知俄軍去向，同時考慮到要保護圖拉的養馬場，主要是更有利於靠近我方儲備的軍糧，部隊不得不稍加偏向南方，向圖拉大道轉移。在帕赫拉後方冒險轉往圖拉大道後，俄軍將領曾考慮留在波多利斯克[16]，根本沒有想到塔魯季諾的陣地；可是，由於情況變化，原本不知俄軍去向的法軍再次出現；而因作戰計畫的需要，且卡盧加的軍糧充足，我軍不得不再往南移，轉向糧道中心地帶，從圖拉大道轉往卡盧加大道向塔魯季諾出發。正如無法回答莫斯科是何時放棄的問題一樣，何時及何人決定向塔

---

13 葉爾莫洛夫認為，迂迴戰術是本尼格森提出的，波格丹諾維奇猜測，這個想法可能是托爾提示的。而蘇聯歷史學家則認為，是庫圖佐夫親自制訂迂迴計畫。

14 庫圖佐夫起初從莫斯科沿梁贊大道撤退，於一八一二年九月五日轉向圖拉大道，只留兩個哥薩克軍團繼續沿梁贊大道撤退，繆拉未能識破這一假象。直到九日中旬，拿破崙才確定俄軍主力的所在地。

15 蘭斯科伊（一七五四—一八三一），參政員，一八一二年主掌俄國軍隊的軍需部門。

16 庫圖佐夫的部隊於九月八日、九日占據以波多利斯克為中心的防禦陣地。最初就是預定要在此和敵軍交戰。

魯季諾移轉的問題也是無從回答的。只是部隊在各種因地制宜的力量作用下，來到塔魯季諾之後，人們才開始相信，這正是他們需要並早就預見的結果。

二

著名的迂迴戰術不過是俄軍一直朝著和進攻反方向的直線撤退，在法國人停止進攻後，才偏離最一開始訂定的直線撤退，一確認敵人未跟蹤追擊，便自然而然地向糧食充裕的地方移轉。

假如俄軍不是由優秀統帥所指揮，而只是一支完全沒有指揮官的軍隊，那麼這支軍隊也別無選擇，只能掉頭轉向莫斯科移動，從糧食較多、較富饒的地區繞道前進。

這次從下諾夫哥羅德大道向梁贊大道、圖拉大道、卡盧加大道移轉是極其自然的，俄軍趁火打劫的散兵游勇便是朝這個方向逃走，彼得堡也是要求庫圖佐夫朝這個方向調動軍隊。

庫圖佐夫在塔魯季諾接到一封皇上的來信，內容幾乎是申斥，指責他把軍隊帶到梁贊大道，並為他指定卡盧加對面的位置，而他接到皇上的信時，已經在該位置上了。

在整個戰爭期間以及在波羅金諾會戰中受到衝擊的俄軍，像球一樣順著推力往前滾，而在推力消失、未受到新的推力影響下，球便自然停下。

庫圖佐夫的戰績不在於所謂優秀戰略，而在於唯有他能理解正在發生的事情其所代表的意義。唯有他在當時便已理解了法國人按兵不動的意義，唯有他一人繼續強調波羅金諾會戰是場勝利，唯有他——原則上，身為總司令的他應傾向於進攻——竭盡全力阻止俄軍進行無益的對抗。

在波羅金諾受傷的那頭野獸躺在某處，逃離的獵人將牠留在原處；可是牠還活著嗎？還有力量嗎？或者只是躲了起來呢？獵人並不知道，但在突然間，傳來了這頭野獸的呻吟。

法軍這頭受傷的野獸傳達出牠即將死亡的呻吟，便是派洛里斯東前往庫圖佐夫的營地求和。

拿破崙向來認為，他人所謂的好，未必真的好，唯有他認為的好，才是真的好。於是，他突發奇想，寫了一封毫無意義的信給庫圖佐夫。內容是：

庫圖佐夫公爵，我派侍從將軍前來見您，以便和您商議諸多重大議題。請殿下相信他對您所說的一切，尤其是他所表達的，我長久以來對您所懷有的尊敬及仰慕之情。在此，我祈求上帝將您置於神聖的庇護之下。

莫斯科，一八一二年十月三日

拿破崙

「如果我被視為任何協定的主謀，我會受到詛咒的：這是我國人民的意志。」庫圖佐夫如此回信道，並盡全力阻止部隊發動攻勢。

法軍在莫斯科大肆掠劫、俄軍安靜地駐紮在塔魯季諾的一個月裡，兩軍（士氣和人數）勢力的消長產生了變化，其結果是兵力的優勢轉移到俄方。儘管俄國人不了解法軍的態勢及其兵員數量[17]，力量對比一旦有所變化，進攻的必要性便立刻透過無數跡象表現出來。這些跡象包括派洛里斯東前來求和、塔魯季諾的軍糧充裕、各處傳來法軍無所作為和內部混亂的情報、我軍各團補充了新兵、天氣晴朗、部隊得到充分休息後急於求戰並已集結待命、對久已不知下落的法軍感到好奇等。如今，俄軍前哨部隊在駐紮於塔魯季諾的法軍附近四處游動的勇敢行徑，農民和游擊隊輕易擊敗法國人的消息以及這類勝利所引發的嫉妒，只要法國人還在莫斯科，人人心中所懷有的復仇決心，加上（這是主要的）每個士兵的心裡雖然不大清楚卻已意識到，現在兵力的消長已經發生變化，優勢在我方，進攻就是必要的了。於是，就像時針轉一圈，鐘也立即準確報時並發出音樂聲一樣，與兵力的變化相對應地，軍隊上層亦出現劇烈改變。

17 托爾斯泰這個論斷顯然值得商榷。米洛拉多維奇指揮下的俄軍後衛部隊自九月十四日起，與繆拉所指揮的法軍經常交火。庫圖佐夫很清楚法軍已重新部署，並採取必要的反制措施。參見波格丹諾維奇所著《一八一二年衛國戰爭史》，俄文版第二卷，第三四九至三五二頁。

三

俄軍受庫圖佐夫及其參謀部和皇上在彼得堡的雙頭領導。彼得堡早在獲悉莫斯科被放棄之前便制訂了完整的作戰計畫，並送抵庫圖佐夫以做為指導性計畫。儘管該計畫是在認定莫斯科還在我方手中時制訂的，這項計畫仍獲得參謀部的認可並執行。庫圖佐夫在信中只說，遠距離佯動向來難以執行[18]。於是為了解決這道難題，又下新指令，派員監視他的行動並據實上報。

此外，俄軍參謀部這時正進行改組。陣亡的巴格拉季翁和憤而辭職的巴克萊[19]的遺缺必須補上。人們正極其嚴肅地考慮如何安排較好：A取代B，而B取代C，或反之由C取代A等，彷彿這麼安排，除了A和B感到滿意外，還能有其他好處。

由於庫圖佐夫和參謀長本尼格森互懷敵意，由於皇上親信的參與以及這些調動，參謀部裡，異乎尋常地進行著錯綜複雜的派系角力：在一切可能的調動和組合中，A暗算B、C暗算D等狀況層出不窮。在這些暗算中，陰謀的目的主要在於軍事，這些人都想領導軍事行動；然而軍事行動並不取決於他們，而是順應自然的進行著，即永遠不會符合人們的期待，而是取決於群眾的態度。這些期待彼此對立、相互糾纏，至多只是忠實反映上層無可避免的鬥爭事實罷了。

「庫圖佐夫公爵！」皇上在十月二日的信中寫道，這封信是在塔魯季諾戰役後接到的。「從九月二日起，莫斯科淪於敵手。您最近的報告寫於二十日；在此期間，您不僅沒有為了抵抗敵人，解救故都採取任何行動，據您最近的報告，甚至還計畫再次撤退。謝爾普霍夫已為敵軍的先遣支隊占領，以致軍隊所需的養馬場圖拉也處於危險中。根據溫岑格羅德將軍的報告，敵人擁兵一萬的一個軍正沿著彼得堡大道向前推進，擁有數千人的另一個軍也正向德米特羅夫移動。第三個軍已沿著弗拉基米爾大道出發。兵力雄厚的第四個軍駐紮於魯札和莫札伊斯克之間。拿破崙本人在二十五日前仍在莫斯科。根據這些情報，既然敵人已派出幾支強大的部隊並分散兵力，既然拿破崙本人及其近衛軍還在莫斯科，那麼要說您的當面之敵兵力雄厚，導致您不可能進攻，這可能嗎？反之，可以確定的是，他用於追擊您的不過幾支小部隊，至多一個軍，其兵力顯然弱於您所統率的軍隊。看來，您可以利用這種形勢，以優勢兵力向您的敵人發動攻擊並加以殲滅，至少迫使他們後退，將敵人目前所占領的多數省會留在自己手中，從而解除圖拉及我國其他境內城市所面臨的危險。敵人如能派出一個軍的強大兵力直逼彼得堡、威脅這座兵力薄弱的都城，那麼責任將落在您肩上，因為以您所統率的軍隊採取積極果斷的行動，是完全有辦法防止這個新災難的。請記住，您仍必須對放棄莫斯科而使國家蒙羞負責。您憑經驗知道，我是隨時準備獎勵您的。我將一如既往，但我和國家有權期待您盡竭心力、堅定不移，期待您屢建戰功，深信您的智慧、優秀的軍事天分和您所統率部隊的勇敢精神將不負所望。」

不過，在尚未收到這封說明兵力懸殊在彼得堡已有所反映的信時，庫圖佐夫已無力阻止軍隊發動進攻，戰役已經開打了。

---

18 庫圖佐夫對彼得堡制訂的計畫持懷疑態度，尤其是關於「併動」這部分，即要求部隊到俄國境外牽制敵人。

19 一八一二年九月十六日，庫圖佐夫下令西線第一、第二軍團合併，巴克萊因職權受到限制，不久藉口患病而退役。

十月二日，哥薩克沙波瓦洛夫用火槍打死一隻兔子，又打傷了另一隻。在追趕受傷的兔子時，沙波瓦洛夫深入樹林，遇上毫無戒備的繆拉軍隊左翼。這個哥薩克笑著對戰友們說，他差點兒落到法國人手裡。一名少尉聽到這件事，當下報告長官。

哥薩克被叫去盤問一番；哥薩克的指揮官們想利用這次機會搶奪馬匹。可是其中一位指揮官認識上層軍官，並將這件事告訴參謀部的一位將軍。這陣子，參謀部的情況很緊張。幾天前，葉爾莫洛夫曾找過本尼格森，求他利用自己對總司令的影響力讓他發動進攻。

「如果我不了解您，我會以為您嘴上這麼說，內心其實不想打仗。只要我提出什麼建議，殿下一定會採取相左的行動。」本尼格森回答道。

派出去的騎兵偵察小分隊證實了哥薩克的消息，這說明時機已完全成熟。綳緊的弦鬆開了，零件吱吱作響、鬧鐘奏響了樂音。儘管有虛假的權力、有智慧、有知人之明，庫圖佐夫還是考慮到可以直接奏報皇上的本尼格森意見書[20]和將軍們一致的想法，他揣測，這其實就是皇上的想法，同時考慮到哥薩克帶來的消息，他已經無力阻止不可避免的行動了。於是，他出於無奈，只好下令進行他認為無益有害的行動。

四

本尼格森那份關於必須發動進攻的意見書，以及哥薩克關於法軍左翼不設防的情報，只是必須下令進攻的最後兩個跡象。進攻的時間定於十月五日。

十月四日早上，庫圖佐夫簽署作戰部署，托爾朗讀給葉爾莫洛夫聽，建議他進一步安排。

「好，好，現在我沒有時間。」葉爾莫洛夫說，隨即走出木屋。托爾起草的作戰部署很完整，如同奧斯特利茨之戰的作戰部署，不過用的不是德語：

「第一縱隊開赴某地和某地，第二縱隊開赴某地和某地」等。這些縱隊都必須在指定時間到達指定地點以消滅敵人。一切都像所有作戰部署一樣考慮得很周嚴，也像所有作戰部署一樣，實際上，不會有任何縱隊在指定的時間到達指定地點。

作戰部署準備了必要的若干份後，喚來一名軍官，派他將公文交給葉爾莫洛夫執行。這名年輕騎兵軍官是庫圖佐夫的傳令官，他接到這項重要任務後極其自滿，立刻前往葉爾莫洛夫住處。

「他出門了。」葉爾莫洛夫的勤務兵說。傳令官接著前往葉爾莫洛夫常去的一位將軍住處。

「他沒有來，將軍也不在。」

20 本尼格森於十月三日向庫圖佐夫遞交意見書，提出可以向繆拉的前衛部隊發動進攻。

傳令官騎上馬又到另一處。

「他不在這裡，剛離開。」

「也許會因為延誤遞交公文而受到申斥了！真倒楣！」傳令官心想。他找遍營地。有的說，曾看到葉爾莫洛夫和其他幾位將軍到什麼地方去，有的說，他大概又回家了。傳令官午餐也沒吃，一直找到晚上六點鐘。到處都找不到葉爾莫洛夫，沒有人知道他在哪裡。傳令官在一個戰友那裡隨便吃了一些，又到前衛部隊去找米洛拉多維奇。米洛拉多維奇也不在家，不過有人對他說，米洛拉多維奇在基金[21]將軍的舞會上，葉爾莫洛夫大概也在那裡。

「這是在什麼地方？」

「就在葉奇基諾。」一個哥薩克軍官指著遠處一座地主宅院說。

「那裡怎麼了，布置了警戒線？」

「派了我們的兩個團進行戒備，正在那邊飲酒狂歡，相當熱鬧！有兩個樂隊和三個合唱隊。」

傳令官向警戒線的葉奇基諾走去。走近那座宅院時，遠遠便聽到和諧、歡樂的軍隊舞曲。

「在——草地——上——在——草地上！……」傳來歌唱聲、口哨聲和托爾班琴[22]的伴奏聲，不時被人們的叫喊聲所淹沒。傳令官聽到這些聲音心裡很高興，又擔心犯下錯誤，過了這麼久還沒有將奉命傳達的重要命令送到。已經晚上八點多了。他下馬走上臺階，進入前廳，這是位於敵我兩軍之間保存完好的高大地主宅邸。僕人們端著葡萄酒和菜肴在配餐室和前廳忙碌。合唱隊的歌手們站在窗下。傳令官被領進門後，他立刻看到全軍所有重要將領都在場，葉爾莫洛夫引人注目的魁梧身影也在其中。所有將軍無不敞開常禮服，他們站成半圓形，面色通紅，極其興奮，開懷大笑。大廳中央，一位個子不高、臉色通紅的英俊將軍正敏捷而靈巧地跳著特列派克舞步。

「哈哈哈！太厲害了，尼古拉·伊萬諾維奇！哈哈哈！」

傳令官覺得，這種時候帶重要命令進來，真是錯上加錯，便想再等一等；可是一位將軍看見他，得知他的來意後，立刻轉告葉爾莫洛夫。葉爾莫洛夫板著臉來到傳令官面前，聽了他的報告，接過文件後，什麼話也沒對他說。

「你以為葉爾莫洛夫是不得已而一下子到這裡、一下子到那裡的嗎？」這天晚上，參謀部的同事談到葉爾莫洛夫時，對近衛重騎兵的一名軍官說道。「他是在耍花招，是故意的。他想捉弄一下科諾夫尼岑[23]。你等著瞧吧，明天會亂成一團！」

---

21 基金（一七七二—一八三四），一八一二年任值班將軍。

22 一種撥絃樂器。

23 科諾夫尼岑當時也是庫圖佐夫總部的值班將軍，派軍官把作戰部署送交葉爾莫洛夫的就是他。

五

第二天清晨，年老體衰的庫圖佐夫起床，他禱告、著裝，想起今天必須領導他並不贊同的戰役而沮喪地坐上馬車，從塔魯季諾後方五俄里的列塔舍夫卡前往各參戰縱隊集結的地點。一路上，庫圖佐夫時而昏昏欲睡，時而清醒過來傾聽右側是否有槍砲聲，是否已經開打？但四周依舊萬籟俱寂。潮濕陰晦的秋晨剛剛破曉。在接近塔魯季諾時，庫圖佐夫看到馬車前方有幾個騎兵牽著馬橫穿大路去飲水。庫圖佐夫留心的看了看他們，停下馬車，問他們是哪個軍團的？這些騎兵所屬的縱隊早該埋伏在前面很遠的地方了。「也許是搞錯了。」年邁的總司令暗想。可是再往前走，庫圖佐夫看到一些步兵團，槍都架著，士兵們穿著襯褲、抱柴煮食。他喚來一名軍官。軍官報告說，未接到任何關於出動的命令。

「怎麼會……」庫圖佐夫不自覺開口，卻又立刻打住，命令把長官叫來。他走下馬車，垂頭喘氣，一聲不吭地等候著，不停地走來走去。當總參謀部的軍官艾興奉命前來時，庫圖佐夫氣得臉紅脖子粗，不是因為這名軍官有什麼過錯，而是因為他是發洩怒氣的合適對象。這位老人渾身發顫，喘不過氣來，處於狂怒的狀態，在他氣得幾乎要躺在地上打滾之際，就會出現這種狀態，他衝到艾興面前，揮舞雙手作勢威脅他，老人不住吼叫、破口大罵了起來。另一名軍官布羅津上尉偶然來到這裡，也無緣無故地落到同樣的下場。

「這又是誰在作亂？把壞蛋們斃了！」他嘶啞吼道，揮舞著雙手，身子在搖晃。他感到一種肉體上的痛苦。他身為總司令、殿下，人人恭維他說，俄國從來沒有人和他一樣大權在握，而他竟然被置於如此不堪的境地——成為全軍的笑柄。「枉然為了今日而操心、祈禱，枉然夜不能寐，反覆思考！」他想到自己。「在我還是少不更事的小軍官時，也沒有人敢這麼戲弄我……可是現在！」他彷彿挨了體罰似的感受到一種肉體上的痛苦，只能藉由憤怒和痛苦的喊叫發洩出來；但不久，他就體力不濟，於是茫然四顧，意識到自己說了很多不得體的話，便坐上馬車，默然不語地回去了。

發洩了怒氣，也就恢復了平靜，於是庫圖佐夫有氣無力地眨著眼、聽著別人的坦承和辯護（這一天，葉爾莫洛夫本人沒有來見他），以及本尼格森、科諾夫尼岑和托爾堅持要把被耽誤的行動改到第二天完成的意見。於是，庫圖佐夫又被迫同意。

六

第二天傍晚，部隊在指定地點集合完畢，並於夜間出動。這是烏雲密布但無雨的秋夜。土地潮濕卻不泥濘，部隊在萬籟俱寂中前進，僅偶爾隱約聽到砲車的鏗鏘聲。嚴禁喧嘩、吸菸和漏出火光；不讓馬匹嘶鳴。措施的隱祕性平添了魅力。士兵們暢快地行進著。有些縱隊停了下來，架起槍，在冷冰冰的土地上躺了下來，以為已經到達目的地；另一些（占多數）縱隊走了一夜，顯然是走錯了方向。

只有奧爾洛夫·傑尼索夫伯爵率領哥薩克（一支人數最少的部隊）準時抵達指定地點。這支部隊停留在緊靠樹林的空地上，在一條從斯特羅米洛瓦村通往德米特羅夫斯科耶的小路上。

在黎明前小睡的奧爾洛夫伯爵被叫醒了。一個從法軍軍營投奔過來的人被帶到他面前。這是波尼亞托夫斯基那個軍的一名波蘭士官。士官以波蘭語解釋說，他來投靠，是因為部隊虧待他，原則上，他早該是軍官了，他比任何人都勇敢，之所以離開他們，是要讓他們受到懲罰。他說，繆拉在離他們一俄里之處過夜，只要給他一百名護送兵，他就能活捉繆拉。奧爾洛夫·傑尼索夫伯爵和戰友們商量了一下。這個建議太誘人，令人無法拒絕。人人都自告奮勇前往，也主張試一試。經過多次爭論和考量後，格列科夫少將決心帶兩個哥薩克團跟波蘭士官一起去。

「你可要記住，」奧爾洛夫·傑尼索夫伯爵在放士官離去時對他說，「要是你說謊，我就下令把你像狗一樣吊死，假如是真話——我賞你一百枚金幣。」

士官態度堅決，對這些話不予理會，一跨上馬便和迅速做好準備的格列科夫離開了。他們消失在樹林裡。奧爾洛夫伯爵在破曉的寒氣中瑟縮著，因為將責任攬在身上而忐忑不安，他送走格列科夫，走出樹林，開始觀察敵人的營地，這時，在晨曦和即將熄滅的營火微光中，隱約可見敵軍。我方幾個縱隊應該出現在奧爾洛夫．傑尼索夫伯爵右方開闊的斜坡上。奧爾洛夫伯爵朝那處觀望；可是，儘管很遠就能看到他們，那幾個縱隊卻蹤影全無。在法軍的營地上，奧爾洛夫．傑尼索夫伯爵彷彿覺得，有人在活動，尤其是眼尖的副官也這麼說。

「唉，說真的，太遲了。」奧爾洛夫伯爵看了看敵人的營地說。他恍然大悟——我們所託付的人從我們眼前消失，我們往往如此——他恍然大悟，而且深信不疑，這個士官是個騙子，他說謊，他拉走兩個團，就是要破壞我們的突襲，天知道他把那兩個團帶到哪裡去了。怎麼可能在大批部隊中抓走總司令呢？

「說真的，他騙了我們，這個壞蛋。」伯爵說。

「可以把他們叫回來。」一個隨從說，他也像奧爾洛夫．傑尼索夫伯爵一樣，看了敵人的營地後，對這個行動抱持懷疑。

「啊？是嗎？您是怎麼認為的，就讓他們去？還是？」

「您是要命令他們回來？」

「把他們叫回來、叫回來！」奧爾洛夫伯爵看看表，果斷說道。「太遲了，天要亮了！」

於是副官在樹林裡策馬追趕格列科夫。格列科夫回來後，奧爾洛夫．傑尼索夫伯爵由於這次行動取消，白等了這麼久步兵縱隊還是沒出現，敵人又近在眼前，心情很是激動（他的部隊人人有同樣的感受），決定發動進攻。

他低聲發出口令：「上馬！」士兵們各就各位，手畫十字……

「上帝保佑！」

「烏拉——拉——拉！」樹林裡響徹吶喊的嗡鳴，於是一個騎兵連又一個騎兵連就像從口袋裡倒出來似的，哥薩克們興奮地舉起長矛，飛快策馬躍過小溪，衝向敵營。

第一個看到哥薩克的法國人發出一聲絕望的驚叫——敵營裡所有人都光著身子，睡意朦朧地扔下大砲、火槍和馬匹，倉皇逃竄。

如果哥薩克跟蹤追擊，不去注意後方和周圍的一舉一動，他們便能俘獲繆拉及其他一切了。指揮官們但願如此。可是在哥薩克接觸到戰利品和俘虜之際，就沒人能叫得動他們了。誰也不聽號令。當即抓了一千五百名俘虜，繳獲了三十八門大砲、軍旗以及哥薩克最看重的馬匹、馬鞍、被服和各式物品。這一切都要處理，俘虜和大砲要移交，戰利品要分配，彼此之間難免要爭吵甚至鬥毆：哥薩克們無不忙著這些事。未受到追擊的法國人漸漸清醒過來，奉命集合並展開還擊。奧爾洛夫仍在等待步兵縱隊，沒有繼續進攻。

與此同時，由本尼格森指揮、托爾管理的步兵縱隊根據「第一縱隊前往」[24]等作戰部署，依規定出發，總算來到了一個去處，不過那不是指定地點。於是一如往常，精神抖擻出發的人開始走走停停；有了怨言，意識到出了差錯，又往回走。騎馬馳過的副官和將軍們叫嚷、發火、爭吵、抱怨完全走錯方向、擔誤了時間、正責罵誰等，最後手一揮，走吧，總得朝什麼地方走。「反正總能走到！」果然，他們走到了，但不是指定地點，而有些人到是到了，可是已經太晚，他們來得毫無益處，只是給敵人當靶子而已。托爾在這次戰役中扮演了魏羅特在奧斯特利茨時的角色，他賣力地從一個地方馳往另一個地方，發現所有地方都不見預期的景象。他在樹林裡碰到巴戈武特的軍隊，此時已天色大亮，這個軍早就應該在奧爾洛夫·傑尼索夫之處了。情緒激動、因屢屢受挫而感到痛心、認為這都是別人的錯的托爾，騎馬來到軍長面前嚴加訓斥，聲稱為此就該槍斃他。巴戈武特是勇敢、鎮靜的老將軍，也由於多次駐足不前和局面混亂、矛盾重重而飽受折磨，出乎所有人的意料，他竟一反常態地勃然大怒，對托爾出言不遜。

「我不需要任何人來教訓我，至於率軍奮戰、出生入死，我絕不落於人後。」他說，並率領一個師出發了。

走上槍林彈雨的戰場後，勇敢又激動的巴戈武特不考慮此時投入戰場是否有利，而且僅一個師的兵力，便身先士卒，率領部隊直衝向敵人砲火。危險、砲彈、子彈正是他在盛怒之下所需要的。最一開始的彈林彈雨中，其中一發子彈打死了他，隨後的子彈打死了很多士兵。他的師在砲火中，徒勞地堅持了一段時間。

24 原文為德文。

七

與此同時，另一個縱隊應從正面向法國人發動進攻，而庫圖佐夫正在這個縱隊裡。他清楚地知道，違反他的想法所發動的戰役，除了混亂，不會有其他結果，因而他盡可能利用其權力制止部隊。他按兵不動。

庫圖佐夫默默地騎著灰色小馬，懶洋洋地回答發動襲擊的建議。

「你們老是把襲擊掛在嘴上，卻無視於我們根本不可能進行複雜的兵力調動。」他對請戰的米洛拉多維奇說。

「我們未能在早上活捉繆拉，也未能準時抵達指定地點：現在毫無辦法了！」他這麼回答另一個人。

有人向庫圖佐夫報告，在原來空無一人的法軍後方，如今出現波蘭人的兩個營，他向後頭的葉爾莫洛夫瞥了一眼（他從昨天起還沒有和他說過話）。

「看吧，有人要求進攻，提出各種計畫，一動起手來，卻什麼也沒準備好，反而是有所警覺的法國人採取了預防措施。」

葉爾莫洛夫聽了這些話，瞇眼微微一笑。他明白，對他來說，暴風雨已經過去，庫圖佐夫對他只是點到為止。

「他這是在取笑我。」葉爾莫洛夫輕聲說道，用膝蓋碰了碰站在他身旁的拉耶夫斯基將軍。

此後不久，葉爾莫洛夫走上前去，恭敬地向庫圖佐夫報告：

「時機還沒有喪失，殿下，敵人沒有逃走。也許您會下令進攻？否則近衛軍連硝煙也看不到了。」

庫圖佐夫什麼也沒說，可是一得到繆拉部隊正在撤退的情報後，他立刻下令進攻；不過每前進一百步，就停三刻鐘。

整場戰役僅限於奧爾洛夫．傑尼索夫的哥薩克部隊所取得的戰果；其餘部隊只是平白傷亡了幾百人。

由於這次戰役，庫圖佐夫獲得鑽石勳章，本尼格森也獲得鑽石勳章[25]和十萬盧布，其餘人也都依軍銜獲得皆大歡喜的獎勵，在這次戰役後，參謀部又有了新的變動。

「我們向來如此，一切都不符合要求！」塔魯季諾戰役後，俄國軍官和將領這麼認為，如今人們也這麼認為，暗示有某個蠢貨造成這混亂局面，如果是我們，就不會這樣了。可是這麼說的人，要麼是不了解他們所談到的這件事，要麼是在自欺欺人。任何一次戰役──塔魯季諾戰役、波羅金諾戰役、奧斯特利茨戰役──都不是依其主事者的計畫進行的。這是一個極其重要的前提。

無數不受約束的力量（人在任何時候都不像在事關生死的戰爭中那樣不受約束）影響戰役的發展，而這種發展從來都是無法預知、從來不會和某一種力量的方向一致。

如果方向不同的多種力量同時作用於某個物體，那麼該物體的運動方向不可能和其中任何一種力量的方向一致；總是沿著距離最短的中間路線運動，這在力學中以力的平行四邊形的對角線來呈現。

在歷史學家，尤其是法國歷史學家的描述中，我們不難發現，歷次戰爭和戰役都是依原先的計畫進行

---

25 庫圖佐夫被授予鑲有幾枚鑽石的金劍和桂冠，本尼格森獲得聖安德烈勳團的鑽石勳章。

的，而我們能由此得出的唯一結論是：這些描述與事實不符。

顯然，塔魯季諾戰役未達到托爾的目的，他的設想是依作戰部署將部隊依次投入戰爭，也未達到奧爾洛夫伯爵企圖俘虜繆拉的目的，或本尼格森和其他人想一舉殲滅敵人一個軍的目的，或某個軍官希望在戰爭中立功、某個哥薩克想繳獲比他已繳獲的更多戰利品的目的等。但是，如果戰爭的目的在於實現全體俄國人民的願望——將法國人逐出俄國並消滅其軍隊，那麼塔魯季諾戰役正是由於其種種不協調現象，反而才是戰爭這個階段所需要的。很難，甚至不可能設想，這次戰役能有什麼結局會比現有的結局更符合目的。在投入兵力最少、混亂現象極其嚴重、傷亡最微不足道的情況下取得整個戰爭期間最大的戰果，實現了由撤退轉而進攻的轉變，暴露了法軍的耗弱，而且正是這次打擊促使拿破崙軍隊望風而逃。

八

拿破崙在取得莫斯科河戰役[26]的勝利後進入莫斯科；其勝利是無庸置疑的，因為那片戰場留在法軍後方。俄軍撤退、放棄故都。擁有充足的糧食、武器、砲彈和無數財富的莫斯科掌握在拿破崙手中。俄軍兵力只及法軍一半，長達一個月之久未曾嘗試反攻。拿破崙的所在位置是極其優越的。為了以超過敵人一倍的優勢兵力猛攻俄軍殘部並加以殲滅，為了談出有利和約，或在遭到拒絕後發動軍力威脅彼得堡，甚至為了在進攻受挫的情況下退回斯摩稜斯克或維爾納，或駐守莫斯科——總之，為了保持法軍當時所處的優越位置，似乎是不需具備特殊才華。為此，只需要完成一些極其普通且輕易辦到的事：不容許部隊搶劫；準備過冬的服裝，莫斯科現有的服裝便足夠供應全軍；在當地徵收莫斯科現有、足以供應部隊半年以上（根據法國歷史學家記載）的糧食。拿破崙，這位所謂天才中的天才，同時手握兵權的人物，據歷史學家的記述，他並未採取任何行動進行這些準備。

他不僅未進行準備，反之，他利用手中的權力，在所有可供選擇的行動路線中選擇了最愚蠢、最致命的路線。拿破崙有很多可行的選擇：在莫斯科過冬，向彼得堡進軍，進攻下諾夫哥羅德，朝北或朝南沿著庫圖佐夫後來所走的路線掉頭撤退——不管如何考量，也不可能構思出比拿破崙更愚蠢、更致命的作法：

26 指波羅金諾戰役（莫斯科河流經該戰區）。

他在莫斯科駐紮到十月，聽任部隊掠奪這座城市，又舉棋不定地考慮是否要保留城防部隊，並逃離莫斯科，逼近庫圖佐夫即逼近駐紮於塔魯季諾的俄軍。他沒有開戰，向右轉到小雅羅斯拉韋茨時又沒有掌握突破的機會，不走庫圖佐夫走過的大路，而是退往莫札伊斯克，而且走的是遭到破壞的斯摩稜斯克大道——沒人想得出比這更愚蠢、對部隊更具毀滅性的路線了，後來的結果便足以證明。倘使拿破崙的目的在於毀滅法軍，那麼，最優秀的戰略家也無法擬定出比這更有效的行動，而且和俄軍的行動全然無關。優秀的拿破崙這麼做了。可是，若說拿破崙要自己的軍隊遭到毀滅，是因為他想這樣，或者是因為他很愚蠢，這麼說是不對的，不如說，拿破崙率領部隊直抵莫斯科，是因為他想這麼做，也因為他非常聰明、是天才型的統帥。

無論在何種情況下，他的個人行動並不比任何一個士兵的個人行動更具影響力，不過是因為符合事物的發展規律罷了。

歷史學家誤導（只因為結果無法證明拿破崙的行動是正確的）我們，認為在莫斯科時，拿破崙的精力衰退了。其實他完全一如以往，及至一八一三年，仍竭力為自己和軍隊謀取最大利益。這段時期，拿破崙的活動依舊令人讚歎，比起在埃及、義大利、奧地利和普魯士時毫不遜色。我們並不確切知道，拿破崙在四千年的歷史凝視他的偉人風範時[27]，他的天分究竟在何等程度上是真實的，因為所有偉大的功勳都只是法國人向我們描述的。我們無法準確判斷他在奧地利和義大利的優秀表現，因為關於他在那裡活動的資料想必都是取自法國和德國文獻；軍隊不戰而降，要塞不攻自破的不可思議現況想必令德國人傾向於承認他的優秀，以做為對在德國境內進行的那場戰爭的唯一解釋。而我們，謝天謝地，沒有理由為了為自己蒙羞而承認他的優秀。為了有權簡單且直率地看待問題，我們的確付出代價，我們絕不會出讓這項權利。

他在莫斯科的活動一如在所有地方，是令人驚歎且優秀的。自從他進入莫斯科直至離開，他發布一批又一批命令、制訂一批又一批計畫。沒有居民、未見貴族代表團迎接以及莫斯科的大火都沒有讓他驚慌失措。他始終未忽略自身軍隊的福利、敵軍的行動、俄國各族民眾的福利、巴黎的政務、外交上對當前談和條件的考量。

27 一七九八年七月二十日，拿破崙於交戰前夕在因巴貝村和金字塔之間對部隊發表演說：「士兵們！四千年的歷史，今天從這些高聳的金字塔上凝視你們！」

九

在軍事方面，拿破崙進入莫斯科後，立即嚴令塞巴斯蒂亞尼[28]將軍密切注意俄軍動向，將幾軍的部隊派往交通要塞，並命令繆拉尋找庫圖佐夫。然後，他想方設法加強克里姆林宮的防禦；然後根據全俄地圖制訂下一步作戰計畫。在外交方面，拿破崙叫來被搶劫一空、衣不蔽體、不知如何從莫斯科脫身的雅科夫列夫[29]上尉，向他詳述自己的政策和寬容，又寫了一封信給亞歷山大皇帝，說他認為，自己有義務向朋友和兄弟通報拉斯托普欽在莫斯科管理不善的情況，接著，他便派雅科夫列夫前往彼得堡。他對圖托爾明[30]也詳細說明自己的展望和寬大，接著，派這小老頭前往彼得堡談判。

在司法方面，在大火發生後，立即下令逮捕縱火犯並處以死刑。還下令焚毀拉斯托普欽的住所，以示懲戒。

在行政方面，針對莫斯科頒布了一部憲法，成立市政府，並發布公告如下：

莫斯科的居民們！

你們的災難是深重的，但皇帝兼國王陛下要制止災難肆虐。已有令人畏懼的先例讓你們知道，他是如何嚴懲違抗和反叛的。目前已採取嚴厲措施，務必徹底制止騷亂，恢復社會治安。由你們自己選舉、對你們關懷備至的行政當局將組成市政府或市政領導機關。市政府將關心你們，關心你們的疾苦和福利。其成員一律肩披紅色值星帶，以資識別，市長更要繫上白色腰帶。不過在公餘時間，他們只在左臂套上紅色臂章。

市警察局已依原有規章成立，藉由他們的努力，秩序已有所改善。政府已任命兩名總監，或稱警察局局長以及二十名警官，或稱員警署長，後者分管市區的各個地段。你們可以根據他們左臂上佩戴的白色臂章認出他們。一些不同宗教信仰的教堂開放了，你們可以自由舉行祈禱儀式。每天都有你們的同胞回家，已經發出命令，要讓他們回家後能根據受災情形獲得應有的救助和補償。這些都是政府為了恢復秩序、改善你們的處境所採取的措施；不過，為了達到這個目的，你們要盡力與政府合作，可能的話，就忘掉你們所遭到的不幸，希望能有一個不那麼殘酷的命運，要相信，倘若有人膽敢侵犯你們的人身安全和剩餘財產，那麼等待他們的，將是無可避免的可恥死亡。最後，不要懷疑，你們的生命財產一定會得到保障，因為這是古往今來最偉大和最公正的君主的意願。不分民族的士兵們和居民們！你們要重建社會信任，這是國家幸福的源泉，如兄弟般和睦相處，互助互讓，團結起來，挫敗心懷叵測的人們的企圖，由此，你們不久將不再流淚。

在軍糧供應方面，拿破崙規定各部隊輪番進入莫斯科，幾乎可說是搶劫，從民眾手中徵收食糧並儲存

---

28 塞巴斯蒂亞尼（一七七五—一八五一），法軍元帥。

29 雅科夫列夫（一七六七—一八四六），著名作家赫爾岑的父親，赫爾岑在《往事與回憶》中描述了拿破崙召見父親的景象，見該書〈第一卷．第一章〉。

30 圖托爾明（一七五一—一八一五），退役陸軍少將，兒童收容所所長。

起來，以確保未來軍糧供應。

在宗教方面，拿破崙下令召回神父，恢復教堂裡的祈禱儀式。

在商業方面，並為徵收軍糧，四處張貼公告如下：

公告

安分守己的莫斯科居民們，因戰亂逃離城市的工匠和工人們，以及因無端恐懼仍滯留於荒郊野外、流離失所的農民們，你們聽著！城內已歸平靜，秩序正在恢復。你們的同胞勇敢地走出避難所，因為他們看到，他們是受到尊重的。任何侵害他們及其私有財產的暴力行為都立刻受到懲罰。皇帝兼國王陛下保護他們，也不把你們之中的任何人視為敵人，除了那些違抗其旨意的人。他希望終結你們的苦難，讓你們回到自己的宅院和家庭。遵照他仁慈的意圖，平安地回到我們這裡來吧。居民們！懷抱信任的態度回家吧：你們很快就能找到謀生的方法。手藝人和勤勞的工匠們！回來從事你們的手工、勞動吧：家人、店鋪、警衛人員都等待著你們，你們的勞動會得到應有的報酬！最後，還有你們，因恐懼而躲進叢林的農民們，出來吧，放心地回你們的農舍吧，你可以完全相信，你們一定會得到保護。城裡設立了糧倉，農民可以把餘糧和田間作物運到糧倉。政府採取下列措施，確保農民可以自由買賣：

（一）自即日起，農民以及莫斯科郊區的農民和居民可以將多餘的農產品安全的運進城裡，即運到糧倉所在地莫霍瓦亞街和狩獵用品商場，不論何種農產品都可出售（僅限於兩個指定糧倉的經營範圍）；

（二）這些糧食依買賣雙方商定的價格予以收購；若賣方不能依自身所要求的合理價格出售，則有權將糧食運回村莊，任何人不得以任何方式加以阻撓；

（三）規定每逢週日和週三進行大宗糧食市集；為此，每逢週二和週六在各條大路上布置足夠數量的部隊，並保持適當距離，以保護運糧車隊；

（四）採取同樣的措施，以保證農民及其車輛、馬匹在回程時，通行無阻；

（五）立即採取措施，以便恢復日常交易。城鄉居民以及工人和工匠們，不論你們屬於什麼民族！現在，號召你們奉行皇帝兼國王陛下仁慈的旨意，與他共同促進社會福祉。請向陛下表示你們崇高的敬意和信任，毫不遲疑地與我們團結合作！

在激勵士氣和鼓舞人心方面，不斷舉行閱兵、大範圍的論功行賞。皇帝騎馬巡視街道，安撫民眾；而且儘管政務繁忙，還親自到根據他的命令建造的劇院觀賞演出。

在表現帝王崇高品德的行善方面，拿破崙也是全力以赴。他吩咐在慈善機構題寫我的母親之家，以此結合兒子的孝心和君王的偉大美德。他參觀兒童收容所，將他白淨的手伸向他所救助的孤兒，並任由他們親吻後，與圖托爾明親切交談。此外，根據梯也爾花言巧語的描述，他曾吩咐用他印製的俄國偽幣給自己的部隊發餉。「為了符合他以及法國軍隊，並彰顯其高尚品德，他下令救助慘遭祝融的人們。但是由於食品價格高昂，不能發給大多懷有敵意的異國民眾，所以拿破崙認為，最好是給他們錢，讓他們到其他地方購置糧食；於是他下令發行盧布紙鈔。」

在軍紀方面，不斷地發布關於嚴懲怠忽職守和制止搶劫的命令。

令人匪夷所思的是，所有命令、舉措和計畫雖然並不亞於在類似情況下所發布的指令，卻未觸及問題實質，如同表盤上脫離機件的時針，因沒有咬住齒輪而任意地、無目的地空轉。

在軍事方面，關於他優秀的作戰計畫，梯也爾說，他的天分從未有過任何更深刻、更絕倫、更驚人的創造，並與費恩[31]先生爭論，企圖證明此計畫的擬訂不是在四日，而是在十月十五日，可是，此計畫沒有也不可能執行，因為沒有任何切實可行之處。為鞏固克里姆林宮的防禦而夷平清真寺（拿破崙這麼稱呼瓦西里升天大教堂），完全是無益之舉。在克里姆林宮地下埋設地雷，只是有助於在皇帝離開莫斯科時執行他的旨意，即炸毀克里姆林宮，如敲打一下讓孩子摔痛的地板。拿破崙費盡心機對俄軍的追擊，全然暴露了一個匪夷所思的事實：法國將領不知道俄國六十萬大軍究竟在哪裡。依梯也爾的說法，完全是由於繆拉的敏銳，或許也是由於繆拉的才華吧，總算大海撈針似的找到俄國這六十萬大軍。

在外交方面，無論在圖托爾明面前，還是在只關心能否得到一件軍大衣和一輛馬車的雅科夫列夫面前，他所申述關於寬大、公正的論據都白費了：亞歷山大未接見這兩名使者，也沒有對他們的使命有所回應。

在司法方面，槍斃幾名含冤而死的縱火犯之後，莫斯科的另一半也燒掉了。

在行政方面，成立市政府未能制止搶劫，只是讓這個市政府的某些官員貪圖到一些好處，他們在維持治安的幌子下於莫斯科巧取豪奪，或保護自己免遭掠奪。

在宗教方面，在埃及透過拜訪清真寺[32]輕而易舉地擺平問題的作法，在莫斯科竟不見效。在莫斯科找到的兩、三名神父試圖執行拿破崙旨意，可是其中一個在祈禱時挨了一個法國兵狠狠一頓耳光，除此之外，法國官員是這麼報告的：「我找到並請來主持午前日禱的神父，把教堂打掃乾淨，鎖了起來。當夜就有一些人又來砸門撬鎖，撕毀經書，製造混亂。」

在商業方面，為勤勞的工匠和全體農民張貼的公告未引起任何反應。勤勞的工匠沒有露面，而農民們抓住那些帶著公告走得太遠的警官，並加以殺害。

在建造劇院以娛樂民眾和部隊方面，同樣以失敗收場。建立在克里姆林宮和波茲尼亞科夫[33]宅邸的劇院當即關門，因為男女演員遭到搶劫。

慈善活動也沒有帶來預期的效果。真假紙幣充斥莫斯科，也不值錢了。那些搜刮錢財的法國人只要黃金。不僅拿破崙仁慈地分發給不幸人們的紙幣一文不值，白銀也要降價才能換取黃金。

然而，當時最高當局政令廢弛最驚人的表現，莫過於拿破崙在制止搶劫、恢復紀律等方面所做的努力。看看各級軍官的報告吧。

「儘管明令禁止，城裡搶劫的情形仍持續。秩序尚未恢復。沒有一個商人從事合法經營。只有隨軍商販敢於出售商品，而且賣的也都是搶來的物品。」

31 費恩（一七七八—一八三七），拿破崙的祕書，著有兩卷本《一八一二年手記》。

32 為了拉攏埃及，拿破崙宣布尊重伊斯蘭教信仰和《古蘭經》，承認清真寺不可侵犯。

33 波茲尼亞科夫家族是十六世紀以來，俄國著名的商人家族。

「管區的一部分繼續遭到第三軍士兵的掠奪，他們不滿足於奪走躲藏在地下室裡不幸居民們的一點財物，還殘忍地用馬刀砍傷他們，我曾目睹過多次。」

「沒有新狀況，只有士兵們還在搶劫和盜竊。十月九日。」

「盜竊和搶劫仍持續。我區有一個盜竊團，必須採取強而有力的舉措制止其盜竊活動。十月十一日。」

「皇帝非常不滿，儘管明令禁止搶劫，卻只見近衛軍那些趁火打劫的士兵成群結隊地回到克里姆林宮。在老近衛軍裡，騷亂和搶劫在昨天、昨夜和今天更是變本加厲。皇帝痛心疾首，這些奉命保衛陛下而精挑細選的士兵，本應成為遵紀守法的榜樣，卻桀驁不馴到如此程度，以致豪取儲存軍用物資的地窖和倉庫。有些人墮落到不聽哨兵和衛隊軍官規勸，謾罵並毆打他們。」

「宮廷司儀官強烈地抱怨，」總督寫道，「士兵們置所有禁令於不顧，在所有宅院裡，甚至在皇帝住所的窗外隨地便溺。」

這支軍隊像一群放縱的牲口，腳下踐踏著可以使牠們免予餓死的飼料，在莫斯科每多待一天，就更接近崩潰和滅亡。

然而，這群牲口仍停留在原地不動。

牠們只是在突然驚恐萬分的時候才開始奔跑，引起這恐慌的，便是輜重在斯摩稜斯克大道上被敵軍截獲以及關於塔魯季諾戰役的消息。而拿破崙是在閱兵時，意外接到關於塔魯季諾戰役的消息，正如梯也爾所言，激起了他懲罰俄國人的欲望，於是他下令出征，這也正是全軍的要求。

離開莫斯科時，這支軍隊帶上大肆劫掠的所有物品。拿破崙也隨身攜帶珍寶。看到大批馬車擁塞在隊伍裡，拿破崙驚訝萬分（這是梯也爾描述的）。但是，憑自己的作戰經驗，他並未像他當初在逼近莫斯科時，處理一位元帥的馬車時那樣，下令將所有多餘的馬車燒毀，而是看了看士兵們乘坐的驕式四輪馬車，這樣很好，這些馬車以後可用來運送軍糧和傷病員。

整個軍隊就像一頭受傷的野獸，感覺到自己快要死了，卻不知道自己在做什麼。研究拿破崙及其軍隊從進入莫斯科到全軍覆沒為止的高明策略及其目的，無異於研究一頭受了致命傷的野獸臨死前的跳躍和抽搐。受傷的野獸經常嗅聞到火藥味便衝向開槍的獵人，往返奔突，加速滅亡。拿破崙在整個軍隊的壓力下也做出這種反應。塔魯季諾戰役的火藥味驚動了這頭野獸，於是牠朝槍響處衝去，逼近了獵人，掉頭往後跑，又往前衝，又往後跑，終於還是像野獸一樣往後逃了，而且，是沿著最不利、最危險的道路，卻也是循著熟悉的舊腳印而去。

我們以為拿破崙是整個行動的領導者（正如野蠻人以為，船頭上雕刻的人猶如領導這艘大海船的力量），其實拿破崙在整個活動期間像個孩子，他拉著繫在馬車裡的細繩索，便以為是他在趕車。

十一

十月六日清晨，皮埃爾走出板棚，回來時站在門口逗弄在他身旁兜轉的小灰狗，牠腰身很長，長著彎曲的短腿。這條小狗就待在他們的板棚裡，夜裡和卡拉塔耶夫躺在一起。牠大概從不屬於任何人，現在沒有主人，也沒有名字。法國人叫牠阿佐爾，愛說故事的士兵叫牠費姆加爾卡，卡拉塔耶夫和其他人都叫牠灰毛，有時叫牠長耳。雖然牠沒有主人、沒有名字，也不是品種犬，甚至毛色也很晦暗，這條小灰狗卻似乎一點也不覺得自卑。毛茸茸的圓尾巴像鴕鳥尾巴一樣挺直豎著，彎曲的短腿很聽牠的使喚，牠彷彿不屑於一次用上四條腿，經常優美地提起一條後腿，用三條腿靈巧而快捷地奔跑著。任何事物都能引起牠的興致。牠時而快樂地吠叫著仰面躺下，時而若有所思、神態肅然地曬太陽，時而活蹦亂跳地玩著木片或麥桿。

皮埃爾現在的衣著是一件有破洞的髒襯衫，這是他原有衣物中僅剩的一件，而一條士兵軍褲，為了保暖而依卡拉塔耶夫的建議，用繩子在腳踝處紮著褲管，還有一件長衫以及一頂農民軟帽。這時皮埃爾的身體有了顯著的變化。他不再顯得那麼胖了，儘管仍維持著家族遺傳的魁梧有力。臉的下部長滿落腮鬍；頭上滿是蝨子的蓬亂長髮捲曲著，好像戴著一頂帽子。眼神堅定、平靜，顯得生氣勃勃而又成竹在胸，從前皮埃爾的目光裡從未有過這種表情。從前，在他的目光裡所表現的那種懶散，變成精力充沛、隨時準備行動和反抗的振奮。他甚至赤腳而行。

皮埃爾時而看著下面的田野，今天早上曾有許多馬車和騎手在這片田野縱情馳騁，時而眺望河流對岸的遠方，時而看看裝腔作勢要咬他一口的小狗，時而看著赤腳，開心地擺成不同的姿勢，一邊活動著骯髒粗大的腳趾。每當他望著赤腳時，臉上便會掠過期待和得意的微笑。這雙赤腳使他回憶起這段時期的感悟，他很喜歡這些回憶。

一連幾天都是寧靜、晴朗、清晨略有霜凍的好天氣——所謂初秋的豔陽天。

戶外陽光和煦，這融融暖意以及在空氣中還能感覺得到的早晨霜凍的料峭寒意，令人猶感舒坦。遠近萬物無不閃爍著神奇晶瑩的光輝，這是只有在秋季的這個時節才會有的。遠處，有村落、教堂和一座高大白色建築物的麻雀山遙遙在望。光禿的樹木、黃沙、碎石、鱗次櫛比的屋頂、教堂的綠色尖頂、遠處白色建築物的稜角格外分明、纖毫畢現地鏤刻在純淨透明的天空。近處可以看到一座被法軍占用、外牆半被燒焦的貴族府邸那熟悉的斷壁殘垣，院牆邊還有丁香花叢。甚至這座殘破、骯髒，在陰天覺得不堪入目的醜陋房屋，此刻在明媚陽光靜靜照射下似乎也展現出一派美麗而令人欣慰的景象。

一個法國軍士像居家一樣敞著胸懷，頭戴便帽，叼著菸斗，從板棚的轉角處出來，友好地眨一眨眼，走到皮埃爾面前。

「太陽多好，啊，基里爾先生？（所有法國人都這麼稱呼皮埃爾。）簡直像春天一樣。」於是軍士靠在門上，菸斗遞給皮埃爾，儘管他每次把菸斗遞過去總是被皮埃爾謝絕。

「要是能在這種天氣下行軍打仗……」他開始說道。

皮埃爾問他，關於部隊出發有什麼消息了嗎，於是軍士告訴他，幾乎所有部隊都要出發了，今天就會下達處理俘虜的命令。在皮埃爾所在的板棚裡有一個士兵索科洛夫病危，皮埃爾對軍士說，應該把這名士兵安排好。軍士說，皮埃爾可以放心，這裡有流動醫院和常駐醫院呢，對傷病員會有所安排的，總之，所有可能發生的情況，長官都會考量到。

「還有，基里爾先生，只要您對上尉說幾句話就可以了，您是知道的。他這個人……什麼都會牢記在心。上尉來巡查時，您對他提吧；他會為您做任何事情……」

軍士提到的那個上尉，常來和皮埃爾促膝長談，對他關懷備至。

「我可以當著聖多馬[34]發誓，有一天，他對我說過：基里爾是有學問的人，會說法語；這是個俄國貴族，他慘遭不幸，但他是號人物。他明白事理……如果他有什麼需求，不可拒絕。人一旦有了知識，就會熱愛學習，善待有教養的人。我說的是您呢，基里爾先生。日前要不是您，結果會很糟。」

軍士又閒聊了一會兒才離去。（軍士所提及日前發生的事，是指俘虜和法國人之間的鬥毆，皮埃爾在這場鬥毆中成功使自己的難友們冷靜下來。）幾名俘虜聽了皮埃爾和軍士之間的對話，立刻問他，軍士說了什麼。皮埃爾對難友說，軍士說，部隊就要出發了。這時板棚的門口來了一個面黃肌瘦、衣服破舊的法國士兵。他迅速又膽怯地把幾根手指舉向前額表示敬禮，並問皮埃爾，替他縫製衣物的士兵卡拉塔耶夫在不在板棚裡。

一個星期前，法國人得到一批皮革和麻布，便交給被俘的士兵們縫製靴子和襯衫。

「做好了，做好了，兄弟！」卡拉塔耶夫說，捧著一件疊得整整齊齊的襯衫出來了。

卡拉塔耶夫由於天熱，也為了做事方便，只穿著一條褲子和一件黑得像汙泥的破襯衫。他如同工匠，用韌皮纖維把頭髮束了起來，以致圓臉顯得更圓也更討喜了。

「說一不二。說星期五好，就一定交貨。」卡拉塔耶夫邊說，邊笑容滿面地把他縫製好的襯衫展開。

法國人不安地回頭望了望，似乎克服了疑慮，迅速脫下上衣，穿上襯衫。法國人在上衣裡沒有穿襯衫，那又黃又瘦的光身子上只有一件長長的、油膩膩的、繡了幾朵花的背心。看來，法國人深恐那些盯著他的俘虜會笑他，急忙把頭伸進襯衫。俘虜們誰也沒有吭聲。

「看啊，正合身。」卡拉塔耶夫邊說邊調整襯衫。法國人把頭和手臂伸進去之後，頭也不抬，只顧打量身上的襯衫，仔細瞅著針腳。

「如何，兄弟，這裡可不是裁縫鋪，合手的工具也沒有啊；常言道：空手捉不到蝨子。」卡拉塔耶夫說，他滿面笑容，看來很欣賞自己的手藝。

「好，好，謝謝，麻布在哪裡，有剩下的吧？」

「你要是貼身穿，那就更合適了，」卡拉塔耶夫說，仍然欣賞著自己的手藝。「一定是又好又舒坦……」

「謝謝，謝謝，朋友，剩餘的布料在哪裡？」法國人微笑問道，他拿出鈔票付給卡拉塔耶夫，「剩餘的布料還我吧……」

皮埃爾看出來了，卡拉塔耶夫是不想聽懂法國人所說的話，於是他袖手旁觀。卡拉塔耶夫收下錢、道謝後，繼續欣賞自己的手藝。法國人堅持索要剩餘的布料，並請皮埃爾翻譯他所說的話。

「他要剩下的布做什麼嗎？」卡拉塔耶夫說。「給我們倒是很不錯的包腳布。好吧，就給他。」於是，卡拉塔耶夫愀然變色，傷心地從懷裡拿出一卷邊角料遞給法國人，眼也不瞟他。「唉。」卡拉塔耶夫

34 聖多馬是耶穌的十二門徒之一。

嘆了口氣，轉頭就走。法國人盯著麻布沉思了起來，他疑惑地抬頭看了皮埃爾一眼，皮埃爾的目光似乎讓他明白了什麼。

「卡拉塔耶夫，喂，卡拉塔耶夫，」法國人突然脹紅了臉，高聲叫道。「你拿去吧。」他交出這些布料說隨即，轉身走了。

「這個人哪，」卡拉塔耶夫搖著頭說，「都說他們不是基督徒，也還是有良心的。老人家說得對：窮漢大方，富人小氣。自己是窮光蛋，卻把東西送人。」卡拉塔耶夫若有所思地含笑看著布料，沉默了一會兒。「朋友，能做成很不錯的包腳布呢。」他說，回到板棚裡去了。

十二

皮埃爾遭捕已四個星期。儘管法國人曾提議將他從士兵的板棚調進軍官們住的板棚，他還是留在他第一天被帶進去的板棚裡。

在慘遭浩劫和兵燹的莫斯科裡，皮埃爾所經歷的災難幾乎達到一個人所能忍受的極限；但是，由於他不曾意識到的堅強、強健的體魄，尤其災難的到來總是難以覺察的，甚至很難明說究竟始於何時，所以他不僅輕鬆地承受自身境遇，而且感到愉快。正是在這段時期，他獲得過去求之不得的平靜和安適。他過去有好長一段時間，四處尋求這種平靜和內心的和諧，波羅金諾戰役中，士兵們內心的和諧曾令他感到震驚——他曾在行善中、在共濟會裡、在上流社會的尋歡作樂中、在借酒澆愁中、在自我犧牲的英雄壯舉中、在對娜塔莎的浪漫愛情中追求；也曾在思索中追求，然而，這些探索和嘗試一再令他大失所望。如今他終於獲得這種平靜和內心的和諧，自己也沒有想到，這完全是透過對死亡的恐懼、災難和他在卡拉塔耶夫身上所得到的啟示。他在行刑時親身體驗到的那駭人時刻，彷彿自他的想像和記憶中永久抹去悲天憫人的情懷，過去他覺得這種情懷是值得自豪的。他不再思考俄羅斯、戰爭、政治和拿破崙了。他十分清楚，這一切都與他無關，不在其位不謀其政。「俄羅斯和夏天——不相干。」他重複著卡拉塔耶夫的話，這句話莫名地令他心安。他現在覺得，他企圖刺殺拿破崙以及關於神祕數字和《啟示錄》中獸的計算是不可理解的，甚至可笑。他對妻子的憎恨以及唯恐名譽遭玷汙的擔憂，如今他覺得非旦不值一提，甚至滑稽可笑。他何必在意這個女人兀自過她喜歡的生活呢？那些人是否知道，他們其中一個犯人是別祖霍夫伯爵，而這究竟和誰，尤其是和他有什麼關係？

如今，他時常想起自己和安德烈公爵的談話，而且完全贊同他的見解。不過，他對安德烈公爵的想法，有些理解上的不同。安德烈公爵所表達的是，幸福往往只是某種負面的對比，只是他說這些話的時候，帶有苦澀和嘲諷的意味，彷彿他的話裡透露的是另一層意思——我們之所以被賦予追求正面幸福的渴望，只是為了讓我們的追求得不到滿足而飽受折磨。但皮埃爾全然未加思索地認為，他的話是對的。皮埃爾現在覺得，沒有痛苦，需求能得到滿足，因而可以自由活動，即自由選擇生活方式，無疑是極致的幸福。唯有在這裡，唯有此時此刻，皮埃爾才第一次充分感受到這種快樂：想吃就吃，想喝就喝，想睡就睡，冷了有保暖的衣物，想說說話、聽聽別人的聲音就找人聊天。各種需求——好的食物、乾淨、自由——的滿足，在他被剝奪了這一切的現在，令皮埃爾覺得這就是圓滿的幸福了，而活動的選擇，即生活，在這種選擇如此有限的現在，皮埃爾反而備感輕鬆，以致他忘記了，生活過於舒適會消滅需求得到滿足的幸福感，而生活的充分自由，如同他忘記了，因為教育、財富以及在上流社會的地位，使他感受不到在生活中所享有的自由，正是這種自由使生活難以想像地艱難，甚至會消滅需求本身和生活的可能性。

皮埃爾想像著重獲自由的日子。可是此後終其一生，皮埃爾時時激動地想到、談及這被囚禁的一個月，以及只有在這段時期才體驗到的那種一去不復返、強烈卻愉悅的心情；尤其是心靈的完全平靜、內心的全然自由。

當他第一次清晨起身、在晨曦中走到板棚外，最先看到新聖女修道院的幽暗圓頂和十字架，他看到落滿塵埃的草葉上的寒露、看到麻雀山的峰巒和蜿蜒於河上、隱沒於淡紫色遠方林木的河岸，當他接觸到清新的空氣、聽到從莫斯科飛過田野的群鴉亂噪，當後來陽光自東方湧出，一輪紅日的邊緣莊嚴地從雲彩後浮現，於是教堂圓頂、十字架、露珠、遠方、河流都在歡樂的陽光中閃閃爍爍時——皮埃爾心裡萌生一種全新的、從未有過的、覺得生活歡樂又充實的情感。

這種情感在他被囚禁期間，不僅從未離棄過他，而且隨著他處境的日益艱難而愈發強烈。

這種正向人生、精神振奮的心情因受到所有人的讚譽而更加堅定，他進入這個板棚不久，難友們便對他有了極高的評價。由於皮埃爾懂幾種外語，法國人對他表現敬意；以及為人樸實、有求必應（他每週依軍官待遇領到三個盧布）、把釘子摁進木板牆而向士兵們所顯示的力量、和難友們相處的謙和態度，和他們覺得不可思議的那種無所事事、靜坐沉思的本領等，他被難友們視為神祕的高人。同樣的特點，在他從前所處的上流社會，即便不是對他有害，也令他深感不自在，如他的力氣、對舒適生活的輕蔑、漫不經心、質樸，然而在這裡，在這些人之間，他幾乎被奉為英雄。皮埃爾感到，他們這種看法使他負有難以推卸的義務。

十三

十月六日夜，準備出發的法軍開始行動，他們拆除廚房和板棚、裝載馬車，於是部隊和輜重出動了。

早上七時，法國押送隊身穿行軍服，頭戴高帽，攜帶槍枝、軍背包和束口袋站在板棚前，法語談話聲夾雜著許多罵人的話震盪於整個佇列。

板棚裡，所有人都準備好了，已穿好衣服、束上腰帶、穿上鞋子，只等候出發的命令。患病的士兵索科洛夫消瘦、蒼白、眼圈發黑，衣服鞋子也沒穿，獨自坐在自己的位置，一雙瘦得突出的眼睛疑問地望著對他不理不睬的難友們，低聲而慢悠悠地呻吟著。看來，他呻吟主要不是因為病痛——他患痢疾，而是因為他會被單獨留下而感到恐懼和悲傷。

皮埃爾穿著卡拉塔耶夫為他做的鞋子，那是用法國人製作鞋底的一塊包茶葉皮，腰上則繫一根繩索，來到病人面前蹲了下來。

「怎麼了，索科洛夫，他們並不是全部撤走啊！還有一座醫院在這裡。也許你的情況比我們還要好些呢。」皮埃爾說。

「啊，天哪！啊，我快死了！啊，天哪！」士兵的呻吟聲更劇烈了。

「我再去問問他們。」皮埃爾說著，便站起來朝板棚門口走去，在皮埃爾來到門口之際，昨天請皮埃爾抽菸的軍士帶著兩名士兵從外面來了。軍士和士兵都穿著行軍服，揹著軍背包，頭戴高帽，緊扣在帽子上的金屬片使他們的容貌變得陌生。

軍士是奉長官之命來關門的。要在把人放出去之前清點俘虜的人數。

「軍士，這個病人怎麼辦呢？」皮埃爾問道；可是就在他開口的當下，他禁不住懷疑了起來，這是他所熟悉的那名軍士，或是素不相識的另一個人：眼前的軍士完全不像他本人了。此外，在皮埃爾說話時，兩旁突然響起擊鼓的聲音。軍士聽了皮埃爾的話皺起眉頭，憤怒地把門砰的一聲關上。板棚裡頓時陷入昏暗；兩旁刺耳的鼓聲壓倒了病人的呻吟。

「這是它，又是它！」皮埃爾對自己說，不由得感到一股涼意掠過他的背。在軍士不變的容貌上，在他說話的聲音裡，在激動人心、壓倒一切的鼓聲中，皮埃爾辨認出那迫使人們違心地殘殺同類的神祕冷漠的力量，他曾在行刑時見識過這種力量的影響。而且，他恐懼這股力量，想盡辦法迴避這股力量，向那些成為其工具的人們提出請求或規勸是徒勞的。現在，皮埃爾意識到這件事。他必須等待和忍耐。皮埃爾不再到病人身邊，也不回頭看他。他默默地皺著眉頭站在板棚門邊。

當板棚的門打開時，俘虜們像羊群般彼此擠壓堵在出口處，皮埃爾擠到他們前面，朝上尉走過去，軍士曾一再要他相信，上尉是願意為他做任何事情的。上尉也穿著行軍服，他那冰冷的臉色也透露出皮埃爾在軍士的話語中以及鼓聲中所認出的「力量」。

「走啊，走啊。」上尉說，嚴厲地皺起眉頭望著擠在他身旁的俘虜。皮埃爾知道，求情是徒勞的，但還是走到上尉面前。

「喂，又是什麼事？」軍官冷冷回頭一望問道，彷彿沒有認出他來。皮埃爾談起了那個病人。

「他能走的，見鬼！」上尉說。「你們走啊，走啊。」他繼續說道，未正眼瞧皮埃爾。

「那可不行，他快要死了！」皮埃爾還想說什麼。

「你想怎樣？」上尉憤怒地蹙起眉頭，向皮埃爾吼道。

噠啦——噠——噠——咚，咚、咚，鼓聲在響。於是皮埃爾明白了，那股神祕力量已經完全控制這些人，現在說什麼也無濟於事。

他們將被俘的軍官和士兵分開，命令軍官走在前面。軍官有三十來人，皮埃爾也在其中，士兵有三百來個。

從其他板棚裡放出來的被俘軍官都是陌生人，衣著比皮埃爾好多了，他們都以懷疑和疏遠的目光盯著皮埃爾和他那雙鞋。有個軍官走在離皮埃爾不遠的地方，看來他受到被俘難友們的尊敬，這是一名胖胖的少校，身穿喀山長衫，腰間束一條毛巾，有一張虛胖、發黃、氣呼呼的臉。他一隻手拿著菸袋揣在懷裡，一隻手拄著長菸管。他氣喘吁吁，上氣不接下氣，嘴裡不停嘟囔，彷彿所有人都惹他生氣，因為他覺得好像有人在推他，因為在不必著急的時候，所有人卻偏要急匆匆地趕路，在沒什麼值得驚訝的時候，偏要大驚小怪。另一個矮小瘦削的軍官和所有人搭訕，他正猜想他們現在即將被帶到什麼地方去，今天能走多遠。一個穿著氈靴和軍需機關制服的官員來回奔跑，從四面八方仔細觀察被燒毀的莫斯科，大聲報告自己見到的情況：什麼被燒掉了、眼前看到的莫斯科的這個或那個部分是什麼地方。還有一名軍官，聽口音應是波蘭人，正在和軍需機關的官員爭論，並向他證明，他弄錯幾個莫斯科街區了。

「你們有什麼好爭論的？」胖少校生氣地問。「尼古拉街也好，弗拉斯街也好，反正都一樣；你們看，全燒光了，都完了……您擠什麼呀，難道沒有路好走了嗎？」他生氣地對跟在他後面的人說，而這個人根本沒有碰到他。

「哎呀呀，他們在做什麼呀！」不過時而從這邊、時而從那邊傳來觀看火場的俘虜們的說話聲。「莫斯科河南岸地區、祖博沃全燒掉了，看啊，克里姆林宮也燒掉了一半……我對你們說過的，整個莫斯科南岸地區都燒了，果真是這樣。」

「喂，您知道燒了，還有什麼好說的！」胖少校說。

在經過哈莫夫尼基（莫斯科少數幾個未被燒毀的街區之一）的教堂時，一群俘虜突然湧往一邊，隨即傳出一片驚恐和極端厭惡的驚歎聲。

「這些壞蛋！真是喪盡天良！是個死人，就是死人……臉上還抹了什麼呢。」

皮埃爾也朝教堂走了過去，引起驚歎聲的原因就在那裡，他模糊地看到有什麼靠在教堂圍牆上。他從看得更清楚的難友口中得知，那是一具屍體，被豎著放在圍牆邊，臉上還抹著煤灰。

「走開，該死的……走……這些鬼東西……」響起了押送人員的叫罵聲，一些法國兵凶巴巴地揮舞著短劍，驅散了圍觀死者的俘虜們。

十四

在通過哈莫夫尼基街區的巷弄時，只有俘虜們和押送隊一起行進，後面跟著屬於押送人員的馬車和大車，可是到了糧食商店一帶，他們捲進了一支龐大的、密集行進的砲兵輜重車隊，其間還混雜著一些私人車輛。

到了橋頭，所有人員停了下來，等候走在前面的車馬行人過去。在橋上，俘虜們只見前後淨是望不到盡頭的行進輜重車隊。右邊，在卡盧加大道轉彎處、在涅斯庫奇諾耶旁邊，部隊和輜重車隊絡繹不絕，直至隱沒於遠方。這是走在所有部隊前面的博加爾內軍；後面則是源源不絕的內伊部隊和輜重車隊沿著濱河街過石橋。

俘虜們所屬的達武部隊經過克里木淺灘，一部分已經到達卡盧加街。但是輜重車的隊伍太長，博加爾內最後的車隊還沒有走出莫斯科踏上卡盧加街，內伊部隊就已經從大奧爾登卡出來了。

俘虜們過了克里木淺灘之後，每走幾步就得停下來，然後再走，這時馬車和士兵愈來愈多，且從四面八方擠了過來。從橋頭到卡盧加街的幾百步距離就花了一個多小時，到了莫斯科河南岸地區的街道和卡盧加街匯合的廣場後，擠成一堆的俘虜只好停下來，在那個十字路口站了好幾個鐘頭。只聽四面八方都是宛如大海的潮聲、經久不息的車輪聲和腳步聲、經久不息的怒叫聲和喝罵聲。皮埃爾被擠得緊貼在一座燒焦的房舍牆壁上，這聲浪在他的想像中是與鼓聲一起迴響的。

幾名被俘的軍官為了看得更清楚些，爬上皮埃爾附近一座燒焦的房舍牆上。

「人真多啊，這麼多的人！他們的大砲上堆滿了東西！你看：都是皮貨……」他們七嘴八舌地說道。

「這些壞蛋，搶了多少東西……你看後面那個人，他的大車上……那可是聖像上的東西啊，真的！這大概是一些德國人。還有我們的農民呢，真的！噢，卑鄙的傢伙！他揹得太多，路也走不動了！哎喲，還有輕便馬車呢，連馬車也搶！他舒舒服服地坐在一堆箱子上了。天哪！他們打起來了！」

「狠狠地打他的耳光，打他的耳光！這樣下去，到了晚上也走不了。你看，你們看哪……那可能就是拿破崙。你看到嗎？那些馬也太華貴！都帶有姓名首字母的花體字和皇冠形的紋章。這是一座活動房。一個口袋掉下來了，他沒有看見。又打架了……一個女人帶著嬰兒，模樣挺可愛的。是啊，這還用說，他們才不會放過你呢……你看哪，數也數不清楚。都是一些俄國女人，真的是女人家！她們坐在輕便馬車上多舒服！」

又一股好奇的浪潮，就像在哈莫夫尼基的教堂旁，俘虜們被推向大路，皮埃爾由於身材高大，越過別人的頭頂便看到令俘虜們如此好奇的景象。混雜在砲彈車之間的三輛輕便馬車上，服飾豔麗、塗脂抹粉的女人擠坐在一起，尖聲尖氣地叫嚷著什麼。

自從皮埃爾意識到神祕力量出現之後，沒有什麼能使他感到奇怪或害怕了：無論是為了找樂子而抹上煤灰的屍體，或是這些匆忙趕路的女人們，或是莫斯科大火留下的瓦礫場。眼下皮埃爾所目睹的一切，幾乎都不會在他心裡留下任何印象——彷彿他的一顆心已準備迎接艱苦的戰鬥，不願接受任何可能削弱他的決心的一景一物。

女人們的馬車過去了，隨之而來的又是連綿不斷的大車、士兵、載重馬車、士兵、厚木板、輕便馬車、士兵、砲彈車，還有不時出現的女人。

在皮埃爾眼前的，不是單獨的個人，而是人流。這些人和馬彷彿都被一種無形的力量驅趕著。在皮埃爾觀察他們的一個小時裡，他們從各條街道緩緩而來，同樣只想趕快通過；和他人發生擁擠時便發火、打架；齜牙咧嘴、皺眉、彼此惡言相向，所有人臉上淨是逞凶鬥狠和殘忍、冷漠的表情，今天一早，皮埃爾在擊鼓聲中，曾在軍士的臉上看到這種表情而大為吃驚。

已是天色向晚，押送隊隊長集合隊伍，叫嚷著、爭吵著擠進輜重車隊，於是被團團圍在中間的俘虜們總算走上卡盧加大道。

他們行進速度很快，一路不曾休息，只有在太陽快要下山時才停了下來。一支又一支輜重車隊相繼湧了過來，人們開始準備過夜。大家似乎心裡都有氣，牢騷滿腹。久久都能聽到四面八方的怒罵聲、惡狠狠的叫嚷和吵架聲。一輛跟在押送隊後頭的輕便馬車撞上押送隊的大車，車轅把大車撞壞了。幾名士兵從不同方向朝大車跑了過來；有的拍打輕便馬車的馬頭，將牠們拉開，有的自己人打了起來，皮埃爾看到一個德國人被短劍刺中頭部，因而身受重傷。

在秋季寒冷的暮色中停留於荒野，經過出發時的匆忙和奔走後，看來所有人現在都有一種猛然醒悟的沮喪感。停下來後，大家彷彿明白了，他們還不知道要到哪裡去、這一路上將遭受多少艱難困苦。中途休息時，押送人員對俘虜的態度比出發時更惡劣了。但也是這一個月以來，押送人員第一次將馬肉做為葷食分發給俘虜們享用。

可以看出，從軍官到每一個士兵似乎人人都對每個俘虜懷有私仇，友好的態度丕變。

這種仇恨情緒在清點俘虜人數時發現一個俄國士兵失蹤後更為強烈了，那個士兵在走出莫斯科時，假裝腹痛乘亂逃脫。皮埃爾曾看到，一個法國人因為一個俄國士兵遠離大路而回以重拳，還聽到他的朋友上尉因為一個俄國士兵逃跑而斥責軍士，威脅將他送交軍事法庭。軍士推託該士兵有病，走不動了，上尉說，上層有令，掉隊者就地槍決。皮埃爾感到，在行刑時令他心灰意冷而在拘押期間不易覺察的那種不祥力量，此際又控制著他的生死了。他覺得很可怕；但他感到，隨著這種要置他於死的不祥力量肆虐，另一股不受這股力量影響的生命力在他的心裡茁壯並堅強了起來。

皮埃爾晚飯吃了黑麥糊和馬肉，與難友們談了一會兒。

無論皮埃爾或難友，都不談他們在莫斯科所看到的情況，不談法國人的粗暴態度，也不談已向他們宣布的就地槍決命令。大家彷彿要對抗惡化的處境，都特別快活且快樂。他們談著個人的往事，行軍中看到的可笑場景，偏離有關目前形勢的話題。

太陽早已下山。天空四處出現明亮的星星；正在升起的一輪滿月，其火紅的光暈遍布天際，巨大的紅色月球奇異地在灰色霧靄中晃動。周圍顯得明亮。暮色已盡，夜尚未降臨。皮埃爾站起來離開新難友，在營火之間朝大路的另一邊走去，他聽說被俘的士兵都在那裡。他想和他們談談。法國哨兵在路上攔住他，命令他回去。

他掉頭就走，但沒有回到營火旁難友所待的地方，而是向一輛卸套的馬車走去，那裡空無一人。他在車輪邊冰涼的土地上盤腿而坐，低下頭來，久久靜坐沉思。一個多小時過去了。沒有人來驚動皮埃爾。突然，他用渾厚而和善的聲音哈哈大笑了起來，笑聲如此響亮，人們紛紛自不同方向朝著這古怪的、顯然是獨自一人的笑聲轉過頭來。

「哈哈哈！」皮埃爾不斷笑著。接著，他自言自語地說：「那個士兵不放我過去。他們抓住我關了起來。讓我在囚禁中度日。我是誰？我？我——就是我不朽的靈魂！哈哈哈！哈哈哈！……」他笑得流出了眼淚。

有個人站了起來，他走過來想看看，這古怪的大個子到底在笑什麼。皮埃爾不笑了，他站起來離這個好奇的人更遠些，同時舉目四顧。

剛才營火劈啪作響、人聲鼎沸、一望無際的野營漸漸沉寂了下來；通紅的營火也漸漸熄滅而暗淡了。一輪明月高掛在天空。剛才看不見的樹林和田野，此時展現在遠方。而在這些樹林和田野的更遠處，是明亮、搖曳、令人神往的無邊地平線。皮埃爾仰望天空，仰望遠去的、閃爍的繁星深處。「這一切都是我的，這一切都在我心裡，這一切就是我！」皮埃爾想。「而他們想把這一切都抓起來塞進用木板隔開的板棚！」他冷然一笑走了，要回到難友們身邊，好好睡一覺。

十五

十月初，又有一名軍使帶著拿破崙的信以及談和的建議來見庫圖佐夫，信上載明發自莫斯科，其實這時拿破崙已經在庫圖佐夫前方不遠處，即古卡盧加大道上。庫圖佐夫對這封信的回答和對洛里斯東送交的第一封信的回答是一樣的：他說，談和是不可能的。

此後不久，收到在塔魯季諾左側活動的多羅霍夫[35]游擊隊報告，在福明斯科耶出現了布魯西埃[36]師的部隊，該師孤立於其他部隊，不難殲滅。士兵和軍官們又要求採取行動了。參謀部眾將軍興奮地想起在塔魯季諾輕取勝利，堅決要求庫圖佐夫採納多羅霍夫的建議。庫圖佐夫認為，任何進攻都是不必要的。最後，採取折衷的辦法；向福明斯科耶派遣一支不大的部隊，其任務是突襲布魯西埃。

出於偶然，接受這個任務的——後來事實證明，這是極其艱巨且重要的任務——是多赫圖羅夫，就是那個謙虛、身材矮胖的多赫圖羅夫。從未有人向我們描述過，他是如何制訂作戰計畫、如何在部隊前策馬飛馳或將十字勳章扔在砲臺上等，人們直言不諱，批評他不夠果斷、缺乏洞察力，但我們發現，就是這個多赫圖羅夫，在俄法兩軍從奧斯特利茨戰役到一八一三年的歷次對戰中，哪裡情況危急，哪裡就有他坐鎮

35 多羅霍夫（一七六二—一八一五），俄軍中將，俄軍從莫斯科撤出後，奉庫圖佐夫之命指揮約有兩千人的游擊隊。這支游擊隊出色地完成一連串消滅敵人部隊和運輸物資的作戰行動。一八一二年十二月二十八日，多羅霍夫的游擊隊攻克法軍後方城市韋列亞。

36 布魯西埃（一七六六—一八四四），法國將軍，一八一二年指揮博加爾內軍的一個師。

指揮。在奧斯特利茨，他在奧格斯特堤壩堅持到最後，在人們逃竄、死傷、後衛部隊裡沒有一名將軍的情況下，他集結各團殘餘兵力，盡可能挽救可能挽救的一切。患熱病的他，率領兩萬人部隊前往斯摩稜斯克保衛這座城市，對抗拿破崙全軍。在斯摩稜斯克，他在莫洛赫城門因熱病發作才想休息一下，便被轟擊斯摩稜斯克的排砲聲驚醒，於是斯摩稜斯克堅持了整整一天。在波羅金諾會戰的那一天，當巴格拉季翁陣亡、我軍左翼部隊傷亡達十分之九，而法軍集中大砲轟擊時——派去的不是別人，正是這個不夠果斷、缺乏洞察力的多赫圖羅夫，庫圖佐夫本想派其他人，但急忙糾正了這個錯誤。身材矮小、性情溫和的多赫圖羅夫騎馬去了，於是波羅金諾成了俄軍的最高榮譽。詩歌和散文為我們描寫了諸多英雄，但是對多赫圖羅夫幾乎隻字未提。

多赫圖羅夫又被派往福明斯科耶，而後再被派到小雅羅斯拉韋茨，一個是和法國人打最後一仗的地方，另一個是法國人已明顯走向滅亡的地方，於是又有人為我們描寫這個戰爭階段諸多的天才和英雄，可是對多赫圖羅夫仍隻字不提，或所言甚少，或閃爍其詞。正是對多赫圖羅夫的這種沉默，再再顯現出他的優越之處。

當然，一個不懂機器的人，一看到機器運轉便會覺得，這部機器最重要的元件是那片偶然掉進機器裡的刨花（其實這片刨花正妨礙機器運轉）。一個人不懂機器的結構，就不可能懂得，不是這片具破壞力的刨花，而是那無聲轉動的齒輪才是機器最重要的元件之一。

十月十日，多赫圖羅夫在前往福明斯科耶的半路上，停留在阿里斯托沃村，為精準地執行命令而準備，就在這一天，法國軍隊迅速開到繆拉陣地，看來是要發動戰爭，卻又沒來由地突然向左轉進新卡盧加大道，開始進入原來只有布魯西埃駐紮的福明斯科耶。這時，受多赫圖羅夫指揮的，除了多羅霍夫之外，還有菲格納和謝斯拉文兩支為數不多的部隊。

十月十一日傍晚，謝斯拉文帶著一名被俘的法國近衛軍前往阿里斯托沃村來見長官。俘虜說，今天進入福明斯科耶的是整個法國大軍的前衛部隊，拿破崙就在那裡，軍隊從莫斯科出發已是第五天。當天晚上，一個從博羅夫斯克來的家僕說，他看到一支龐大部隊進城。多羅霍夫游擊隊的哥薩克們報告，他們曾看到法國近衛軍在通往博羅夫斯克的路上行進。根據這些消息，顯然足以斷定，他們原以為只有一個師，現在才得知，全部法軍從莫斯科出走，而且走了一條出人意料的路線——古卡盧加大道。多赫圖羅夫不想採取任何行動，因為他還不了解任務是什麼。他奉命突襲福明斯科耶。可是原本駐紮在福明斯科耶的只有布魯西埃，現在卻是法國的全部軍隊。葉爾莫洛夫主張見機行事，多赫圖羅夫卻堅持要等候殿下的命令，並決定向參謀部呈送一份報告。

為此選派了聰明的軍官博爾霍維季諾夫，除了呈交書面報告，他必須口頭彙報整個情勢。夜裡十一點多鐘，博爾霍維季諾夫取得文件和口諭後，在一名哥薩克帶著備用馬匹的護送下，向總參謀部疾馳而去。

十六

這是一個黑暗、溫暖的秋夜。小雨已經下了四天。博爾霍維季諾夫兩次換馬，在泥濘難行的路上以一個半小時狂奔三十俄里，並於深夜一點多鐘抵達列塔舍夫卡。他在農舍旁下馬，籬笆牆上掛著一個牌子，其上寫著「總參謀部」，於是他扔下韁繩，走進黑黝黝的門廊。

「快請值班將軍！情況緊急！」他在黑暗的門廊裡對一個氣喘吁吁站起來的人說。

「從晚上起，大人就覺得很不舒服，三夜不曾闔眼。」勤務兵的聲音辯護似地小聲說道，「您就先叫醒上尉吧。」

「情況緊急，奉多赫圖羅夫將軍的派遣。」博爾霍維季諾夫說，他摸到敞開的門走了進去。勤務兵趕到他前面去叫人。

「大人，大人，來了一個信使。」

「什麼事，什麼事？是誰派來的？」一道昏昏欲睡的聲音問道。

「是多赫圖羅夫和葉爾莫洛夫派我來的。拿破崙已經到了福明斯科耶。」博爾霍維季諾夫說，他在黑暗中看不見向他問話的人，不過聽聲音料想這不是科諾夫尼岑。

被叫醒的人打著呵欠，伸了伸懶腰。

「我真不想叫醒他，」他說，一邊在摸索著什麼。「他身體不大好！也許就是一些謠言吧。」

「這是報告，」博爾霍維季諾夫說，「我奉命立刻呈交值班將軍。」

「請等一下，讓我把燈點上。你這該死的，把東西塞到哪裡去了？」剛才伸懶腰的人在問勤務兵。這是科諾夫尼岑的副官謝爾比寧。「找到了，找到了。」他連忙說。

勤務兵正打火，謝爾比寧則摸索著燭臺。

「唉，這些討厭的東西。」他厭煩地說。

博爾霍維季諾夫借助一點微光看清拿著蠟燭的謝爾比寧那年輕的臉，還看見前面角落裡睡著一個人。那是科諾夫尼岑。

火絨點燃的硫黃木片冒出藍色繼而變成紅色的火焰，謝爾比寧點亮脂油蠟燭，在燭臺上啃蠟燭的蟑螂立刻四散逃走，他打量了一下信使。博爾霍維季諾夫滿身泥漿，他用衣袖擦拭，抹得臉上也都是汙泥。

「是誰的報告？」謝爾比寧接過報告後問道。

「消息是可靠的，」博爾霍維季諾夫說，「俘虜、哥薩克和偵察兵都異口同聲反映了同樣的情況。」

「沒辦法，只好叫醒他了。」謝爾比寧說，他站起來走到一個戴著睡帽、蓋著軍大衣的人面前。「科諾夫尼岑將軍！」他叫道，只是科諾夫尼岑毫無動靜。「到總參謀部去！」他說，微微一笑，因為他知道只要這麼說，一定能驚醒他。果然，戴著睡帽的頭立刻抬了起來。科諾夫尼岑因發燒兩頰緋紅，他那英俊、堅定的臉上片刻間還保留著遠離現實的夢幻般神情，不過隨即陡地一震；他的臉上又是平時的鎮定表情了。

「說吧，什麼事？是誰派來的？」他毫不急躁，但立刻問道，由於光線的刺激而眨著眼。科諾夫尼岑一邊聽著軍官報告，一邊拆開信封，讀了起來。他一看完，就把穿著毛襪的腳放到地板上並穿起鞋。然後脫掉睡帽，梳理一下鬢角，戴上了軍帽。

「你是火速趕來的吧？我們去見殿下。」

科諾夫尼岑當即明白，送來的消息非常重要，不能耽擱。這消息是好是壞，他沒有多想，也不向自己提出這樣的問題。他對此不感興趣。他觀察戰局不是用智慧、推理，而是另有一種視角。他心裡有不曾說出來的深刻信念，一切都會很好；但對此不可輕信、更不必說出來，只要做好分內的工作就好。而他在做分內的工作時，更是全力以赴。

科諾夫尼岑像多赫圖羅夫，彷彿只是出於禮貌才被列入所謂一八一二年的英雄，與巴克萊、拉耶夫斯基、葉爾莫洛夫、普拉托夫、米洛拉多維奇等人並列，他像多赫圖羅夫一樣名聲在外，被認為是才能和知識極其有限的人，也像多赫圖羅夫，科諾夫尼岑從未制訂作戰計畫，但總是現身在最困難的地方，自從被任命為值班將軍，他總是敞開門睡覺，命令每一個奉命前來的人務必叫醒自己，作戰時也總是親臨前線，以致庫圖佐夫為此而責備他，不敢派他出去。他和多赫圖羅夫一樣，是那些不起眼的齒輪之一，是無聲無息地構成機器的最重要的元件。

從農舍走進潮濕的黑夜裡，科諾夫尼岑皺起眉頭，部分是由於頭痛加劇，部分是由於一種不快的想法，他想到，參謀部裡那些有權有勢的人，尤其是在塔魯季諾戰役後和庫圖佐夫為敵的本尼格森，此刻聽到這個消息會怎麼興風作浪；他們會提出建議、爭論不休、發布命令後又朝令夕改。正是這種預感使他心情沉重，儘管他知道，這是無可避免的。

果然如他所料，他順路把這個消息告訴托爾之後，托爾立刻就對與他同住的一位將軍高談闊論起自己的種種想法，科諾夫尼岑滿面倦容地默默聽著，只得提醒他，應該去見殿下了。

十七

庫圖佐夫一如所有老年人，夜裡很少睡覺。白天他常常突然打起盹；可是夜裡他和衣躺在床上，多數時間不是在睡覺，而是思考問題。

眼下他就是這麼躺在床上思索著，用一隻胖胖的手支撐著受過傷的沉重大腦，習慣性地睜著一隻眼注視暗處。

自從與皇上通信、在參謀部裡最有權勢的本尼格森處處迴避他以來，庫圖佐夫反而比較安心了，因為沒有人會再逼迫他參與毫無益處的進攻。他猜想，為庫圖佐夫留下沉痛回憶的塔魯季諾戰役及其前夕的教訓，想必對本尼格森也有所影響。

「他們應該懂得，一旦進攻，我們只會遭遇失敗。耐心和時間——這才是我克敵制勝的勇士！」庫圖佐夫想。他知道，蘋果沒有成熟時不應該摘取，等到成熟了，自己會掉下來，沒有成熟就摘下來，會損壞蘋果和果樹，自己吃了也會牙疼。他如同有經驗的獵人，知道野獸已經受傷，只有俄國舉全國之力才能使牠傷成這樣，然而是否足以致命，還是一個有待解決的問題。現在根據洛里斯東和貝泰勒米被派來求和以及游擊隊的報告，庫圖佐夫幾乎認定，野獸的傷勢是致命的。但是還需要證據，他必須等待。

「他們想跑去看看，他們是怎麼打死牠的。等一等吧，會看到的。老是想出擊，老是要進攻！」他想。「為什麼呢？老是想立功受獎啊。好像打仗有什麼樂趣似的。他們就像孩子，無法理解當前的情勢，就因為他們都想證明自己多會打仗。但是，現在問題不在這裡。

「這些人向我提出許多高明的策略！他們想出兩、三種偶然情況（他想起彼得堡制訂的整體計畫），就以為他們已衡量過所有的偶然。然而偶然情況是不可勝數的！」

在波羅金諾給予敵人的痛擊是不是致命一擊，這個問題懸在庫圖佐夫心裡已經整整一個月了。一方面，法國人占領了莫斯科。另一方面，庫圖佐夫全然感覺到，他和全體官兵集中全力給予敵人的沉重打擊無疑是致命的。但是無論如何，總需要證據，他等證據已等了一個月，隨著時間推移，他愈來愈不耐煩。那些不眠之夜躺在床上，他所做的正是那些年輕將軍們所做的事，正是他曾對他們加以指責的事。他思考著足以證明拿破崙無疑已經滅亡的一切可能性。他像年輕人一樣思考著這些可能性，不同之處在於，他不把任何事物建立在這種假設之上，而且他做出的假設不是兩個、三個，而是數以千個。他愈思考，假設就愈多。他思考著拿破崙的軍隊，全軍或其某個部分可能採取的各種行動——進軍彼得堡、向他進攻或迂迴戰術，還預想到一種情況（這是他最擔心的），即拿破崙以其人之道還治其人之身，駐軍於莫斯科耐心地等著他。庫圖佐夫甚至想到，或許拿破崙軍隊會向梅登和尤赫諾夫撤退；但是有一個已然發生的情況是他未曾料到的，即拿破崙的部隊在撤出莫斯科的最初十一天裡，竟失魂落魄地到處亂竄——這個現象使庫圖佐夫當時仍不敢想的事成為可能：全殲法軍。多羅霍夫關於布魯西埃師的報告、游擊隊傳出拿破崙軍隊陷入絕境的消息、法軍準備離開莫斯科的傳聞——這一切無不肯定一種推測，即法軍已被打敗，準備逃跑。不過，這只是推測而已，認為這個推測具有重大意義的是年輕將領們，而不是庫圖佐夫。他憑藉六十年來的經驗知道，對傳聞應賦予何等分量，他知道，抱有某種希望的人會彙整所有消息，彷彿證實他們的希望是有根據的，他也知道，在這種情況下，人們輕易便忽略與此相左的現象。庫圖佐夫愈是希望法軍已被打敗，便愈是不敢輕信。這個問題盤據他的心思。其餘一切對他來說，只是習慣性地應付日常生活。對日常生活這種習慣性的應對和屈從，便是和參謀部的人談話，在塔魯季諾寫信給斯塔爾夫人[37]、讀小說、授予獎賞等。只有他一人預見到的法軍滅亡才是他唯一的心願。

十月十一日夜，他以手支頭躺在床上想著這件事。

隔壁房裡有了動靜，傳來托爾、科諾夫尼岑和博爾霍維季諾夫的腳步聲。

「誰在那裡？進來，進來！有什麼消息嗎？」元帥在叫他們。

僕人點蠟燭的同時，托爾說明消息的內容。

「消息是誰帶來的？」庫圖佐夫問，蠟燭點燃後，他那冷峻而嚴厲的臉色令托爾大吃一驚。

「這是無可懷疑的，殿下。」

「你去叫他，叫他來！」

庫圖佐夫一條腿從床上放下來坐著，大肚腹壓在另一條彎著的腿上。他瞇起那隻獨眼，想把信使看得更清楚些，彷彿要在他的面容上看出他想知道的訊息。

「你說，你說，朋友，」他用老年人的輕聲細語對博爾霍維季諾夫說道，一邊掩上胸前敞開的襯衫。「過來，離我近些。你帶來什麼消息？拿破崙從莫斯科逃走了？這是真的嗎？」

博爾霍維季諾夫首先詳盡報告他奉命彙報的一切。

37 斯塔爾夫人（一七六六—一八一七），法國女作家，與拿破崙長期不和，一八〇二年，流亡國外。一八一二年，住在俄國，曾與庫圖佐夫通信，對他被任命為俄軍總司令大表贊同。

「你說，快些，別讓我著急。」庫圖佐夫插話道。

博爾霍維季諾夫說完後，便默默等候指示。托爾開始要說什麼，但庫圖佐夫打斷他。他自己想說些什麼，可是他突然瞇起眼、皺起眉頭；他向托爾揮了揮手，轉身面對農舍裡由於掛著聖像而顯得幽暗的上座。

「主啊，我的造物主啊！你聽到我們的祈禱……」他雙手交疊，聲音發顫說道。「俄國得救了。感謝祢，主啊！」他哭了。

十八

自從接到法軍撤出莫斯科直至戰爭結束，庫圖佐夫所有心力便是利用權力、狡計甚至懇切的請求，以便阻止部隊徒勞地進攻、出擊或與垂死的敵人發生衝突。多赫圖羅夫向小雅羅斯拉韋茨開進，庫圖佐夫及其全軍卻按兵不動，並下令撤離卡盧加，他覺得撤退到卡盧加後方是可行的。

庫圖佐夫到處撤退，未想敵人不等他撤退便掉頭朝反方向逃跑了。

拿破崙的歷史學家向我們描述，他向塔魯季諾和小雅羅斯拉韋茨移轉的高明之處，並想像他如果來得及深入富庶的南方各省，情勢又會如何發展。

但是，且不說拿破崙可以暢通無阻地向南方那些省分開進（因為俄軍為他讓開了大路），這些歷史學家忘記一件事，即拿破崙軍隊的覆滅是無可挽回的，因為其自身已具備必然滅亡的條件。這支軍隊在莫斯科找到充足的糧食卻未能保住，反而把一切踩在腳下，這支軍隊來到斯摩稜斯克沒有採購糧食，而是搶糧，為什麼這麼一支軍隊到了卡盧加省就能恢復元氣呢？這裡的居民和莫斯科的居民，同樣都是俄國人，這裡的火也同樣能被點燃，並燒毀一切。

這支軍隊在任何地方都不可能恢復元氣，從波羅金諾會戰和搶劫莫斯科之時起，自身已帶有崩潰的化學因素。

這支今非昔比的軍隊中，無論士兵和長官紛紛逃離，而且，根本不知道要去哪裡，他們只有一個願望

（拿破崙和每個士兵都一樣）：盡快擺脫當前的絕境，他們都意識到已陷入絕境，儘管這種意識仍有些模糊。

正因如此，在小雅羅斯拉夫韋茨的會議上，當那些將軍們假裝商議軍情、提出各種意見時，憨厚的老兵穆通[38]最後發表的意見堵住所有人的嘴，他說出所有人的心聲，認為應該盡速撤退，對大家都意識到的這個真理，任誰也沒有發表不同意見，甚至拿破崙也毫無異議。

雖然大家都知道應該撤退，可是仍羞於承認應該逃跑。需要有一個外部的推力來克服這種羞恥感。而這股推力來得正是時候。這就是法國人所謂的皇帝的烏拉[39]。

會議後的第二天，拿破崙佯稱巡視部隊以及過去和未來的戰場，清晨騎馬帶著隨侍的元帥們和衛隊走在部隊設防地帶當中。在戰利品附近竄來竄去的哥薩克們無意中碰到皇帝本人，差一點便抓住他。要說這次未能抓到拿破崙，那麼救了他的，和毀了法國人的，是同一種原因——戰利品。無論在塔魯季諾還是在這裡，哥薩克們一見到戰利品就撲過去，對人卻視而不見。他們沒有注意到拿破崙，只顧搶奪戰利品，拿破崙才得以脫身。

既然頓河之子差點兒就能在大軍之中抓住皇帝本人，那麼顯然是法軍已無計可施，只能沿著最近的舊路趕快逃跑。拿破崙已是四十歲的中年人，深感自己不像從前那麼靈活且大膽，他深諳其中況味。他受到哥薩克們的驚嚇後，立刻贊同穆通的意見，據歷史學家們所言，他下令向斯摩稜斯克大道撤退。

至於拿破崙同意穆通的意見，部隊也開始撤退，並不足以證明這是拿破崙下令的，而是證明了，影響全軍、促使全軍走上莫札伊斯克大道的力量，同時也影響了拿破崙。

十九

一個行動中的人總是會為自己設定目標。為了走一千俄里，他必定會想，有什麼好處在一千俄里之外等著他。必須想像有一處神賜的應許之地，才會有行動的力量。

神賜的應許之地對法國人來說，進攻時是莫斯科，撤退時是故鄉。但是，故鄉太遠，而要走一千俄里的人一定要忘掉最終目標，並對自己說：「今天我要走四十俄里，到達休息和過夜的地方。」於是，在最初的行程中，這中場休息的地方，其重要性會高於最終目的，成為個人唯一的嚮往和希望。而這個人的嚮往及希望，會漸漸的變成一群人共同的嚮往。

對沿著古斯摩稜斯克大道撤退的法國人來說，最終目的故鄉過於遙遠，因而在人群中倍加強烈的嚮往和希望，都是最近的目標——斯摩稜斯克。不是因為他們知道，斯摩稜斯克有充足的糧食和生力軍，不是因為有人對他們這麼說過（反之，軍隊高層和拿破崙本人都知道，斯摩稜斯克其實缺糧），而是因為唯有如此，他們才有行動的力量，才能忍受眼前的艱難困苦。他們，那些知道和不知道的人，都在欺騙自己，將斯摩稜斯克視為神賜的應許之地而奮力前進。

---

38 作者這樣稱呼穆通·巴泰勒米（一七七九—一八一六），巴泰勒米伯爵是拿破崙的老戰友之一，在十月十三日的軍事會議上，拿破崙最後徵求穆通的意見。後者毫不遲疑地回答說，應該盡快沿著最近、最熟悉的道路從俄國撤退。

39 指俄軍衝鋒時的吶喊。

踏上大道後，法國人以驚人的毅力和前所未聞的速度奔向想像中的目的地。除了共同的追求團結起這群法國人，並賦予他們某種毅力之外，還有另一個原因將他們連結在一起。這個原因在於他們的數量。他們的龐大數量本身，好像物理學的引力，把那些單一原子的人們吸引在一起。他們以其十萬之眾彷彿一整個國家似的向前移動。

每一人都只有一個願望——成為俘虜，擺脫所有的恐懼和不幸。可是，一方面，共同奔向斯摩稜斯克的強烈願望將每個人引向同一個方向；另一方面，一個軍不可能向一個連投降並成為俘虜，儘管法國人利用每一個機會脫離隊伍，稍有合適的藉口便投降，可是這類藉口並不常有。他們的數量本身和密集、迅速的行動導致他們缺乏投降的機會，也使俄國人不僅很難，而且幾乎不可能阻止法國龐大群體全力投入撤退行動。當機械的某一處斷裂，對正在加速的物體本身而言，是不可能超過限度的加速其解體。

一團雪不可能在瞬間融化。有一定的時間限度，早於這個時限無論怎麼加溫，也不可能使雪融化。相反，愈是加溫，殘雪愈是堅硬。

俄國的軍事首長中，除了庫圖佐夫，沒有人深諳這個道理。當法軍沿著斯摩稜斯克大道逃跑的路線確定以後，科諾夫尼岑在十月十一日夜所預期的情勢開始出現了。所有高級將領都想一展身手，要切斷、攔截、俘虜和擊退法軍，而且異口同聲的要求進攻。

庫圖佐夫一人用盡力氣（每一位總司令所特有的這種力氣都有限）反對進攻。

他不能對他們言明我們如今可以大放厥詞的話語：何必再打，何必擋住他們的去路，何必增加自身的傷亡，何必不人道地追殺那些不幸的人呢？何必如此，既然那支部隊從莫斯科到維亞濟馬不經過戰爭便消耗了三分之一兵員？不過，他憑著老年人的智慧，說了一些他們或許會理解的話，他對他們談了談金橋[40]，於是他們嘲笑他、詆毀他，甚至大發脾氣，對已被打死的野獸逞兇鬥狠。

在維亞濟馬附近，葉爾莫洛夫、米洛拉多維奇、普拉托夫等人離法軍很近，他們克制不住切斷並擊退法國兩個軍的欲望。為了通報自己的作戰意圖，他們派人送去給庫圖佐夫的信封裡沒有報告，只有一張白紙。

不論庫圖佐夫如何盡力阻止，我們的部隊還是發起衝鋒戰，力圖阻擋敵人的去路。據說，幾個步兵團奏樂擊鼓向前衝鋒，斃敵數千，自身也傷亡數千人。

至於切斷——既沒有切斷，也沒有擊退任何人。法軍為了避免危險，更緊縮兵力，繼續在慢慢消亡中走著通往斯摩稜斯克的死亡之路。

40 金橋（Pont d'or），法國俗語，意思是為敵人留一條退路。

第三章

一

波羅金諾會戰及其後莫斯科被占領和法國人不戰而逃，是最可資借鑑的歷史現象之一。所有歷史學家皆同意，國家和民族彼此間發生衝突時，其對外活動表現為戰爭；軍事上取得或大或小的勝利，直接增強或削弱這些國家和民族的政治力量。

不論多麼奇怪，歷史的記述是，某個國王或皇帝和另一個皇帝或國王有所爭執，於是集結軍隊向敵人開戰並取得勝利，打死了三千、五千或一萬人，因而征服了一個有幾百萬人的國家和民族；不論多麼難以理解，為什麼僅占全民力量百分之一的軍隊，其失敗會由該民族承擔——所有歷史事實（據我們所知的歷史）一再證明，下述論斷是正確的：一個民族的軍隊對另一個民族的軍隊取得或大或小的勝利，是這些民族勢力擴大或削弱的原因，或至少是重要指標。軍隊獲得勝利，戰勝的民族其權力立即擴大，相對的，戰敗民族的權力便折損。軍隊打了敗仗，這個民族立即依戰敗程度喪失其權力，在國家軍隊徹底失敗的情況下，則徹底屈服。

自古至今概莫能外（據歷史記載）。拿破崙參與的所有戰爭都符合這個法則。依據奧地利軍隊戰敗的程度，奧地利相應地喪失權力，而法國的權力和勢力則得以擴張。法國人在耶拿和奧爾施泰特的勝利使普魯士喪失獨立。

可是出人意料的是，一八一二年，法國人在莫斯科附近取得勝利，占領了莫斯科，此後不曾有過新的戰役，然而滅亡的不是俄國，卻是法國六十萬大軍以及拿破崙帝國。為了遷就歷史法則而扭曲事實，硬說波羅金諾會戰的戰場留在俄國人手中，在莫斯科被占領後發生的幾次戰役消滅了拿破崙的軍隊——這麼牽強附會是行不通的。

法國人在波羅金諾取得勝利後，非但未再進行會戰，甚至比較重要的戰役也不曾有過，法國軍隊便滅亡了。這說明了什麼？如果這是中國歷史上的一個事例，那麼我們會說，這不是歷史事實（歷史學家每每遇到不符合其所認定的歷史現象時，便會使用這類遁詞）；如果問題涉及少數部隊參加的一次短暫性衝突，那麼我們會把這個現象視為一次例外；然而，這次事件便發生在我們的父執輩眼前，對他們來說，這是國家生死存亡的問題，而且這場戰爭是一切已知戰爭中最偉大的戰爭……

一八一二年，從波羅金諾會戰到驅逐法國人的這個戰爭階段證明，贏得戰爭不僅不是征服的原因，甚至不是征服的固有標誌；證明決定各民族命運的力量不在征服者，甚至不在軍隊和戰爭，而在於其他。

法國歷史學家在描述法軍放棄莫斯科之前的情勢時說，這支偉大的軍隊一切如常，只有騎兵、砲兵和輜重隊例外，因為沒有乾草餵食馬匹和牛羊。這是無法解決的難處，因為郊區的農民寧願燒毀乾草，也不願交給法國人。

贏得戰役並未帶來一般的結果，因為卡爾普和弗拉斯這兩個農民在法國人撤走後，帶著大車來到莫斯科搶劫城裡人，絲毫沒有表現出所謂個人英雄情懷，而無數農民不願為了約許他們的好價錢而運乾草到莫斯科，寧可放火燒掉。

不如想像一下，有兩個人要依擊劍規則持劍決鬥：擊劍持續很長一段時間；其中一人突然感到自己受傷了——他很清楚，這不是兒戲，而是關乎他的生死，於是棄劍不用，順手拿起一根木棍揮舞起來。不如想像一下，其對手為了達到目的，合理地使用最順手、最輕便的武器，又醉心於騎士精神，他想忽視事情的實質，堅決要求依擊劍規則決定勝負。可以想像得到，以此描述這場決鬥會產生多麼混亂且模糊不清的說法。

要求依擊劍規則決鬥的劍客是法國人；而那名棄劍而拿起木棍的對手是俄國人；竭力依擊劍規則解釋一切的，則是記述這起事件的歷史學家。

從斯摩稜斯克大火後，一場不符合過去任何戰爭傳統的戰爭開打了。焚毀城鄉、戰後即撤、在波羅金諾奮力一擊竟又退卻、棄守莫斯科和大火、抓捕趁火打劫的散兵游勇、攔截運輸物資、展開游擊戰——這一切都是背離規則的。

拿破崙感覺到這一點，他擺好劍客的姿態停留在莫斯科，看到的不是劍而是頭上的木棍，從這時起，他就不斷地向庫圖佐夫和亞歷山大皇帝抱怨，說戰爭違反所有規則（好像殺人也有什麼規則似的）。儘管法國人抱怨不遵守規則，儘管一些地位崇高的俄國人不知為何，認為使用木棍不對，反而應依規則擺出第四種或第三種架勢，用第一種架勢巧妙跨出一個箭步等。戰爭的木棍仍以其威嚴，不理會任何人的想法和規則，但目標明確，不問是誰，只要是法國人便傻氣又乾脆地狠打，直至徹底粉碎敵人的入侵為止。

這是俄羅斯民族的幸運，他們不若一八一三年的法國人，完全依規則鳴放禮砲、倒持劍柄，優雅且彬彬有禮地把劍交給寬大為懷的勝利者。俄羅斯民族是幸運的，他們在經受考驗的時刻，不問他人在類似情況下會如何依規則行事，索性就地掄起木棍狠打，直至心中的屈辱感和復仇的渴望被蔑視和憐憫所取代。

二

對所謂戰爭規則最明顯和最有利的背離，是零散的人們對簇擁在一起的人群採取行動。此類行動經常在民眾參與其中的戰爭裡表現出來。這種行動就是不以群體對抗群體，而是化整為零，只為擊敵一部，打了就跑，以免遭到大部隊進攻，然後再伺機出擊。這是西班牙游擊隊[41]的應戰方式，高加索山的民族也是，而俄國人在一八一二年更是如此。

人們稱這種作戰方式為游擊戰，以此稱呼便足以說明其意含。其實這種作戰方式不僅不符合，而且直接違反眾所周知且被公認為絕對正確的戰術原則。這個原則要求，進攻時應集中兵力，以優勢兵力對抗敵軍。

游擊戰（歷史證明，這種作戰方式經常取得勝利）直接違反此項原則。

這個矛盾現象是由於軍事科學認定，兵力等同於部隊數量。軍事科學認為，部隊愈多，兵力就愈強。大軍團總是占優勢。

這麼說來，軍事科學如同力學，只根據力與品質的關係來考察力，於是說，兵力的對比相等或不相等，是由於其數量的相等或不相等。

軍力等於品質乘以速度之積數[42]。

在戰爭中，軍力也是數量乘以某種東西，即乘以某種未知數X之積。

軍事科學在歷史上觀察出，部隊的數量和其實力不相符、小部隊戰勝大部隊的無數實例，便含糊地承認有一種未知的乘數存在，時而在幾何圖形中，時而在武器裝備中，時而——這是最常見的——在優秀的統帥中企圖找出這個未知的乘數。但是，代入這些乘數後的值，都得不出和歷史事實相符的結果。

實際上，只要放棄吹捧英雄，或放棄對高級將領指揮作戰時的影響等錯誤觀點，便能找到未知數X。

X，其實是部隊士氣，即組成這支部隊的全體官兵對投入戰場、甘冒風險的期待究竟有多高，完全不取決於指揮戰爭的人是否優秀、是三線作戰或是兩線作戰、使用的是木棒或是一分鐘打出三十發的火槍。對戰爭具有高度期待的人總是置身於最有利的位置。

部隊的士氣是乘以數量而得出兵力的那個乘數。軍事科學的任務便是要求出部隊士氣這個未知乘數的值。

要完成這個任務是可能的，但是我們不能再把兵力藉以表現的條件，諸如統帥的命令、武器裝備等代入整個未知數X，不能把這些條件視為乘數的值，反而必須承認這個未知數的整體，即投入戰場、甘冒風險的期待究竟有多高。唯有如此，在以方程式表示一定的歷史事實時，才有可能藉由這個未知數的相對值比較而確定未知數本身的值。

十個人、十個營或師以及十五個人、十五個營或師作戰，並打敗了後者，斃俘全部，而自身傷亡四個；那麼一方的損失是四，另一方是十五。由此可見四等於十五，即：$4X=15Y$。由此可得，$X:Y=15:4$。

41 西班牙游擊隊於一八〇八至一八一四年間抵抗拿破崙軍隊。

42 牛頓第二運動定律（F=ma），在一六八七年出版的《自然哲學的數學原理》一書中首次提出。此處，托爾斯泰以牛頓第二運動定律為比喻來解釋軍力，並非絕對正確的力學。

這道方程式沒有表示未知數的值，卻表示兩個未知數的比例。將取自歷史的不同單位（戰役、戰爭、戰爭階段）代入這個方程式，便可得出一系列數位，想必這一系列數位包含著規律，而要發現這些規律是可能的。

關於投入大量兵力進攻、分散撤退的戰術原則只是無意中證明了一個真理，即部隊的力量取決於士氣。率領人們冒著砲火前進，比起擺脫追兵需要更多的紀律，因為要維持紀律，只有在集體行動中才有可能。可是這個原則忽略了部隊的士氣，因而往往是不正確的，尤其是在士氣高昂或低落的地方——在民眾參與的戰爭中。

一八一二年，法國人撤退期間，雖然在戰術上應當分散自衛，卻群聚在一起，因為部隊的士氣急劇低落，唯有群體才能把部隊相繫在一起。反之，俄國人應當集體進攻，實際上卻化整為零，且因為士氣大振，人們無需軍官號令便自動自發地攻擊法國人，也無需強迫而甘願效力，奮不顧身。

三

所謂的游擊戰，開始於敵人進入斯摩稜斯克。

早在我國官方正式認可游擊戰[43]之前，已有成千上萬人——脫隊的趁火打劫者、飼料採購員——被哥薩克和農民消滅。他們打死這些人是自發的，正如一群狗自發性地咬死闖進來的瘋狗。傑尼斯．達維多夫[44]以其俄國人的敏銳度首先理解這可怕木棍的意義，其消滅法國人而忽視所謂戰爭藝術的規則，為游擊戰合法化邁出第一步的榮譽是屬於他的。

八月二十四日，組建了達維多夫第一支游擊隊，此後其他游擊隊陸續組建起來，隨戰局發展，游擊隊的數量日益增多。

游擊隊零星消滅那支偉大的軍隊。他們清掃枯樹——法國軍隊——自動掉下來的落葉，有時也搖撼那棵枯樹。十月，在法國人向斯摩稜斯克逃跑時，這種大小不等、性質各異的隊伍已有上百支。有些隊伍仿效正規軍，擁有步兵、砲兵、參謀部和生活設施；有些是清一色的哥薩克騎兵；有些是小股步兵和騎兵混合的隊伍；有些是默默無聞的農民和地主武裝。有一支以教會執事為首的隊伍，短短一個月便抓了幾百名

43 亞歷山大一世於一八一二年七月六日發表宣言，宣布全民武裝，並准許農民拿起武器。
44 傑尼斯．達維多夫（一七八四—一八三九），在波羅金諾會戰的前幾天，他身為驃騎兵團長向巴格拉季翁提出游擊戰計畫。

俘虜。一名村長的老婆瓦西里薩[45]打死了幾百個法國人。

十月下旬，游擊戰達到高峰。游擊戰初期，游擊隊員無不對自身的膽識感到驚訝，由於時刻擔心被法國人抓獲或包圍，因而馬不卸鞍，幾乎從不下馬，隨時防備敵人的追捕，而今，這段時期過去了。如今這場戰爭的態勢已很明朗，人人都清楚，對法國人可以採取何種行動、不可以採取何種行動。只有那些設有參謀部的游擊隊司令仍依常規在離法國人很遠的地方活動，他們還認為有很多事是不可以做的。至於早已開始活動並在近處窺探法國人的小股游擊隊，他們認為可以做的事，根本是大游擊隊的司令們連想也不敢想。而在法國人之間鑽來鑽去的哥薩克和農民也認為，做什麼都沒關係。

十月二十二日，加入游擊隊的傑尼索夫及其部隊鬥志高昂。從早上起，他便帶著隊伍開始行動。他整天在接近大路的樹林裡監視載有騎兵物資和俄國俘虜的龐大法國運輸隊，這支有重兵保護的運輸隊遠離其他部隊，消息是來自偵察兵以及往斯摩稜斯克押送的俘虜。取得這個消息的，不僅有傑尼索夫和在他附近活動的多洛霍夫（他也率領一支規模不大的游擊隊），還有設有參謀部的大部隊的司令：他們都了解這支運輸隊的情況，而且正如傑尼索夫所言，正磨刀霍霍。這些大部隊的兩位司令——一是波蘭人，另一是德國人[46]——幾乎同時邀請傑尼索夫參加他們各自的隊伍，以襲擊運輸隊。

「不，老兄，我可不是小孩。」傑尼索夫讀了他們的信後，回信告訴德國人，儘管他滿心願意在如此英勇而著名的將軍麾下效力，卻不得不放棄這幸運，因為他已接受波蘭將軍指揮。他又寫了一封同樣措詞的信給波蘭將軍，言明他已接受德國人指揮。

傑尼索夫這麼回覆，是已經不打算報告上司，並計畫和多洛霍夫以其有限兵力襲擊並俘獲這支運輸隊。十月二十二日，運輸隊走在從米庫林諾村到沙姆舍沃村的路上。從米庫林諾到沙姆舍沃的道路左側淨是大樹林，有些地方的樹林延伸到路邊，有些地方離道路一俄里以上。傑尼索夫帶著隊伍整天在這些樹林裡巡視，時而深入林中，時而來到林邊，密切注意行進中的法國人。早晨，離米庫林諾不遠、在樹林挨近道路之處，傑尼索夫部隊的眾哥薩克奪取了法國兩輛陷入泥濘的載重馬車，車上並載有騎兵馬鞍。從那時起直到夜晚，部隊未進攻，只留意法國人的行動。此時不能驚動他們，務必讓他們安心抵達沙姆舍沃，到了傍晚，再和多洛霍夫會合，並在樹林守林人的小屋處（離沙姆舍沃一俄里）商量，而後在黎明時兩面夾擊，一舉殲滅法國人。

在米庫林諾後方兩俄里、在樹林緊挨著路邊之處，有六個哥薩克留守，只要一看見有新的法軍縱隊出現，必須立刻回報。

在沙姆舍沃前面，多洛霍夫同樣持續監看道路，以便了解，距離多遠還有法軍的其他部隊。運輸隊裡估計有一千五百人。傑尼索夫有二百人，多洛霍夫可能也是這麼多。只是敵人數量上的優勢未能嚇阻傑尼索夫。他需要知道的只有一件事，這些部隊究竟是什麼部隊；為此傑尼索夫必須抓個舌頭來（即從敵軍縱隊裡抓個俘虜）。早晨襲擊載重馬車時太匆忙，將在場法國人都打死了，活捉的僅一名少年鼓手，他是脫隊的，因而怎麼也說不清縱隊裡究竟包括哪些部隊。

傑尼索夫認為，再次襲擊危險性太高，恐怕會驚動整個縱隊，於是他派部隊裡的農民吉洪・謝爾巴特到前面的沙姆舍沃去，可能的話，即便只是抓來法軍打前站的一個設營員也好。

---

45 瓦西里薩・科任娜，斯摩稜斯克省瑟喬夫縣人。

46 傑尼斯・達維多夫在其日記中說的不是「德國人」，而是奧爾洛夫・傑尼索夫伯爵，即侍從將軍，他指揮所有哥薩克游擊隊；「波蘭人」指奧札羅夫斯基伯爵（一七七六—一八五五），騎兵將軍，一八一二年被任命為獨立游擊隊的司令。

四

這是一個秋雨綿綿的暖和日子。天空和地平線淨是一片渾水的顏色。時而彷彿煙霧迷濛，時而下著傾盆大雨。

傑尼索夫騎著一匹腰腹緊縮的精瘦純種馬，身披斗篷，頭戴羊皮高帽，雨水順著帽子和斗篷往下淌。他和他歪著頭、抿著耳朵的馬一樣，在斜雨下哭喪著臉，憂慮地注視前方。他那消瘦、滿是濃密黑鬍碴的臉上彷彿帶有怒氣。

和傑尼索夫並轡而行的是哥薩克大尉，他騎著膘肥體壯的頓河馬，也身披斗篷、頭戴羊皮高帽，他是傑尼索夫的戰友。

另一人是哥薩克大尉洛瓦伊斯基，同樣身披斗篷、頭戴羊皮高帽，身材長而扁，活像一塊木板，白淨的臉，淡黃的頭髮，一雙眼睛小而亮，臉色和騎馬的姿勢顯得鎮靜自若。雖然說不出這匹馬和騎者有什麼特點，但是和傑尼索夫相較，一眼便能看出，傑尼索夫濕淋淋，感覺很不舒服——傑尼索夫是一個騎在馬上的人，大尉卻像平時一樣舒適而鎮靜，他不是騎在馬上的人，而是人和馬融為一體、力量增強了一倍的怪物。

在他們稍前之處，是一個穿著灰長衫、戴白色尖頂帽、渾身濕透的農民，他以步行的方式嚮導。稍後處，一個身穿法國藍色軍大衣的年輕軍官，騎著有一條大尾巴和有蓬鬆鬃毛、嘴唇磨出血的瘦弱吉爾吉斯小馬。

騎馬和他並排走的是一名驃騎兵，他後頭的馬屁股上帶著一個身穿破爛法國軍服、頭戴藍色尖頂帽的少年。少年以凍得通紅的雙手摟著驃騎兵，不停地擺動赤腳，想讓雙腳暖和起來，他揚起眉毛驚訝地打量周圍。這是今早被俘的法軍鼓手。

後面是驃騎兵和跟隨其後的哥薩克長長的隊伍，他們三個或四個一起行進在坎坷不平、黏稠的林間小道上，有的披斗篷，有的穿法國軍大衣，有的把馬衣頂在頭上。棕紅色和棗紅色的馬都被雨水淋得像黑馬一樣。馬鬃淋濕後，馬頸上便顯得出奇地細瘦。馬身上冒著熱氣。衣服、馬鞍、韁繩都像泥土和布滿道路的落葉一樣潮濕、滑膩、萎靡。人們蜷縮著騎在馬上，竭力一動也不動，想把流到軀體上的水溫熱，不讓冰涼的雨水再流到坐墊下、膝蓋下和脖子裡。在哥薩克的佇列中央，兩輛套著法國馬以及加套幾匹馬鞍的哥薩克馬車在樹根和樹枝間磕磕碰碰作響，在積水的車轍裡嘩嘩地駛過。

傑尼索夫的馬為了繞開路上水窪，往旁邊一閃，把他的膝蓋撞在樹上。

「嘿，鬼東西！」傑尼索夫齜牙惡狠狠吼道，用鞭子抽了牠兩三下，濺了他和同伴們一身泥。傑尼索夫心情惡劣，因為下雨，也因為飢餓（從早晨到現在，所有人都未進食），主要是因為一直沒有多洛霍夫的消息，派去抓舌頭的人也沒有回來。

「未必會再有像今天這樣，襲擊運輸隊的機會了。單獨襲擊太危險，可是若推遲到明天——戰利品就會被某個大游擊隊從我們的鼻子底下奪走。」傑尼索夫暗想，他不斷地向前面張望，只盼看到多洛霍夫派來的人。

來到一條林間通道後，傑尼索夫勒住馬，沿著這條通道朝右，可以看到很遠的地方。

「有人來了。」他說。

哥薩克大尉朝傑尼索夫指的方向看了看。

「來的是兩人，一個軍官和一個哥薩克。不過要是中校本人來了，那就不是我們所預期的了。」大尉說，他喜歡用一些哥薩克們不熟悉的字眼。

那人走下山坡不見了，幾分鐘後才又出現。走在前面的軍官鞭策疲憊的坐騎快跑，他蓬頭垢面，渾身濕透，褲子在膝蓋以上鼓了起來。哥薩克站在馬鐙上緊跟著他。軍官年紀輕輕，有一張寬大紅潤的臉和一雙靈動、充滿活力的眼睛，他策馬來到傑尼索夫面前，遞給他一封淋濕的信。

「是將軍的信，請原諒，信打濕了……」

傑尼索夫皺著眉頭接過信，開始拆信封。

「老是聽人說危險、危險，」在傑尼索夫讀那封信時，這名軍官對哥薩克大尉說道。「不過我和科馬羅夫，」他指著那名哥薩克說，「是有準備的。我們每人有兩把手槍……這是怎麼回事？」他看見法軍鼓手問道，「是俘虜嗎？你們已經開戰了？可以和他說說話嗎？」

「羅斯托夫！彼佳！」這時傑尼索夫匆匆流覽了遞給他的信，叫道。「你怎麼不先說你是誰呢？」於是，傑尼索夫微笑著轉身向軍官伸出了手。

這名軍官便是彼佳．羅斯托夫。

彼佳一路上都在準備，對傑尼索夫不提往日相識，他希望保有身為大人和軍官應有的態度。可是一看到傑尼索夫含笑相迎，彼佳立刻容光煥發，臉不禁泛紅，於是忘記準備好的官樣文章，說起如何從法軍附近經過，怎麼為接到這次任務而興奮，說他已經在維亞濟馬參與過戰事了，一個驃騎兵又是如何立功。

「好了，很高興見到你。」傑尼索夫打斷他的話，又露出滿腹心事的神情。「米哈伊爾·費奧克利特奇，」他轉身對哥薩克大尉說，「這又是那個德國人的信。這個人是他的部下。」於是傑尼索夫告訴大尉，剛才接到的這封信裡，德國將軍再次要求聯手襲擊運輸隊。「要是我們明天不動手，他們就會從我們的鼻子底下搶走一切。」他斷然地說。

在傑尼索夫和大尉說話時，彼佳因為傑尼索夫語氣冷淡而局促不安，以為這種語氣是因他的褲子而起，為了不被人發覺，他悄悄地在軍大衣下整理蓬亂的褲子，盡可能保持軍人的氣派。

「長官有什麼指示？」他對傑尼索夫說，把手舉向帽檐，恢復了副官對將軍應有的態度，這是他早已準備好的，「也許我應該留在長官身邊聽候調遣？」

「指示？」傑尼索夫若有所思地說。「你能不能等到明天再走？」

「噢，請指示……我可以留在您身邊嗎？」彼佳興奮叫道。

「將軍究竟下達什麼命令給你？要求你立刻回去？」傑尼索夫問。彼佳臉紅了。

「他沒有什麼命令。我想是可以的吧？」他以疑問的口吻說。

「好吧，好。」傑尼索夫說。於是他轉向部屬，命令部隊開往守林人小屋附近的指定地點休息，騎著吉爾吉斯馬的軍官（這個軍官執行副官的職責）去尋找多洛霍夫，順便了解他人在哪裡、晚上來不來。傑尼索夫本人則帶著哥薩克大尉和彼佳前往朝向沙姆舍沃的林邊，以便觀察明天要襲擊的法軍駐地。

「喂，大鬍子，」他對農民嚮導說，「帶路去沙姆舍沃。」

傑尼索夫、彼佳和哥薩克大尉在幾名哥薩克和帶著俘虜的驃騎兵陪同下，朝左轉後，通過峽谷馳往樹林的邊緣地帶。

五

小雨停了，只見霧水和樹枝上的雨水在滴落。傑尼索夫、哥薩克大尉和彼佳默默跟著戴尖頂帽的農民，他輕快而無聲地邁開穿著樹皮鞋的外八，踩著樹根和潮濕的落葉將他們帶往林邊。

這個農民經過長長的慢坡來到一片高地上，停下來四處張望，隨即朝一排枝葉稀疏的樹木走了過去。站在一棵樹葉尚未脫落的大橡樹旁神祕地招了招手。

傑尼索夫和彼佳放馬過去。從農民所站之處看得到法國人。緊挨著樹林的是一片向下延伸的半坡春麥地。右面，在陡峭谷地那邊是一處小村落和地主的坍塌住宅。在村落和地主的住宅裡、在整片丘上、在水井和池塘邊、在從橋頭到村落不過二百俄丈的上坡道上，到處是霧氣瀰漫中的人群。也聽得到顯然不是俄國人的吆喝聲，不時驅趕著馬匹上坡以及彼此的應和聲。

「把俘虜帶來。」傑尼索夫說，仍目不轉睛地盯著那些法國人。

一名哥薩克下馬將小鼓手抱下來，和他一起來到傑尼索夫面前。傑尼索夫指著法國人問，這都是什麼部隊。那孩子把凍僵的手伸進衣袋，揚起眉毛驚懼地望著傑尼索夫，看似很願意說出他所知道的一切，可是他的回答卻前後矛盾，傑尼索夫問什麼，他就肯定什麼。傑尼索夫皺起眉頭，轉身對大尉說出自己的想法。

彼佳迅速在腦中思考，不時地看看小鼓手、傑尼索夫、哥薩克大尉，以及村落中和上坡道上的法國人，努力不放過任何重要跡象。

「多洛霍夫來也好，不來也好，必須動手了！」傑尼索夫說，眼裡倏地閃過明亮的神色。

「這倒是動手的好地方。」大尉說。

「派步兵從窪地過去——通過沼澤地，」傑尼索夫接著說道，「他們要暗地逼近花園；您帶著哥薩克們從那裡繞過去，」傑尼索夫指著村落後方一片樹林說，「而我和驃騎兵從這裡出擊，以槍聲為號。」

「走谷地不行，那是一片泥潭，」哥薩克大尉說，「馬匹會陷進去的，要偏左一些繞過去。」

就在他們低聲交談時，下面池塘邊的谷地上響起了槍聲，冒出一股白煙，又是一記槍響，傳來半山腰上幾百名法國人快活的齊聲吶喊。在最初的一剎那，傑尼索夫和哥薩克大尉一齊後退，他們距離太近，以為這槍聲和吶喊聲是衝他們來的。其實槍聲和吶喊聲與他們無關。谷地裡有一個身穿紅衣的人在沼澤地上奔跑。法國人顯然是在朝他射擊，衝他吶喊。

「這是我們的吉洪嘛。」哥薩克大尉說。

「是他！就是他！」

「這個大騙子。」傑尼索夫說。

「他逃得掉的！」哥薩克大尉說。

他們稱之為吉洪的人跑到小河邊，撲通一聲跳進水裡，只見水花四濺，消失片刻後，他全身衣服浸得發黑，又手腳著地鑽了出來，爬起來就跑。追他的那些法國人無不停住了腳步。

「真機靈。」哥薩克大尉說。

「這個鬼東西！」傑尼索夫依舊氣惱地說道。「他到底都在做些什麼？」

「這是誰呀？」彼佳問。

「是我們的偵察兵。我派他去抓舌頭的。」

「噢，對。」彼佳聽了傑尼索夫的第一句話便點頭說道，彷彿他都了解了，但其實他一句也沒聽懂。

吉洪．謝爾巴特是部隊裡最能幹的人之一。他是格札季附近的波克羅夫斯科耶村的農民。傑尼索夫在游擊隊活動初期來到波克羅斯科耶，照例找來村長，問他們對法國人的情況知道些什麼，這個村長和所有村長一樣，深怕惹禍似地回答說，他們毫不知情。傑尼索夫向他們說明，他的目的是要打擊法國人，當他再問起法國人是否曾到過這裡時，村長說，匪徒確實來過，不過他們村子裡只有吉洪．謝爾巴特處理這些事。傑尼索夫吩咐把吉洪找來，對他的行動大表贊許，當著村長的面說了幾句話，說國家的兒子們應當忠於沙皇和國家，對法國人要同仇敵愾。

「我們並未對法國人做什麼，」吉洪說，他聽了傑尼索夫的這些話似乎有些膽怯。「我們只是，這麼說吧，一時興起便和伙伴們鬧著玩。我們確實打死了二十來個匪徒，其他壞事從沒幹過……」

第二天，傑尼索夫全然忘了這個農民的事，他走出波克羅夫斯科耶時，有人向他報告，吉洪纏著部隊，請求把他留在部隊裡。傑尼索夫吩咐留下他。

吉洪在一開始，先負責一些生火、挑水、剝馬皮之類的粗活，不久就表現出對游擊戰極高的興致和才幹。他每到夜晚就出去找戰利品，每每帶回法國人的一些衣物和武器，只要對他下命令，他也能抓到俘虜並押送回來。傑尼索夫把吉洪調離原來的工作，把他帶在身邊，並將他列入哥薩克的編制。

吉洪不喜歡騎馬，總是步行，卻從來不落在騎兵後面。他的武器是一把短火槍、一支長矛和一柄斧頭，他帶短火槍大多是為了興趣，他用斧頭好像狼用牙齒一樣，無論用牙齒捉身上的跳蚤或咬斷大骨頭都同樣輕鬆。吉洪掄起斧頭劈開原木，抓住斧頭削個小橫木或雕個小木勺都同樣穩定。在傑尼索夫的部隊裡，吉洪占有與眾不同的特殊地位。遇到難事、髒活時，例如用肩膀扛起陷入泥漿的馬車、抓住馬尾拖出沼澤地裡的馬、剝馬皮、潛入法軍中心地帶、一天走五十俄里等，這些時候，大家都會指著他竊笑。

「他這個鬼東西才不會出什麼事呢，壯得像匹騸馬。」人們這麼形容他。

有一次，一個法國人在吉洪抓他時，拿手槍朝他開了一槍，擊中背部的軟組織。吉洪只是用白酒內服外用治傷，而這次負傷成了全隊的笑料，吉洪也樂意讓他們取笑。

「怎麼，老兄，不抓俘虜了吧？打成駝背了？」哥薩克們笑著對他說，吉洪故意弓著腰，擺出一副怪相，假裝在生氣，用最可笑的粗話罵法國人。這次事故對吉洪只有一個影響，負傷後，他就很少帶俘虜回來了。

吉洪是這支部隊裡最有用、最勇敢的人。誰也不像他發現那麼多襲擊的機會，誰也不像他俘獲和擊斃那麼多法國人；由於這個緣故，他成了所有哥薩克和驃騎兵的開心果，他自己也樂意充當這個角色。這一回，傑尼索夫在夜裡就派他到沙姆舍沃去抓舌頭。可是，或者因為他不滿足於只抓一個法國人，或者因為他睡了一整夜，白天鑽進灌木叢，闖進法軍的中心地帶，結果，正如傑尼索夫從山上看到的那樣，他被敵人發現了。

六

傑尼索夫和哥薩克大尉又談了一會兒第二天的襲擊，眼看法國人這麼近，他似乎已下定決心要打這一仗，於是調轉馬頭往回走。

「喂，老弟，現在我們去把身上的衣服烘乾吧。」他對彼佳說。

快到守林人小屋時，傑尼索夫勒馬向樹林裡張望。樹林裡，在林木之間，有個人邁開兩條長腿，擺動兩條長手臂，輕鬆地跨著大步走來，他身穿短襖，腳上是樹皮鞋，頭戴喀山帽，肩揹火槍，腰裡別著一把斧頭。這個人一看到傑尼索夫，急忙把什麼東西扔進灌木叢，摘下帽檐垂拉著的濕帽，走到長官面前。這是吉洪。他滿是麻花和皺紋的臉上有一雙細長的小眼睛，臉上散發自鳴得意的神采。他高高地昂起頭，彷彿忍著笑似的盯著傑尼索夫。

「說，你到哪裡去了？」傑尼索夫問。

「到哪裡去了？去抓法國人了。」吉洪以嘶啞卻悅耳的男低音勇敢且迅速答道。

「為什麼你要在白天去？蠢驢！怎麼，沒抓到？……」

「抓倒是抓了一個。」吉洪說。

「人在哪裡？」

「那還是在天剛亮時最先抓到的，」吉洪又開穿著樹皮鞋的扁平外八接著說道，「我把他帶進樹林裡。我一看，他不行。我想，再去抓一個好點的吧。」

「你這個大騙子，果然是這樣。」傑尼索夫對哥薩克大尉說，「你怎麼不把這個人帶來呢？」

「幹麼要帶他啊，」吉洪生氣地連忙接話道，「他不中用。難道我還不知道您需要什麼樣的人？」

「這個鬼東西！……後來呢？……」

「我又去抓其他法國人，」吉洪接著說，「我這樣爬到樹林裡，就地臥倒。」吉洪倏地柔韌地撲倒，就地表演他是怎麼臥倒的。「碰巧來了一個，」他繼續說。「我這樣一把抱住他。」吉洪輕巧地一躍而起。「走，我說，去見團長。他嚷了起來。而他們有四個人。一一拔劍向我衝了過來。我拿斧頭這樣迎了上去，什麼？我說，你們敢這樣。」吉洪雙手一揮大聲喝道，威嚴地皺著眉頭、挺起胸膛。

「怪不得我們在山上看到，你在沼澤地上急匆匆地蹚著水逃跑。」哥薩克大尉瞇細一雙閃亮的眼睛說。

彼佳很想笑，可是他看到大家都忍著沒有笑。他很快把目光從吉洪臉上移向哥薩克大尉和傑尼索夫，不明白這是怎麼一回事。

「你不要裝傻，」傑尼索夫很生氣，輕咳了一聲說，「為什麼沒有把第一個俘虜帶來？」

吉洪開始一手撓背，一手撓頭，他的臉突然垮下，露出一臉傻笑，這一笑也露出他缺了一顆牙（所以他才有了謝爾巴特[47]這個綽號）。傑尼索夫微微一笑，彼佳快活地放聲大笑起來，吉洪自己也跟著笑了。

「說什麼呢，他是個毫無用處的傢伙，」吉洪說，「身上的衣服也不像樣，怎麼能帶他來呢。他又很粗野，長官。他說：『那怎麼行，我可是將軍的兒子，我不去。』」

47 俄文是щербатый，意為「有缺口的」。

「你這個蠢驢！」傑尼索夫說。「我是要盤問他……」

「我問過他了，」吉洪說，「他說：不大熟悉。『我們，』他說，『人很多，卻都是窩囊廢；只是，』他說，『徒有虛名。你們狠狠地吆喝一聲，』他說，『就能把他們全抓起來』。」吉洪說完了，雀躍又堅定地看了傑尼索夫一眼。

「我狠狠地抽你一百皮鞭，看你還敢不敢裝蒜。」傑尼索夫厲聲說。

「何必生氣呢，」吉洪說，「怎麼，我沒見過您要的那些法國人嗎？等天黑我為您送人來，隨便要什麼樣的，哪怕要三個也行。」

「唉，我們走吧。」傑尼索夫說，他騎馬來到守林人小屋，一路上氣得皺著眉頭一聲不吭。

吉洪躲到後面去了，彼佳聽見哥薩克們和他在笑，還嘲笑他往灌木叢裡扔掉什麼靴子。

在吉洪的話語和嬉笑聲令他忍俊不住後，彼佳突然明白了，這個吉洪殺了一個人，心裡很不以為然。回頭看了看被俘的小鼓手，他的心似乎被刺得痛了一下。不過，這種不以為然的感覺轉瞬即逝。他感覺，必須把頭抬得更高一些並振作起來，他鄭重其事地向哥薩克大尉詳細詢問明天的作戰行動，為的是要無愧於他置身其中的這個團隊。

被派出去的軍官在路上碰到傑尼索夫，他帶來的消息說，多洛霍夫本人馬上就到，他那裡一切順利。

傑尼索夫突然興奮了起來，他把彼佳叫到身邊。

「來，跟我說說你的近況吧。」他說。

七

彼佳在離開莫斯科並和家人分手後，回到軍團裡，此後不久便被派到指揮一支大游擊隊的將軍身邊擔任傳令官。自從被提升為軍官，尤其是調進作戰部隊參加維亞濟馬戰役之後，彼佳經常有一種慶幸又興奮的心情，他為自己成為大人而感到高興，激動又迫切地唯恐錯過任何一次真正英勇作戰的機會。他為自己在軍隊中所見到和體驗到的一切感到滿足，可是與此同時，他總覺得，在那些沒有他的地方正在發生最真實、最英勇無畏的戰爭。於是，他迫不及待地要趕往那些沒有他的地方。

十月二十一日，他的將軍表示，要派一個人到傑尼索夫的游擊隊裡去，彼佳便急切地請求派他前往，將軍當下實在無法拒絕。不過，指派他的同時，將軍想起了彼佳在維亞濟馬戰役中的瘋狂行動。當時彼佳沒有沿著大路到指派他去的地方，而是馳往前線，投身於戰火中，並用手槍射擊了兩次——因此確定指派他之後，將軍曾嚴令他不得參與傑尼索夫的任何軍事行動。所以在傑尼索夫問他可否留下時，彼佳才不禁臉紅，支吾其詞。在來到樹林邊緣地帶之前，彼佳認為，他必須嚴格執行命令，立即回去。可是，當他看到法國人、看到吉洪，知道夜裡必定進行襲擊之後，他和一般年輕人一樣，立刻改變想法，暗自認定，他向來尊敬的將軍——是個窩囊廢、德國人，傑尼索夫才是英雄，哥薩克大尉也是英雄，吉洪也是英雄，他認為，在危險時刻離開他們是可恥的。

傑尼索夫帶著彼佳和哥薩克大尉來到守林人小屋附近時，已是暮色四合。在昏暗中，可以看到備好鞍的馬匹，哥薩克和驃騎兵們在一片空地上搭建窩棚，在林中的溝壑裡（為了不讓法國人看見炊煙）燃起通紅的火。一個哥薩克捲起衣袖在小屋門廊裡剁羊肉。小屋裡，傑尼索夫部隊的三名軍官正用門板搭桌子。彼佳把濕衣服脫下交給人拿去烘乾，立即開始協助軍官們安排餐桌。

十分鐘後，鋪上桌布的餐桌安排好了。桌上有伏特加、裝在軍用水壺裡的朗姆酒、白麵包以及烤羊肉和鹽。

和軍官們一起坐在桌旁，用油膩的雙手撕著噴香的肥羊肉，彼佳孩子般地激動，他溫情脈脈地愛著所有人，因而相信別人也同樣愛他。

「您覺得如何，傑尼索夫，」他對傑尼索夫說，「我在您這裡多留一天沒有關係吧。」他不等回答，自己就回答道：「我是奉命來了解情勢的，我現在便是在了解情勢……不過您要讓我去最……去主要的……我不需要獎賞……我心裡就是想……」彼佳一咬牙，抬起頭往上一昂，掄起手臂。

「去最主要的……」傑尼索夫含笑重複道。

「只是求您一件事，把一個小分隊交給我吧，由我來指揮。」彼佳接著說，「這對您來說有什麼難的？噢，您要小刀？」他轉身問一個想要切羊肉的軍官。隨即把自己的小折刀遞了過去。

軍官稱讚他的小刀。

「那就請您留著用吧，我有好多一樣的小刀……」彼佳紅著臉說。「天哪！我完全忘了，」他忽然叫道，「我有好吃的葡萄乾，知道吧，是無核的那種。我們那裡有一個新來的隨軍商販——他販賣的商品有夠好。我買了十磅。我喜歡甜食。你們要嗎？……」於是彼佳跑進門廊找自己的哥薩克，拿來幾袋葡萄乾，大約有五磅。「吃吧，先生們，吃吧。」

「也許您需要咖啡壺?」他轉向哥薩克大尉。「我在隨軍商販那裡買了一只,真好!他有非常好的商品出售。而且他很誠實。這是最重要的。我一定派人為您送一只來。還有,你們的打火石也許用完了,磨損了——這是常有的事啊。我帶了一些來,就在這裡……」他指了指袋子。「有一百個呢。很便宜。請吧,要多少拿多少,還是全拿去……」彼佳猛然一驚,他是不是太過吹噓了,他止住口,臉也脹得通紅。

他開始回想,自己是否還做了什麼傻事。正逐一回憶這一天的經歷時,他想起了法國小鼓手。「我們過得很好,他呢?他被塞到哪裡去了?給他吃東西了嗎?沒有被欺負吧?」他想。可是,一想起他剛才關於打火石的事太過自吹自擂,眼下反而有些顧慮。

「問一問總可以吧,」他想,「他們會說:自己還是個孩子,倒可憐起孩子來了。明天我要讓他們看看,我是什麼樣的孩子!要是我問一問,這麼做是否得體呢?」彼佳想,「嘿,無所謂!」臉上立刻泛起紅暈,驚恐地望著軍官們,看他們會不會露出嘲笑的神情,於是說道:

「可以把那個被俘的孩子叫來嗎?給他一些吃的……也許……」

「是啊,可憐的小傢伙,」傑尼索夫說,看來他並不認為這個提議有什麼不妥之處。「把他叫來。他的名字叫樊尚·博斯。去叫他來。」

「我去叫。」彼佳說。

「你去叫,你去叫。可憐的小傢伙。」傑尼索夫又說了一遍。

傑尼索夫這麼說時,彼佳正站在門邊。彼佳從軍官們之間擠了過來,走到傑尼索夫面前。

「讓我親您吧,親愛的,」他說,「啊,太好了!多好啊!」於是他親了親傑尼索夫,向外面跑去。

「博斯·樊尚!」彼佳站在門口大聲喊道。

「您在找誰，先生？」黑暗中有人問。彼佳回答說，要找今天被俘的那個法國孩子。

「啊，韋先尼？」一個哥薩克說。

他的名字樊尚已經變了樣：哥薩克稱他韋先尼，農民和士兵喚他韋謝尼亞。這兩種稱呼都使人想起春天，和少年的形象極其相襯。

「他在營火旁烤火。喂，韋謝尼亞！韋謝尼亞！韋先尼！」黑暗中傳來連續不斷的呼喚聲和笑聲。

「這孩子很機靈，」站在彼佳身邊的驃騎兵說，「我們剛才讓他吃過。他餓壞了！」

黑暗中響起了腳步聲，小鼓手赤腳在泥濘中吧嗒吧嗒地來到門口。

「啊，是您！」彼佳說。「想吃嗎？別怕，他們不會難為您的。」他又說，膽怯而親切地碰碰他的手。「進來，進來。」

「謝謝，先生。」小鼓手幾乎是以童音顫抖地說，開始在門檻上擦拭髒腳。彼佳有很多話想對小鼓手說，但就是提不起勇氣。他在門廊裡猶豫不決地站在他身邊。後來在黑暗中抓住他的手握了握。

「進來，進來。」他耳語般柔聲鼓勵道。

「唉，我能為他做些什麼呢！」彼佳自言自語道，他推開門，把孩子讓到自己前面。

小鼓手走進木屋後，彼佳在離他遠些的位置坐了下來，認為太關注他是有失體面的。他只是摸著口袋裡的錢，不知道把這些錢拿給小鼓手是否得宜。

八

依傑尼索夫的命令，拿來伏特加和羊肉給小鼓手，傑尼索夫還吩咐為他穿上俄式長衫，把他留在部隊裡，以免和俘虜們一起被送走。彼佳對小鼓手的關注因為多洛霍夫的到來而分心了。彼佳在軍中聽聞很多關於多洛霍夫的勇猛和對法國人異常冷酷的故事，因此多洛霍夫一走進木屋，彼佳便目不轉睛地看著他，心情愈來愈亢奮，他抬起的頭一揚，認定要與多洛霍夫這樣的人為伍。

多洛霍夫外表的樸實令彼佳大為訝異。

傑尼索夫身穿哥薩克上衣，蓄著大鬍，胸前掛著顯聖者尼古拉的聖像，用說話的態度及一切方式顯示自己地位的特殊性。反觀多洛霍夫，當初在莫斯科身穿波斯服裝，眼前卻是一副循規蹈矩的近衛軍軍官打扮。他的臉刮得乾乾淨淨，身穿近衛軍棉上裝，鈕扣洞上別著聖喬治勳章，端正地戴著普通的軍帽。他在牆角脫下潮濕的斗篷，走到傑尼索夫面前，未向任何人打招呼，立刻就切入正題。傑尼索夫向他解釋兩支大游擊隊對運輸隊的企圖，提及彼佳被派來以及他是怎麼回覆兩位將軍的。然後，傑尼索夫說明了他所知道的法軍狀況。

「情況的確如此，不過，我們必須知道，那是什麼部隊、有多少人。」多洛霍夫說，「必須去一趟。沒有確切了解他們的人數就貿然投入戰場是不行的。我喜歡按部就班行事。現在，諸位有誰願意和我到他們的軍營走一趟呢。我隨身帶著幾套軍服。」

「我，我……我和您去！」彼佳叫道。

「根本不需要你去，」傑尼索夫說，又轉向多洛霍夫，「我是無論如何不放他走的。」

「這就怪了！」彼佳大聲叫道，「為什麼我就不能去呢？」

「因為沒有必要。」

「啊，那可不行，因為，因為……我要去，就是要去。您會帶我去吧？」他問多洛霍夫。

「為什麼不呢？」多洛霍夫漫不經心地回答道，他正留心法軍鼓手的臉。

「這個花花公子早就在你這裡了？」他問傑尼索夫。

「是今天抓到的，可惜他什麼也不知道。我把他留在自己身邊了。」

「那麼你把其餘俘虜藏到哪裡去了？」多洛霍夫問。

「什麼藏到哪裡去了？是憑收據交人的！」傑尼索夫猝地脹紅臉吼道。「我敢說，沒有一個人的死能歸罪於我。對你來說，派兵把三十個或三百個人押送到城裡去，難道，恕我直言，比玷汙一個軍人的榮譽更難嗎？」

「一個十六歲的年輕伯爵說這些慈悲為懷的話倒也合情合理，」多洛霍夫冷冷諷刺道，「而你是不該這麼說的。」

「可是，我什麼也沒說呀，我只是說，我一定要跟您去。」彼佳怯生生說道。

「至於我和你，老弟，該是拋棄這種慈悲心腸的時候了。」多洛霍夫繼續說道，彷彿談論這個激怒傑尼索夫的話題充滿樂趣。「為什麼你要把這個人留在身邊？」他搖著頭說。「因為你可憐他？我們知道你的那些收據。你送走一百個人，到達目的地的僅三十個。其他人不是餓死就是被打死了。留不留俘虜，還不是一樣？」

哥薩克大尉瞇著閃亮的眼睛，點頭贊同。

「是一樣，沒什麼好說的。可是，我不願攬在自己身上。你說他們反正得死。好吧，你說得對。可是並非因我而死。」

多洛霍夫笑了。

「誰沒有對他們這些人下過二十次命令要逮捕我呢？一旦抓到了——抓到我和有騎士風度的你，同樣都會吊死在楊樹上。」他沉默了片刻。「不過要去辦正事了。把我帶著馬背袋的哥薩克派去吧！我有兩套法國軍服。怎麼，你跟我去？」他問彼佳。

「我？是呀，是呀，一定去。」彼佳朝傑尼索夫瞥了一眼，大聲說道，臉紅得要掉眼淚了。

在多洛霍夫和傑尼索夫爭論該怎麼對待俘虜之際，彼佳再次感到不以為然了，他心裡很著急；可是又未能好好領會他們的談話內容。「要是有名望的成年人都這麼想，那就是說，應當如此，就是說，這麼做是對的。」他想，「重點是，不能讓傑尼索夫以為我會聽令於他，以為他可以指揮我。我一定要和多洛霍夫到法國軍營。他能去，我也能。」

對傑尼索夫勸他不要去的所有說詞，彼佳都回答說，他也喜歡按部就班行事，而不是毫無準備地碰運氣，而且他從來不考慮個人安危。

「因為——您得承認——要是不確切地了解那裡有多少人，這也許會決定幾百人的生死，而現在只是我們這三個人，再說，我很想這麼做，一定、一定要去，您就不要攔我了，」他說，「那樣只會適得其反……」

九

彼佳和多洛霍夫穿上法國軍大衣，戴上高帽，騎馬前往傑尼索夫視察營地的林間通道，在漆黑的夜色中走出樹林，便往下朝谷地走去。來到下方後，多洛霍夫吩咐陪他來的幾名哥薩克在這裡等，隨即沿著大路朝橋頭疾馳而去。彼佳激動萬分，與他並轡馳騁。

「要是我們落入敵手，我絕不活著投降，我有一把手槍。」彼佳低聲說。

「不要講俄語。」多洛霍夫很快地悄聲說道，就在這時傳來喝問聲：「什麼人？」同時響起了拉槍栓的聲音。

血湧到彼佳臉上，他一把抓住手槍。

「我們是六團槍騎兵。」多洛霍夫說，沒有加快也沒有減慢馬的行進速度。一名哨兵的黑色身影站在橋上。

「口令？」多洛霍夫勒馬緩步而行。

「告訴我，熱拉爾上校在這裡嗎？」他說。

「口令！」哨兵沒有回答，橫擋在前說。

「軍官巡視散兵線，哨兵是不問口令的……」多洛霍夫叫道，他勃然大怒，放馬撞向哨兵，「我問你，上校在這裡嗎？」

多洛霍夫不等閃在一旁的哨兵回答，便策馬慢步登山。

多洛霍夫發現一個穿越道路的黑影，便攔住問他，指揮官和軍官們在哪裡？這個人是肩揹束口袋的士兵，他停下來走到多洛霍夫的馬跟前拍拍牠，簡單而友好地說，指揮官和軍官們在山坡的更高處，在右邊一座農場的院子裡（他把地主莊園稱為農場）。

多洛霍夫一路走過去，道路兩旁淨是法國人在營火邊說話的聲音。他轉向地主家的院子。進了院門後，他下馬來到一處烈火熊熊的大營火旁，有幾個人坐在營火周圍大聲交談。邊上的一口鍋裡煮著什麼，一個頭戴尖頂帽、身穿藍色軍大衣的士兵跪在地上，被火光照得通亮，正拿著鐵條在鍋裡攪拌著。

「噢，這個鬼東西是不會聽命於人的。」一個軍官說，他坐在營火那一邊的陰影裡。

「他會把他們臭罵一頓……」另一個笑著說。兩人都不作聲了，朝黑暗中傳來多洛霍夫和彼佳的腳步聲的方向張望，他們正牽著馬走近營火。

「你們好，先生們！」多洛霍夫清楚地大聲說。

軍官們在營火的陰影裡騷動起來，一個脖子很長的高個子軍官繞過營火來到多洛霍夫面前。

「是您嗎，克萊芒？」他問。「從哪裡來的呀，鬼東西……」不過他沒有說下去，發覺自己認錯了人，於是微微皺眉，像對陌生人那樣同多洛霍夫打招呼，問他有什麼可效勞之處。多洛霍夫說，他和同伴在追趕自己的軍團，隨即轉向大家，問軍官們是否知道六團的什麼情況。在場的都一無所知；這時彼佳覺得，軍官們都懷有敵意，質疑地打量著他和多洛霍夫。有幾秒鐘盡皆沉默著。

「要是你們打算在這裡吃晚飯，那就太遲了。」營火後有人含蓄笑道。

多洛霍夫回答說，他們不餓，還要趕夜路呢。

他把兩匹馬交給在鍋裡攪拌食物的士兵，走到營火旁，在長脖子軍官身邊蹲了下來。這個軍官目不轉睛地看著多洛霍夫，又問他是哪個團的？多洛霍夫沒有回答，彷彿沒有聽到這個問題，他從口袋裡拿出法式短菸斗抽了起來，問軍官們，在前面的路上是否有遭遇哥薩克的危險。

「這些強盜到處都是。」營火那一邊的軍官回答道。

多洛霍夫說，哥薩克只對他和同伴這種脫隊的人來說，才是可怕的，不過，哥薩克未必敢襲擊大部隊吧，他疑問地加上一句。沒人回答他。

「好了，現在他要離開了。」彼佳站在營火前聽他說話，每一分鐘都這麼猜想。

可是，多洛霍夫又開始了中斷的談話，而且直接問起他們每營有多少人，共有幾個營，抓了多少俘虜。在問到他們部隊裡的俄國俘虜時，多洛霍夫說：

「帶著這些死屍是個大麻煩。不如把這幫歹徒全斃了。」隨即詭異地大笑起來，以致彼佳覺得，法國人馬上就會識破，不由自主地從營火邊後退了一步。誰也沒有回應多洛霍夫的話和笑聲，一個不見其人的法國軍官（他蒙著軍大衣躺著）欠起身來，對一個同伴小聲說了什麼。多洛霍夫站起來呼喚士兵牽馬。

「他們會把馬給我們嗎？」彼佳想，不由得向多洛霍夫靠攏。

兩匹馬牽來了。

「再見，先生們。」多洛霍夫說。

彼佳想說聲晚安，卻未能把這句話說完。軍官們正小聲地彼此交談著。多洛霍夫好久沒有騎上躁動不安的馬；後來騎著馬緩步走出院門。彼佳和他並轡而行，法國人是不是在後面追趕他們呢？彼佳很想回頭看，卻又不敢。

來到路上後，多洛霍夫未朝田野往回走，而是沿著村莊走。他在一個地方停下，側耳傾聽。

「你聽見了嗎？」他問。

彼佳聽出那是俄國人的聲音，看到一堆營火旁有俄國俘虜的身影。往下走到橋頭後，彼佳和多洛霍夫從一言不發、沉著臉在橋上走來走去的哨兵身旁經過，終於到達谷地，哥薩克們在那裡等著他們。

「好，再見了。去告訴傑尼索夫，黎明時以第一聲槍響為號。」多洛霍夫說完就要離開，但是彼佳伸手抓住他。

「不！」他叫道，「您真是英雄。噢，真好！真出色！我非常敬愛您。」

「好了，好了。」多洛霍夫說，可是彼佳不肯鬆手，多洛霍夫在黑暗中看到彼佳向他俯過身來。他是要親吻。多洛霍夫親了親他，笑了，於是調轉馬頭消失在夜色中。

十

回到守林人小屋，彼佳在門廊遇到傑尼索夫。傑尼索夫顯得焦躁不安，怪自己不該放走彼佳，此時正在等他。

「謝天謝地！」他叫道。「啊，謝天謝地！」他聽著彼佳激動的講述，又說了一遍。「你這個鬼東西，為了你我一夜沒睡！」他說。「好了，謝天謝地，現在你去睡吧。天亮前，我們還能睡一下。」

「好的……不，」彼佳說，「我還不想睡。我很了解自己，要是睡著了，那就完了。再說，我已經習慣，在開戰之前，我是不睡的。」

彼佳在小屋裡坐了一會兒，激動地回憶此行的細節，生動地想像明天。後來，他發現傑尼索夫睡著了，便站起來到外面去。

戶外依舊昏暗。小雨停了，不過樹木還在滴水。在小屋看得到哥薩克的窩棚和拴在一起的馬匹。在一個小板棚處有兩輛載重馬車顯得黑壓壓的，馬車旁站著幾匹馬，峽谷裡閃著一處即將熄滅的火光。哥薩克和驃騎兵並沒有全部睡下：有些地方可以聽到耳語般的輕聲說話聲，應和著水滴滴落和近處馬匹咀嚼的聲音。

彼佳走出門廊，在黑暗中環顧四周，向載重馬車走去。馬車下有人在打鼾，馬車周圍有幾匹備好鞍的馬正咀嚼燕麥。彼佳在黑暗中認出自己的馬，他叫牠卡拉巴赫[48]，其實這是一匹烏克蘭馬，他走到牠面前。

「喂，卡拉巴赫，明天我們要好好表現！」他說，嗅著牠的鼻孔並親著牠。

「怎麼，少爺，您沒有睡？」坐在馬車下面的哥薩克說。

「沒有。啊……利哈喬夫，好像是這樣叫的吧？我剛回來。我們到法國人那裡去了一趟。」於是彼佳不僅詳細地對他描述此行的經過，還講了他為什麼要去，以及為什麼他認為，寧可冒生命的危險也不能貿然行事。

「我說，您還是睡一覺吧。」哥薩克說。

「不，我習慣了，」彼佳回答道，「怎麼樣，你手槍裡的打火石好用嗎？我這裡有。要不要？你拿吧。」

哥薩克從馬車下探出頭來，想更近地看看彼佳。

「因為我習慣了，總是按部就班行事，」彼佳說，「有些人很馬虎，不做好準備，後悔就晚了。我不喜歡這樣。」

「這是實話。」哥薩克說。

「還有一件事，親愛的，請你把我的馬刀磨得鋒利些；有些鈍了……（但是彼佳不喜歡說謊，便改口說），還沒開刃呢。可以嗎？」

「當然可以。」

利哈喬夫站起身來，在馬背袋裡摸索了一會兒，不久彼佳就聽到磨刀霍霍的聲響。他爬上馬車坐在邊上。哥薩克在馬車下磨刀。

---

48 卡拉巴赫是亞塞拜然的一處地名，該地產馬。

「弟兄們都睡了嗎？」彼佳問。

「有的睡了，有的和我們一樣。」

「喂，那個孩子呢？」彼佳說。

「韋先尼？他在那裡，在門廊裡躺著呢。受過驚嚇的人睡得更香甜。他好高興啊。」

此後彼佳沉默許久，傾聽著各種聲響。黑暗中傳來腳步聲，出現了一道黑色身影。

「你在磨什麼呢？」這個人走到馬車前問道。

「為少爺磨馬刀。」

「那還不錯，」這個人說，彼佳看出他是驃騎兵。「有個杯子忘在這裡了吧？」

「就在車輪旁。」

「看樣子天快亮了。」他說，打著呵欠走了過去。

彼佳本該知道，他此刻是在樹林裡，在離開大道一俄里的傑尼索夫的游擊隊裡，坐在從法國人手中繳獲的載重馬車上，旁邊拴著幾匹馬，哥薩克利哈喬夫坐在他下方為他磨馬刀，右邊一個巨大的黑點是守林人小屋，左下方閃亮的紅色斑點是即將熄滅的營火，剛才來拿杯子的人是想喝水的驃騎兵；可是他對這些不知道，也不想知道。他身處奇妙的仙境裡，這裡的一切都和現實毫無相似之處。那個大黑點也許真的是守林人小屋，也許是通往大地最深處的洞穴。紅色斑點也許是一團火，也許是巨大怪獸的一隻眼睛。也許他現在真的是坐在馬車上，但很可能不是坐在馬車上，而是坐在高得嚇人的塔上，若從塔上掉落，直到地上得耗上一整天、一個月——老是往下掉，卻永遠到不了落腳的地方。也許馬車下坐的就是普通的哥薩克利哈喬夫，但很可能是無人知曉、最勇敢善良、最特別、最不同凡響的人物。也許那真的是來取水又到谷地去的驃騎兵，但也許他剛從視線中消失，便徹底消失，再也沒有這個人了。

不管彼佳現在看到什麼，都不會感到奇怪。他正處於奇特的仙境裡，在這裡什麼都是可能的。

他仰首望天。天上也和人間一樣奇妙。天色放晴了，雲彩在樹梢上迅速飄過，彷彿是為了展現星星。有時覺得，天色放晴，露出了幽暗、純淨的天空。有時覺得，那些黑點是片片烏雲。有時覺得，天空在頭頂上高高地、高高地升起；有時天幕低低地垂落，彷彿伸手可及。

彼佳閉上眼睛，輕輕地搖晃起來。

水點在滴落。有低低的說話聲。馬在嘶鳴，互相衝撞。有人正發出鼾聲。

「霍嗤，嗤，霍嗤，嗤。」馬刀在磨刀石上發出嘯聲。彼佳驀地聽到音樂和諧的合奏，正演奏一曲陌生卻莊嚴悅耳的頌歌。彼佳的音樂天賦不亞於娜塔莎且勝過尼古拉，可是他從未學過音樂，也沒有認真思考過音樂，因而驀然出現在他腦海中的旋律便顯得特別新穎而富於魅力。音樂聲愈來愈清晰可聞。曲調在發展，從一種樂器的風格轉為另一種樂器的風格。出現了所謂的賦格[49]——但是比小提琴和小號更美、更清純——每種樂器都有自己的特點，還沒有演奏完一個曲調，便融入另一種樂器，後者幾乎開始同樣的演奏，又融入第三種、第四種樂器，最後合而為一，又各自遁走，又合而為一，時而融合為莊嚴的教堂音樂，時而融合為明快的華麗格調。

「噢，是的，我這是在夢裡。」彼佳的身子朝前一衝，說道。「這是我耳裡的聲音。也許這就是我的

---

49 賦格是拉丁文fuga的音譯，意為「追逸」、「遁走」。西洋複調曲式之一，不過彼佳對什麼是賦格毫無概念。每一種樂器都時而像小提琴，時而像小號。

音樂。呵，又開始了。來吧，我的音樂！來呀！……」

他閉上眼。於是四面八方，彷彿來自遠方的音樂若隱若現，彼此協調、遁走、融合，一切又結合成那悅耳的莊嚴頌歌。「噢，這是多麼美呀！完全如我所願。」彼佳自言自語道。他試圖指揮樂器的大合奏。「喂，輕些、輕些，現在要柔和。」聲音紛紛聽從他的要求。「喂，現在要飽滿些、盡興些。再歡樂些。」於是從某個深處升起漸漸增強的莊嚴聲音。「喂，加入聲樂！」彼佳命令道。於是，從遠方首先傳來男聲，然後是女聲。歌聲在從容而激昂的努力中增強、增強。彼佳驚喜交加地傾聽這美妙絕倫的歌聲。

歌聲和莊嚴的勝利進行曲融合在一起，這時水滴在滴落，馬刀正發出嗤、嗤、嗤的嘯聲，馬匹又在互相衝撞和嘶鳴，而這一切並沒有破壞合唱，而是融入其中。

彼佳不知道這延續了多久：他體驗到一種極致的喜悅，一直對自己的喜悅感到驚訝，並且因為沒有人和他共享而深感惋惜。利哈喬夫的溫和聲音驚醒了他。

「磨好了，長官，您可以把法國人劈成兩半。」

彼佳醒了。

「天已經亮了，真的，天亮了！」彼佳叫道。

原來看不見的馬此刻連馬尾也看得一清二楚。透過光禿禿的樹枝可以看到淡淡的乳白色。彼佳渾身一顫，跳起身來，從口袋裡摸出一盧布，給了利哈喬夫，試著揮一揮馬刀，插進了刀鞘。哥薩克們解開馬匹，收緊馬肚帶。

「指揮官來了。」利哈喬夫說。

傑尼索夫從守林人小屋裡出來了，他把彼佳叫到身邊，下令集合。

十一

所有人在天色微明中迅速找到自己的馬，收緊了馬肚帶，依小隊集合。傑尼索夫站在守林人小屋旁，發出最後的命令。響起了幾百名步兵的腳步聲，他們沿著大路走在前面，迅速隱沒在黎明前霧氣瀰漫的樹木之間。哥薩克大尉向哥薩克們發布指示。彼佳牽著馬，迫不及待地等候上馬的命令。他那冷水洗過的臉上，尤其是那雙眼睛洋溢著激動情緒，神情緊張的寒噤不斷地掠過背脊，全身都在迅速而均勻地顫抖。

「喂，你們都準備好了嗎？」傑尼索夫說。「把馬都牽過來。」

馬都牽來了。傑尼索夫對一名哥薩克大發脾氣，因為馬肚帶未束緊，他大罵一頓後上馬。彼佳踏上馬鐙。那匹馬習慣性地想咬一下他的腳，可是彼佳彷彿感覺不到身體的重量，一躍上馬，便向傑尼索夫走去，一邊回頭張望後頭在黑暗中出動的驃騎兵。

「傑尼索夫，您有什麼任務給我嗎？求您了……看在上帝分上……」他說。傑尼索夫好像忘記有彼佳這個人。他回頭看了他一眼。

「我對你有一個請求。」他嚴厲地說，「服從我的命令，不准到任何地方添亂。」

一路上，傑尼索夫沒有和彼佳再說一句話，只顧默默地前往。來到樹林邊緣地帶後，田野上明顯亮了起來。傑尼索夫對哥薩克大尉小聲說了什麼。哥薩克們隨即從彼佳和傑尼索夫身旁走過去。等他們全數過去後，傑尼索夫催動坐騎下山。馬匹蹲下後腿，馬蹄直打滑，馱著騎者到下方谷地去。彼佳騎馬走在傑尼索夫身邊。他全身顫抖得愈來愈劇烈。天愈發亮了，只有霧氣遮掩著遠處的景物。傑尼索夫下到谷底，回頭看了一眼，對站在他身旁的哥薩克點了點頭。

「發信號！」他說。

一名哥薩克抬起手開了一槍。就在那一瞬間，前面響起奔馳的馬蹄聲、來自不同方向的吶喊聲以及槍響。

就在最初的馬蹄聲和吶喊聲響起的瞬間，彼佳猛地催動坐騎，放鬆轠繩，不理會向他吆喝的傑尼索夫，往前方疾馳而去。彼佳覺得，在第一聲槍響的那一刻，天色陡然亮得恍如白晝。他馳往橋頭。哥薩克們在前面的路上馳騁。在橋上，他和一名脫隊的哥薩克撞在一起，又繼續奔馳。前面有些人——那大概是法國人——從道路的右方往左跑。有一個倒在彼佳馬腿下的泥濘裡。

在一座農舍旁，有一群哥薩克正忙著什麼。人群中響起一聲慘叫。彼佳放馬過去，他第一眼看到的是一個法國人慘白的、下巴哆嗦著的臉，他手裡抓著刺向他的長矛木桿。

「烏拉！……弟兄們……是自己人……」彼佳大聲說道，為暴躁起來的馬放開轠繩，沿著街道向前疾馳。

只聽前面有槍聲。哥薩克、驃騎兵以及在道路兩旁奔跑的衣衫襤褸俄國俘虜都在大聲地亂嚷著什麼。一個沒有帽子、紅臉上淨是皺紋、身穿藍色軍大衣的剽悍法國人正用刺刀抵擋幾個驃騎兵。彼佳趕到時，法國人已經倒下。「又遲了一步。」這個念頭一閃而過，於是彼佳馳往槍聲密集處。密集的槍聲來自他和多洛霍夫昨夜去過的那個地主宅院。法國人埋伏在籬笆後長滿灌木叢的花園裡，朝聚集在院門邊的哥薩克射擊。快到院門時，彼佳在硝煙中看見多洛霍夫蒼白鐵青的面容，他正向士兵們叫嚷著什麼。「迂迴過去！等候步兵！」他大聲叫道，這時彼佳已經來到他身旁。

「等候？……烏拉——拉——拉！……」彼佳大聲吶喊，沒有片刻遲疑，便向槍聲密集、硝煙更濃的地方飛馳而去。一陣排槍響過，子彈呼嘯，凌空而過或打中了什麼。哥薩克們和多洛霍夫緊隨跟彼佳，策馬奔進宅院大門。法國人在搖曳的濃煙中有的扔下武器，自灌木叢裡迎著哥薩克跑出來，有的逃往山下池塘。彼佳騎著馬在地主宅院裡奔馳，他未握住韁繩，卻快速地舞動雙手，愈來愈向馬鞍的一側傾斜。他的馬闖到在晨曦中陰燃的營火前陡然停住，於是彼佳落馬，沉重地倒在潮濕的土地上。哥薩克們看到，他的手和腳很快地抽搐了起來，頭卻動也不動。子彈打穿了他的腦袋。

一個軍銜最高的法國軍官用長劍挑著手巾從屋後出來，向多洛霍夫宣布法軍投降，多洛霍夫同他交談幾句後，下馬走到攤開雙手躺在地上不動的彼佳前。

「死了。」他皺起眉頭說，朝院門走去，迎著向他馳來的傑尼索夫。

「死了！」傑尼索夫大吼，遠遠地就看到彼佳躺在地上，那是他所熟悉必死無疑的姿勢。

「死了。」多洛霍夫又說了一遍，彷彿說出這句話能使他得到快感，他快步走向被下馬的哥薩克包圍的俘虜們。「我們不留俘虜！」他朝傑尼索夫大聲叫道。

傑尼索夫沒有回答；他騎馬來到彼佳前，下馬用顫抖的雙手捧起彼佳沾滿鮮血和汙泥的慘白面容。

「我愛吃甜食。極好吃的葡萄乾，全都拿去吧。」他回憶著。哥薩克們聽到一聲犬吠似的哭號，紛紛驚訝地回過頭來，那是傑尼索夫，之後，他便別開臉，走到籬笆邊，緊緊抓住籬笆。

在傑尼索夫和多洛霍夫解救出來的俘虜中，包括皮埃爾．別祖霍夫。

十二

自莫斯科出發後，一路上，法國當局再也不曾向包括皮埃爾在內的俘虜下達命令。十月二十二日，與這批俘虜同行的，已經不是從莫斯科出發時的那支部隊和輜重車隊。在行軍的最初幾天跟在他們後面的輜重車隊，一半被哥薩克截獲，另一半走到前面去了；原本走在前面的步行騎兵已一個不剩，全部消失。最初幾天，明顯看出前面的砲兵部隊不見了，如今在那裡的，是朱諾[50]元帥旗下一支龐大的運輸車隊，由威斯特伐利亞人護送。跟在俘虜後的是運送騎兵用具的車隊。

從維亞濟馬出發的法國部隊原來分為三個縱隊行進，現在全聚集在一起了。離開莫斯科後，皮埃爾在第一次中途休息時所目睹的混亂景象已到了無以復加的地步。

他們行進的大路兩旁到處是死馬；從各部隊脫隊、衣衫襤褸的人群不斷變動，時而加入行進中的縱隊，時而又脫隊了。

在行軍過程中，有幾次假警報，於是押送兵們端起槍胡亂掃射，推擠著拚命逃跑，後來又集合起來，因為虛驚一場而彼此謾罵。

這三個走在一起的龐大群體——騎兵一夥、俘虜一夥和朱諾的運輸隊——畢竟還構成某種單位，儘管三者的人數都在銳減。

起初有一百二十輛馬車的騎兵車隊，現在已不足六十輛；其餘不是被搶走，就是被扔掉了。朱諾的運輸隊也有幾輛馬車被丟棄或搶走。有三輛馬車被達武那個軍的脫隊士兵擁上來一掃而光。皮埃爾從那些德國人的談話中聽說，護送運輸隊的人比押送俘虜的人還多，他們其中一個同伴是德國籍士兵，甚至被元帥親自下令槍斃，因為在他身上找到一把屬於元帥的銀湯匙。

在這三個群體中，人數減少得最多的是俘虜。離開莫斯科時的三百三十人，現在僅剩不到一百。俘虜比騎兵的馬鞍和朱諾的行李更令押送的士兵疲憊。他們明白，馬鞍和朱諾的那些湯匙可能會有點用處，可是為什麼挨餓受凍的押送兵要站崗放哨，看守那些同樣挨餓受凍的俄國人呢，他們沿途大批死亡或脫隊，而脫隊者是奉命要就地槍斃的——這不僅費解，而且令人反感。因而自身處境淒慘的押送人員唯恐屈服於內心對俘虜的憐憫之情而使自身處境更加惡化，便對俘虜特別陰沉、嚴厲。

在多羅戈布日，押送兵將俘虜鎖在馬廄裡，而後出去搶劫自己的倉庫，有幾個被俘的俄國士兵在牆腳下挖洞逃跑，可是被法國人逮住並槍斃了。

離開莫斯科時，曾規定被俘的軍官和士兵分開前進，然而規定早就廢除了；凡是能走的，都在一起走，從晝夜趕路的第三天起，皮埃爾又和卡拉塔耶夫會合了，以及認定卡拉塔耶夫是主人的小灰狗。

走出莫斯科的第三天，卡拉塔耶夫曾在莫斯科醫院臥病治療的寒熱病再次發作，隨著卡拉塔耶夫逐漸虛弱，皮埃爾漸漸疏遠他了。皮埃爾不知為什麼，但自從卡拉塔耶夫病體虛弱，皮埃爾就必須勉強自己才能走到他面前。在向他走過去時，一聽到他在中途休息躺著時，不時發出的那種微弱呻吟，或聞到卡拉塔耶夫身上散發的難聞氣味，皮埃爾便走開，離他遠些，也不再想他。

---

50 朱諾（一七七一—一八一三），法國元帥，一八一二年，指揮威斯特伐利亞人的一個軍。

被拘禁在板棚裡的時候，皮埃爾不是憑理智，而是憑切身經驗，全然感悟到，人是為幸福而生的，幸福在於人本身，在於人的自然需求得到滿足，而一切不幸並非來自匱乏，而是來自過剩；不過現在，在最近這三個星期的行軍中，他又感悟到一種全新且令人寬慰的真理——世上沒有什麼是可怕的。他意識到，因為沒有一種境遇，人在其中是幸福和完全自由的，所以也沒有一種境遇，人在其中是完全不幸和不自由的。他意識到，痛苦有限度，自由也有限度，而這種限度很接近；一個人因為粉紅色被子裡捲進一片枯葉而痛苦，正如他現在直接睡在潮濕的地上、身子一邊冷一邊熱而痛苦一樣；過去，他穿上狹窄的舞鞋而痛苦，正如他現在赤裸著（因為他的鞋早就破得不能穿了）布滿化膿傷口的雙腳走路而痛苦一樣。他意識到，在他覺得是根據自己的意願娶妻後，他並不比現在這樣被關在馬廄裡過夜更自由。在他後來也稱之為痛苦，但當時幾乎沒有感覺到痛苦的種種遭遇之中，最難受的，莫過於那雙磨破傷口結痂的赤腳。（馬肉好吃又有營養，用來代替食鹽的火藥甚至有一股礦物鹽的撲鼻香氣，天氣不太冷，白天走路時還很熱，夜裡有營火；蝨子咬得渾身暖洋洋的。）唯有這雙腳，在初期令他難受。

在行軍的第二天，皮埃爾在營火旁察看化膿的傷口，並認為無法走路了；可是在其他人都站起來後，他也跛著腳行走了，等到身子暖和過來，走路反而不疼了，不過到了晚上，這雙腳看上去竟更可怕了。他索性不看腳，想著其他事。

皮埃爾只是現在才懂得人的強韌生命力，以及轉移注意力後所帶來的自癒能力，這很像蒸汽鍋爐中的安全閥門，當蒸汽超過一定限度後，安全閥門便把多餘的蒸汽排放出去。

他沒有看到，也沒有聽到，脫隊的俘虜被槍斃，儘管因此而死去的俘虜已有一百多人。他不去想卡拉塔耶夫，這個人日漸虛弱，顯然不久就會遭到同樣的命運。皮埃爾更不想自己。他的處境愈困苦，前途愈可怕，他就愈是不理會自身處境，反而沉湎於快樂和欣慰的思緒、回憶和想像。

十三

二十二日中午，皮埃爾沿著一條泥濘的山道上山。望著自己的腳和坎坷不平的路，他偶爾抬頭看看周圍熟悉的人群，又看著自己的腳，兩者都是他非常熟悉的。小灰狗在路邊歡樂地奔跑，為了顯示牠的靈巧和得意，不時蜷起一條後腿，用三條腿跳躍，然後又撒開四條腿吠叫，撲向落在屍體上的一群烏鴉。灰毛比在莫斯科時更活潑、更肥胖了。遍地是動物——從人到馬等腐爛程度不同的屍肉；行進的人們不讓野狼靠近，灰毛總是可以盡情吃個夠。

從早晨起，小雨便下個不停，眼看就要雨過天晴，卻在短暫的放晴之後，雨勢更大了。被雨水浸透的道路已經不再吸水，雨水於是小溪般沿著車轍流淌。

皮埃爾數著腳步走路，每走三步就扳下一根手指，一邊四處張望，唯恐被別人看見。他在心裡對雨說：下吧，下吧，下得更大些吧！

他覺得，他什麼也沒有想；其實在他內心某個深遠角落正想著某種重要而令人欣慰的事。這就是他從昨晚和卡拉塔耶夫的談話中所吸取的微妙精神啟示。

昨天夜間宿營時，皮埃爾在熄滅的營火旁凍僵了，他站起來走到最近一處較大的營火旁。卡拉塔耶夫正坐在這堆營火邊，他像穿法衣那樣連頭裹著軍大衣，用他那口齒伶俐、悅耳但孱弱的嗓音向士兵們講述一個皮埃爾所熟悉的故事。時間已過午夜。這時，卡拉塔耶夫甫自寒熱病發作後緩和過來，顯得特別活躍。朝營火走過去時，一聽到卡拉塔耶夫孱弱的聲音，看到他被火光照亮的可憐病容，皮埃爾的心彷彿被刺痛了。他對這個人的憐憫禁不住令自己大吃一驚，他想走開，可是周圍不見其他營火，於是皮埃爾坐到營火旁，盡力不去看他。

「你身體如何？」他問。

「身體如何？抱怨生病——上帝就不會賜你一死。」卡拉塔耶夫說，立刻又接著講他的故事。

「就這樣，我的老弟，」卡拉塔耶夫繼續說道，消瘦、蒼白的臉上笑意盈盈，眼裡閃著一種特殊的快樂光芒。「我的老弟……」

皮埃爾早就知道這個故事了，卡拉塔耶夫曾對他說過五、六次，而且總是懷有一種異樣的喜悅。但是不管皮埃爾多麼熟知這個故事，他還是像第一次那樣凝神傾聽，卡拉塔耶夫講述時所懷有的那種安詳喜悅也感染了皮埃爾。故事說的是一個年老的商人，他和一家人過著體面的敬神生活，有一天他和一個富商朋友結伴前往馬卡里耶。

在客棧住下後，兩個商人都睡著了，第二天卻發現富商被殺並遭到搶劫。在老商人的枕頭下竟找到一把帶血的刀。商人被審判、處以鞭刑，又撕破鼻孔——卡拉塔耶夫說這是依常規行事——然後被流放服苦役。

「我的老弟（皮埃爾來時，卡拉塔耶夫正講到這裡），這個案子過了大約十年或更久。老頭在苦役中度日。他老老實實地服從，不做壞事，只求上帝賜他一死。好吧。於是有一天夜裡，這些苦役犯就像你我一樣相聚在一起，老頭也在。話題涉及他們每個人由於什麼緣故、犯下什麼罪孽而在這裡受苦。他們各自說了起來，有的殺了一個人，有的殺了兩個，有的是縱火犯，有的是逃亡的農奴，沒做過什麼壞事。大家問老頭，老先生，你為什麼在這裡受苦呢？他說，我呀，親愛的老弟們，在這裡受苦是因為自己和人間的罪孽。我沒有殺過人，沒有拿過別人的東西，倒是救濟過窮苦的親人。我呀，親愛的老弟們，是個商人；家裡很有錢。如此這般，他說了下去。於是，向他們徹底說明案子的經過。他說，我並不為自己悲傷。這是上帝對我的懲罰。他說，我只是可憐老伴和孩子們。於是老頭哭了，哭得很傷心。碰巧殺了那個商人的人就在他們之間。他問，老先生，事發地點在哪裡？是什麼時候的事，發生在幾月？他全問到了。他的心痛了起來。於是他走到老頭面前，撲通一聲跪倒在地。他說，老先生，你是在為我受罪啊。千真萬確；弟兄們，這個人是無辜受苦。他說，那是我幹的，趁你睡覺時，我把刀放在你的枕頭底下。他說，老先生，看在基督分上，寬恕我吧。」

卡拉塔耶夫沉默了，高興地含笑望著營火，撥弄一下劈柴。

「老頭說，上帝會寬恕你，而我們所有人在上帝面前都是有罪的，我是由於自己的罪孽而受苦。他流下傷心的淚水。你想不到吧？兄弟。」卡拉塔耶夫說，臉上煥發著愈來愈燦爛的激動微笑，彷彿在他現在要說的話裡隱含著這個故事的主要魅力和意義。「你想不到吧？兄弟，這個殺人犯去向當局自首了。他說，我殺害了六個人（他是個大惡人），可是我最可憐的是這個老頭。讓他不要因為我而哭泣吧。他自首了，錄了口供，依程序發公文。那地方很遠，還要對案子進行審理，所有公文都要按部就班地抄錄，亦即抄送各有關當局。案子驚動了沙皇。終於等到沙皇的諭旨：將商人釋放，並依判決給予獎賞。公文到了，要偵訊老頭。這個無辜被冤的老頭在哪裡呢？沙皇的諭旨頒布了。開始找人。」卡拉塔耶夫的下巴抖了一下。「而他已經得到上帝的寬恕——他死了。事情就是這樣，兄弟。」卡拉塔耶夫說完，他默默含笑，久久望著前方。

不是這個故事本身，而是其神祕涵義、卡拉塔耶夫說故事時激動的喜悅以及這喜悅的神祕意義，正是這些，此刻朦朧而感人地充斥皮埃爾的心靈。

十四

「各就各位！」突然有人叫道。

在俘虜和押送人員之間出現了興奮的慌亂和對某種幸運又莊嚴的事情的期待。到處響起口令聲，出現了一隊衣著整潔、騎乘駿馬的騎兵，他們讓馬兒小跑著從左繞開俘虜。人人無不神情緊張，人們在最高當局蒞臨時往往如此。俘虜們擠在一起，他們被人從路上推開；押送人員已經整齊地排好隊伍。

「皇帝！元帥！公爵！」腦滿腸肥的衛兵們剛騎馬過去，一輛駕著縱列的灰色馬匹四輪轎式馬車便隆隆駛過。皮埃爾一眼看到一個頭戴三角帽的人神色安詳、相貌英俊、白皙豐滿的臉。這是一名元帥。元帥的目光投向皮埃爾引人注目的碩大身軀，從元帥皺眉別過臉去的表情中，皮埃爾看出他同情而又想掩飾這種同情的心態。

一個管理車隊的將軍滿臉通紅、神色驚慌，趕著瘦馬奔馳在轎式馬車後面。幾個軍官走在一起，士兵們站在他們周圍。他們的臉色激動而緊張。

「他說什麼了？什麼？什麼？……」皮埃爾聽著他們說話。

在元帥駛過時，俘虜們無不擠在一堆，皮埃爾因而看到卡拉塔耶夫，今天早上，他還沒見過他。卡拉塔耶夫身穿軍大衣，背靠白樺樹坐著。在他的臉上，除了昨天說起無辜商人的故事時，那種喜悅和感動的神情外，還洋溢著一種安詳而莊嚴的神情。

卡拉塔耶夫以他那和善、閃著淚水的圓眼看著皮埃爾，彷彿在召喚他，有話想對他說。但是皮埃爾太為自己擔心。他假裝沒看到他的目光，連忙走開。

俘虜們再次動身上路時，皮埃爾回頭看了一眼。卡拉塔耶夫坐在路邊的白樺樹下；兩個法國人站在他身旁說著什麼。皮埃爾沒有再回頭。他微跛著腳向山上走去。

後面，從卡拉塔耶夫所坐的地方傳來一聲槍響。皮埃爾清楚聽到槍聲，可是就在他聽到槍聲的瞬間，皮埃爾想起，他在元帥駛過之前開始計算前往斯摩稜斯克還有多少路程的任務尚未完成。於是他又算了起來。兩個法國兵從皮埃爾身邊跑了過去，一個手裡拿著從肩上卸下、仍在冒煙的槍。兩人臉色蒼白，臉上的表情──其中一個曾膽怯地看了看皮埃爾──和他在刑場上所見的那個年輕士兵頗為相似。皮埃爾看了拿槍的士兵一眼，想起前天這個士兵在營火上烘襯衫時，不甚燒掉襯衫，引起大夥訕笑。

後面，從卡拉塔耶夫所坐的地方傳來小狗的吠叫聲。「這個蠢東西，在叫什麼呢？」皮埃爾想。

與皮埃爾並排走的那些士兵難友們，都和他一樣，沒有回頭看那個傳來槍聲、此後又傳來小狗吠叫聲的地方；但人人神色冷峻。

十五

押送的一切，即俘虜和元帥的運輸車隊停在沙姆舍沃村。所有人擠在營火旁。皮埃爾走到一處營火邊，吃了些烤馬肉，背對營火躺了下來後，立刻睡著了。他又做夢了，夢的內容和他在波羅金諾戰役後，於莫札伊斯克睡下時所做的夢相同。

現實中的事件又和夢境混在一起，又有一個人，好像是他自己，又好像是另一人，正對他講述一些想法，內容甚至就是在莫札伊斯克對他講過的那些想法。

「生命就是一切。生命就是上帝。一切都在遷移，一切皆動，而這運動即上帝。只要生命尚存，就有自我意識中的神性喜悅。要愛生命，愛上帝。在自己的苦難中，在無辜受苦中愛這生命，是最難、也是最幸福的。」

「卡拉塔耶夫！」皮埃爾想起了他。

在皮埃爾的想像中，不期然出現一位早已被忘卻的溫和老教師，在瑞士時，他教過皮埃爾地理。「等一等。」老教師說。他指指地球儀。這個地球儀沒有比例尺，而是一個活躍變化的球體。整個球面布滿密密麻麻的點。所有的點都在動、在遷移，時而幾個點合而為一，時而一個點分成好多點。每個點都在流動，盡可能占據最大空間，可是其他各點也是如此，因而彼此擠壓，有時消滅，有時融合。

「這就是生命。」老教師說。

「這是多麼簡單明瞭啊，」皮埃爾想，「我過去怎麼就不明白呢。」

「上帝在中央，每個點都企圖擴張，力求在最大範圍內反映上帝。這些點兀自增大、融合、收縮，從球面上消滅、沉入深處又重新浮現。你就看這個卡拉塔耶夫吧，他不斷流動又消失了。你明白嗎？我的孩子。」教師說。

「你明白嗎？你見鬼去吧。」有一道聲音在叫嚷，皮埃爾於是醒了。

他欠身坐了起來。營火旁蹲著一個法國人，他剛才推開一個俄國士兵，正烘烤一塊穿在木枝上的肉。衣袖是捲起的，青筋畢露、長滿寒毛、手指很短，通紅的雙手正靈巧地轉動著木枝。在炭火的火光中，可清楚看到一張雙眉緊鎖、神色陰沉的褐色面龐。

「他無所謂。」他嘟囔道，迅速朝站在他後頭的士兵轉過身來。「簡直是強盜，真的！」

轉動木枝的士兵陰沉地瞥了皮埃爾一眼。皮埃爾別開臉，望著陰暗的地方。被法國人推開的那個被俘俄國士兵坐在營火旁，用手拍著什麼。皮埃爾湊近一看，原來是那隻小灰狗，牠搖著尾巴坐在士兵身邊。

「啊，牠來了？」皮埃爾說。「啊，卡拉……」他話到嘴邊沒有說出來。在他的想像中，突然同時出現互相聯繫的回憶，他想起了卡拉塔耶夫坐在白樺樹下投向他的目光、在那裡響起的槍聲、小狗的吠叫、從他身邊跑過的兩個法國人內疚的臉色、一支拿在手裡正在冒煙的槍、在這個宿營地沒有卡拉塔耶夫這個人，於是他領悟過來：卡拉塔耶夫已被打死。可是就在這一瞬間，他心裡天知道從哪裡冒出關於那個晚上的回憶。那是在夏天，他和一個漂亮的波蘭女人在基輔自家陽臺上共度黃昏。他終於未能把當天的種種回憶聯繫起來，並從中得出結論。皮埃爾閉上眼睛，於是夏日的自然景色和關於沐浴、關於液態變化球體的回憶混合在一起了，他沉入水裡，水淹沒他的頭頂。

日出前，他被密集的、響亮的槍聲和吶喊聲驚醒。法國人紛紛從皮埃爾身邊跑了過去。

「哥薩克！」其中一人叫道，片刻後一群俄國人把皮埃爾圍在中間。

皮埃爾久久不明白自己的處境。他聽到四面八方都是難友們的歡呼聲。

「弟兄們！朋友哪，戰友們！」老兵們哭喊著，禁不住擁抱哥薩克和驃騎兵。驃騎兵和哥薩克把俘虜們圍在中間，匆忙間有人遞上衣服，有人遞上靴子，有人遞上麵包。皮埃爾坐在他們當中號啕大哭，一句話也說不出；他摟著第一個向他走來的士兵，哭著親他。

多洛霍夫站在倒塌的宅院門口，讓一群繳械的法國人自身旁過去。眼前所發生的一切令法國人很是激動，他們正大聲交談，可是當他們經過多洛霍夫身邊時，他用鞭子輕敲自己的皮靴看著他們，那冷冷的目光令人不寒而慄，談話聲戛然而止。另一邊站著多洛霍夫的一名哥薩克，他正清點俘虜的人數，滿一百便用粉筆在大門上畫一條線。

「多少了？」多洛霍夫問清點俘虜的哥薩克。

「快滿一百了。」哥薩克回答說。

「快走，快走。」多洛霍夫催促道，這句話是他向法國人學來的，在迎視走過的俘虜時，他的目光閃著冷酷的光芒。

傑尼索夫面色陰沉，他摘下羊皮高帽，跟在哥薩克們後面，他們抬著彼佳・羅斯托夫的遺體走向花園裡挖好的墓穴。

十六

自從十月二十八日嚴寒襲來[51]，法國人的逃亡更是充滿悲劇性，士兵們沿途受凍或在營火旁熱得要死，皇帝以及國王和公爵們身穿裘皮大衣坐在轎式四輪馬車上，帶著搶來的財物繼續行駛。然而就其實質而言，法軍逃亡和瓦解的過程在撤離莫斯科以後沒有絲毫變化。

從莫斯科到維亞濟馬，擁有七萬三千人的法軍，不計近衛軍（他們在整個戰爭期間，除了搶劫，什麼也沒做），只剩下三萬六千人（其中因戰爭而減少的人數，不超過五千人）。這是級數的第一項，據此可以用數學的準確性確定以後各項。

從莫斯科到維亞濟馬、從維亞濟馬到斯摩稜斯克、從斯摩稜斯克到別列津納河、從別列津納河到維爾納，法軍都依同比減少和消亡，不論寒冷的程度如何，不論如何追擊和攔截，也不取決於其他任何孤立的條件。過了維亞濟馬，法軍不再分為三路縱隊，而是聚集在一起，自此走到最後。貝爾蒂埃寫了一封信給皇帝（眾所皆知，將領們在報告軍情時，會多麼遠離真相）。他寫道：

51 一八一二年十月二十八日，拿破崙向西撤退，將總司令部遷往斯摩稜斯克。當時氣溫降到零下十二度，到十一月一日，更降到零下十七度。

我認為有責任向陛下報告三天來我在行軍中視察的各軍情況。他們幾乎完全潰散。只有四分之一的士兵跟著軍旗走，其餘皆各自四處流竄，設法尋找食物和逃避勤務。大家只想著斯摩稜斯克，希望在那裡獲得喘息。近日有很多士兵扔下槍枝彈藥。不論陛下今後的打算如何，但為了陛下著想，請務必於斯摩稜斯克集結軍隊，並剔除步行的騎兵、徒手的軍人、多餘的輜重和一部分砲兵，因為現在砲兵和部隊的數量已不成比例。需要徵集糧食並休整數日；士兵由於飢餓和勞累已精疲力竭；近日來，多人死於路上和宿營地。這種災難性的情況正日益加劇，由此我們不得不擔心，若不迅速採取措施防患於未然，我們很快就會在戰時無兵可用。十一月九日[52]，離斯摩稜斯克三十俄里處。

擁入他們心目中的應許之地斯摩稜斯克後，法國人為了糧食而互相殘殺、搶劫倉庫，把倉庫洗劫一空後便繼續逃跑。

大家都在前進，卻不知道，他們要去哪裡，目的何在。優秀的拿破崙就更不知道了，因為沒有人對他下命令。但是他和他的近臣畢竟仍保持著久已形成的習慣：草擬命令、書信、報告和議事日程；彼此稱呼：「陛下，我的表兄弟，埃克米爾公爵，那不勒斯王」等。但命令和報告不過紙上談兵，根本沒有執行，因為不可能執行，儘管彼此以陛下、殿下、表兄弟相稱，然而他們心裡明白，他們都是作惡多端的卑鄙小人，如今是遭受報應的時刻了。儘管他們裝模作樣，看似關心軍隊，其實他們每個人都只關心自己，一心想著怎麼逃走、保住性命。

十七

在從莫斯科返回涅曼河的戰爭中，俄法兩軍的行動很像在捉迷藏，捉迷藏的兩個人都蒙著眼，其中一人不時搖鈴，將自己的方位通知要捉他的人。起初那個躲藏的人搖鈴，是因為不怕對手，等到情況不利時，他便設法悄悄地走了，想逃離敵人，卻往往因為想逃而和敵人撞個正著。

拿破崙的軍隊一開始還讓人知道行蹤——這是在沿著卡盧加大道撤退的初期，不過後來他們走上斯摩稜斯克大道，便手按鈴中的小錘逃跑了，他們以為正逃離對手，卻往往正好撞上俄國人。

法國人和追趕他們的俄國人都跑得很快，又由於馬匹已疲憊不堪，大致了解敵軍態勢的主要工具——騎兵偵察小分隊已不復存在。此外，由於兩軍經常且迅速地變換位置，即使有什麼消息也不可能及時送達。假定二日送來消息說，敵軍一日在某個地方，那麼在第三日，有可能採取某種因應對策時，敵軍已經走了兩晝夜的路程，處在完全不同的地方了。

一支軍隊在逃，另一支在追。從斯摩稜斯克出發，法國人面前有很多條不同的路可走；其實駐紮四天之後，法國人便可以清楚知道敵人在哪裡，並想出有利的解套方式、做出某種新決定。可是在四天之後，這群烏合之眾不是向右，也不是向左，而是不進行任何活動、不假思索地沿著那條最不適當的舊路逃往克

52 此信寫於新曆十一月九日，舊曆為十月二十八日。

拉斯諾耶和奧爾沙——一路踩著他們留下的舊足跡。

法國人料想敵人在後面，而不是在前面，在逃跑中拉長了距離，前後相距二十四小時的路程。跑在最前面的是皇帝，然後是國王們，再後是公爵們。俄軍以為拿破崙會向右渡過第聶伯河，這是唯一明智的選擇，於是也向右走上通往克拉斯諾耶的大道。於是在這裡，像捉迷藏一樣，法國人碰到我軍的先行部隊。突然遇到敵軍，法國人驚慌失措，由於突然受到驚嚇而愣住，但是後來又開始逃跑，扔下跟在後面的戰友們。在這裡，彷彿在俄軍佇列中穿行似的，法軍各部一連三天相繼通過，先是總督，然後是達武，再後是內伊。他們都自顧不暇，扔下全部重裝備、大砲和一半兵員，只顧逃跑，總是在夜裡從右邊沿著半弧形繞開俄軍。

內伊走在最後（儘管他們處境可悲，或者說正是由於這種處境，他們很想敲打一下讓他們摔痛的地板，所以他曾忙於炸毀不妨礙任何人的斯摩稜斯克城牆），率領一個軍上萬人馬走在最後的內伊，只帶著一千人到奧爾沙來見拿破崙，他拋棄所有人和大砲，在夜裡偷偷潛入樹林、渡過第聶伯河。

他們開始從奧爾沙沿著大路逃往維爾諾，同樣是在和跟蹤追擊的軍隊捉迷藏。在別列津納河上又是一片混亂，很多人淹死，很多人投降，但過了河的都繼續逃。他們的主帥穿上裘皮大衣，坐上雪橇，丟下戰友獨自逃走。能逃的都逃了，不能逃的只有投降和死亡。

十八

在這場戰爭中，法國人不斷逃跑，而他們所做的一切都只是自取滅亡；這群烏合之眾的任何一次軍事行動，從轉上卡盧加大道直至主帥逃離軍隊，都是毫無意義的——對於這個階段的戰爭，歷史學家已不能將群眾性的行動歸因於一人的意志，而任意評斷這次撤退。然而，事實並非如此。歷史學家關於這次戰爭所撰寫的書堆積如山，處處描寫拿破崙的部署及其深謀遠慮的計畫——指導部隊行動的謀略，以及眾元帥的完美部署。

從小雅羅斯拉韋茨撤退時，他本來有一條通往富庶地區的路可以選擇，他也可以走一條平行的路，即庫圖佐夫後來追擊他的那條路，不必沿著遭到破壞的路撤退，歷史學家卻依某種深思熟慮的意圖向我們解釋這次撤退。還依同樣深思熟慮的意圖來描寫拿破崙從斯摩稜斯克撤退到奧爾沙的過程。然後又描寫他在克拉斯諾耶的英雄氣概，說他準備迎戰並親自指揮，手持樺木手杖來回踱步說：

「我當皇帝已經當夠了，現在是做將軍的時候了。」儘管如此，他在說了這句話以後，立刻又繼續逃跑，讓他後頭潰散的部隊聽任命運擺布。

然後，歷史學家又向我們描寫了眾元帥，特別是內伊的偉大精神，他偉大的精神在於，夜間繞道潛入樹林、渡過第聶伯河，丟下軍旗、大砲和十分之九的部隊逃往奧爾沙。

最後，偉大的皇帝終於脫離英勇的軍隊[53]，歷史學家居然把這次逃跑描述為偉大的、天才的行動。這最後一次臨陣脫逃的醜行，在人類的語言中被斥為卑鄙至極，每個孩子都要引以為恥，甚至這樣的行動在歷史學家筆下也得到辯護。

當如此冗長的歷史記述已不可能拖得更長時，當一種行為已明顯地違反人類所推崇的善乃至公正時，歷史學家筆下竟出現「偉大」這個自圓其說的概念。偉大彷彿排除了辨別善惡的可能。對偉人而言，無所謂惡。沒有任何駭人聽聞的惡行可以用來責難一個偉人。

「這是偉大的！」歷史學家說，於是善和惡就此消失，只有「偉大」和「不偉大」。偉大的就是好的，不偉大的就是不好的。依他們的理解，偉大是他們稱之為英雄的那種特殊性。拿破崙穿著暖和的裘皮大衣逃回家，不僅遺棄了身陷絕境的戰友們，而且（在他看來）遺棄了由他帶來的官兵，覺得這很偉大，於是他安心了。

「崇高（他認為自己是崇高的）離可笑只有一步之遙。」[54]他說。於是五十年來全世界都在說：「崇高！偉大！偉大的拿破崙！崇高離可笑只有一步之遙。」

誰也不曾想過，承認不以善惡的尺度來衡量的偉大，只不過是承認自己的卑微和無法衡量的渺小。

我們信奉基督所賜予的善惡尺度，對我們來說，沒有什麼是不可衡量的。哪裡失去了純樸、善和真理，哪裡就失去了偉大。

十九

俄國人讀到關於一八一二年戰爭最後階段的記述，誰不感到惱怒、不滿和迷惑而心情沉重呢？誰不會提出以下問題呢：為什麼不俘虜、消滅所有法國人，既然這三個軍團都曾以優勢兵力包圍他們，既然飢寒交迫、潰不成軍的法國人成群地投降，而（史書告訴我們）俄國人的目的正是要攔截、切斷並俘虜所有法國人。

俄軍曾以兵員少於法軍的部隊投入波羅金諾會戰，為什麼俄軍從三面包圍法國人並以俘虜他們為目的，卻未達到此目的呢？難道法國人對我們具有如此優越性，以致我們以優勢兵力包圍了他們還是無法取勝？怎麼會發生這種事呢？

史書對這些問題回答是，這種情況之所以發生，是因為庫圖佐夫，還有托爾馬索夫、奇恰戈夫以及某人、某人未採取這樣、那樣的軍事行動。

可是他們為什麼沒有採取這些行動？如果沒有達到既定目標應歸咎於他們，那麼為什麼不對他們加以審判和懲處？但是，即使假定俄軍受挫應歸咎於庫圖佐夫和奇恰戈夫等人，仍然無法理解，為什麼俄軍處

53 拿破崙於一八一二年十二月五日回巴黎，將軍隊託付給繆拉。

54 拿破崙於一八一二年十二月在華沙和法國駐薩克森王國公使談話時曾這麼說。

於克拉斯諾耶和別列津納河上的優勢兵力條件下，還是未能俘虜法軍及其元帥、國王和皇帝，既然這正是俄國人的目的所在？

把這個不合常理的現象歸咎於庫圖佐夫阻礙進攻是毫無道理的，因為我們知道，在維亞濟馬和塔魯季諾，庫圖佐夫的意志都未能阻止部隊發動進攻。

為什麼俄軍以劣勢兵力在波羅金諾戰勝了鼎盛時期的敵人，在克拉斯科耶和別列津納河上雖然集中優勢兵力卻敗於法國潰不成軍的烏合之眾？

如果俄國的目的在於切斷法軍並俘獲拿破崙及其元帥，而這個目的非但沒有實現，而且為達到這個目的所進行的所有嘗試，每一次都遭到極其可恥的失敗，那麼法國人把戰爭的最後階段形容成一連串勝利是完全正確的，而俄國歷史學家認為，俄軍所向無敵則是完全錯誤的。

俄國軍事史學家迫於邏輯的必然而得出這樣的結論，在熱情歌頌勇敢、忠誠之餘，迫不得已承認，法國人從莫斯科撤退是拿破崙的一連串勝利和庫圖佐夫的一連串失敗。

可是，若將民族自尊完全放在一邊，也可以看出，這個結論本身就隱含著矛盾，因為法國人一連串勝利導致了他們完全覆滅，而俄國人一連串失敗卻導致徹底消滅敵人，光復失地。

這個矛盾的根源在於，歷史學家根據帝王和將軍們的書信，根據戰報、報告、計畫等來研究事件，由此認定一八一二年戰爭後期的目的是切斷敵軍，而俘虜拿破崙及其元帥和軍隊的目的則純屬虛構，從未曾有過。

這個目的從未有過，也不可能有，因為毫無意義，而且根本不可能執行。

這個目的毫無意義的原因有幾個。首先，因為拿破崙潰散的軍隊正竭盡全力逃離俄國，這符合每個俄羅斯人的願望，何必還要對全速逃亡的法國人採取各種軍事行動呢？

第二，將全部精力都用於阻擋逃跑的人是沒有用的。

第三，為了消滅法軍而損失自己的兵力是沒有意義的，因為法軍無需外因就以等差級數自行滅亡，即使路上毫無阻礙，他們帶過邊界的人數也不可能多於他們在十二月帶出去的人，即全軍的百分之一。

第四，想俘虜皇帝、國王和公爵是沒有意義的，俘虜這些人將為俄軍的行動造成極大的難度。當時一些精明的外交家（約．邁斯特爾[55]等人）也承認這點。想俘虜法國的幾個軍就更沒有意義了，當時自己的部隊在到達克拉斯科耶時已減員一半，要押送幾個軍的俘虜還得多派幾個師的兵力，何況自己的士兵也不能經常得到充足補給，已有大批俘虜死於飢餓。

關於切斷敵軍並俘獲拿破崙及其軍隊的完整計畫，很像是菜園主的計畫，他要從菜園裡趕走一頭踐踏他的菜園的牲口，卻跑到菜園門口打牠的頭。要為這個菜園主辯護，只能說他當時太生氣。可是卻不能對制訂計畫的那些人這麼說，因為他們並不是踐踏菜園的受害者。

再說，切斷拿破崙的軍隊不僅沒有意義，而且是不可能的。

不可能的原因在於，首先，因為經驗說明，在一次戰役中，幾個縱隊在五俄里之內的行動永遠不會和計畫一致，所以要求奇恰戈夫、庫圖佐夫和維特根．施泰因準時在指定地點會合，其可能性微忽其微，等同於不可能，庫圖佐夫就是這麼認為的，他在接到計畫時就說，遠距離牽制不會得到預期的結果。

---

55 邁斯特爾伯爵（一七五三—一八二一），法國政治活動家，一八〇三年至一八一七年間，任撒丁國王派駐俄國的全權代表，著有哲學著作和回憶錄。

第二，不可能，因為要克服拿破崙部隊向後方逃跑的慣性力量，必須擁有比俄國人現有部隊多到無法想像的部隊。

第三，這是不可能的，因為軍事用語「切斷」徒具意義。我們可以切斷一塊麵包，而不是切斷軍隊。切斷軍隊，即擋住其去路，是絕對不可能的，因為周圍總有足夠空間可供迂迴，加上夜色的掩護，在夜裡是什麼也看不見的，軍事學者根據克拉斯科耶和別列津納河上的戰例便可對此深信不疑。

第四，這是最重要的，說不可能是因為，一八一二年的戰爭是在亙古未有的可怕條件下進行的，俄軍在追擊法國人的過程中已竭盡全力，若要更有所作為，勢必自取滅亡。

俄軍在從塔魯季諾到克拉斯諾耶的進軍中，由於傷病和脫隊損失了五萬兵員，即相當於一個大省份的人口。有一半的軍隊是在沒有作戰的情況下喪失的。

處於這個戰爭階段，部隊沒有皮靴和皮大衣，補給不足，沒有伏特加，整月夜宿於零下十五度的雪地裡；白天只有七、八小時，其餘時間都是黑夜，無從維持紀律；不像在戰場上，僅幾個小時身處毫無紀律的生死關頭，而是一整個月掙扎在飢寒交迫的死亡線上；部隊一個月就傷亡一半——關於這個戰爭階段，歷史學家卻喋喋不休地對我們說，米洛拉多維奇應當向某地側進，而托爾馬索夫要進軍某地，奇恰戈夫則應當向某地移轉（在雪深過膝的地方移轉），某人要怎麼擊潰並切斷敵軍等。

傷亡一半的俄國軍隊完成了可能做到的一切，而且為了達到無愧於人民的目標，完成了應當做到的一切，至於有些俄國人坐在暖和的房間裡主張執行一些不可能做到的事，這不是他們的過錯。

事實和歷史記述之間這種離奇的、現今難以理解的矛盾，只是由於歷史學家描述這個事件時，描述的是將軍的美好情感和空談的歷史，而非事件本身的歷史。

他們對米洛拉多維奇的空談、某個將軍所獲得的嘉獎以及他們的種種猜測感到興奮，而對留在醫院和墳墓裡的那五萬人甚至不感興趣，因為這不屬於他們的研究範疇。

然而，只要不去理會那些報告和各個將軍的計畫，而深入了解直接投身於事件之中的那幾十萬人的活動，那麼原來覺得無法解決的問題便立刻迎刃而解，得到不容置疑的解答。

切斷拿破崙軍隊這個目的從來不曾有過，只存在於十幾個人的想像之中。不可能抱有這樣的目的，因為這個目的是沒有意義的，也不可能實現。

所有人的目的只有一個：清除入侵者、收復失地。這個目的，正自然而然地實現，因為法國人在逃亡，只要不去阻礙他們就行。再者，消滅法軍的戰爭正由一般人民發動並實現。最後，俄國大軍也正在實現這個目的，他們尾隨法國人，隨時準備在法國人停止逃跑時動用武力。

俄國軍隊理應如拿起鞭子嚇阻對奔跑中的牲口。一個有經驗的趕牲口人知道，最有用的辦法是舉起鞭子嚇唬牲口，而不是在牲口奔跑時，鞭打牠的腦袋。

第四章

人看到動物死亡會感到恐懼，也許是在他心中，自己同樣身為動物的一種，亦會歸於寂滅，不再存在。倘若死去的是人，而且是朝夕相處心愛的人，那麼除了對生命的寂滅感到恐懼外，還會感到五臟俱裂，心靈受到創傷，這種創傷和肉體上的創傷一樣，有時令人痛不欲生，有時能逐漸治癒，但永遠是心裡的痛，承受不了外界的觸動和刺激。

安德烈公爵離世後，娜塔莎和瑪麗亞公爵小姐也都有同樣的心情。她們在精神上彷彿被死亡的愁雲慘霧壓得直不起腰來，未敢正視生活的面貌。她們小心翼翼地保護著傷口，以免受到觸動而傷感和痛苦。一切，無論大街上迅速駛過的馬車，還是女僕請她們去用餐或問她們要準備什麼衣物，尤其是一句虛情假意、無關痛癢的同情話語都會刺痛傷口，彷彿是一種褻瀆，破壞了她們所需要的寧靜——她們兩人在寧靜的氛圍中聆聽在想像中尚未停息的森嚴哀樂，也妨礙她們凝視曾在剎那間展現於她們面前那神祕、一望無垠的遠方。

她們兩人只有在獨處時才不會受到褻瀆和傷害。她們很少交談。即使說話也都是最無關緊要的話題，兩人都避免提及未來。

她們認為，承認還有未來便是褻瀆對他的懷念，尤其謹慎地在談話中迴避可能涉及死者的一切。她們所經歷和感受過的，無法用語言來表達。她們覺得，在談話中提及任何他的生活細節都有損於曾在她們心目中所顯示的那種奧祕偉大和神聖。

不斷地約束言談，不時努力迴避可能涉及他的任何言論：在各方面嚴守不可言說的界限，從而使她們所感受到的一切，更加清晰地呈現在她們的想像之中。

但是純粹的哀傷和完全的歡樂一樣，是不可能持久的。瑪麗亞公爵小姐是自身命運的主宰者，是姪子的監護人和教養者，這般處境迫使她擺脫了在最初兩個星期裡所處的哀傷狀態。她收到親戚的來信，需要答覆；尼科連卡所住的房間有些潮濕，他開始咳嗽了。阿爾派特奇來到雅羅斯拉夫爾彙報情況，並力勸遷往莫斯科弗茲德維任卡，那裡的住宅完好地保存了下來，只要稍微修繕一下就可以居住。生活沒有停頓不前，仍繼續下去。不論瑪麗亞公爵小姐多麼難割捨她至今所處的內省境界，不論把娜塔莎隻身留下使她多麼惋惜，且似乎於心不忍；家務事要求她的參與，而她不由自主地投入其中。她和阿爾派特奇核對帳目，要和德薩爾討論姪子的問題，得為遷往莫斯科進行必要的安排和準備。

自從瑪麗亞公爵小姐開始準備動身離開、連娜塔莎也被疏遠後，娜塔莎更顯得形單影隻了。

瑪麗亞公爵小姐建議伯爵夫人讓娜塔莎隨她到莫斯科，母親和父親都欣然同意，因為他們發覺，娜塔莎的體力日漸虛弱，換個環境，得到莫斯科醫生的關注，對她是有益的。

「我哪裡也不去，」娜塔莎聽到這個建議時回答道，「只求你們不要管我。」她說，隨即跑出房間，強忍淚水，與其說那是悲傷的淚水，不如說是氣憤的淚水。

自從娜塔莎覺得自己被瑪麗亞公爵小姐疏遠，多數時間她都獨自悲傷地留在房裡，蜷曲雙腿坐在長沙發一角，以她那纖細的手指使勁地撕扯或揉搓著什麼，固執地將目光凝注在視線停留之處。這樣的孤獨使她身心疲憊、飽受折磨；然而這孤獨是她所需要的。一旦有人進來找她，她就很快地站起來，改變姿勢和眼神，拿起一本書或做女紅，迫不及待地等著來打擾她的人出去。

她總覺得，她不久便能理解並參透她那帶著可怕的、難解問題的心靈視線所凝注起的那個疑團。

十二月末，身穿黑色毛料連身裙、隨意將辮子盤成髮髻、消瘦而蒼白的娜塔莎蜷曲著雙腿坐在長沙發一角，使勁地把腰帶末梢揉成一團又鬆開，眼睛望著門的一角。

她望著他所去的地方，那生命的彼岸。她過去只覺得遙遠，從未想過，理解那地方竟比理解這只有空虛、破壞，苦難和褻瀆的世界還容易。如今，比起此岸，她覺得自己和那裡更親近。

她望著他所在的地方，她知道他在那裡；可是她只能看到他在這裡時的樣子。她又看見他在梅季希、聖三一修道院、雅羅斯拉夫爾的模樣了。

她看到他的臉、聽到他的聲音，並重溫起他們的對談，以及那些為了雙方設想的，在當時可能說或未說的話。

只見他穿著天鵝絨皮襖，消瘦蒼白的手支著頭躺在扶手椅上。他的胸膛駭人地凹陷了下去，雙肩聳起。他雙唇緊閉，目光炯炯，蒼白的額上可見一條皺紋忽隱忽現。他的一條腿正難以覺察地迅速顫抖。娜塔莎知道，他正和劇烈的疼痛纏鬥。「怎麼這麼痛呢？為什麼會痛？他意識到什麼？他是多麼痛啊！」娜塔莎想。他發覺她正在注意他，於是抬起眼，面無笑容地說起話來。

「這是很可怕的，」他說，「一輩子把自己和一個在痛苦中掙扎的人結合在一起。」於是他以試探的目光——娜塔莎留意到這目光——看了她一眼。她當時便不假思索地回答他，說：「不可能一直這樣，會過去的，您會——完全康復。」

她重新正視他，並體驗她當時的心情。她回憶著他說起這幾句話時，久久凝視的悲傷，目光冷峻，體會到這底下所傳達的責備和絕望。

「我當下表示同意，」娜塔莎對自己說道，「如果他永遠在痛苦中掙扎，的確很可怕。我當時這麼說，只是因為這對他來說很可怕，他卻誤會我的意思。他誤以為這對我來說是很可怕的。他當時還想活下去──恐懼死亡。我卻粗魯而愚蠢地對他說出這種話。我不是這麼想的。我想的完全不同。要是我把心裡所想的告訴他，我就會說：即使他要死了，也要在我眼前慢慢死去。比起他不存在，我還會感到幸福。現在……現在我還有什麼，還有誰呢？他知道嗎？不，他不知道，也永遠不會知道了。已經永遠、永遠無法挽回了。」於是他又對她說了那幾句話，可是現在娜塔莎在想像中給他的回答是不一樣的。她制止他說：「對您而言是很可怕的，但對我來說，並非如此。您要知道，分擔您的痛苦是我的幸福。」於是他執起她的手緊緊握著，就像他在死前四天那可怕的夜晚那樣，緊緊地握著。她在想像中又對他說了一些溫柔、情深意切的話語，這些話她本來可以當時便對他說，而她現在才說：「我愛你……愛你……我是愛你的，我愛你啊……」她說，顫抖地緊握雙手，再次無法言語。

甜蜜的苦澀襲上心頭，她已經熱淚盈眶，可是她突然自問：她這是在對誰說話呢？他在哪裡，現在他是誰？於是一切再次隱沒，只剩下冷漠的、殘酷無情的困惑。她又雙眉緊鎖，凝視他所在之處。她覺得，她眼看就要參透那個祕密了，可是就在離奇的謎底向她揭示之際，猛地響起轉動門把的刺耳聲，女僕杜尼亞莎帶著罕見的慌張神情，冒失地快步進房裡。

「請您到爸爸那裡去，快。」杜尼亞莎帶著不同尋常的急切表情說，「很不幸，是彼佳，有信。」她哽咽說道。

二

除了一般地疏遠所有人的心情之外，娜塔莎在這段時期還有一種疏遠家人的心情。對她來說，所有親人，包括父親、母親、索尼婭都是那麼親近、熟悉，那麼平淡乏味，她覺得，他們所有的談話和情緒都是對她近來生活於其中的那個世界的褻瀆，因此對他們不僅冷淡，而且懷有敵意。她聽到杜尼亞莎提起彼佳，說到不幸，卻不明白這些話的意思。

「他們會有什麼不幸、能有什麼不幸呢？他們總是過著因循守舊、相安無事的日子。」娜塔莎在心裡對自己說道。

她來到大廳，父親正疾步走出伯爵夫人的房間。他滿面皺紋，淚如雨下。看來他跑出那個房間，就是要盡情地放聲痛哭。一看到娜塔莎，他絕望地揚起手，霎時痛苦地抽搐、泣不成聲，肥胖、和善的臉早已扭曲。

「彼……彼佳……你去，你去，他……他……叫你……」於是，他像孩子一般哭泣，虛弱無力的雙腿小步跑到椅子前，兩手捂著臉，幾乎是跌坐在椅子上。

彷彿一股電流掠過娜塔莎全身。她的心好像挨了重重的一擊，劇痛難忍。她感到一陣可怕的疼痛；她覺得肝腸寸斷，就要死了。然而劇痛過後，她感到，她在生活中的禁忌驀地解除了。看到父親、聽見門裡傳出母親那駭人的哭號，她霎時忘了自己和自己的悲傷。她跑到父親面前，可是他無力地揮著手，指著母親的房門。瑪麗亞公爵小姐面色蒼白，下巴發顫，自門裡出來拉著娜塔莎的手，對她說著什麼。娜塔莎沒有看見她，也沒有聽到她的聲音。她快步走進房間，停佇片刻，彷彿在克制衝動，然後跑到母親面前。

伯爵夫人躺在扶手椅上，笨拙地挺著身子，以頭撞牆。索尼婭和女僕們拉著她的手臂。

「叫娜塔莎，叫娜塔莎！」伯爵夫人吼道。「不是真的，這不是真的……他在說謊……叫娜塔莎！」她推開周圍的人吼道。「你們都滾開，這不是真的！打死了！哈——哈——哈……不是真的！」

娜塔莎單膝跪在扶手椅上，朝母親俯下身子，摟著她，猛一使勁扶她站了起來，把她的臉轉向自己，緊緊偎依在她懷裡。

「媽媽！親愛的……我在這裡，我的朋友。媽媽。」她一刻不停地對她輕聲地說話。

她不放母親出去，溫柔地攔住她，喚人拿來枕頭、水，解開或撕開母親身上的衣物。

「我的朋友，親愛的……媽媽，親愛的媽媽，」她不停地輕聲說著話，吻著她的頭、手、臉，覺得自己的淚水不可遏止地像小溪般流淌，刺激得鼻子和面頰發癢。

伯爵夫人握著女兒的手，閉上眼睛，安靜了一會兒。倏地，她迅速站了起來，茫然四顧，一看到娜塔莎，她便使出渾身力氣摟住她的頭，隨後將她那痛得皺起眉的臉轉向自己，久久凝視。

「娜塔莎，妳是愛我的。」她信任地小聲說道，「妳不會騙我吧？妳能對我說出所有真相嗎？」

娜塔莎熱淚盈眶地看著她，臉上只有對寬恕和愛的祈求。

「我的朋友，媽媽。」她反覆說道，竭盡自己的愛及力量，但求能分擔壓在母親身上那過於沉重的悲哀。

在與現實的無能為力搏鬥中，母親不願相信，在青春年少的愛子戰死後，她還能活下去，於是又在瘋狂世界中逃避現實。

娜塔莎不記得這一天、一夜，隨後的一天、一夜是怎麼過的，她不睡覺，也不離開母親一步。娜塔莎執著、耐心的愛，不是勸解，不是安慰，而是生命的召喚，彷彿隨時都環繞在伯爵夫人的周圍。第三夜，伯爵夫人安靜了幾分鐘，於是娜塔莎在扶手椅的扶手上以手臂支頭，閉上了眼睛。床咯吱響了一下。娜塔莎立刻睜開眼。伯爵夫人坐在床上，輕輕地說著話。

「你來了啊，我好高興啊。你累了，想喝茶嗎？」娜塔莎走到她面前。「你更漂亮了，變成男子漢了。」伯爵夫人拉著女兒的手繼續說道。

「媽媽，您在說什麼啊！」

「娜塔莎，他不在了，永遠沒有他了！」於是伯爵夫人摟著娜塔莎，第一次哭了起來。

三

瑪麗亞公爵小姐延遲了行期。索尼婭和伯爵都想方設法替代娜塔莎，可是不行。他們親眼目睹，只有她能讓母親免於瘋狂的絕望。娜塔莎連三個星期足不出戶地待在母親身邊，睡在她房裡的扶手椅上，協助她飲水用餐，還不停地和她說話，她不停地說著，因為只有她那溫柔、親切的聲音能使伯爵夫人得到安慰。母親的心靈創傷是無法癒合的。彼佳之死奪走了她一半生命。彼佳的死訊傳來時，她是精力充沛的五十歲女人，一個月後，她從房間走出來時，已是半死的、與生活隔絕的老太太了。但是，奪走伯爵夫人一半生命的創傷——這個新的創傷——卻使娜塔莎煥發生機。

精神實體被撕裂而產生的心靈創傷，和肉體上的創傷一樣，不管看來多麼不尋常，在深重的創傷痊癒，而傷口也似乎完全癒合之後，心靈的創傷也和肉體的創傷一樣，只有靠內部迸發的生命力才能真正痊癒。

娜塔莎正是因此而痊癒的。她以為自己的一生已經完了。但是對母親的愛突然向她證明，她的生命本質——愛仍然活在她心裡。愛覺醒了，生命也覺醒了。

安德烈公爵彌留的那段日子，將娜塔莎和瑪麗亞公爵小姐聯結在一起。新的不幸使她們更親近了。瑪麗亞公爵小姐延遲了行期，在最近三個星期裡，像照顧患病的孩子一樣照顧娜塔莎。在母親的房裡度過的這幾個星期，娜塔莎由於過度勞累已感到體力不支。

有一天中午，瑪麗亞公爵小姐發覺娜塔莎畏寒發抖，就把她帶到自己房裡，讓她睡在床上。娜塔莎躺下了，可是在瑪麗亞公爵小姐放下窗簾，轉身要離去之際，娜塔莎把她叫到自己身邊。

「我不想睡。瑪麗亞，陪我坐坐。」

「妳累了，還是睡一下吧。」

「不行，不行。妳怎麼把我帶到這裡來了？她會找我的。」

「她已經好多了。今天她的談吐很清楚。」瑪麗亞公爵小姐說。

娜塔莎躺在床上，在房裡微弱的光線下端詳著瑪麗亞公爵小姐的臉。

「她像他嗎？」娜塔莎心想。「是呀，像又不像。不過，她不同，感覺很陌生，完全是另一種人，彼此不了解。而她愛我。她有什麼想法呢？一片好心。可是究竟如何？她是怎麼想的？她怎麼看待我？是的，她為人極好。」

「瑪麗亞，」她說，怯生生地把她的一隻手拉過去。「瑪麗亞，妳不要把我想得很壞。妳沒有這麼想吧？瑪麗亞，親愛的。我好愛妳。我們要真正地、真正地成為朋友。」

於是娜塔莎摟著瑪麗亞公爵小姐，親吻她的手和臉。瑪麗亞公爵小姐對娜塔莎這麼表達感情既害羞又高興。

從這天起，在瑪麗亞公爵小姐和娜塔莎之間建立起只有在女性之間才有的熱烈情感，充滿柔情。她們經常互相親吻，向彼此傾訴溫柔話語，且大部分時間一起度過。要是其中一人不在，另一人就會感到不安，急於和她相聚。兩人相處時，比獨自待著時感到更和諧。在她們之間建立起超乎友誼的感情：這是唯有相聚在一起才能活下去的特殊感情。

有時，她們整整幾小時默然不語；有時已經躺在被窩裡了，卻能一路說話到天亮。她們說的大多是遙遠的往事。瑪麗亞公爵小姐會談到童年、母親、父親、夢想；娜塔莎過去由於不了解，心安理得地屏棄這種虔誠、順從的生活，屏棄基督徒獻身精神的詩意境界，如今，她覺得自己和瑪麗亞公爵小姐之間有了愛的紐帶，也就愛上瑪麗亞公爵小姐的過去，並了解到自己過去所不了解的生活樣貌。她不想把順從和獻身精神應用在自己的生活，因為她習於追求其他樂趣，但是她理解並愛上在他人身上、她過去所不了解的美德。瑪麗亞公爵小姐聽了娜塔莎的童年和少女時代故事，在她面前也展現出過去所不了解的生活樣貌，以及對生活、對享受生活的信心。

她們仍然絕口不提他，以免在她們看來會破壞兩人所懷有的崇高情感，而關於他的事如此三緘其口，其結果令她們難以置信，她們竟漸漸忘記他。

娜塔莎瘦了，臉色更蒼白了，她的身體很虛弱，然而她感到慶幸的是，大家經常關心她的健康。不過，有時她不僅突然感到對死亡的恐懼，而且擔心自己體弱多病、擔心失去美麗，於是有時會不由自主地細心打量手臂，對瘦骨嶙峋的自己感到驚訝，或在早上望著鏡子裡那張瘦長、在她看來很可憐的臉龐。她覺得這是正常的，同時又感到恐懼和憂傷。

有一次，她快步走到樓上，累得氣喘不已，她不由得立刻為自己找出再到樓下的理由，接著又從樓下跑上樓來，想試試自己的體力、觀察自己的表現。

又有一次，她喚來杜尼亞莎，她的聲音若斷若續地有些哆嗦。她又叫了她一聲，儘管已經聽到她的腳步聲，這一次是用她唱歌時的發音方式叫她的，並傾聽著自己的聲音。

她不知道，大概也不會相信，就在覆蓋在她心靈上的一層看似無法穿透的淤泥下，已有纖細、柔弱的嫩草即將衝破淤泥，它們即將紮根，以其充滿活力的幼苗覆蓋壓在她心頭的悲傷，使悲傷很快消失於無形。傷口是從內部癒合的。

一月底，瑪麗亞公爵小姐即將前往莫斯科，伯爵堅持娜塔莎和她同行，以便求醫問藥。

四

庫圖佐夫在維亞濟馬未能阻止、擊潰、切斷部隊，且與敵人再次發生衝突之後，法國人繼續逃亡，俄國人在後面追趕，抵達克拉斯諾耶之前都不曾再有戰事。法國人跑得太快，跟隨在後的俄軍趕不上他們，騎兵和砲兵的馬匹都跑不動了，關於法軍動向的情報總是與事實不符。

俄軍官兵以一晝夜四十俄里的速度連續行軍，早已筋疲力盡，速度不可能更快了。

若要了解俄軍疲憊的程度，就要釐清下述事實意味著什麼，在離開塔魯季諾後，整個行軍途中傷亡的人數不超過五千，被俘虜的不到一百，而俄軍從塔魯季諾出發時還擁兵十萬，到克拉斯諾耶卻只剩下五萬人。

俄國人在法國人後面猛追，這對俄軍造成了毀滅性的影響，正如逃跑對法軍的影響一樣。其區別僅僅在於，俄軍的行動不是被迫的，沒有懸在法軍頭上的那種滅亡危機，而且法國人脫隊的傷患大多落在敵人手裡，而脫隊的俄國人則是留在國內。拿破崙軍隊減員的主要原因是逃跑的速度太快，俄軍相應的減員足以證明這一點。

庫圖佐夫的行動，一如在塔魯季諾和維亞濟馬一樣，其目的就是——在他的權力所能控制的範圍內——不要（像俄國將軍們在彼得堡和軍隊中所希望的）阻擋法國人這種自取滅亡的行動，而是要加速法軍逃亡，並減少自身部隊的行動。

但是除此之外，自從部隊快速追趕而出現疲勞和大量減員的情況後，庫圖佐夫又想到減緩部隊的追趕速度、伺機而動的另一個理由。俄軍的目的是跟蹤法國人。法國人的撤退路線我們是不知道的，因此部隊在法國人後面跟得愈緊，等同於走愈多冤枉路。只有在跟蹤時保持一定距離，才能沿著最短路徑跟蹤而避免法國人所走的之字形路線。多位將軍所建議的軍事行動無不表現在完美的調動部隊、增加行軍的距離，然而唯一合理的目的只有減少行軍的距離。從莫斯科到維爾納的作戰期間，庫圖佐夫的行動都是遵循這個目的——不是偶一為之，不是暫時現象，而是一貫如此，一次也沒有背離這個目的。

庫圖佐夫不是憑著智慧和學識理解一切，而是憑著身為俄羅斯人的感應而知道，並感覺到每個俄國士兵都感覺到的事實，法國人被打敗了，敵人正在逃亡，必須把他們逐出國境；但同時他也和士兵們同樣感覺到，以前所未聞的速度在這樣的季節行軍是多麼艱苦。

可是將軍們，尤其是非俄裔的將軍們希望立功受獎，一鳴驚人，想為了某種目的而俘獲某位公爵或國王——這些將軍們覺得，眼下，當任何戰事都令人厭惡、毫無意義時，他們覺得現在正是開戰和擊潰某人的大好時機。當人們接二連三地呈遞作戰計畫時，庫圖佐夫只是聳聳肩，因為士兵們鞋子破了，沒有皮上衣，處於半飢餓狀態，在一個月內未經戰事已減少了一半，而且他們即使在敵人繼續逃跑的最佳情況下，要走到邊界還有一段漫長的路途，比已經走過的路程還要長。

這種渴望立功受獎、調動軍隊擊潰和切斷敵人陣線的情緒，在俄軍遭遇法軍時表現得尤其急切。

在克拉斯諾耶便發生這種情況，他們想在此處找到法軍三個縱隊中的其中一個，卻碰到拿破崙本人及其一萬六千人部隊。儘管庫圖佐夫千方百計避免這次危害極大的衝突，以保存實力，俄軍疲憊不堪的部隊仍一連三天在克拉斯諾打擊法國人那已潰不成軍的烏合之眾。

托爾擬定作戰部署：第一縱隊前往某地[56]等。一如往常，結果一切都不符合部署要求。符騰堡親王歐根在山上向從一旁逃竄的成群法國人猛開火，並要求增援，援軍卻遲遲不至。法國人在夜裡繞開俄國人，四散躲進樹林，暗地各自溜走。

米洛拉多維奇曾說，他根本不想過問部隊的補給，而且總在需要他這支部隊時，卻怎麼也找不到他，他自稱「無可指責的無畏騎士」，喜歡和法國人交談，他派軍使要求法國人投降，既錯失良機，又沒有採取他奉命採取的行動。

「弟兄們，我把這個縱隊贈送給你們了。」他騎馬向部隊走來，指著法國人對騎兵們說。於是騎兵們騎著勉強能動的瘦馬，用馬刺和馬刀驅趕牠們並以小快步前進，費了好大的功夫總算接近做為饋贈的那支縱隊，但那不過是一群飢寒交迫的法國人；做為饋贈的這支縱隊立即扔下武器投降，他們早就想投降了。

他們在克拉斯諾耶抓了兩萬六千個俘虜，繳獲了幾百門大砲，還有一根手杖，即所謂元帥權杖[57]，於是爭論誰的表現更突出，對結果雖都滿意，不過也覺得很遺憾，未能生擒拿破崙或某一位英雄、元帥，他們為此而互相指責，尤其是指責庫圖佐夫。

這些人被自己的欲望所支配，不過是可悲的必然性，規律的盲目實行者而已；可是他們卻以英雄自居，自以為完成一番值得自豪的高尚事業。他們責難庫圖佐夫，批評他從戰事一開始便干擾他們戰勝拿破崙，批評他只想滿足私欲，不願離開亞麻布廠[58]，因為駐紮在那裡太舒適；在克拉斯諾耶，他之所以制止軍事行動，只是因為打聽到拿破崙在那裡而驚慌失措；因此可以想像，他和拿破崙是有勾結的，被拿破崙收買了[59]等。

不僅那些受私欲支配的同時代人這麼認為。後代和史書視拿破崙奉為偉人，至於庫圖佐夫，外國人認為他是狡猾、好色、老邁虛弱的宮廷僕從；俄國人說他是面目不清的人物，是僅僅因為有個俄國人名字才有些用處的傀儡……

56 原文為德文。
57 達武元帥的權杖是在克拉斯諾耶之戰的第一天在繳獲的輜重車隊裡找到的。
58 亞麻布廠是卡盧加省的一個村莊，庫圖佐夫和俄軍主力曾駐紮於此。
59 作者注：見威爾遜《筆記》。威爾遜（一七七七—一八四九），英國將軍，曾任英國盟軍駐俄軍司令部代表。

五

一八一二年和一八一三年，人們直接指責庫圖佐夫犯下錯誤。皇上對他很不滿。不久前奉旨編撰的史書上說，庫圖佐夫是宮廷中的狡猾說謊者，對拿破崙聞風喪膽，他在克拉斯諾耶和別列津納河上所犯的錯誤斷送了俄軍對法國人大獲全勝的光榮[60]。

這不是俄國精英們不予承認的所謂偉大人物、偉人的命運，而是那些少見的、永遠孤獨的人們的命運，他們領會上帝的旨意，並以其個人意志服從於上帝。平庸之輩的仇恨和蔑視是對他的懲罰，原因在於他們領悟了最高規律。

對俄國歷史學家來說——說來奇怪且驚人，拿破崙這個歷史中最微不足道的工具，在任何時候、任何地方，甚至在流放期間也未表現出人格的尊嚴——而這樣的拿破崙卻是人們讚美和讚歎的對象；他是偉大的。至於庫圖佐夫，這個人在一八一二年的活動中自始至終，從波羅金諾到維爾納，沒有一言一行違背初衷，在歷史上成為獻身精神和真正認識到事件深遠意義的典範——在人們看來，庫圖佐夫卻是面目不清、無足輕重的人，他們似乎總是有點羞於談論庫圖佐夫和一八一二年。

然而很難想像一個歷史人物，他的一言一行竟能如此堅持不懈地服從於一個既定目的。我們也很難想像，竟有一個更值得尊重、更符合全民意志的目標。我們更難在歷史上找到另一個典範，一個歷史人物為自己設定的目的，能像庫圖佐夫在一八一二年所竭力追求的那個目的一樣，得到如此完美的實現。

庫圖佐夫從來不談什麼四千年歷史從金字塔上看著[61]，不談他對國家的奉獻，不談他打算完成或已經完成的任務，總之，他根本不談自己，他不擺姿態，其表現總像最平常和最普通的人，說一些最平常和最普通的事。他寫信給女兒和斯塔爾夫人，他看小說，喜歡和漂亮的女人相處，和將軍、軍官和士兵們開玩笑，從來不反駁想向他證明什麼的人。在亞烏札橋上，當拉斯托普欽伯爵騎馬來見庫圖佐夫，當面責問他，誰應該對莫斯科的淪陷負責，並質問道：「您不是答應過，不會不戰而放棄莫斯科嗎？」庫圖佐夫回答說：「我絕不會不戰而放棄莫斯科。」而此時已棄守莫斯科。當阿拉克切耶夫奉旨前來，對他說應當任命葉爾莫洛夫為砲兵司令時，庫圖佐夫回答說：「是的，我剛才自己也這麼說過。」和他片刻之前所說的話完全不同。當時只有他能深刻理解事件的重大意義，而又置身於昏庸的人之間，拉斯托普欽伯爵將莫斯科的災難歸罪於自己還是歸罪於他，和他有什麼關係？至於任命誰擔任砲兵司令，他就更不放在心上了。

這位老者憑著人生閱歷，深信思想和表達思想的言詞並非推動人們的動力，因此在這些場合，經常說些毫無意義的話，想到什麼就說什麼。

然而，正是這個如此忽視自身言談的人，在其行為中沒有一句話違背他在戰爭期間所奔赴的唯一目的。顯然，在各種不同的情況下，儘管他痛心地認為，沒有人能理解他，他還是會不由自主地一再說出自己的想法。他和周圍人們的重大分歧於波羅金諾會戰出現，從那時起，只有他說，波羅金諾會戰是我軍勝利，而且直至去世前一直在口頭上、在奏章和報告中重複這句話。只有他說，失去莫斯科不等於失去俄

60 作者注：見波格丹諾維奇所著一八一二年史對庫圖佐夫的評述，以及關於克拉斯諾耶戰役的結果不能令人滿意的論斷。

61 指拿破崙在遠征埃及期間所說的話。

國。他對洛里斯東的和談建議答覆道，議和是不可能的，因為這是俄國人民的意志；只有他在法國人撤退時說，我們的一切軍事行動都是不必要的；一切聽其自然，結果會比我們所希望的更好；要給敵人留一座金橋；塔魯季諾戰役、維亞濟馬戰役、克拉斯諾耶戰役都是不必要的；必須保留兵力直抵邊境；他絕不會為了十個法國人而犧牲一個俄國人。

唯有他，被人們描述為宮廷僕從、為了取悅皇上而向阿拉克切耶夫說謊的這個人——唯有他，這個宮廷僕從，不怕失寵於皇上，在維爾納直言，到國境外繼續作戰是百害而無一利。

但只是說說還不足以證明，他在當時已了解整個事態的意義。他的行動也都始終不渝地服從同一個目的，其目的體現於如下三個行動：第一，集中兵力對抗法軍；第二，打敗他們；第三，逐出俄國，同時盡可能減輕人民和部隊的災難。

他，這個行動遲緩、以耐心和時間為箴言、反對果斷行動的庫圖佐夫，正是他決定進行波羅金諾會戰，並使備戰行動籠罩在無可比擬的昂揚氛圍中。在奧斯特利茨戰役開始前就說，這將是一場敗仗的庫圖佐夫，在波羅金諾時，儘管諸多將軍紛紛揚言，波羅金諾會戰打敗了，儘管史無前例地在一場獲勝的戰役之後，部隊不得不撤退，他卻力排眾議，至死都認定波羅金諾會戰是我軍勝利。他隻身在撤退期間始終堅持不進行在當時毫無益處的戰事，不挑起新的戰爭，不越過俄國邊界。

現在，只要不把十來個人腦裡曾有過的目的強加在廣大群眾的行動上，要了解事件的意義是不難的，因為整起事件及其後果都明擺在我們的面前。

但是，這位老人怎麼能在當時就抵制所有人的意見，且在當時便正確地猜到人們對事情的看法，且一次也不曾違背人民的意願呢？

對正在發生的事所具有的洞察力，便是源於對人民的感情，他心裡保持著這種感情的純真和力量。由於承認他具備這般感情，人們才不得不違背沙皇意志，以如此獨特的方式將一位失寵的老者選為戰爭統帥。正是這種感情使他達到崇高的人性高度，他身為總司令，不將自身所有力量用於對人的摧殘和殺戮，而是用於對人的拯救和憐憫。

這位質樸、謙遜，因而真正偉大的人物不是歐洲式英雄的虛假模式所能容納的，這種似乎支配著他人的英雄，不過是史書的虛構而已。

奴僕眼中無偉人，因為奴僕對偉人有自己獨到的見解。

六

十一月五日是所謂克拉斯諾耶戰役的第一天[62]。傍晚前，多位將軍經過多次爭吵和失策，來到了不該來的地方；在派出幾名副官帶著更正的命令奔赴各地後，情況已很清楚，敵人四處逃竄，不可能再有戰事了，庫圖佐夫策馬離開克拉斯諾耶前往多布羅耶，總部已於當天遷至該地。

天氣晴朗，寒氣襲人。庫圖佐夫帶著對他不滿、在他背後竊竊私議的眾多將領，騎著肥壯的白馬走在前往多布羅耶的路上。一路上，當天被俘的法國人（這一天俘虜了七千人）聚集在營火旁取暖。離多布羅耶不遠處，一大群衣衫襤褸、胡亂地把衣服束在身上的俘虜們發出嗡嗡的談話聲，站在路上長長的一列卸下的大砲旁。在總司令臨近時，談話聲停下了，所有眼睛注視著庫圖佐夫，他頭戴紅箍白帽，微拱的雙肩上披著棉大衣，在路上緩緩地走過來。一個將軍正向庫圖佐夫報告，大砲和俘虜是在何處俘獲的。

庫圖佐夫彷彿滿腹心事，未聽見將軍的話。他不滿地瞇起眼，細心凝神注視俘虜的身影，覺得他們的樣子異常淒慘。多數法國士兵的臉都因為鼻子和面頰凍傷而面目可憎，幾乎所有人的眼睛都紅腫化膿了。

一小群法國人就站在路邊，兩個士兵——其中一人臉上布滿化膿的傷口——正用雙手撕著一塊生肉。在他們投向騎馬經過的人們的匆匆一瞥中，在滿臉傷口的士兵看向庫圖佐夫、立刻別過頭撕扯生肉的兇狠表情中，流露出一種可怕的獸性。

庫圖佐夫對這兩個士兵看了好久；他更加緊鎖雙眉，瞇起眼睛，沉思般搖了搖頭。在另一個地方，他發現一個俄國士兵正笑著拍拍一個法國人肩頭，對他親切地說著什麼。庫圖佐夫又帶著同樣的神情搖了搖頭。

「你說什麼？什麼？」他問將軍，那位將軍仍繼續報告，並請總司令注意豎立在普列奧布拉任斯基團佇列前那幾面被繳獲的法國軍旗。

「啊，軍旗！」庫圖佐夫說，似乎勉強放下揮之不去的心事。他茫然四顧。幾千隻眼睛從四面八方注視著他，等他開口。

他在普列奧布拉任斯基團前面勒馬停下，長嘆一聲，閉上了眼睛。隨從中有人招招手，召喚手持軍旗的士兵們跨前幾步，將旗桿豎在總司令周圍。庫圖佐夫沉默了幾秒鐘，看來處於自己的地位不能不有所表示，看似不大樂意地抬起頭說了起來。一群又一群軍官環繞在他周圍。他留心的掃視一下軍官們，認出其中某些人。

「感謝大家！」他轉向士兵又轉向軍官們說道。他的周圍籠罩在一片寂靜之中，他緩緩說出的話語清晰可聞。「感謝所有人艱苦的效命疆場。我們獲得完全的勝利，俄羅斯是不會忘記你們的。永恆的光榮屬於你們！」他默然四顧。

「把那隻鷹的頭垂下，垂下。」他對一名士兵說，這個士兵手持法國鷹旗，無意中把鷹旗垂向普列奧布拉任斯基團的軍旗。「垂得更低些，更低些，這就對了。烏拉！弟兄們。」他下巴朝士兵們迅速一擺說道。

62 此次戰役開始於兩天前，當時米洛拉多維奇將軍的一個軍進攻勒札大卡鎮的法軍。十一月五日，俄軍已攻克克拉斯諾耶城，迫使拿破崙向奧爾沙撤退。

「烏拉——拉——拉！」響起了幾千人的吼聲。

士兵們歡呼時，庫圖佐夫彎腰低下頭來，他的眼睛閃著溫和的、彷彿嘲諷的光輝。

「是這樣的，弟兄們。」他在歡呼聲沉寂後說……

他的聲音和表情丕變：似乎說話的不是總司令了，而是一個普通的老人，顯然，他要把此刻最想說的話告訴自己的伙伴們。

一群軍官和士兵掀起一陣騷動，想把他的話聽得更清楚些。

「是這樣，弟兄們。我知道你們很辛苦，可是有什麼辦法呢！忍耐一下吧，不必再等很久了。我們把客人送出國門就可以休息了。沙皇不會忘記你們的功勞。你們很辛苦，但你們畢竟是在自己的國家；而他們——看看他們落到什麼地步，」他指著俘虜說。「比最可憐的乞丐還不如。在他們強大的時候，我們是不惜生命的，而現在也憐惜一下他們。他們也是人。是不是啊，弟兄們？」

他環顧四周，在向他投來的堅毅的、恭敬而略感困惑的目光中看出，自己的話得到共鳴：他嘴邊眼角掛著老年人溫和的微笑，他的臉顯得愈來愈光彩照人。他沉默片刻，彷彿困惑不解地垂下了頭。

「再說了，是誰請他們來的？他們這是活該，莫……還……進了莫……」他突然抬頭說道。於是把馬鞭一揮，這是戰爭期間他第一次策馬飛馳而去，離開興奮的哈哈大笑、高呼「烏拉」的戰士們。

庫圖佐夫的話未必能為部隊所理解。也許沒有人能複述元帥這番話的內容，開頭語氣莊嚴，後來卻像好心老人在閒話家常；然而正是這種對敵人的憐憫和對自身正義自覺的相結合，正是這種勝利者的莊嚴感情以老人的好心責罵表達出來——正是這種感情深藏在每個士兵心裡並化為經久不息的歡呼。此後，一位將軍問總司令，是否要吩咐馬車來接他，庫圖佐夫在回答時突然抽泣了一聲，看來非常激動。

七

十一月八日是克拉斯諾耶戰役的最後一天；部隊到達宿營地時天已經黑了。整天都是嚴寒無風的天氣，飄著稀疏的雪花；傍晚時，天色漸漸晴朗。透過片片雪花可以看到暗紫色的星空，寒氣更加逼人了。離開塔魯季諾時有三千人，現在僅剩九百人的火槍團是最先到達指定宿營地的幾個團之一，宿營地在大路上的村子裡。迎接這個軍團的設營員們宣稱，所有農舍都被死傷的法國人以及騎兵和各級指揮部占用，只有一座農舍是留給團長的。

團長騎馬來到農舍。該軍團穿過全村，把火槍架在村邊幾座農舍旁的大路上。

這個軍團像一頭多足巨獸般，開始安排洞穴和食物。一部分士兵走在及膝深的雪地裡，分散到村子右邊的樺樹林裡，林子裡立刻響起斧頭的伐木聲、枝椏的斷裂聲和士兵們的歡聲笑語；部分士兵在該軍團的車輛馬匹集中處忙碌著，他們拿出大鍋、乾糧，為馬匹上飼料；還有一部分士兵分散在村子裡，為指揮部的工作人員安排住處，抬走農舍裡的法軍屍體，拖來木板、乾柴和屋頂上的乾草，用以生營火或編成擋風的籬笆。

村邊的農舍後面，十四、五個士兵正歡叫著搖晃一個板棚的高大籬笆，板棚的棚頂已經拆掉了。

「來吧，來吧，一起來，推！」幾個人大聲叫道，於是在黑暗的夜色裡，落滿一層雪花的高大籬笆傳出冰雪哢嚓聲而晃動了起來。下面幾根木樁頻頻發出斷裂聲，於是籬笆和推籬笆的士兵們終於一齊倒下。

響起了一陣響亮、快樂而粗野的叫罵聲和哄然大笑聲。

「兩個人一組，一齊上！把撬槓拿過來！就這樣。你到哪裡去？」

「來吧，一齊來……等一等，弟兄們……喊個口號吧！」

大家都不吭聲了，只聽一道柔和悅耳的聲音輕輕地唱了起來。在第三節末尾，緊隨最後一道聲音結束，二十人齊聲呼叫道：「呵——嗨！行了！一齊來！用力，弟兄們！」不過，儘管他們同心協力，籬笆仍只是輕微移動，在一片寂靜中只聽到沉重的喘息聲。

「喂，你們六連的！鬼東西！來幫一下啊……你們也用得到的。」

六連中的二十來個人正往村子裡去，也都跑了過來幫忙，於是長約五俄丈、寬約一俄丈的籬笆彎曲起來，在喘著粗氣的士兵們肩上壓著、刺著，沿著村子的街道向前移動了。

「你走呀，怎麼了？要倒啦，哎喲，你怎麼停下了？真是……」

諷刺人的話一刻也沒有停過。

「你們在做什麼？」突然一個軍人跑來官氣十足地問道。

「長官都在這裡；將軍本人就在屋裡，你們這些鬼東西卻在這裡叫囂。看我怎麼收拾你們！」上士吼道，在碰到的第一個士兵背上猛擊了一掌。「小聲點，不行嗎？」

士兵們不敢吭聲了。那個挨打的士兵輕哼了幾聲，擦拭臉上的血，他是撞在籬笆上而劃破皮的。

「看看這傢伙，打人這麼狠！打得滿臉都是血。」他在上士離去後畏怯地嘟囔道。

「你不樂意？」一個人笑著說；士兵們壓低音量又繼續往前走。到了村外，他們又大聲說起話來，話裡又夾著那些無聊的諷刺。

在士兵們經過的一座農舍裡，高級軍官聚在一起用茶，熱烈談論過去的這一天以及他們想像中的未來軍事行動。他們計畫向左側進，切斷總督[63]的退路，將他俘虜。

士兵們拖來籬笆時，各處行軍設備已經開始生火。木柴劈啪作響，雪在融化，在這片被占用的、積雪已被踩結實的空地上人影幢幢。

到處都有人在揮動斧頭忙碌。一切都是自發性的，無需上級命令。人們拖來過夜用的木柴，為長官搭建窩棚，用大鍋燒煮食物，整理槍枝和裝備。

八連拖來的籬笆在北邊豎成半圓，用槍架支撐著，在籬笆前燃起一堆營火。敲了點名鼓，點名後，吃過晚餐，各自在營火旁安置過夜——有的在修補鞋子，有的在抽菸斗，有的則是脫光衣服正用蒸氣除蝨子。

63 十一月四日，博加爾內的一個軍曾被包圍。他率領殘部成功突圍，退往克拉斯諾耶。

八

當時，俄國士兵的艱苦幾乎是無法想像的——沒有保暖的靴子，沒有皮襖，沒有房子，露宿在零下十八度的雪地上，甚至沒有充足的糧食。士兵們的生活，呈現出一幅極其淒慘且令人沮喪的景象。

與此相反的是，即使在最優越的物質條件下，部隊也從未表現得如此快樂而充滿活力。這是因為部隊每天都在淘汰那些得消沉和軟弱的人。所有在體力和精神上軟弱的人都落在後頭：留下的淨是部隊的精華——就精神和體力而言都是如此。

在豎起擋風籬笆的八連這裡聚集的人最多。兩名上士都坐到這裡來，他們的營火也燃燒得最旺。他們要求，任何想坐在籬笆下的人，都要帶木柴來。

「喂，馬克耶夫，你怎麼……是躲起來了還是被狼吃了？去拿木柴呀。」一個紅臉、紅髮的士兵被煙熏得眯起眼，大聲叫道，自己卻不肯離開營火。「你跑一趟吧，烏鴉，去拿木柴來。」這個士兵又對另一人說。紅髮不是士官，也不是上等兵，卻是個健壯的士兵，他對身體比他孱弱的那些人發號施令。被喚作烏鴉的瘦小尖鼻士兵順從地站起來，執行命令去了。但這時，一個年輕士兵那清秀、完美的身影走進營火的火光之中，他抱來一大捆木柴。

「拿過來吧。呵，這下好了！」

木柴被折斷，扔進火裡，人們用嘴吹、用軍大衣的下襬搧，只見火苗嘶嘶作響、發出迸裂的劈啪聲。

士兵們湊近營火，抽起菸斗來。抱來木柴的年輕士兵兩手叉腰，開始在原地快速而靈巧地踩踩凍僵的雙腳。

「啊，媽媽，露珠冰涼，但多美，我還拿起了火槍……」他邊跳邊唱，彷彿每唱一個音節都不住打嗝。

「喂，鞋底要掉下來了！」紅髮叫道，他發現舞者的一隻鞋底低垂。「跳得太盡興了！」

他不跳了，索性撕下鞋底，扔進火裡。

「是吧？老兄。」他說；隨即坐下來，從軍背包裡拿出一塊法國產的藍呢布，裹起腳來。「腳都凍麻了。」他加上一句，兩隻腳朝營火伸過去。

「就要發新的了。聽說，打完這一仗，發雙份皮革給所有人。」

「狗崽子彼得羅夫還是脫隊了。」一名上士說。

「我早就看出來了。」另一人說。

「是啊，這麼一個兵……」

「聽說，三連昨天一天就少了九個人。」

「是的，你想，腳凍壞了，怎麼走啊？」

「唉，都在說空話！」上士說。

「難道你也想那樣嗎？」一個老兵說，他是在責備剛才說腳凍壞了的那個人。

「那你是怎麼想的呢？」被叫作烏鴉的尖鼻士兵突然隔著營火欠起身來，用尖細、顫抖的聲音說道。「胖子都瘦了，瘦的只有死路一條。就說我吧。我挺不住了，」他突然對上士堅決說道，「你吩咐一下，送我到醫院去吧，我渾身痠痛，難受極了，要不，反正是要脫隊的……」

「好了，不說了，不說了。」上士平靜地說。

瘦小的士兵不吭聲了，談話仍在繼續。

「今天抓到的法國人還少嗎？可是說真的，沒有人的腳上有像樣的靴子，徒有其名而已。」一個士兵聊起新話題。

「全被哥薩克脫掉了。為團長整理空房時，是他們把屍體抬出去的。看上去真慘啊，弟兄們。」剛才跳舞的士兵說。「把他們翻動一下，有一個還活著，你信不信，他正嘟囔著什麼，說的全是他們的話。」

「那些人真乾淨，弟兄們，」第一個人說，「那麼白淨，就像白樺樹一樣，還有些人威儀凜然，真奇怪，是貴族嗎？」

「你是怎麼想的？他把各階層的人都召集來了。」

「我們的話他們一句也不懂。」跳舞的士兵面帶困惑的微笑說，「我問他：『你是哪個國家的？』他卻嘰哩咕嚕地說著他們的話。不可思議的人們！」

「說來也怪，弟兄們，」對他們的白淨感到驚訝的人接著說道，「莫札伊斯克附近的農民說，他們去收拾屍體，就在戰役發生的那個地方，他說真想不到，算來他們那些死者躺在那裡足足一個月了。他說，想不到他們就像乾淨的白紙一樣躺在那裡，一點氣味也沒有。」

「怎麼，是因為天氣冷吧？」

「虧你想得出！天氣冷！那時還很熱呢。要是因為冷，那我們的人也就不會發臭了。可是，他說，走到我們的人那裡，他說，卻都腐爛生蛆了。他說，只好用手巾蒙住鼻子，還得別開臉，就這樣拖著走；真教人受不了。而他們的人，就像一張白紙，一點氣味也沒有。」

大家都不吭聲。

「大概是吃的不一樣，」上士說，「他們吃的都是貴族吃的食物。」

誰也沒有異議。

「那個農民還說，在莫札伊斯克附近，就在戰役發生的地方，他們這些農民從十個村子裡被趕了來，接連運了二十天，也運不完那些屍體。他說，這些豺狼……」

「這才是一次真正的戰役呢，」老兵說，「唯有它是值得回憶的；後來的一切……只是折磨人罷了。」

「說得對，大叔，前天我們衝了上去，他們不等我們靠近便趕緊扔下武器，跪倒在地。嘴裡說：『饒了我們吧。』這只是一個例子。聽說，卡拉塔耶夫曾兩次抓到拿破崙本人。可是聽不懂對方的話。抓是抓到了，卻在手裡裝得像小鳥一樣，飛了，就這麼飛了。想打死他都沒有機會。」

「我看你呀，基謝廖夫，淨會胡說。」

「怎麼是胡說呢，千真萬確。」

「要是落在我手裡，一旦抓住，就把他埋進土裡。再插上一根木頭。否則他又要害死多少人。」

「終究會有這麼一天，他別想再活在世上。」老兵打著呵欠說。

談話聲沉寂了，士兵們開始躺下。

「天上的星星，好多啊，亮閃閃的！你會說，這是女人家鋪開了亮閃閃的麻布。」一個士兵說，他正欣賞銀河。

「弟兄們，這是豐收的預兆啊。」

「木柴還是不夠。」

「背後烤暖了，胸前又涼了。真怪！」

「啊，天哪！」

「你擠什麼，只想讓你一個人取暖，是嗎？看看他，只顧自己。」

在漸漸靜下來的時候，響起一些人的鼾聲；其餘人在翻身取暖，偶爾交談幾句。從遠在百步開外的營火處傳來一陣愉快的哄然大笑。

「聽，五連在笑什麼啊？」一個士兵說，「那裡的人真多！」

一個士兵站起來朝五連走去。

「怪不得在笑，」他回來說，「那裡來了兩個法國人。一個完全凍僵了，另一個喝醉了，正在鬧！他在唱歌呢。」

「哦？去看看……」幾個士兵到五連去了。

九

五連的宿營地緊挨著一片樹林。雪地上燃燒著一堆巨大營火，把冰霜壓彎的樹枝照得亮晶晶的。

已是深夜，五連的士兵聽到在樹林裡踏雪而來的腳步聲和樹枝斷裂聲。

「弟兄們，有熊。」一個士兵說。所有人紛紛抬起頭來傾聽，這時，兩個衣著陌生的身影彼此攙扶著從樹林裡出來，走進了營火的亮光裡。

這是躲在樹林裡的兩個法國人。他們嗓音嘶啞地說著士兵們聽不懂的話，來到了營火前。其中一人身材高些、戴著軍官帽，看來虛弱不堪。他想在營火旁坐下，卻突然倒在地上。另一個是矮小敦實的士兵，頭上纏著頭巾，身子結實一些。他扶起同伴，又指著自己的嘴說了什麼。士兵們圍繞著兩個法國人，為病人鋪上一件軍大衣，又為兩人拿來稀粥和伏特加。

身子虛弱的法國軍官是朗巴爾；纏著頭巾的是他的勤務兵莫雷爾。

莫雷爾喝下伏特加和一碗稀粥後，突然興奮了起來，對不懂他的話的士兵們絮絮叨叨地說個不停。朗巴爾拒絕進食，用手支著頭躺在營火旁，發紅的雙眼茫然地望著俄國士兵。他偶爾發出悠長的呻吟，又默不作聲。莫雷爾指著肩頭，向士兵們暗示他是軍官，不能讓他受凍。一名俄國軍官來到營火前，派人去問團長，可否讓法國軍官到他那裡取暖；回來的人說，團長吩咐把軍官帶去，於是轉告朗巴爾，叫他過去。他站起來想步行，可是搖晃了一下，要不是站在一旁的士兵扶住他，他就要跌倒了。

「怎麼了？你不想去？」一個士兵對朗巴爾嘲弄般眨眼說。

「唉，傻瓜！你胡說些什麼！畢竟是鄉下人，真的，鄉下人。」周圍響起了對這個開玩笑的士兵的一片指責聲。人們圍繞著朗巴爾，兩個人手搭著手把他抬起來送往團長的屋舍。朗巴爾被抬走的時候摟著兩個士兵的脖子，淒切地說：

「噢，這些人真好！噢，我善良的、善良的朋友們！都是好人啊！噢，我善良的朋友們！」他像孩子一樣把頭倚在一個士兵的肩上。

這時，莫雷爾被士兵們環繞著坐在最好的位置上。

莫雷爾，這個矮小敦實的法國人，一雙紅腫的眼裡眼淚汪汪，他在軍帽外像農婦般裹著頭巾，穿著女人短皮襖。他好像喝醉了，一隻手摟著坐在他身邊的士兵，用嘶啞的聲音斷斷續續唱著一首法國歌。士兵們望著他捧腹大笑。

「喂，喂，你教教我，怎麼唱？我很快就能學會的。怎麼唱？」莫雷爾摟著的那個詼諧的歌手說。

萬歲，亨利四世，

萬歲，這個勇敢的君王！——

莫雷爾擠擠一隻眼唱道。

這個混世魔王……

那個士兵揮起手，模仿法語的發音學唱了一遍，果真合上曲調。

「學得好像！呵——呵——呵！……」周圍發出一陣粗野、快活的大笑聲。莫雷爾也皺起眉頭笑了。

「喂，再來，再來！」

他有三個本領
喝酒、打仗、
向女人獻殷勤……

「也很好聽。你唱，你唱，札列塔耶夫。」

「丘……」札列塔耶夫費勁地學著。「丘——丘……」他使勁撇起嘴唇，拉長聲音，「萊特里普塔拉，德布德巴，伊德特拉瓦加拉[64]，」他唱道。

「呵，不錯！簡直就像法國人！哎喲……呵——呵——呵！怎麼樣，你要不要再吃一點？」

「再給他些粥吧，餓過頭了，不是一下子就能吃飽的。」

又為他拿來粥，莫雷爾開心地喝著第三碗粥。年輕士兵們無不面帶微笑望著莫雷爾。老兵們則覺得忙於這些瑣事有失體面，躺在營火的另一邊，但不時用手肘支起身子，含笑看著莫雷爾。

---

64 這是模仿法語歌詞的發音。

「他們也是人啊。」其中一人說，一邊把身上的軍大衣裹好。「艾草也是從根上長的嘛。」

「噢！天哪，天哪！滿天星斗，好多啊！寒流要來了……」於是大家都不說話了。

星星彷彿以為，現在誰也看不見它們了，便在漆黑的天空玩耍了起來。星星時隱時現，正忙不迭地悄聲交談著某種可喜且神祕的事情。

十

法軍正依等差級數逐漸消亡。記述頗多的橫渡別列津納河之役只是法軍滅亡的階段之一，並非戰局的決定性事件。關於別列津納河，過去和現在都有諸多記述，就法國而言，只是因為法軍過去所遭受的不過是一般性災難，然在別列津納河大橋上遭突擊，呈現出一幅令所有人刻骨銘心的悲慘景象。就我國而言，關於別列津納河有過那麼多談論和記述，只是因為在遠離戰區的彼得堡制訂了（又是那個普富爾）誘使拿破崙在別列津納河上落入戰略陷阱的計畫。所有人深信不疑，一切都會依計畫實現，因此堅持認為，正是橫渡別列津納河之役使法國遭到毀滅。其實橫渡別列津納河的結果，從法國人被俘獲的大砲和俘虜來看，遠不像克拉斯諾耶之役那樣對法國人深具毀滅性，最終數字可資佐證。

橫渡別列津納河的唯一意義在於，其無可質疑地證明所有攔截敵人的計畫都是錯誤的，而唯一可以實現的、庫圖佐夫和全軍（群眾）所要求的作戰方式才是正確的——即僅跟蹤敵人。法國人的烏合之眾經常加速逃亡，盡全力逃往目的地。他們像受傷的野獸一樣逃竄，要擋住他們的去路是不可能的。與其說是渡河的安排，不如說由人們在橋上的行動便足以證明。幾座大橋被截斷後[65]，失去武器的士兵、莫斯科居民以及在法軍運輸隊中的婦女兒童全在慣性力量的驅使下，拒絕投降，而是逃往上小船、跳進冰冷的河水。

65 一八一二年十一月十七日早上，幾座橫跨別列津納河的大橋在法軍殘部過河以後為法軍縱火焚毀。

這麼逃跑是合乎情理的。逃跑的人和跟蹤追擊的人，兩者處境同樣惡劣。留在自己人之間，患難中的每個人都希望能得到同伴的幫助，並維持他們在自己人之間所占有的一定地位。若對俄國人投降，他的災難依舊，可是在分配生活必需品時卻處於更不利的境地。法國人雖無需確切情報，且即便俄國人非常願意救助俘虜，卻也是無能為力，因為有一半俘虜已死於飢寒；他們意識到情況只能如此。那些最富有同情心的俄軍長官、對法國人抱有好感的人以及在俄軍效力的法國人都對俘虜愛莫能助。毀滅法國人的是俄軍的災難性處境。不可能從飢餓、有用的士兵手中奪取麵包和衣服，並發送給無害、無辜、並未遭到痛恨然卻一無是處的法國人。有些人倒是這麼做了；然而這只是少數的例外。

後面只有死路一條；前面還有希望。大船失火，無法獲救，只能棄船集體逃生，法國人正是如此竭盡全力集體逃竄。

法國人逃得愈遠，殘部處境愈是悲慘，俄軍將領的貪欲便愈發強烈。在彼得堡的計畫中，被寄予厚望的別列津納河戰役之後尤其如此，他們互相指責，尤其指責庫圖佐夫。他們認為，彼得堡的別列津納河作戰計畫功虧一簣應歸咎於他，於是對他的不滿、蔑視、嘲弄便愈演愈烈。不言而喻，這種嘲弄和蔑視是以表面恭敬的形式表現出來的，這種表現形式使庫圖佐夫無法質問，為什麼要指責他、指責他什麼。那些人不和他嚴肅地談話；在向他報告和請示時裝出一副可憐的樣子，卻在他背後處處千方百計地欺騙他。

這些人正因為不能理解他，才認為和老頭子多說無益；他永遠也不可能懂得他們計畫的高明之處；他只會說金橋，說他不能帶一幫衣不蔽體的流浪漢打出國境等，用空話搪塞（他們認為這些淨是空話）。這一切他們已經聽他說過了。而他所說的一切，如要等候補給、士兵們沒有靴子，全都那麼簡單，而他們所提出的建議卻是複雜又有智慧，顯然，他們覺得，他已老邁昏聵，只有他們才是不掌權的優秀統帥。

尤其是在傑出的海軍上將與彼得堡的英雄維特根・施泰因所部軍團會師之後，這種情緒和參謀部的誹謗達到無以復加的地步。庫圖佐夫意識到這一點，只能嘆息著聳聳肩。只有一次，那是在別列津納河戰役之後，他勃然大怒，對擅自向皇上報告的本尼格森寫了如下一封信：

鑑於貴體欠安，請閣下見此信後即前往卡盧加，靜候皇帝陛下的旨意和任命。

可是剛打發走本尼格森，戰爭初期在軍中任職、後被庫圖佐夫調離的康斯坦丁・巴甫洛維奇大公便來到軍中。如今，大公來到軍中通知庫圖佐夫，皇帝陛下對我軍戰績平平、行動遲緩深感不滿。皇帝陛下日內將親臨部隊。

老人在宮廷事務上和在軍事上同樣經驗豐富，這個於同年八月違背皇上旨意被選為總司令的庫圖佐夫，這個將皇儲和大公調離軍隊的人，這個利用自身權力決定抗旨放棄莫斯科的人，這個庫圖佐夫當即明白，他的時代結束了，他的角色演完了，他徒有虛名的權力也已告終。他不只是根據宮廷的態度明白了這個事實。一方面，他看到自己在其中發揮作用的戰事已經結束，感到自己的使命已經完成。另一方面，他正好在此時覺得，衰老的身體感到一種生理上的倦怠，需要在生理上得到休息。

十一月二十九日，庫圖佐夫來到維爾諾，如他所說，來到親愛的維爾納。他曾兩次在維爾納擔任總督[66]。在完好的富庶維爾納，除了他久已被剝奪的舒適生活，庫圖佐夫還找到一些老朋友和對往事的回憶。於是，他突然將軍務和國務置之不理，只要周圍沸騰的貪欲不來干擾他，他便沉浸於平靜而熟悉的生活，彷彿正在發生和即將發生的事件都與他毫不相干。

奇恰戈夫是最熱切主張切斷和擊潰敵人的人之一，奇恰戈夫曾先後到希臘和波蘭去執行牽制，但就是不願執行命令到他該去的地方。奇恰戈夫以敢於向皇上直陳已見聞名，奇恰戈夫認為，自己有恩於庫圖佐夫，因為他在一八一一年曾奉命無需在意庫圖佐夫，可直接和土耳其簽訂和約，他一得悉和約已簽訂，便向皇上坦承，簽訂和約的功勞屬於庫圖佐夫；正是這個奇恰戈夫最先在站在維爾納的城堡前，迎接即將進駐的庫圖佐夫。奇恰戈夫身穿海軍文官制服，佩帶短劍，將軍帽夾在腋下，向庫圖佐夫呈遞佇列報告和城門鑰匙。年輕人對昏聵的老者那種貌似謙恭的蔑視溢於言表，奇恰戈夫很清楚針對庫圖佐夫的責難。

與奇恰戈夫談話時，庫圖佐夫順便告訴他，自鮑里索夫從他手邊奪走的幾車餐具完好無損，會歸還他的。

「您想對我說，我沒有餐具用餐……相反，即使您要舉行宴會，我也有足夠的餐具供您使用。」奇恰戈夫脹紅了臉說，他說的每句話再再想證明自己是正確的，因而以為庫圖佐夫和他一樣。庫圖佐夫面帶微妙、通達的微笑，聳了聳肩回答說：「我想說的只是我說出來的意思。」

在維爾納，庫圖佐夫違抗皇上旨意，制止了多數部隊的行動。據庫圖佐夫身邊的人說，他這次在維爾納期間異常消沉，身體也大不如前。他無心處理軍務，凡事都推給其他將軍，他無所事事地打發日子，等候皇上到來。

皇上帶著隨從托爾斯泰伯爵、沃爾康斯基公爵、阿拉克切耶夫伯爵等人，於十二月七日從彼得堡出發，十二月十一日抵達維爾納，乘坐旅行雪橇直奔城堡。儘管天氣嚴寒，城堡前站著身穿全套禮服的將軍和參謀部軍官共百餘人以及謝苗諾夫團的儀仗隊。

一名信使在馬車上駕著三匹渾身冒汗的馬向城堡馳來，趕在皇上前面高呼：「皇上駕到！」科諾夫尼岑衝進門廊向庫圖佐夫報告，他正在狹窄的門衛室裡等候。

一分鐘後，老人高大肥胖的身軀穿著全套禮服，胸前掛滿勳章，武裝帶緊束著肚子，搖搖擺擺地來到臺階上。庫圖佐夫戴上軍帽，拿起手套，側著身子吃力地逐級邁下臺階，走下臺階後，他把準備面呈皇上的報告拿在手裡。

奔走忙碌、輕言細語、三駕馬車還在狂馳而過、所有的目光都投向駛來的雪橇，皇上和沃爾康斯基的身影隱約可見。

這一切由於五十年來的習慣使老將軍惶恐而激動；他驚慌且匆忙地摸摸身上，正一正軍帽，就在皇上跨出雪橇的那一刻，立即向他抬起眼睛，振作精神並挺直腰桿，呈上報告，以從容、奉承的語氣說起話來。

皇上從頭到腳迅速地打量庫圖佐夫，霎時皺起眉頭，不過立刻克制自己，張開雙臂上前擁抱老將軍。又由於習慣成自然的舊印象，也由於符合他的心意，這突如其來的擁抱打動了庫圖佐夫：他抽泣了一聲。

皇上向軍官們問好，向謝苗諾夫團的儀仗隊問好，又握了握老人的手，和他並肩向城堡走去。

和元帥單獨留下時，皇上對他大表不滿，責怪他在追擊敵人時行動緩慢，在克拉斯諾耶和別列津納河犯下錯誤，並將自己出國遠征的想法告訴他。庫圖佐夫既不提出異議，也不發表意見。七年前，他在奧斯特利茨戰場上聆聽皇上命令時的那種順從和茫然的神情，再次出現在他臉上。

庫圖佐夫從書房出來，低頭以沉重、蹣跚的步態穿過大廳時，有人叫住他。

---

66 庫圖佐夫曾於一七九九年至一八〇一年和一八〇九年至一八一一年，兩度出任立陶宛總督。

「殿下。」那個人說。

庫圖佐夫抬起頭來，久久望著托爾斯泰伯爵，伯爵以銀盤托著一個小物件站在他面前。庫圖佐夫似乎不明白有什麼事。

他彷彿突然想起，虛胖的臉上閃過一絲難以覺察的微笑，於是恭敬地俯身拿起銀盤上小物。這是一枚一級聖喬治勳章。

十一

翌日，元帥舉行宴會和舞會，皇上親臨。庫圖佐夫被授予一級聖喬治勳章；皇上向他表達了崇高的敬意；只是皇上對元帥的不滿人盡皆知。禮節還是遵守的，皇上率先做出遵守禮節的榜樣；然而人人都知道，老頭犯了錯誤，已經一無是處。在舞會上，庫圖佐夫依葉卡捷琳娜女皇時代的慣例，在皇上步入舞會大廳時，吩咐人們將繳獲的軍旗投擲在他腳下，皇上不悅地皺起眉頭，說了幾句話，有人聽到話裡有「老丑角」這類字眼。

皇上對庫圖佐夫的不滿在維爾納更是加劇，主要在於庫圖佐夫不願或不能理解今後戰爭的意義。

翌日早上，皇上召集軍官，對他們說：「你們不只是拯救了俄國；你們甚至拯救了歐洲。」——於是大家都明白，戰爭並未結束。

唯有庫圖佐夫不願理解，並公開陳述意見，認為再開戰不會改善俄國的處境，也不可能平添俄國的光榮，只會導致俄國的處境惡化，降低他認為俄國現在已擁有的崇高榮譽。他竭力向皇上證明，難以組建新的部隊，並談及人民的艱難處境、可能遭到挫敗等。

元帥的情緒如此，自然只會成為今後戰爭的障礙和絆腳石。

為了避免和老頭發生衝突，自然而然地找到解決辦法，那就是如同在奧斯特利茨以及戰爭初期由巴克萊當權時一樣，自總司令腳下抽掉他立足的權力基礎，不驚動他，也不向他宣布，將權力過渡到皇上本人手中。

為此目的，逐步改組參謀部，於是庫圖佐夫參謀部的實權被剝奪並歸於皇上。托爾、科諾夫尼岑、葉爾莫洛夫被調任其他職務。人們高聲說道，元帥身體非常虛弱，健康受到嚴重影響。

由於他身體虛弱，才必須讓位給取代他的人。而他的身體也確實虛弱。

需要庫圖佐夫時，他毫不費力地逐步從土耳其來到彼得堡稅務局召集民兵，再來到軍中。如今庫圖佐夫的角色扮演完了，一個符合要求的新一代執行者同樣會毫不費力地逐步出現在他的位置上。

一八一二年的戰爭，除了俄羅斯人心中所珍視的人民意義外，還應當具有另一種意義——歐洲意義。

西方民族湧往東方，隨之而來的應當是東方民族湧往西方，這場新戰爭需要一位具有不同於庫圖佐夫特性和觀點，為其他動機所推動的活動家。

亞歷山大一世對於東方民族湧往西方並恢復原有國界算是必要人物，正如庫圖佐夫對於拯救俄國及其榮譽是必要人物一樣。

庫圖佐夫不理解歐洲、均勢、拿破崙意味著什麼。他不可能理解這些事。俄國人民的代表在敵人被消滅、俄國重獲自由以及登上榮譽的巔峰之後，他這個俄國人已無事可做。人民戰爭的代表沒什麼可留戀的了，唯有死而已。於是他辭世了[67]。

十二

皮埃爾像多數人一樣，只有在艱苦和危急過去以後，才感覺到當初被囚禁時，物質生活的匱乏和危急是多麼難以忍受。他在被解救並獲得自由後來到奧廖爾，在抵達的第三天，正準備前往基輔時，他病倒了，且在奧廖爾臥病三個月；醫生說，他患了急性膽囊炎。醫生為他治療、放血、服藥，他最終恢復健康。

皮埃爾從獲得自由到患病之前所經歷的一切，幾乎未給他留下什麼印象。在他的記憶中只有時而下雨、時而下雪的灰暗陰沉天氣，內心的苦悶和腰腿痠痛；只有人們在遭受不幸和苦難的一般印象；他記得，多位軍官和將軍出於好奇向他提出許多問題，他因而不勝其煩。他記得，為了取得馬車和馬匹而四處奔波。而他記得最清楚的，是這段期間喪失了思考和感悟的能力。在獲得自由的那一天，他曾目睹彼佳·羅斯托夫的屍體。也就是在這一天，他得知安德烈公爵在波羅金諾戰役之後的一個多月，也就是不久前才在雅羅斯拉夫爾的羅斯托夫住所裡身故。也就是在這一天，傑尼索夫在談話中提及海倫之死，他以為皮埃爾早已知情。這一切，當時只是令皮埃爾感到迷惘。他覺得自己無法理解這些事的意義。他當時只是急於盡速遠離人們正互相殘殺的地方，前往一處平靜的避風港安心休息，好好思考他在這段期間所理解到的那些獨特或新奇的感悟。可是他一到奧廖爾就病倒了。皮埃爾從病中清醒過來時，看到身邊有自己的兩個僕

67 庫圖佐夫在俄軍出國作戰期間，於一八一三年四月十六日，病逝於德國小鎮邦茨勞。

人捷連季和瓦西卡，他們是從莫斯科趕來的，還有大公爵小姐，她住在葉利茨皮埃爾所有的莊園裡，得知他獲救和患病的消息，便來到他身邊照顧他。

皮埃爾只有在康復期間才逐漸擺脫最近幾個月來已習以為常的那些生活作息，逐漸習於明天沒有人會趕他到什麼地方去，誰也不會強占他溫暖的床鋪，而且一定會有午餐、下午茶和晚餐。然而經過好長一段時間，他仍在睡夢中看見自己置身在俘虜的生活環境。皮埃爾由此逐漸理解，他在脫離囚徒生活後所聽到的消息：安德烈公爵之死、妻子之死、法國人的覆滅。

在康復期間，皮埃爾心裡充滿安心的自由感，這是人所固有的那種不可剝奪的、充分的自由，他第一次意識到這種自由是在離開莫斯科後第一次中途休息時。這種不受外在條件影響的內在自由，再加上如今顯得過度奢侈的外在自由，令他驚喜萬分。他獨自在陌生的城市裡；對任何人他都沒有要求；沒有人可以派他到什麼地方去。凡是他想要的，他都有；過去使他經常苦惱不堪、和妻子有關的問題，也不再困擾他，因為她已經不在人世。

「噢，多好！太好了！」當覆蓋著清潔桌巾、擺上美味肉湯的餐桌挪到他面前時，或者當他夜裡在柔軟、潔淨的床鋪上躺下就寢時，或者當他想到妻子和法國人都不復存在時，他就這麼對自己說。「噢，多好！太好了！」於是他依舊習向自己提出問題：那麼，以後怎麼辦？我要做些什麼？他立刻回答自己說：什麼也不做。就這麼活著。噢，太好了！

他過去為之深感苦惱、不斷探求的人生目的，如今對他來說已不復存在。現在對他來說，這個未知的人生目的並非此時此刻偶然地不存在，而是他感到，沒有所謂的人生目的，也不可能有。正是由於人生目的闕如使他充分意識到自由，此時意識到自由，便是他的幸福。

他不可能有目的，因為他有了信仰——不是對某種法則、言論、思想的信仰，而是對永生的、隨時可以感知上帝的信仰。過去，他在為自我設定的目的中尋求上帝。因而尋求目的實際上就是在尋求上帝。他在囚徒生活中不是憑言論，不是憑推理，而是憑直覺領悟到保母早就對他說過的話：上帝就在眼前，就在這裡，祂無處不在。他在囚徒生活中認識到，卡拉塔耶夫心中的上帝比共濟會所信奉的宇宙建築師更是偉大、無限和不可測量。他此時的感覺如同一個人四處摸索，一直望著離自己很遠的地方，卻在自己腳下找到渴求的一切。他時時越過別人頭上遙望遠處，而他本來是不必極目遠望的，只需看向自己的眼前。

他過去在任何地方都看不到偉大、不可測量和無限的事物。他只是覺得，它應當在某個地方，於是便去尋找。他在近處、明白易懂的一切之中，只看到有限的、渺小的、平淡無奇而沒有意義的事物。他拿起思想上的望遠鏡眺望遠方某處，在遠處，這渺小而平淡無奇的事物遠遠地隱沒在霧靄裡，他之所以覺得偉大且無限，只是因為模糊不清。歐洲社會、政治、共濟會、哲學、慈善事業便是如此呈現在遠方。但是，即使在當時、在他自認為軟弱動搖時，他的思想也曾深入探索那個遠方，而他所看到的也同樣是渺小、平淡無奇而沒有意義的。現在，他學會在一切之中看到偉大、永恆和無限，因而很自然，為了能目睹一切、享受直觀的喜悅，他拋棄在此之前用來越過人們頭頂瞭望的望遠鏡，雀躍地觀察自身周圍永遠處於變化之中的永恆偉大、不可測量和無限的生活。他愈是在近身觀察，便愈是安詳而幸福。從前使他的空中樓閣不斷倒塌的可怕問題「為什麼？」——如今對他來說已不復存在。對這個問題，如今他心裡永遠有一個現成的簡單答案：因為有上帝，沒有上帝的旨意，人的一根頭髮也不會掉下來。

十三

皮埃爾的行為幾乎沒有任何變化。從外表看，他和過往一樣。一樣的心不在焉，彷彿他關注的不在眼前，而是他所持有的某種事物。他與過去的區別在於，過去，當他忽略眼前事物、忽略別人對他所說的話時，他會痛苦地皺起眉頭，彷彿想看清楚離他很遠的某種東西，可惜就是無法看清。現在，他依舊那樣忽略別人對他所說的話、忽略眼前的事；然而，他更露出一種難以覺察的、彷彿帶有嘲諷意味的微笑，注視著眼前的事物，傾聽他人說的話，不過，他顯然是另有所見、另有所聞。過去，他雖然為人和善，遭遇卻是不幸，人們因而自然而然疏遠他。如今，熱愛生活的微笑經常浮現在他臉上，而他的眼睛總閃耀著對人們的關切——彷彿在問：他們都和他一樣感到滿意嗎？有他在場，人們都很愉快。

過去他話多，顯得急躁，很少聽別人的意見；現在他不那麼愛說話了，善於傾聽，因此人們都很樂意向他訴說隱衷。

大公爵小姐一向不喜歡皮埃爾，自從老伯爵去世，她便覺得皮埃爾有恩於她，對他心懷敵意。她到奧廖爾本意是要向皮埃爾表明，儘管他刻薄寡恩，她依舊認為自己有義務來照顧他。可是她感到氣惱和不解的是，在奧廖爾短暫停留之後，她很快就發覺，她喜歡他了。皮埃爾並未刻意討好公爵小姐。他只是好奇地觀察她。過去公爵小姐感到，他看她的目光含有諷刺且冷漠，於是對他也像對別人一樣懷有戒心，只願呈現出自己在生活中頑強的一面；然而，現在她感覺到，他彷彿漸漸成為她生活中的知己；起初她仍心存疑慮，後來卻滿懷感激地向他流露出自己性格中從未顯露的善良。

即便是最狡猾的人也無法巧妙地博取公爵小姐的信任，激起她對美好青春年華的回憶並給予同情。而皮埃爾的狡猾之處僅僅在於，他在兇狠、冷漠、自命清高的公爵小姐心裡喚起了人性的情感，並從中獲得慰藉。

「是的，他是一個非常、非常善良的人，只要不是在壞人，而是在我這種人的影響之下。」公爵小姐自言自語道。

皮埃爾身上所發生的變化，他的僕人捷連季和瓦西卡也注意到了。他們覺得，他更加平易近人了。捷連季為主人脫去外衣，拿著靴子和衣服道過晚安，仍遲遲不願離去，他耐心等著伯爵是否還有話要說。皮埃爾一發現他想說說話，多半會留下捷連季。

「好吧，你就說說……你們是怎麼取得食物的？」他問。於是捷連季說起莫斯科的災難、已故老伯爵，他拿著衣服，站在一旁說了很久，或者聽皮埃爾說故事，在他往前廳去的時候，興奮地感覺到主人的親切，自己對他也很友善。

為皮埃爾治病的醫生每天都來探望他，雖然身為醫生的他認為自己有義務顯得行色匆匆，以此表示他的每一分鐘對病患都非常重要，卻又在皮埃爾住所裡一坐就是幾個小時，淨說一些他喜愛的故事以及他對待病患，尤其是女病患心理特點的觀察。

「是啊，和他這樣的人談話是很愉快的，他不像那些外省人。」他說。

有幾個被俘的法國軍官住在奧廖爾，醫生帶來其中一名年輕的義大利軍官。

這名義大利軍官時常拜訪皮埃爾，大公爵小姐不住嘲笑義大利人對皮埃爾所表現的那種溫柔感情。

看來義大利人唯有來到皮埃爾住處來談談才會感到開心，他會談起自己的過去、自己的家庭生活、自己的戀愛並發洩他對法國人，特別是對拿破崙的憤怒。

「倘若所有俄國人哪怕多少只有那麼一點像您，」他對皮埃爾說，「那麼和您這樣的人兵戎相見——簡直是一種褻瀆。法國人使您受到如此深重的災難，而您對他們甚至連仇恨也沒有。」

皮埃爾如今博得義大利人的愛戴，只是由於皮埃爾激發他內心的美好情愫並加以欣賞。

在皮埃爾停留在奧廖爾後期，他的一個老友，一八〇七年介紹他入會的共濟會員維拉爾斯基伯爵前來探視他。維拉爾斯基娶了一個在奧廖爾省擁有幾處大莊園的俄國富婆，臨時在城裡的糧食部門任職。聽說皮埃爾在奧廖爾，維拉爾斯基雖然和他並無深交，卻來拜訪他，向他表示友好和親近，人們在沙漠中邂逅往往會有此表示。維拉爾斯基在奧廖爾頗感寂寞，能遇到社交圈裡的人，而且在他看來還是志趣相投的人，他感到很高興。

可是維拉爾斯基不久便驚覺，皮埃爾太落後於現實生活了，並自以為是地斷定，皮埃爾陷入冷漠和利己主義而不能自拔。

「您頹廢了，親愛的朋友。」他對皮埃爾說。儘管如此，維拉爾斯基覺得，現在和皮埃爾相處比過去更愉快了，因而每天都來探視他。皮埃爾望著維拉爾斯基，聆聽他的談話，想到他本人在不久前也是這樣一個人，便覺不可思議。

維拉爾斯基是有家庭的男人，既要管理妻子的莊園，又要忙於公務和照顧家人。他認為，這些事情無不在干擾他的生活，而且都是可鄙的，因為其目的只是要謀求他個人和家庭的利益。軍事、行政、政治、共濟會方面的種種思考經常吸引他的注意。皮埃爾並不設法改變他的觀點，也不責備他，而是以他現在那種平靜而快樂的嘲諷，欣賞著他如此熟悉的不尋常現象。

皮埃爾在和維拉爾斯基、大公爵小姐、醫生以及他現在所遇到的人的交往中，發掘出一種全新的觀點，並為他贏得所有人好感，這就是承認每個人都可以依自己的方式思考、感知並堅持自身觀點，同時必須承認，企圖說服他人改變信念是不可能的。每個人的看法都是合乎情理的，過去曾使皮埃爾焦躁和惱怒的事實，如今卻是他同情和關心他人的基礎。人們的觀點和生活之間以及觀點和觀點之間的分歧，乃至完全對立，只會讓皮埃爾感到盡興，令他不住訕笑卻也謙和地接受。

在實際事務中，皮埃爾突然感到，他現在有了重心，而過去是沒有的。過去，每每碰到金錢問題，特別是他身為富有人家經常會遇到他人來索要金錢，這種情況往往令他陷入猶豫不決的煩惱和困惑。「這筆錢該給，還是不給？」他反問自己。「我有錢，而他需要錢。可是另一個人更需要啊。究竟誰更需要呢？也許兩個都是騙子？」他過去在這些思慮中找不到任何解決方式，於是他只要有錢可給，便有求必應。過去，每當問題涉及他的財產，當有人說必須這麼做，有人說必須那麼做的時候，他也會同樣感到無所適從。

令他驚訝的是，他發現，這些問題不再困擾他了。現在他心裡住著一名裁判，正依他自身所不了解的規則判斷應該、不應該做的事。

他一如過往對金錢問題漠不關心；然而現在他毫無疑問地知道，什麼該做，什麼是不該做的。任憑心中裁判處理的第一個問題，便是被俘法軍團長所提出的請求，他向皮埃爾大談自己的功績，最後幾乎是強硬地要求皮埃爾給他四千法郎，以便寄給妻兒。皮埃爾未加思索便予以拒絕。後來他意識到這極不尋常，過去似乎無法解決的難題，竟輕而易舉地解決了。同時，他在拒絕團長的要求時當即決定，在離開奧廖爾時，必須使計讓義大利軍官收下一筆錢，他顯然急需這筆錢。皮埃爾對妻子的債務問題和是否修復莫斯科宅邸和別墅問題的處理，對他來說，便足以證明他是有主見的。

他的總管到奧廖爾來了，皮埃爾和他對收支狀況的變化算了一筆總帳。依總管的計算，莫斯科大火導致皮埃爾損失大約兩百萬盧布。

總管為了減輕損失，又為皮埃爾試算另一筆款項。如果他拒絕償付伯爵夫人留下的債務，也不修復莫斯科宅邸和近郊別墅的話，雖然遭逢損失，但他的收入不僅沒有減少，反而有所增加。畢竟皮埃爾沒有義務為伯爵夫人還債，而住宅和別墅每年要開銷八萬盧布，但毫無收益。

「對，對，這是實情。」皮埃爾滿意笑道，「對，對，我才不花這種冤枉錢呢。兵燹之災反而使我更富裕了。」

但是薩維利奇一月從莫斯科來，他談到莫斯科的情況，談到建築師提交的修復住宅和近郊別墅的預算，聽口氣，這事似乎已經定了。與此同時，皮埃爾接到瓦西里公爵和其他熟人自彼得堡的來信。信裡無不提到妻子的債務。於是皮埃爾認定，他曾如此欣賞總管所提的計畫，其實不妥，他必須走一趟彼得堡，將妻子的事情做個了結並在莫斯科安家。為什麼必須如此，他不知道；但他毫無疑義地知道，必須這麼做。由於這個決定，他的收入減少了四分之一。但必須這麼做；這件事，他清楚意識到了。

維拉爾斯基也要到莫斯科，兩人便約定一起出發。

皮埃爾在奧廖爾療養期間始終感到愉快、自由、充滿活力；不過，當他在旅途中置身於自由天地，目睹成百上千的新面孔時，這種感覺就更強烈了。他在旅途中直像學生度假一樣興奮。所有人，包括馬車夫、驛站長、路上或村裡的農民，對他來說，都有了一種全新的意義。同行的維拉爾斯基不斷地埋怨俄國貧窮、愚昧、落後歐洲，他的指摘只是讓皮埃爾聽了更是滿意。在維拉爾斯基看到一潭死水的地方，皮埃爾看到的是異常強大的生命力，在皚皚白雪中、在這廣袤的土地上，有一股強大的生命力支撐著這完整、獨特、統一的民族生命。他並未反駁維拉爾斯基，而是彷彿贊同似的（因為假裝贊同是避免徒勞爭論的好方法），面帶愉悅地微笑聽他說話。

十四

很難解釋，螞蟻為什麼要在被搗毀的蟻穴中匆匆來去，牠們要去何方？有些螞蟻拖著穀粒、蟻卵和死螞蟻從蟻穴出來，另一些螞蟻正返回蟻穴——為什麼牠們要彼此衝撞、追趕、競爭呢？同樣，很難解釋，在法國人撤走後，俄國人為什麼紛至沓來，聚集在曾被稱為莫斯科的地方？望著分散在殘破蟻穴周圍的螞蟻，儘管蟻穴被徹底搗毀，可是從無數竄動的蟻群中，可看出一種堅韌及毅力，一切的確都被摧毀了，只除了某種堅不可摧的、非物質的、構成蟻穴的力量。莫斯科也是如此，十月裡儘管沒有政府機關、沒有教堂、沒有聖地、沒有財富、沒有房舍，但莫斯科還在，她仍然是八月裡的那個莫斯科。一切都被摧毀了，除了某種非物質的、強大卻堅不可摧的無形力量。

人們從四面八方往被敵人肅清的莫斯科蜂擁而來，他們懷抱形形色色的個人動機，初期的動機大多是出於粗野的本能。唯有一個動機是人們普遍具有的，那就是要到曾經被稱為莫斯科的地方有所作為。一星期後，莫斯科已有一萬五千居民，兩星期後，就有了兩萬五千人，這是趨勢。不斷增加的結果，直至一八一三年秋，人數已超過一八一二年的居民人口[68]。

最早進入莫斯科的俄國人是溫岑格羅德部隊的哥薩克[69]、鄰近各村的農民以及逃離莫斯科、躲在周邊地區的居民。進入慘遭兵燹的莫斯科的俄國人發現，莫斯科已被洗劫一空，自己便也動手搶劫了起來。他們承接法國人的所作所為。農民的大車隊到莫斯科來，目的是為了將丟棄在莫斯科殘破的民居和街道上的物品運往鄉下。哥薩克把能運走的都運到營地；各家主人將他們在別人住所裡找到的物品全部帶走，藉口這本來就是他們的，並運回自己家中。

未想，在第一批搶劫者之後，又來了第二批、第三批，於是搶劫由於搶劫者人數日益增多而愈來愈困難，自此有了比較明顯的模式。

法國人初到時莫斯科已是一座空城，但是仍保留著城市正常運轉的形式，具有商業、手工業、市容維護、行政管理、宗教等各種城市功能。這些形式已失去生命，但至少還存在。其中包括市場、店鋪、商店、貨運中心、市集等，多半都有商品供應；有工廠和作坊；有裝潢豪華的宮殿和豪宅；有醫院、監獄、政府機關、教堂。法國人占領愈久，這些城市運轉的形式便愈是受到摧殘，終於一切化為渾然一體、蕭條冷落的大型劫掠場。

法國人搶劫的行為持續愈久，對莫斯科的財富以及搶劫者的力道愈是破壞。俄國人光復故都是從搶劫開始的，俄國人搶劫的行為持續愈久，參與搶劫的人愈多，莫斯科的財富及其正常運轉的恢復力道就愈強勁。

除了搶劫者，各式各樣的人——房產主、神職人員、大小官吏、商人、手工業者、農民，有的出於好奇，有的為執行公務，有的帶著個人打算——像血液流向心臟一樣，從四面八方流向莫斯科。

一星期後，趕著空車想來運走財物的農民已經被官員制止，並強迫他們協助將屍體運往城外。其他農

---

68 一八一四年年底前，莫斯科有居民近十六萬人。

69 一八一二年十月十日，溫岑格羅德將軍在當時仍被法國人占領的莫斯科被俘，十月十一日，在莫蒂埃的部隊撤走後，溫岑格羅德的副手伊洛瓦伊斯基少將率領若干團的哥薩克進入莫斯科。

民聽聞同伴的遭遇後，便帶著麵包、燕麥和乾草到城裡來販售，競相壓低價格，結果價格比從前便宜。木匠為了賺錢，每日成群結隊來到莫斯科，他們到處蓋新房或修理被燒壞的舊屋。商人們在板棚裡進行買賣。飯店、客棧在被大火燒焦的房屋裡開張。神職人員在沒有毀於大火的教堂裡恢復祈禱儀式。信徒們送來被劫走的教會物品。官員們在狹小的房間裡安放呢面書桌和檔案櫃。最高當局和警方負責分發法國人留下的財物。有些房子裡留下很多從各家各戶運來的物品，於是房東便抱怨，這些都運到多稜宮[70]去是不合理的；另一些人堅決認為，法國人將各家各戶的家私蒐集到一處，因而把在就地找到的都交給房東是不公平的。有人謾罵員警；有人向員警行賄；有人根據被焚毀的公家財產申報十倍的預算；有人申請救濟。拉斯托普欽伯爵正在擬寫公告。

十五

一月底，皮埃爾來到莫斯科，住在未受損的廂房裡。他走訪拉斯托普欽伯爵和幾個回到莫斯科的熟人，準備第三天前往彼得堡。所有人都在慶祝勝利，在劫後復甦的故都裡，一切顯得欣欣向榮。人人歡迎皮埃爾，都希望見到他，並向他詳細打聽他的見聞。皮埃爾覺得，他對自己所遇到的所有人都懷有一種特殊的友好；不過，現在他對所有人也都抱著謹慎態度，以免自己受到束縛。他所有問題，不論重要與否，都同樣模稜兩可地回答；人們問他：他想住在哪裡？要建造新居嗎？他什麼時候到彼得堡，能否帶一只小箱子去？——他總是回答說：嗯、也許、我想，諸如此類。

他聽說羅斯托夫一家在科斯特羅馬，可是幾乎未想起娜塔莎。即使想起她，也不過是對遙遠往事的愉快回憶罷了。他覺得自己不僅擺脫了生活環境的束縛，也擺脫了那段感情，他覺得，當初自己只是故作多情而已。

他在來到莫斯科的第三天，在德魯別茨基住所聽說，瑪麗亞公爵小姐在莫斯科。安德烈公爵的死亡、苦難和臨終的日子常使皮埃爾掛心，如今重又鮮活地浮現在他心頭。享用午餐時，他得知瑪麗亞公爵小姐在莫斯科，且住在弗茲德維任卡一處未遭焚毀的房子裡，當天晚上便去拜訪她了。

---

70 多稜宮是克里姆林宮中的宮殿之一。

前往探視瑪麗亞公爵小姐的路上，皮埃爾不斷想起安德烈公爵，他想起自己和他的友誼以及每一次見面的情形，尤其是在波羅金諾最後一次相見。

「難道他就帶著他當時那種惡劣情緒辭世？難道他在臨終前，沒有得到生活的啟示？」皮埃爾不住心想。他想起卡拉塔耶夫、想起了他的死，不由得衡量起這兩個人，從他對這兩個人的愛慕之情，以及他們兩人的生和死來看，他們是如此不同卻又如此相似的兩個人。

皮埃爾在抵達老公爵府邸時，心情異常沉重。這座府邸完整的保留下來。府邸內部看得到破壞的痕跡，但府邸的特色如故。年老的侍僕迎接皮埃爾時面色冷峻，彷彿在暗示客人，府裡的秩序並沒有因為公爵亡故而有所改變，他說，公爵小姐已經回房間了，星期天才是她的待客時間。

「去通報一下吧，也許會接見的。」皮埃爾說。

「遵命，」侍僕回答道，「請到肖像室[71]稍候。」

幾分鐘後，侍僕和德薩爾出來見皮埃爾。德薩爾以公爵小姐的名義轉告皮埃爾，她很高興能見到他，若不見怪，請他上樓到她的房間。

公爵小姐坐在點著一根蠟燭的低矮小房間裡，還有另一人身穿黑色連身裙和她在一起。皮埃爾記得，公爵小姐身邊總有幾個女伴。這些女伴是誰、是些什麼人，皮埃爾不知道也不記得了。「這是她的其中一個女伴。」他朝身穿黑色連身裙的女士瞥了一眼想道。

公爵小姐迅速地起身相迎，向他伸出手來。

「是啊。」在他親了她的手之後，她審視著他那容貌丕變的臉說道，「我們又相逢了。他在臨終前的最後時刻還時常談起您呢。」她說，將目光從皮埃爾身上移向靦腆的女伴，她的靦腆令皮埃爾陡然一驚。

「我得知您脫險是多麼高興啊。這是長久以來，我們所得到唯一令人寬慰的消息。」公爵小姐又更加不安地回望女伴，正想說什麼，皮埃爾卻打斷她的話。

「您可以想像得到，我對他的情況一無所知。」他說，「我以為他犧牲了。我所了解的一切，都是從別人口中輾轉打聽到的。我只知道，他和羅斯托夫意外相逢……天意難測啊！」

皮埃爾說話飛快，顯得極其興奮。他瞥一眼女伴，看到向他投來的親切、好奇目光，於是便像談話中常見的，他不知怎麼覺得這位身穿黑色連身裙的女伴是可愛且善解人意的女性，她是不會妨礙他和瑪麗亞公爵小姐傾心交談的。

可是，當他在最後一句話裡提及羅斯托夫時，瑪麗亞公爵小姐臉上的困惑更明顯了。她再次將目光自皮埃爾臉上迅速瞥向身穿黑色連身裙的女士說：「難道您沒有認出來？」

皮埃爾又瞥一眼女伴那蒼白、清瘦的面容、烏黑的眼睛和古怪的小嘴。有一種親切的、久已忘卻的、更甚於可愛的情愫，透過這雙凝眸注視的眼睛正瞅著他。

「不，這是不可能的。」他想，「這嚴峻、消瘦而蒼白、略顯蒼老的臉？這不可能是她啊。只是有相似之處而已。」但這時瑪麗亞公爵小姐說道：「這是娜塔莎啊。」於是那雙凝視的眸子如正在打開生鏽的門一樣，艱難地、費力地綻開微笑，接著，自這扇生鏽的門裡，一股幸福的氣息驀地向皮埃爾襲來，這是他久已忘卻的幸福，這幸福是他不曾想到的，尤其是在此刻。這驀然襲來的幸福氣息令皮埃爾完全陶醉了。當她嫣然微笑時，就不可能再懷疑了：這是娜塔莎，而他是愛她。

71 貴族府邸中懸掛肖像（主要是先人的肖像）的房間。

在最初的瞬間，皮埃爾便不由自主地，既向她、向瑪麗亞公爵小姐，也主要是向自己，娓娓道出他也懵然不知的祕密。他的臉上快樂又充滿苦澀地泛起紅暈。他想掩飾自己的激動。不過，他愈是想掩飾，就愈是明白，他想向娜塔莎道出他對她的愛。

「不，這只是因為太意外而已。」皮埃爾暗想。但正當他想和瑪麗亞公爵小姐接著剛才的話題時，他又瞥了一眼娜塔莎他的臉上泛起更明顯的紅暈，他的心裡更是又驚又喜，激情滿懷。他語無倫次，只好住口。

皮埃爾之前未注意娜塔莎，是因為他怎麼也沒有料到會在這裡遇見她，不過他沒有認出她，是因為自從最後一次見到她以來，她的變化實在太大。她瘦了，臉色更顯蒼白。然而這不是無法認出她的原因：他在進來的最初瞬間未能認出她，是因為過去在這張臉上、在這雙眼裡總閃耀著熱愛生活、發自內心喜悅的微笑，可是剛才，他進來第一次抬頭看她時，卻看不到一絲笑意；只有一雙專注、善良和憂傷多疑的眼睛。

但皮埃爾的羞澀反映在娜塔莎心裡的，不是羞澀，而是滿心歡喜，這心情使她的面龐散發出難以覺察的神采。

十六

「她在我家做客。」瑪麗亞公爵小姐說，「伯爵和伯爵夫人幾日內就到。伯爵夫人的狀況不好。不過，娜塔莎也需要看醫生。她是被迫跟我來的。」

「是啊，誰家沒有煩惱呢？」皮埃爾轉向娜塔莎說。「您知道嗎？這正好是在我們獲救的那一天。我看見他。多出色的孩子！」

娜塔莎望著他，僅以更明亮、更有光彩的眼神回應他。

「有什麼安慰的話可說、可想呢？」皮埃爾說。「沒有。為什麼如此朝氣蓬勃的好孩子會離開我們呢？」

「是的，在我們這個時代，沒有信仰是很難活下去的……」瑪麗亞公爵小姐說。

「對，對，這是千真萬確的真理。」皮埃爾連忙打斷她的話。

「為什麼呢？」娜塔莎留心看著皮埃爾問道。

「什麼為什麼？」瑪麗亞公爵小姐說。「只要一想到有他在那裡等著……」

娜塔莎不等瑪麗亞公爵小姐說完，便以疑問的目光望著皮埃爾。

「就因為，」皮埃爾接著說，「一個人只有信仰上帝在主宰我們，才能經受得住她和……您所遭到的不幸。」皮埃爾說。

娜塔莎已經張嘴想說什麼了，可是又突然打住。皮埃爾急忙別開臉，又轉向瑪麗亞公爵小姐問起安德烈最後幾天的情形。皮埃爾的羞澀幾乎褪去；可是與此同時，他覺得原本感受到的自由也不見了。他感覺到，自己的一言一行都受到法官的審判，對他來說，這個法官的審判比世界上任何人的審判都更珍貴。他現在說話，在開口的當下，他便想像這些話會在娜塔莎心中留下什麼印象。他並不刻意說一些她可能愛聽的話；但是不管他說什麼，他都會從她的角度來評判自己。

瑪麗亞公爵小姐一如往常，不大樂意提起安德烈公爵在他們見面時的情況。可是皮埃爾的那些問題、他興奮而不安的目光、他那激動得微微抽搐的面頰使她漸漸熱中於細節的描述，而這些細節曾是她所害怕回憶的。

「是的，是這樣……」皮埃爾說，他整個身子俯向瑪麗亞公爵小姐，貪婪地傾聽她所說的一切。「是的，是的；這麼說他安靜了？變得溫和了？他總是將全部精力用在自身的追求：成為一個完人，因而他是不會恐懼死亡的。他身上所具有的某些缺點——如果他真有這些缺點的話——其原因並不在他身上。這麼說他變得溫和了？」皮埃爾說。「他能和您相逢是多麼幸福啊。」他突然轉向娜塔莎且熱淚盈眶地看著她說。

娜塔莎的臉上突然抽搐了一下。她皺起眉頭，霎時垂下眼。她猶豫片刻：說，還是不說呢？

「是的，這是幸福。」她低聲說道，「對我而言，這的確是幸福。」她沉默了片刻。「他……他……他也說，這是他所希望的，在我走到他面前時，他這麼說過……」娜塔莎的聲音驀地中斷。她臉上泛起紅暈，握緊放在膝上的雙手，看來正努力克制自己，突然她抬起頭來，飛快地說了起來：

「離開莫斯科的時候，我們還什麼都不知道。我不敢打聽他的消息。突然索尼婭告訴我，他和我們在一起。我什麼也沒多想，我無法想像他的處境；我只是需要見到他，和他在一起。」她渾身顫抖、氣喘吁吁地說道。她不容別人插嘴，一口氣說出她還從未對任何人說過的故事：她在旅途中以及在雅羅斯拉夫爾度過的那三個星期裡所經歷的一切。

皮埃爾張口結舌地聽著她的故事，滿含淚水的眼睛凝視著她。聽她說話的同時，他既不想安德烈公爵，不想死亡，也不想她所說的話。聽她說話的同時，他只是為她此刻說話時所感受到的那種痛苦而憐惜她。

公爵小姐想忍住淚水而雙眉緊鎖，她坐在娜塔莎身邊，第一次聽到哥哥和娜塔莎在最後這些日子裡的愛情故事。

這個痛苦與歡樂交織的故事，看來是娜塔莎所迫切需要的。

她描述的時候，把不值一提的細節和深藏心中的祕密摻和在一起，看來她的話永遠也說不完了。她有好幾次重複著一些同樣的話語。

門外響起了德薩爾的聲音，他問可否讓尼科連卡進來道聲晚安。

「我說完了，結束了……」娜塔莎說。在尼科連卡進來之際，她倏地站起來，幾乎是朝門口奔去，頭不慎碰在掛著簾子的門上，不知是碰痛了還是心裡難受，她呻吟著衝出房間。

皮埃爾望著她出去的那扇門，就是不明白，怎麼整個世界突然只剩下他一個人。

瑪麗亞公爵小姐把他從迷茫中喚醒，讓他注意到走進房裡的姪子。

尼科連卡的面貌很像他父親，這一點在皮埃爾心軟的此刻對他產生了極大的影響，他親了親尼科連卡，急忙取出手帕，站起來走到窗邊。他向瑪麗亞公爵小姐告辭，不過她挽留了他。

「不，我和娜塔莎有時到淩晨兩點多也不睡；請您再多坐一會兒。我這就吩咐準備晚飯。您先到樓下去吧；我們馬上就來。」

在皮埃爾走出房間前，公爵小姐對他說：

「她這麼談到他，還是第一次呢。」

十七

皮埃爾被領進燈火通明的飯廳；幾分鐘後傳來腳步聲，公爵小姐和娜塔莎走了進來。娜塔莎很平靜，不過，沒有笑容的嚴峻表情此刻又出現在她的臉上。瑪麗亞公爵小姐、娜塔莎和皮埃爾同樣流露出一種羞澀感，這是在嚴肅而推心置腹的談話結束後往往會有的心情。要繼續原來的談話已無可能；談些身邊瑣事又覺得有些不妥，而沉默是不愉快的，因為心裡其實很想談談，這種沉默倒像是刻意裝出來的。他們默默走到餐桌前，侍者們將椅子拉開又推上。皮埃爾鋪開涼爽的餐巾，決定打破沉默，他抬頭看了看娜塔莎和瑪麗亞公爵小姐。這時，兩位女士顯然也有了同樣的決定：兩人的眼睛神采奕奕，對生活感到滿意，承認除了痛苦，還有歡樂。

「您要伏特加嗎，伯爵？」瑪麗亞公爵小姐說，這句話頓時驅散了過去的陰霾。

「跟我們聊聊您自己吧，」瑪麗亞公爵小姐說，「人們說了您那麼不可思議的怪事。」

「是的，」皮埃爾帶著他已成習慣的謙和、嘲諷微笑回答道。「他們甚至對我本人說了我做夢也不曾想過的怪事。瑪麗亞·阿勃拉莫夫娜請我到她家坐客，一直對說些我經歷過或可能經歷過的事。斯捷潘·斯捷潘內奇也教我要怎樣說故事。總之，我發現，做一個有趣的人是很自在的（我現在就是一個有趣的人）；人們請我去，對我說我的故事。」

娜塔莎微微一笑，想說些什麼。

「我們聽說，」瑪麗亞公爵小姐打斷她的話頭，「您在莫斯科損失了兩百萬盧布。這是真的嗎？」

「我的財富卻增加了兩倍。」皮埃爾說。儘管妻子的債務和修建房子的花費改變了他的境況，皮埃爾還是認為，他的財富增加了兩倍。

「我真正得到的，」他說，「是自由……」他認真說道，可是又不想說下去了，因為他覺得這是一個太自私的話題。

「您還在修建房子嗎？」

「是的，這是薩維利奇的主意。」

「請告訴我，您留在莫斯科期間，還不知道伯爵夫人已經去世了吧？」瑪麗亞公爵小姐問道，卻立刻羞紅了臉，發覺在他說得到自由之後緊接著提出這個問題，她等同於把某種想法強加在他所說的話裡了，而他的話本來也許根本沒有這個意思的。

「還不知道。」皮埃爾回答道，顯然他並不認為瑪麗亞公爵小姐對他所說的自由的解釋有什麼不妥。「我是在奧廖爾得知的，您簡直無法想像，我是多麼震驚。我們不是模範夫妻。」他瞥了娜塔莎一眼，發現她很想知道他對妻子有什麼想法，便立即解釋道。「但是她的死訊令我極為震驚。兩個人爭吵，總是雙方都有過錯。面對一個去世的人，自己的過錯會突然變得極其沉重。再說，她就那麼死了……沒有朋友、沒有慰藉。我非常、非常同情她。」他說完了，並樂於發現，娜塔莎的臉上流露出喜悅和讚賞的神情。

「是啊，您又是單身漢和擇偶對象了。」瑪麗亞公爵小姐說。

皮埃爾突然面紅耳赤，久久竭力不正視娜塔莎。當他決心看她一眼時，只見她的面色冷淡、嚴峻甚至輕蔑，他是這麼認為的。

「不過，您真的如別人所說，見過拿破崙，和他說過話嗎？」瑪麗亞公爵小姐問。

皮埃爾笑了。

「這是從未有過的事。人們都以為，淪為俘虜就是拿破崙的座上賓了。我不僅沒有見過他，而且不曾聽過他。我接觸到的都是底層的人。」

晚餐快結束了，起初不願談囚徒生活的皮埃爾，逐漸興致勃勃地說了起來。

「不過，您是為了行刺拿破崙才留在莫斯科的，這是真的吧？」娜塔莎微笑著問他。「我當時就猜到了，我們是在蘇哈列夫塔樓那裡相遇的，記得嗎？」

皮埃爾承認這是真的，從這個問題開始，在瑪麗亞公爵小姐，尤其是娜塔莎的問題引導下，他詳細地談起那段不尋常的經歷。

起先皮埃爾帶著他現在用來審視他人、尤其是審視自己的那種嘲諷、溫和的目光聊起自身經歷；不過後來，在提及他所目睹的慘狀和災難時，他不知不覺地著魔了，在回憶中勾起強烈的印象，因而激動卻不露聲色地講述了起來。

瑪麗亞公爵小姐面帶謙和微笑時而看看皮埃爾，時而看看娜塔莎。她在這段故事中，親眼見證的只有皮埃爾和他的善良。娜塔莎手臂支著頭，帶著與故事一起變化的面部表情，目不轉睛地注視皮埃爾，看來正和他一起體驗他所說的一切。不僅她的眼神，而且她所發出的驚呼和簡短的問題再再向皮埃爾表明，她從他的故事中所理解的，正是他想要傳達的。看得出，她不僅理解他所說的一切，而且理解他想說出而未能用語言表達的內在。關於他因為保護婦女和兒童而遭捕的情節，皮埃爾是這麼描述的：

「那景象可怕極了，孩子們被扔下不管，有些孩子在大火裡……我親眼看到一個孩子被拖了出來……

有人在搶婦女身上的東西，扯她們的耳環……」

皮埃爾臉紅了，一時語塞。

「這時巡邏隊來了，那些不曾搶劫的人、所有男人都被抓了起來。我也是其中之一。」

「您想必沒有全盤說出吧；您想必做過什麼事吧……」娜塔莎說道，她沉默了一會兒，「你想必是做了好事。」

皮埃爾接著說下去。在提到行刑時，他想迴避那些駭人的細節；可是娜塔莎要求他不要有任何隱瞞。

皮埃爾即將提到卡拉塔耶夫了（他已經從桌旁站起來，來回踱步，娜塔莎的目光追隨著他），他停住了腳步。

「不，你們無法理解，我向這個文盲、怪人學到了什麼。」

「不，不，您說吧，」娜塔莎說，「他如今人在哪裡呀？」

「他幾乎就是當著我的面被打死的。」於是皮埃爾描述他們在撤退途中的最後一段時光，並提及卡拉塔耶夫的病（他的嗓音不住地顫抖）和死。

皮埃爾說出自身的經歷，他甚至從未對任何人說起，也從未獨自回憶過。他現在彷彿在他所經歷的一切中，看出了嶄新的意義。現在，當他對娜塔莎描述這一切時，他體驗到女性在聽男人說話時，所能給予的愉悅——不是那些聰明女人，她們聆聽時，或者竭力記住所聽到的一切，以便充實見聞，一有機會便向他人複述，或者總結聽來的話和自己的話，並即時將自己腦裡炮製出來的聰明言論說出來炫耀一番；而是真正的女性所給予的愉悅，她們具有一種天賦，善於從男人的表現中抉擇、吸收一切優秀的元素。娜塔莎自己並不知道，她簡直就是注意力的化身：她不放過皮埃爾的一句話、嗓音的一個顫動、一道眼神、臉上肌肉的一次抽搐、一個手勢。她敏銳領悟還沒有說出口的話，並直接收入自己敞開的心扉，一邊猜想皮埃爾內心活動所隱藏的意義。

瑪麗亞公爵小姐是理解這個故事的，也產生了共鳴，但是她現在看到另一件事，這件事吸引了她的注意；她意識到，娜塔莎和皮埃爾之間的愛情和幸福是可能的。這個第一次出現的想法使她滿心歡喜。

已是深夜三點。侍僕們臉色抑鬱而陰沉地來更換蠟燭，不過誰也沒有理會他們。

皮埃爾的故事說完了。娜塔莎一雙閃亮的眼睛仍然興奮地緊盯著皮埃爾，彷彿想確認他還有什麼其他想法，也許還沒有說出來。羞怯而幸福的皮埃爾不時靦腆地抬頭看她，衡量著這時可以說些什麼，設法將話題轉移到其他話題上。瑪麗亞公爵小姐默然不語。誰也沒有想到已是深夜三點，該就寢了。

「人們說什麼不幸和苦難，」皮埃爾說，「不過，要是現在有人問我，要像被俘虜前那樣生活，還是再重新經歷一次這一切？我但願再嘗嘗被俘虜和吃馬肉的滋味。我們以為，我們一旦被拋出生活的常軌，就一切都完了；其實這只是全新美好生活的開端。只要還活著，就會有幸福。來日方長啊。我這話是對您說的。」他轉向娜塔莎說。

「是的，是的，」她說，這是在回答一個截然不同的問題，「我不抱什麼希望了，只想再從頭經歷一遍這一切。」

皮埃爾凝神注視她。

「是的，我別無所求了。」娜塔莎肯定地說。

「錯，錯！」皮埃爾大聲叫道，「我活著並且想活下去，這沒有什麼不對；您也一樣。」

娜塔莎突然垂下頭，痛哭了起來。

「怎麼了，娜塔莎？」瑪麗亞公爵小姐問。

「沒什麼，沒什麼，」她對皮埃爾含淚一笑，「再見，該睡了。」

皮埃爾起身告辭。

瑪麗亞公爵小姐和娜塔莎一如平時，一同回到寢室。她們談了談皮埃爾所說的事。瑪麗亞公爵小姐沒有談自己對皮埃爾的看法。娜塔莎也沒有提他。

「好了，明天見，瑪麗亞。」娜塔莎說，「妳知道嗎？我常常擔心，我們怕褻瀆自己的感情而不談起他（安德烈公爵），反而會漸漸忘記他。」

瑪麗亞公爵小姐長嘆了一聲，這聲長嘆說明，她承認娜塔莎的話是對的；不過在口頭上她還是表示不同意。

「難道能忘記嗎？」她說。

「我今天坦承一切，覺得很痛快；既感到難受、痛苦也感到痛快。非常痛快。」娜塔莎說，「我相信，他確實是愛他的。因此我才對他說出這一切……我對他說這些話，沒有什麼不妥吧？」她突然紅著臉問。

「對皮埃爾？噢，沒關係！他這個人很好。」瑪麗亞公爵小姐說。

「你知道嗎，瑪麗亞？」娜塔莎突然面露調皮的微笑說，瑪麗亞公爵小姐很久沒有看到她這麼笑了。「他變得乾淨、圓融、容光煥發；宛如剛剛出浴，妳明白嗎？精神上的出浴。是嗎？」

「是的，」瑪麗亞公爵小姐說，「他更出色了。」

「那短短的燕尾服和剪短的頭髮；就像，簡直就像從浴室出來一樣……爸爸有時……」

「我知道，他（安德烈公爵）沒有像愛他那樣愛過任何人。」瑪麗亞公爵小姐說。

「是的，而他和他卻不相同。據說，完全不同的男人才會成為朋友。大概真的是這樣。他和他沒有什麼相似之處，是吧？」

「是的，不過都是很好的人。」

「好吧，明天見。」娜塔莎說。那調皮的微笑彷彿被遺忘似的，久久留在她臉上。

十八

這一天，皮埃爾久久未能入睡；他在房裡來回踱步，時而皺眉思索某個難題、驀地聳肩發怔，時而露出幸福的微笑。

他想到安德烈公爵、娜塔莎，想到他們的愛情，時而為她的過去感到嫉妒，因此又時而責備、時而原諒自己。已是清晨六點，他還在房裡走來走去。

「可是怎麼辦呢。既然非如此不可！怎麼辦呢！只能這樣了。」他對自己說，連忙脫衣就寢，既感到幸福激動，也不無懷疑和困惑。

「不論這幸福顯得多麼不尋常、多麼不可能，都必須為了和她結為夫妻而竭盡所能。」他對自己說。

早在幾天前，皮埃爾就決定在星期五這一天前往彼得堡。星期四，他醒來時，薩維利奇來向他請示收拾行裝的細節。

「去彼得堡？什麼彼得堡？誰在彼得堡？」他不由得反問，不過只是在心中默默反問自己。「是的，有過這麼一回事，那是在此很久、很久之前了，我是為了什麼事準備去彼得堡呢？」他不住回想。「為什麼不去呢？說不定我真的該去。他好細心，什麼事都記在心裡！」他想，望著薩維利奇蒼老的面容。「多麼愉悅的笑容！」他想。

「怎麼，你還是不想獲得自由嗎，薩維利奇？」皮埃爾問。

「伯爵，我要自由做什麼？從前伺候老伯爵——願他升上天國，現在伺候您都不會感到委屈。」

「那孩子們呢？」

「孩子們也一樣能過日子，伯爵：有這麼好的老爺，會有好日子的。」

「要是我有了繼承人呢？」皮埃爾說。「突然我結婚了……這是很可能的啊。」他情不自禁地含笑補充一句。

「我斗膽說一句，這是好事啊，伯爵。」

「他想得真輕鬆。」皮埃爾想，「他不知道這有多可怕、多危險。太早了或太晚了……可怕！」

「您有什麼吩咐？明天動身嗎？」薩維利奇問。

「不，行期要稍微往後推遲。到時我會告訴你的。給你添麻煩了，真抱歉。」皮埃爾說，又望著薩維利奇的笑容，心想：「這太奇怪了，他不知道，現在沒有什麼彼得堡了，首先要解決的是那個問題。不過，他也許是假裝不知道吧。和他談談？他會怎麼想呢？」皮埃爾想。「不，以後再說吧。」

吃早餐時，皮埃爾對大公爵小姐提起：他昨天去拜訪瑪麗亞公爵小姐，您猜得到嗎？他在那裡碰到娜塔莎．羅斯托夫。

顯然，大公爵小姐覺得，這個消息和皮埃爾見到安娜．謝苗諾夫娜一樣，未有不尋常之處。

「您認識她嗎？」皮埃爾問。

「我見過公爵小姐，」她回答道，「我聽說，有人想撮和她和小羅斯托夫。這對羅斯托夫是一件好事；據說他們完全破產了。」

「不，您認識娜塔莎嗎？」

「當時只聽說了那個故事。很可憐。」

「不，要麼她是真不明白，要麼是在裝糊塗，」皮埃爾想，「對她最好什麼都不要說。」

大公爵小姐也在為皮埃爾準備外用的餐點。

「他們這些人真好，」皮埃爾想，「現在他們何必做這些事呢，這對他們不會有什麼好處的。全是為了我；這真是令人驚歎。」

就在這一天，警察局局長來見皮埃爾，請他派可靠的人到多稜宮領取今天要發還失主的財物。

「這一位也是。」皮埃爾望著警察局局長心想，「多麼光榮、英俊的警官，又這麼善良！現在這個時候還在處理這些小事。人們還說他不誠實、從中撈取好處。胡說！不過，為什麼不撈呢？他就是這麼被教育出來的。所有人都在做一樣的事啊。這麼惹人喜愛的和善面容，還衝著我笑。」

皮埃爾走了，他到瑪麗亞公爵小姐住所去吃午餐。

他沿著街道經過火災現場，為房屋廢墟之美而讚歎。火爐的煙囪和斷垣殘壁彼此掩映，蜿蜒於被焚毀的街區，使人想起萊茵河和古羅馬的圓形劇場[72]。迎面而來的出租馬車車夫和乘客、打造房屋木架的木匠以及商人和攤販無不喜氣洋洋地看著皮埃爾，好像在說：「他來了！看看他能怎麼樣。」

在駛進瑪麗亞公爵小姐的住宅時，皮埃爾懷疑了起來，他昨天是否真的到過這裡，和娜塔莎見面、談過話。「也許這都是我幻想的吧，也許我進去後根本沒找到任何人。」可是他還沒有走進房間，就憑著霎時失去的自由而感覺到她的存在。她仍穿著那條有散褶的黑色連身裙，梳著昨天那樣的髮式，卻完全變了一個人。如果她昨天像今天這樣，那麼他在走進房間的同時，一定會馬上認出她來了。

她依舊是從她孩提時期，以及後來成為安德烈公爵未婚妻時，他所熟悉的樣子。她的眼睛閃耀著愉快的、好奇的光彩；臉上是親切古怪卻又調皮的表情。

皮埃爾吃了午餐，也許整晚都會坐在那裡；可是瑪麗亞公爵小姐要進行徹夜祈禱了，皮埃爾只好跟她們一起去。

第二天，皮埃爾一早就來了，吃過午餐後，他坐了整整一個晚上。儘管瑪麗亞公爵小姐和娜塔莎顯然都很歡迎這位客人；儘管皮埃爾的人生意義如今都集中在這座宅邸，到傍晚，他們依舊談及所有事，不停地從一個無聊的話題轉移到另一個無聊的話題，還時常中斷。這天晚上，皮埃爾坐得太久，以致瑪麗亞公爵小姐和娜塔莎彼此交換眼色，顯然在等他盡速離開。皮埃爾雖然意識到了，卻怎麼也不想動身。他覺得心情沉重、尷尬，但他老是坐在那裡，因為要他站起來離開，他就是辦不到。

瑪麗亞公爵小姐覺得這樣下去不是辦法，便站起來抱怨頭痛，並準備離去。

「這麼說，您明天去彼得堡？」她問。

「不，我不去。」皮埃爾又驚訝又彷彿生氣似的急忙說道，「噢，您是說去彼得堡？明天；不過我並不會就此告別。明天還會來，看有什麼事要託我處理。」他說，紅著臉站在瑪麗亞公爵小姐面前，就是不肯離開一步。

娜塔莎和他握手告別，接著離去了。反觀瑪麗亞公爵小姐，她卻沒有離開，她在扶手椅上坐下，以她那神采奕奕的深邃目光嚴厲而專注地看了看皮埃爾。此前她顯然流露的倦態，眼下已一掃而光。她沉重地長嘆了一聲，彷彿準備了一篇長長的談話。

72 萊茵河兩岸還保留著很多中世紀城堡遺跡，圓形劇場保留了圍牆和部分內部設施。

皮埃爾的困窘和靦腆在娜塔莎離開後立刻煙消雲散，一轉而為激動和興奮。他把扶手椅迅速拉到貼近瑪麗亞公爵小姐旁。

「是的，我就是有話要對您說。」他說，就像回答問話似的回答了她的目光。「公爵小姐，您幫幫我吧。我該怎麼辦呢？我可以懷抱希望嗎？公爵小姐，我的朋友，您聽我說。我全都知道。我知道，我配不上她；我知道，現在不可以談婚論嫁。但是我願意做她的兄長。不，我不願意……我辦不到啊……」

他停了下來，用手擦了擦臉和眼睛。

「好吧，是這樣。」他接著說道，看來正努力克制自己，想說得有條理一些。「我不知道，是什麼時候愛上她的。但我只愛她一人，一輩子只愛著她一人啊，我太愛她了，沒有她，我無法想像自己怎麼生活。現在我不敢向她求婚；可是一想到，也許她是有可能屬於我的，而我卻沒有把握這個機會……機會……就害怕極了。您告訴我吧，我可以懷抱希望嗎？告訴我吧，我該怎麼辦呢？親愛的公爵小姐。」他說，沉默片刻後碰了碰她的手，因為她沒有回答。

「我正在衡量您對我所說的話。」瑪麗亞公爵小姐回答道，「我想告訴您，您的話是對的，現在和她談婚論嫁……」公爵小姐停住了。她想說的是，現在和她談婚論嫁是不行的；但是她停住了，因為她三天來根據娜塔莎突然的變化認為：皮埃爾一旦向她表白，娜塔莎非但不會怪罪，而且這正是她所希望的。

「現在和她談……是不行的。」瑪麗亞公爵小姐還是這麼說了。

「可是我該怎麼辦呢？」

「這件事您就託付給我吧，」瑪麗亞公爵小姐說，「我知道……」

皮埃爾看著瑪麗亞公爵小姐的眼睛。

「說呀，說呀……」他說。

「我知道，她是愛……她會愛您的。」瑪麗亞公爵小姐糾正道。

她還來不及把這句話說完，皮埃爾就跳了起來，神色驚慌地攫住瑪麗亞公爵小姐的一隻手。

「為什麼您這麼想？您認為，我可以抱有希望？您認為……」

「是的，我認為，」瑪麗亞公爵小姐含笑說道，「您寫信給她的父母吧。其他的事情就交給我。等到合適的時機，我會對她說的。我希望這樣。我的心告訴我，這是有可能的。」

「不，這不可能！我多麼幸福啊！但這是不可能的……我多麼幸福啊！不，不可能！」皮埃爾親吻著瑪麗亞公爵小姐的手說。

「您到彼得堡去吧；這樣好些。我會寫信給您的。」她說。

「去彼得堡？動身？好吧，對，動身。不過明天我能來看你們嗎？」

第二天，皮埃爾前來告辭。娜塔莎不像前幾天那般活躍；可是這一天，有時看看她的眼睛，皮埃爾就感到，他要消失了，不論他還是她都不存在了，有的只是一種幸福感。「果真？不，不可能。」他每次見到她的一個眼神、手勢，聽到她的一句話，就這麼對自己說，內心充滿快樂。

當他向她告別，握著她那纖細、消瘦的手時，不由得把它放在自己手裡握得更久一些。

「難道這手、這臉、這眼睛，這使我感到陌生的女性美的珍寶——難道這一切將永遠是我的，是習以為常的，就像我對自己一樣熟悉？不，這是不可能的……」

「再見，伯爵，」她對他大聲說道，「我殷切盼望您。」她又小聲地加上一句。

這樸實的話語以及說話時的眼神和表情，在此後的兩個月裡成為皮埃爾無盡的回憶、解讀和幸福夢想的對象。「我殷切地盼望您……對，對，她是怎麼說的？是的，我殷切地盼望您。噢，我多麼幸福！這是怎麼了，我是多麼幸福啊！」皮埃爾自言自語道。

十九

皮埃爾此刻的心情和他向海倫求婚時迥然不同。

他沒有像當初那樣，懷著沉痛、愧疚的心情重複他說過的話，沒有自言自語：「啊，為什麼我沒有這麼說呢？為什麼、為什麼我當時要說『我愛您』？」反之，現在他在想像中不斷重複著和她的每一句對話，並回憶說當時的神情、微笑等所有細節，不想增一分也不想減一分，只想如實呈現。他不去想當時他的表現究竟是好還是不好，只有一個可怕的疑慮偶爾出現在他的心裡。這一切應該不是夢吧？瑪麗亞公爵小姐是不是看錯了？我太高傲自負了吧？但我相信是真的；不過，若瑪麗亞公爵小姐對娜塔莎一說，她也可能一笑置之，回答說：「真奇怪！他想太多了。難道他不知道，他是一個很普通的人，而我呢？我是與眾不同的。」

唯獨這個疑慮著困擾皮埃爾。現在他也不做任何計畫了。他覺得眼前的幸福是那麼不可思議，一旦這個願望成真，那就不可能再有什麼其他未來了。一切到此結束。

皮埃爾陷入一種突發快樂的癲狂狀態，他本來認為，這種狀態是不可能出現在自己身上的。他覺得，不只是對他個人，而是對整個世界來說，生活的意義在於他的愛情以及她對他可能的愛情。有時他覺得，所有人都在忙一件事——為了他未來的幸福而奔走。他有時覺得，他們和自己一樣快樂，只是在設法掩飾這種快樂、佯裝忙於其他事。在他看來，人們的一言一行無非在暗示他的幸福。他那意味深長、暗示某種默契的幸福眼神和微笑往往使迎面而來的人感到驚訝。可是當他明白別人可能不知道他的幸福時，他會由衷地同情他們，強烈地想向他們說明，他們所付出的一切淨是無聊的瑣事，不值一提。

當人們建議他出任公職，或討論某些概括性的國家大事和戰爭時，預料所有人的幸福都將取決於某個事件這樣或那樣的結局，他總是面帶溫和的、表示同情的微笑聆聽，而他的奇談怪論往往語驚四座。不過，皮埃爾覺得，無論是能理解人生的真諦，即能理解他的感情的那些人，或是那些顯然無法理解這一點的不幸人們——這段日子，所有人都被他內心所散發的燦爛光輝所照亮，因而他遇到任何人，都能毫不費力地立刻看到對方美好的、值得重視的優點。

他在處理亡妻的文件時，對她沒有絲毫反感，只是因為她不曾享有他目前所了解到的幸福而為她深感惋惜。瓦西里公爵如今因為獲得新職位和星章更為高傲了，而在皮埃爾心目中，他不過是善良卻可悲的老人。

後來，皮埃爾時常回憶起這個陶醉於幸福的瘋癲時期。他在這段時期對人和環境所形成的見解，被他奉為圭臬。他後來不僅不放棄這些對人、對事的觀點，反而在他彷徨、矛盾的時刻，便想起他在這段瘋癲時期所形成的觀點，且這個觀點永遠被證明是正確的。

「也許，」他想，「那時我真的是既古怪又可笑；然而我當時並不若外表那樣瘋狂。相反的，那時我比任何時候都更聰明、更具洞察力，而且凡是生活中值得去理解的，我都能理解，因為……我是那麼幸福。」

皮埃爾的瘋狂在於，他不像過去，在人們身上看到他所謂的優點後才認為自己有理由去愛他們，而是他的心充滿了愛，於是他在毫無理由地愛著別人的同時，找到了他們值得愛的理由。

二十

在那第一個晚上，娜塔莎在皮埃爾離去後帶著快樂的微笑說，他簡直就像剛出浴，穿著常禮服，頭髮也剪過了，從這一刻起，她自己也不了解的某種潛在的、不可遏止的東西在娜塔莎內心甦醒了。

面貌、步態、眼神、嗓音——她身上的一切突然有所變化。出乎她自己的意料之外，生命的活力、幸福的憧憬一一浮現，並要求得到滿足。從第一晚起，娜塔莎似乎將自身的過往全忘了。從那一刻起，她一次也沒抱怨自身的處境，對過去一概不提，已經不怕構思未來的計畫了。她很少談到皮埃爾，但是當瑪麗亞公爵小姐提起他時，她的眼裡燃起久已熄滅的火花，唇間綻放莫名的微笑。

娜塔莎身上所發生的變化，一開始令瑪麗亞公爵小姐深感驚訝；可是等她明白其中涵義，這變化不免令她傷心。「難道她對哥哥如此薄情，那麼快就把他忘了。」瑪麗亞公爵小姐獨自思考這些變化時，曾這麼想過。不過，當她和娜塔莎在一起時，她既不生氣，也不責備她。娜塔莎的生命活力甦醒了，顯然，是不可遏止、出乎她自己意料之外，瑪麗亞公爵小姐在和她相處中感到，她甚至在心裡也無權責備她。

娜塔莎全副心思沉浸在新的感情中，她未加以掩飾，她已不再悲傷，而是高興和喜悅。

瑪麗亞公爵小姐深夜和皮埃爾詳談後回到房間，娜塔莎站在門口等候她。

「他說了？是嗎？他說了？」她反覆問道。雀躍，同時又因為自己這麼雀躍而請求原諒的可憐表情留在娜塔莎臉上。

「我本來想在門外偷聽；可是我知道，妳會告訴我的。」

對瑪麗亞公爵小姐而言，不管娜塔莎望著她的那種眼神多麼合情合理、多麼感人；不管看到她那麼激動後，又是多麼令人同情；娜塔莎的話最初還是冒犯了瑪麗亞公爵小姐。她想起哥哥，想起他的愛情。

「可是有什麼辦法呢？她不可能不這樣。」瑪麗亞公爵小姐暗忖；於是她神情憂傷又有幾分嚴厲地將皮埃爾對她所說的話一一告訴娜塔莎。一聽說他準備前往彼得堡，娜塔莎大惑不解。

「去彼得堡？」她又說了一遍，彷彿不明其意。可是仔細看了看瑪麗亞公爵小姐傷心的表情後，她總算猜到她傷心的原因，她突地放聲大哭。「瑪麗亞，」她說，「妳教我怎麼做吧。我不願成為壞女孩。妳怎麼說，我就怎麼做；妳教我吧……」

「妳愛他嗎？」

「是的。」娜塔莎低聲說。

「那妳哭什麼？我為妳感到高興。」瑪麗亞公爵小姐說，她已經因為這些眼淚而完全原諒娜塔莎的快樂了。

「這不是很快就能完成的事，但總有這麼一天。妳想，我成了他的妻子，而妳嫁給尼古拉，那是多麼幸福啊。」

「娜塔莎，我曾請求過妳，不要提這件事。我們只談妳。」

她們沉默了一會兒。

「為什麼要去彼得堡呢！」娜塔莎赫然說，接著連忙回答自己：「不，不，這是必要的……是吧，瑪麗亞？這是必要的……」

尾聲

第一章

一

一八一二年後又過了七年。歐洲波濤洶湧的歷史海洋歸於平靜，彷彿微波不興；但推動人類的神祕力量（說這種力量神祕，是因為這種力量的運動規律是我們所未知的）仍繼續影響著歷史。

雖然歷史海洋的表面看似風平浪靜，但是人類也和時間一樣，處於連續不斷的運動中。人們形成各式不同的團體時分時合，持續醞釀著國家的形成和解體，以及民族遷徙的原因。

歷史的海洋不是像過去波瀾壯闊地從此岸湧往彼岸，而是在深處翻騰。歷史人物不是像過去宛如波浪從此岸撲向彼岸，他們至今似乎在原地打轉。歷史人物過去如同以軍隊統帥的身分發動戰爭、征討、命令，以反映群眾的歷史運動，現在是藉由政治和外交意圖、藉由法律和條文來反映在深處翻騰的運動……

歷史人物的活動，歷史學家稱之為反動。

在描述這些歷史人物的行為時，在歷史學家看來，這些人是他們所謂的反動原因，並對他們進行嚴厲的譴責。那個時代所有著名人物，從亞歷山大一世和拿破崙到斯塔爾夫人、福季[1]、謝林[2]、費希特[3]、夏

1 福季，本姓斯帕斯基（一七九二—一八三八），俄國宗教活動家。曾任尤里耶夫修道院院長，與阿拉克切耶夫關係密切，曾影響亞歷山大一世的政策。

2 謝林（一七七五—一八五四），德國哲學家。

3 費希特（一七六二—一八一四），德國哲學家。

多布里昂[4]等人，都曾受到他們的嚴厲審判，根據他們促進了進步或是為反動張目而予以辯護或譴責。

依他們的描述，俄國這段時期也出現了反動現象，而這個反動現象的始作俑者便是亞歷山大一世——然而也正是在他們的筆下，同一個亞歷山大一世曾實施自由主義，並治理和拯救俄國。

在目前的俄國出版品中，自中學生到淵博的歷史學者沒有一個人不暗示，亞歷山大一世在位時期所犯下的錯誤。

「他應該採取這樣的行動。在此情況下，他的作法是對的，但在另一種情況下就不對了。他在位初期和一八一二年，表現得非常完美；可是他的有些作為是不好的，諸如賜給波蘭一部憲法[5]，建立神聖同盟，放權給阿拉克切耶夫[6]，寵信戈利岑[7]和神祕主義，後來又寵信希什科夫[8]和福季。他直接指揮前線部隊，這麼做不對；他解散謝苗諾夫團[9]，這麼做不對，凡此種種。」

歷史學家根據自身所掌握的關於人類福祉的知識而對他進行種種譴責，若要一一羅列出來，能寫滿十張紙。

這些譴責意味著什麼？

亞歷山大一世受到歷史學家讚賞的那些行動，諸如治國的自由主義創舉、與拿破崙的戰爭、他在一八一二年所表現的堅定、一八一三年的出征，與亞歷山大受到譴責的那些行動，諸如神聖同盟、重建波蘭、二十年代的反動，不是同出一源——造就了亞歷山大個性的血統、教育、生活方式等條件嗎？

這些譴責的實質何在？

在於像亞歷山大一世這樣的歷史人物，一個處於人類權力可能達到的頂峰、彷彿一切炫目的歷史光芒都集中於一身的人物；一個受到和權力形影不離的陰謀、欺騙、阿諛、自我陶醉的那種世間最強烈影響的人物；一個在生活中，時刻都覺得自己對歐洲所發生的一切負有責任的人物，這個人物不是虛構的，而是活生生的人，他和任何人一樣，有個人習慣、欲望和對真善美的追求——這個人在五十年前並不缺乏美德（歷史學家沒有因此而責備過他），而是不具備現今教授們所具有的、關於人類福祉的觀點，更遑論他們從年輕時起，便研究學問，即閱讀書籍、講義並摘錄在小冊裡。

然而即使假定，亞歷山大一世在五十年前關於各族人民福祉的觀點有誤，那麼自然而然地也就應當假定，評判亞歷山大的歷史學家，其所認定的人類福祉觀點，同樣也會隨著時間的推移而露出破綻。這個假定是自然且必要的，因為我們在注視歷史發展時看到，每過一年、每出現一個新的著作家，關於人類福祉的觀點便會發生變化；於是原來是善的，十年後卻成了惡；反之亦然。不僅如此，我們可以在歷史上同時找到關於善惡全然對立的觀點：一些人把波蘭憲法和神聖同盟視為亞歷山大的功業，另一些人卻因此責備他。

4 夏多布里昂（一七六八—一八四八），法國作家，積極參加政治活動。在其政論作品《論拿破崙和波旁王朝》中，正面看待拿破崙帝國的滅亡。

5 在一八一四年至一八一五年維也納會議之後，俄、奧、普三國重新瓜分波蘭，因而建立了附屬俄國的波蘭王國。亞歷山大一世於一八一五年十一月簽署了波蘭王國憲法。

6 阿拉克切耶夫身為國務會議軍事司司長，自一八一五年起，將整個國務會議以及大臣委員會和當時俄國最高國家權力機關沙皇辦公廳的領導權集中在自己手中。

7 戈利岑開始和亞歷山大一世的寵臣阿拉克切耶夫平起平坐，他是正教院總監、《聖經》協會會長，從一八一七年起，任宗教事務和國民教育大臣。

8 希什科夫此時擔任俄國科學院院長，在鼓勵學術、政治和文化方面屬保守傾向。

9 謝苗諾夫團的士兵因受到虐待，於一八二〇年十月叛變。主謀受到嚴懲，該團隨即被解散。

我們不能說，亞歷山大和拿破崙的行為有益或有害，因為我們無法說明，他們的行為對什麼是有益的、對什麼是有害的。如果有人不喜歡這些行為，那麼他之所以不喜歡，只是因為這不符合他狹隘的善惡觀。不管我認為一八一二年我父親在莫斯科的房子免於兵燹，或俄軍的榮耀，或彼得堡及其他大學的興建，或波蘭的自由，或俄國的強大，或歐洲的均勢是不是善，認為歐洲的某種教育制度是不是一種進步，我都必須承認，任何一名歷史人物的活動，除了這些目的之外，還有其他更為廣泛的、我所不了解的目的。

但是我們姑且認為，所謂的科學有可能調和一切矛盾，並且對歷史人物和歷史事件有衡量善惡的不變尺度。

姑且認為，亞歷山大可以採取截然不同的行動。姑且認為，他可以依那些批評他的人、那些武斷地奢談人類活動終極目標的人的指點，根據現在那些批評家所提出的民族、自由、平等、進步的綱領（其他綱領看來是沒有的）執政。姑且認為，這個綱領是可能有的，而且已經制訂出來。那麼所有反對政府當時方針的那些人，他們的行為——即歷史學家認為正當和有益的行為還剩下什麼呢？不會有這些行為了；也不會有所謂的生活；什麼都不會有了。

如果假定人類的生活可以受理性支配，那麼生活的可能性便不復存在。

二

如果像歷史學家所假定的，偉大人物正領導人類達到一定目的，其目的或是為了俄國或法國的偉大，或是為了實現歐洲均勢，或是為了傳播革命思想，或是為了普遍的進步，或是為了其他，那麼沒有機遇和天才這兩個概念便無從解釋歷史現象。

如果說，本世紀初歐洲戰爭的目的是造就俄國的偉大，那麼沒有過往的那些戰爭和這次入侵，這個目的也是可以達到的。如果目的是造就法國的偉大，那麼在沒有革命和帝國制度下，這個目的也是可以達到的。如果說目的是傳播思想，那麼印刷術可以做得比士兵好得多。如果目的是文明的進步，那麼很容易斷定，除了消滅人及其財富，還有其他更合理的文明傳播途徑。

為什麼事情是這樣而不是那樣發生的？

因為就是發生了。「機遇創造時勢；天才利用時勢。」歷史這麼說。

然而什麼是機遇？什麼是天才？

機遇和天才這兩個詞不表示任何實際存在的物體，因而無法定義。這些詞只表示對現象的某種程度理解。我不知道，為什麼會發生這樣的現象；我想，我是不可能知道的；因此我不想知道，於是說：這是機遇。我看到有一種力量發揮了一般人的能力所不可企及的作用；我不明白為何如此，於是說：這是天才。

對羊群而言，有一隻羊每晚被放牧人趕進單獨的羊欄餵食，因而比其他羊肥一倍，這隻羊想必就是天才了。於是每晚都是這隻羊未進公共羊圈，而是到單獨的羊欄去吃燕麥，正好又是這隻羊肥美體壯，將來可做為肉羊屠宰，由此，便被視為天才以及一連串不尋常偶然性的驚人巧合。

但是只要這些羊不再認為，對牠們所做的一切都是為了達到羊的目的；只要假定，牠們所發生的事也可能具有牠們所無法理解的目的，牠們立刻就能看出，餵肥那隻羊的事實，其統整性和連貫性為何。牠們即使不會知道餵肥牠的目的何在，至少也會知道，在那隻羊身上所發生的一切並非出於偶然，於是牠們也就不需要機遇、天才這些概念了。

只要不再理會眼前易於理解的目的，並且承認終極目的是我們無法理解的，我們就能看出歷史人物生活中的一貫性和目的性；我們就會發現，他們能發揮一般人所不可企及的影響的原因，也就不需要機遇和天才這些字眼了。

只要承認，歐洲各民族騷動的目的不是我們所能理解的，我們所能理解的只是起初發生在法國，然後發生在義大利、非洲、普魯士、奧地利、西班牙和俄國的殺戮事實，而由西向東和由東向西的運動就是這些事件的實質和目的，我們不僅不需要在拿破崙和亞歷山大的性格中尋找特殊性和優越性，而且不需要再把這些人想像為異於常人；因而不僅不需要以偶然性來解釋那些造就歷史人物的渺小事件，並清楚這些渺小的事件都有其必然性。

放棄對終極目的的探求，我們便能清楚懂得，正如不可能為任何一種植物想出比其原本的花朵和種子更適合的花朵和種子，我們也不可能想出另外兩個人，其經歷竟能在如此程度上、在極其微末的細節上適合他們所面臨的使命。

三

本世紀初歐洲事件的實質意義是，歐洲各民族群由西向東，而後由東向西的軍事行動。這個運動的肇始是由西向東。西方各民族為了完成直抵莫斯科的軍事行動，他們首先必須形成龐大的軍事團體，足以和東方的軍事團體相抗衡；其次，他們必須放棄一切既有的傳統和習慣；最後，他們在完成自身的軍事行動時，必須有一位為首的人物，他要能夠替自己也替他們為這個軍事行動中即將發生的欺騙、掠奪和屠殺進行辯護。

從法國大革命開始，一個舊的、不夠強大的團體正在崩潰；舊的習慣和傳統正在消亡；具有新規模的團體以及新習慣和傳統正逐步形成，將要在未來運動中處於為首地位並對行將發生的事件承擔起所有責任的那個人正在準備中。

這個人沒有信念，沒有舊習，沒有傳統，沒有名望，甚至不是法國人[10]，彷彿被離奇的偶然性所推動，在使法國風雨飄搖的各派力量之間艱難前行，他並不依附於其中任何一派，卻迅速身居要職。

同僚的愚昧無知，對手的軟弱無能，這個人公然說謊以及才智有限卻張揚自信，這些原因，將他推上軍事領導地位。義大利軍隊的出色士兵[11]、敵人缺乏鬥志、孩子氣的膽量和自信為他贏得軍事上的榮譽。

10 指拿破崙，他是科西嘉島原住民，出生於擁有小領地的貴族家庭。

11 一八七六年春，拿破崙曾指揮義大利軍隊。拿破崙的軍事榮譽是在他和皮埃蒙特以及奧地利軍隊的一連串戰役中累積而來的。

無數所謂偶然性如影隨形地跟隨他。他失寵於法國統治者[12]對他反而有利。他試圖改變自身命中注定的道路，卻屢次受挫；他未能如願加入俄軍，也未能被派往土耳其[13]。在義大利戰爭時期，他幾次瀕臨絕境，每次都意外地轉危為安。

他在義大利時，俄軍，這支能使他的軍事榮譽黯然失色的軍隊，卻由於種種外交考量而未能出兵歐洲。從義大利回來後，他發現巴黎政府已處於分崩離析，在這一過程中，政府官員無可避免地慘遭肅清。對他來說，擺脫險境的機會不覺間出現了，這就是毫無疑義、無緣無故的遠征非洲行動[14]。那些所謂的偶然性再次跟隨他。難以攻克的馬爾他不戰而降；所有魯莽的指揮都僥倖獲勝。敵人的艦隊後來不曾放過任何一艘小艇，卻放走了整整一支軍隊[15]。在非洲對那些幾乎手無寸鐵的居民施加一連串暴行。而施加暴行的人們，尤其是他們的領導者硬說這麼做很好，可謂榮耀，如同凱撒和馬其頓王亞歷山大[16]，是一件好事。

有一種光榮和偉大的典範，就是不僅不認為自己做過任何壞事，而且對自身任何罪行都引以自豪，並賦予其不可理解的、超自然的意義。這個人和他的手下所遵循的典範，在非洲發揮得淋漓盡致。他做什麼都很順利。他未染上鼠疫。殺害俘虜的殘暴行為[17]未歸罪於他。他離開非洲和患難中的戰友[18]這種孩子般冒失、無理、不高尚的行為被形容為他的功績，而敵人的艦隊又兩次放過他。當他完全陶醉於為他帶來成就感的罪行且已為扮演他的角色做好準備、毫無目的地來到巴黎時，一年前可能毀了他的共和政府，其分崩離析的現況已達到極點，如今，他做為不受黨派牽連的新人之姿出現，只會提高他的地位。

他沒有任何計畫，卻顧慮重重，只是各派都來糾纏他，要求他加入。

唯有這個人，他在義大利和埃及樹立了光榮和偉大的典範，充滿了狂熱的自我崇拜，敢於犯罪和公然說謊的本領——唯有他才能適應時局的需要。

他是一個職位所需要的人，這個職位也正等著他，因而幾乎不取決於他的意願，也無視他優柔寡斷、毫無計畫以及所犯下的種種錯誤，硬是將他捲進了以奪取政權為目的的陰謀，而陰謀終於得逞[19]。

他被推上統治者們的會議[20]。他驚慌失措地想要逃走，認為自己完了；他假裝昏厥；說一些毫無意義的話，很可能為他招來殺身之禍。但是法國那些原來機敏高傲的統治者們如今卻覺得大勢已去，比他更惶恐不安，其言論都不是他們為了保住政權和打倒他而該說的。

偶然性，數以百萬計的偶然性使他獲得政權，所有人彷彿都約好似的致力於鞏固這個政權。偶然性造就了當時法國統治者的性格，使他們服從他；偶然性造就了保羅一世[21]的性格，使他承認他的政權；偶然性造就了一個反對他的陰謀，而這個陰謀不僅無害於他，反而鞏固他的政權[22]地位。偶然性讓當甘公爵

---

12 一七九四年七月二十七日，熱月政變和羅伯斯比爾被處死後，拿破崙一度被黜退，並監禁了近兩個星期。

13 拿破崙因受到冷落，曾於一七九四年八月末向共和國軍事委員會請求，派他前往土耳其擔任軍事顧問。

14 拿破崙認為，要打垮英國必先占領埃及。這次遠征始於一七九八年五月。

15 海軍統帥納爾遜指揮的英國地中海艦隊，竟在暴風雨中放過自土倫出發的拿破崙小型艦隊。後來，又是拿破崙運氣好：英國艦隊趕過頭，未發現他的小艦隊。

16 據說拿破崙曾刻意模仿著名的政治家和軍事統帥，尤其是凱撒和馬其頓王亞歷山大。

17 見本書《第一部．第一章．第四節》注釋。

18 一七九九年八月，拿破崙沒有督政府的命令竟擅自離開處境艱難的軍隊。

19 指一七九九年霧月政變，法國從督政府時期進入執政府時期，拿破崙為執政之一。一八〇〇年初，拿破崙自任第一執政。

20 拿破崙利用新獲得的巴黎武裝力量指揮官的權力，於十一月十日來到巴黎郊區的聖克魯，並在此舉行元老院和五百人院的會議。但兩院代表拒絕成立幾位執政所要求的新政府。五百人院會議宣誓效忠共和憲法。拿破崙被趕出會議大廳。他最終訴諸武力，將代表驅離。

21 俄皇保羅一世（一七五四—一八〇一）希望法國大革命的成果毀於拿破崙之手，並於一八〇〇年起接近他，從而破壞了與英國和普魯士的聯盟。

落到他手中[23]，並使他在無意中殺害了他，從而比任何其他手段都更有力地向芸芸眾生證明，他是有權勢的，因為他有實力。偶然性造就了這樣的結果，拿破崙集中兵力遠征英國，顯然這將使他遭到毀滅，永遠不可能實現自己的目標，而他卻偶然地向馬克的奧地利軍隊發動進攻，後者不戰而降。偶然性和優勢促使他贏得奧斯特利茨戰役，於是一種情況偶然地發生了，所有人，不只是法國人，而是整個歐洲，只有不參與以後事件的英國除外，所有人儘管過去都不齒於他的作惡多端，如今卻承認他的政權、他自封的稱號以及他的偉大和光榮典範，彷彿人人都認為，這種典範是美好而合理的。

彷彿在為往後的行軍測量距離和進行準備似的，西方軍事力量於一八〇五、一八〇六、一八〇七和一八〇九年幾次揮師東進，日益壯大。一八一一年，在法國成立的一個軍事團體和中歐各民族聯合成為龐大的軍團。隨著這個軍團的壯大，為軍事行動的將領辯護的力量也在發展中。在大舉進軍前的十年準備時期，此人和歐洲的所有頭戴王冠的人物交往頻繁。真面目被揭露的統治者們拿不出任何合理的典範和拿破崙毫無意義的光榮和偉大典範相抗衡。他們在他面前競相展示自身的卑劣。普魯士國王將妻子送去博取偉人歡心；奧地利皇帝認為，此人願意讓皇家女兒侍候枕席是莫大的寵幸；教皇是各民族聖物的維護者，卻透過宗教活動來抬高這個偉人的身價。與其說是拿破崙本人在為完成使命而準備，不如說是周圍的一切都在為他做準備，為正在和即將發生的事件負起責任。凡是他的言行，沒有一個舉措、沒有一個惡行或低級的欺騙不為他周圍的人們吹噓成偉大。德國人能為他想出的最好慶典便是慶祝耶拿和奧爾施泰特之戰的勝利[24]。不僅他偉大，他的祖先、兄弟、養子、妹夫也無不偉大。一切都是為了剝奪他的最後一點理性，好讓他扮演他那可怕的角色。等他準備好了，武裝力量也準備好了。

侵略軍直奔東方，直抵最後的目的地莫斯科。故都被占領；俄軍的損失比敵軍先前自奧斯特利茨到瓦格拉姆的歷次戰爭中所遭到的損失更大。然而，在此之前始終以一連串的勝利將他引向既定目標的偶然性和天才突然消失，出現了無數背道而馳的偶然性——從波羅金諾戰場上的感冒到嚴寒的降臨和焚毀莫斯科那最初的火花；而天才也被無與倫比的愚蠢和卑劣所取替。

侵略軍逃跑了，又往回闖，再逃跑，如今所有偶然性不是成全他，而是和他作對了。

由東向西的反向運動和此前由西向東的運動具備引人注目的相似之處。在由東向西的大規模行動之前，在一八〇五、一八〇七、一八〇九年也同樣有過試探性的行動；也同樣有中歐民族參與其中；中途也曾動搖，在接近目的地時也同樣加快了速度。

最後的目的地巴黎到了。拿破崙的政府和軍隊遭到摧毀。拿破崙本人已失去意義；他的所作所為顯然既可憐又可憎；可是又出現了一個無法解釋的偶然性：盟國憎恨拿破崙，認為他是一切災難的罪魁禍首；他的權力被剝奪，他的暴行和陰謀被揭露，他應當像十年前或一年後那樣，被盟國視為不受法律保護的不法之徒。可是由於某種離奇的偶然性，沒有人看清這一點。他的角色還沒有演完。這個十年前和一年後被視為不受法律保護的不法之徒被流放到離法國兩天航程的島上[25]，將該島和一支近衛軍交由他管轄，不知為什麼還給他幾百萬法郎。

---

22 一八〇三年，保皇派傾向的農民領袖卡杜達爾等人策畫反拿破崙，其目的是恢復波旁王朝的統治。拿破崙利用粉碎陰謀加強了自身的權力，並於翌年稱帝。

23 見《第一部．第一章．第一節》注釋。

24 一八〇六年十月，拿破崙在耶拿和奧爾施泰特大敗普魯士軍隊。

25 盟軍進入巴黎後，拿破崙被迫於一八一四年四月宣布退位。盟國保留了拿破崙的皇帝稱號，並將厄爾巴島交給他管轄。

四

各民族的運動很快風平浪靜。大規模的運動退潮了，於是在平靜的海面上形成了一圈圈波紋，眾多外交官穿梭其間，還以為促使運動平息下來的是他們。

可是平靜的海面又風波乍起。所有外交官覺得，他們之間的分歧是造成這次新衝突的原因；他們預料在其君主之間將發生戰爭；並覺得局勢將無法控制。不過，他們所預測的和發生的並不相同。興起的仍是原來的濤浪，還是來自運動的那個起點——巴黎。這是從西方發起的運動的迴光返照；這次迴光返照應當解決無法解決的外交難題，並結束這段時期的軍事行動。

導致法國遭到毀滅的那個人沒有陰謀、沒有士兵，獨自回到了法國[26]。任何一個守門人都能把他抓起來；但是出於離奇的偶然性，不僅沒人有逮捕他，所有人無不興高采烈地歡迎一天前還在詛咒、一個月後還會繼續詛咒的那個人。

這個人對共同演好最後一幕還是必要的。

落幕了。最後一場戲演完了。演員被喚去卸裝：不再需要他了。

在往後的幾年，這個人孤單地待在自己的島上，為自己演出可憐的喜劇，小題大作地耍陰謀、說假話，為自己的行為辯護，而這時已用不著辯護了，他向全世界證明，當一隻無形的手牽引他的時候，被人們視為力量的，究竟是什麼。

主持人在落幕後，指向脫掉戲服的演員。

「看看吧，你們曾經信賴的是什麼人！這就是他！現在你們明白了吧？推動你們的並不是他，而是我。」可是被運動的力量所迷惑的人，久久無法理解。

亞歷山大一世是由東向西的反向運動的領導人物，他的一生表現了更具體的一貫性和必然性。脫穎而出，成為這個由東向西運動的領導者，需要具備什麼條件呢？

需要有正義感、對歐洲事務的關切，不過這是沒有直接關係、不被小利所誘惑的關切；需要對同盟者——當時歐洲各國君主占有道德優勢；需要謙和而有魅力的個性；需要有反拿破崙的個人恩怨。這一切，亞歷山大一世無不具備；這一切都是他生平無數所謂偶然性所造就的：包括教育、自由主義、身邊的顧問以及奧斯特利茨、蒂爾西特和愛爾福特。

在人民戰爭期間，這個人無所作為，因為不需要他。但是歐洲大戰的必然性一旦出現，這個人物當即出現在自己的位置上，他聯合歐洲各國，領導各國奔赴一個目的。

目的達到了。在一八一五年的最後一戰之後，亞歷山大處於權力所可能達到的顛峰。他如何運用權力呢？

亞歷山大一世是歐洲和平的締造者，他從青年時代起便一心一意追求本國各族人民的福祉，是在自己的國家實行自由主義舉措的倡導者，現在，當他擁有莫大權力，因而有可能為人民謀福時，在拿破崙流放期間擬定各種幼稚可笑和騙人的計畫、聲稱他若擁有權力要如何造福民眾之際，亞歷山大一世正完成使

---

26 拿破崙於一八一五年三月一日登陸法國，不開一槍而「征服」了法國，展開了他的百日復辟，直至慘遭滑鐵盧。

命、感覺到上帝引導自己的無形之手後，突然認識到這虛幻的權力是何等渺小，於是厭棄權力，交給他所鄙視的那些小人，只說：

「『榮耀不要歸於我們，不要歸於我們，要歸在你的名下！[27]』我和你們一樣，也是人；你們就讓我像普通人一樣生活吧，讓我想想自己的靈魂和上帝。」

從太陽到乙太的每個原子都是自身完整的球體，同時又只是其規模之大令人無法理解的整體的一個原子，同樣，每一個人都懷有個人目的，而懷有這個目的只是為了服務於人所無法理解的普遍目的。

一隻落在花瓣上的蜜蜂螫了一個孩子。這個孩子怕蜜蜂了，他說，蜜蜂的目的就是要螫人。詩人欣賞鑽進花萼的蜜蜂，他說，蜜蜂的目的是要嗅聞花香。養蜂人發現蜜蜂採集花粉帶進蜂巢，便說蜜蜂的目的是採蜜。另一個養蜂人更貼近地觀察蜂群的生活後說，蜜蜂採集花粉是為了餵養幼蜂和蜂后，而蜂后的目的在於繁衍後代。植物學家發現蜜蜂攜帶花粉從雌雄異株植物的花瓣上，飛到雌蕊上授，於是植物學家認為授粉是蜜蜂的目的。另一人在觀察植物交配時看到，蜜蜂有助於交配，於是這位新的觀察者大可說，這就是蜜蜂的目的。但是蜜蜂的最終目的不能歸結於人的智力所能發現的所有目的中的任何一個。人類的智力愈是在發現這些目的的過程中提升，便愈是會發現，最終目的是不可企及的。

人所能做的只是觀察蜜蜂的生活和其他生活現象之間的適應性。就歷史人物和各族人民的目的而言，也是如此。

五

一八一三年，娜塔莎嫁給別祖霍夫，她的婚禮是老羅斯托夫最後一件喜事。這一年伊利亞·安德烈耶維奇離世，世道總是如此，他一離世，原本的舊家庭也隨之瓦解。

最近這一年所發生的事，如莫斯科大火和出逃、安德烈公爵之死和娜塔莎的絕望、彼佳之死、伯爵夫人的悲傷——這一切如一個又一個的打擊相繼落在老伯爵身上。他似乎不理解，而且覺得自己無法理解這些事的意義，於是在精神上垂下蒼老的頭，彷彿在等待並祈求新的打擊來結束他的生命。他時而神色驚慌、惘然若失，時而又反常地活躍和亢奮。

娜塔莎的婚禮使他暫時忙於表面的事務。他預訂午宴、晚餐，看來很想表現出快樂的樣子；可是他的快樂不若過去那樣深具感染力，而是在了解他、愛他的人心裡激起憐憫和同情。

在皮埃爾偕新婚妻子離開後，他靜了下來，開始抱怨寂寞。幾天後，他病倒了。從生病的最初幾天起，儘管醫生百般安慰，但是他明白，他的病不會有起色了。伯爵夫人在他床頭的扶手椅上衣不解帶地度過了兩個星期。她每次拿藥給他，他都抽泣著默默無語地親吻她的手。在臨終的一天，他痛哭失聲，為家

27 見《舊約·詩篇》第一一五篇：「耶和華啊，榮耀不要歸於我們，不要歸於我們，要因你的仁慈和誠實歸在你的名下。」根據亞歷山大一世的旨意，這句話刻在一八一二年衛國戰爭紀念章上。

業敗落請求妻子和不在身邊的兒子寬恕——他認為這是他的罪過。領過聖餐、行終敷禮後，他平靜地離世了。第二天前來參加葬禮的舊友新交在羅斯托夫租賃的住宅裡濟濟一堂。這些人曾多少次出席他舉辦的宴會和舞會、多少次嘲笑過他，如今都同樣懷著歉疚和感動，彷彿在向誰辯解：「是啊，不管怎麼說，他真是再好不過的人。這樣的人現在是找不到了……誰又沒有缺點呢……」

就在伯爵的家業陷入困境，簡直無法想像再過一年結果會如何時，伯爵意外地撒手人世。

尼古拉接到父親亡故的噩耗時，正在巴黎的俄軍部隊裡。他立即申請退役，不等批覆便先請假回到莫斯科。財務狀況在伯爵去世的一個月之後完全釐清，各種零星債務的數額之大令人啞然，債務比財產高出一倍。

親友都勸尼古拉拋棄繼承。但是在尼古拉心目中，對父親的懷念是神聖的，拋棄繼承無疑是對父親的責難，因此他不聽拋棄的主張，同時繼承了遺產和償還債務的義務。

伯爵慷慨善良的天性有一種無形的巨大影響力，債主們在伯爵生前長期來羞於開口，這時卻紛紛上門索債。由此往往會形同競爭，比賽誰能先拿到錢，而像德米特里等人一樣持有禮金票據的那些人如今成了最苛刻的債主。債主們不讓尼古拉有片刻寧靜，那些似乎曾對給他們造成損失（如果確有其事的話）的老伯爵心存憐憫的人，此時都毫不留情地跑來找年輕的繼承人，他對他們並無虧欠，是自願承擔還債責任的。

尼古拉所設想的周轉辦法全都行不通；莊園被半價拍賣後，仍有一半債務尚未還清。尼古拉接受妹夫別祖霍夫主動借給他的三萬盧布，償還了部分債務，他承認這些都是當初借現金欠下的真正的債務。為了不至於像債主們所威脅的，由於剩餘債務而被關進監獄，他重新擔任公職。

進入軍界的話，他將是遞補團長的第一人選，但因為母親現在緊抓著兒子不放——這是她最後的生趣了——因此，儘管他不願留在莫斯科舊識社交圈裡，儘管他對文職感到厭煩，他還是在莫斯科擔任文職部門的工作，他脫下熱愛的軍服，同母親和索尼婭住在西夫采夫．弗拉熱克的一套小住宅裡。

娜塔莎和皮埃爾此時住在彼得堡，對尼古拉的情況不甚了解。尼古拉向妹夫借錢後設法隱瞞自身困頓的處境。尼古拉的困頓之處，在於一千兩百盧布的薪水不僅要用來維持自己以及索尼婭和他母親的生活，還要不讓母親發覺他們是多麼拮据。伯爵夫人不能理解，沒有她自幼就習慣的豪華條件怎麼生活，她不斷地提出要求，不明白這對兒子來說是多麼困難，她時而要派一輛輕便馬車去接一名相識的夫人，而他們已經沒有馬車了；時而為索要美食、要葡萄酒，時而要錢，因為她要給娜塔莎、索尼婭和尼古拉添購令人驚喜的禮品。

索尼婭料理家務，侍候表嬸，為她朗讀，忍受她的任性和不動聲色的厭惡，並協助尼古拉向老伯爵夫人隱瞞貧困的家境。尼古拉眼看她為母親所做的一切，覺得自己虧欠她無法償還的人情債，欽佩她的耐心和忠誠，但總是設法疏遠她。

他心裡彷彿責備她過於完美、無可指摘。她擁有令人器重的一切；但是她缺少能使他愛上她的本質。他覺得自己愈是看重她，愈是不愛她。現在他抓住她曾在信中承諾給他自由的諾言，和她保持距離，彷彿兩人之間曾經有過的一切早已被忘卻，而且一去不復返了。

尼古拉的處境每況愈下。從薪水中存些錢的想法不過是空想罷了。他不僅未能存錢，還為了滿足母親的要求又零星借錢。他看不到擺脫困境的辦法。幾個女性親友向他提出和富有女性結婚的想法令他反感。另一條出路——母親之死——他根本就不曾想過。他什麼也不想，也不抱任何希望；在內心深處為自己身處困境而毫無怨言感到一種憂鬱、堅強的喜悅之情。他盡力迴避舊相識，不要他們的同情，不接受使他感到屈辱的幫助，迴避任何消遣和娛樂，甚至在家裡除了陪母親擺牌陣外，什麼也不做，只是默默地在房裡踱步，不停地抽菸斗。彷彿他奮力維持憂鬱的心緒，他覺得自己只有在這種心緒中才能忍受眼下的處境。

六

瑪麗亞公爵小姐是在冬初來到莫斯科的。她聽到城裡的流言蜚語，得知羅斯托夫的處境，知道「兒子正為母親犧牲」，城裡的人無不這麼議論。

「我知道他就是這樣的人。」瑪麗亞公爵小姐自言自語，慶幸自己是愛他的。她回想起自己和這個家庭幾乎是親戚般的友好關係，認為自己有義務拜訪他們。可是，一想起自己在沃羅涅日和尼古拉的交往，又膽怯了起來。不過，她盡力克制自己，在來到莫斯科的幾星期之後，她終於前往羅斯托夫住所。

第一個見到她的是尼古拉，因為要去見伯爵夫人必須經過他的房間。尼古拉在見到她的最初瞬間，臉上流露的不是瑪麗亞公爵小姐所期待的喜悅，而是公爵小姐過去不曾見過的冷淡、默然和高傲。尼古拉問候她的健康，陪她去見母親，坐了約五分鐘便走出房間。

公爵小姐從伯爵夫人的房間出來時，尼古拉又遇見她，他特別莊重且冷淡地送她到前廳。在她談到伯爵夫人的健康時，他一句也未答理。「這與您有何關係？請不要來煩我。」他的眼神彷彿如此傳達。

「她何必來拜訪？她要做什麼？這些小姐和繁瑣的客套真教我受不了！」他當著索尼婭的面說道，看來在公爵小姐的馬車駛離大門後，他忍不住發牢騷了。

「噢，怎麼能這麼說呢，尼古拉！」索尼婭說，勉強掩飾自己雀悅的心情。「她人好，媽媽又很喜歡她。」

尼古拉一言不發，但願不要再談到公爵小姐。但自從她來訪後，老伯爵夫人每天都要提起她好幾次。伯爵夫人稱讚她，要求兒子回訪，說自己很想時常見到她，可是每當提起她時，尼古拉總是情緒低落。在母親談到公爵小姐時，尼古拉盡力保持沉默，可是他的沉默激怒了伯爵夫人。

「她是難得的好女人。」她說，「你應該去看看她。總算有人可以見見面；要不，老是和家人在一起，我想，你會覺得煩悶的。」

「可是我不想去，母親。」

「以前你是願意見她的，現在卻不願意了。親愛的，我實在不明白你是什麼意思。時而煩悶，時而又誰也不想見。」

「我可沒說過我煩悶。」

「什麼，你自己說過，連她也不想見。她是很好的女人，你一向很喜歡她；現在卻突然出於什麼原因。什麼都瞞著我。」

「不是這樣，母親。」

「我又不是叫你做什麼不愉快的事，不過是請你回訪一下。這似乎也是禮節的要求……我求過你了，既然你有其他想法，以後我也不在乎了。」

「好吧，我去，聽您的。」

「我無所謂；我只是為你著想。」

尼古拉咬著髭鬚嘆氣，擺開紙牌，想引開母親的注意力。

第二天、第三天，直至第四天老是重複這個話題。

瑪麗亞公爵小姐到羅斯托夫住所拜訪，意外受到尼古拉的冷漠對待後暗自承認，她不願先行前往羅斯托夫住所是對的。

「我知道不會有什麼結果。」她求助於自己的傲氣說。「我和他毫不相干，不過是想看看老太太，她一向對我很好，我對她是心懷感激的。」

不過，這些想法並不能使她有所寬慰；每當想起這次拜訪，一種追悔莫及的心情就使她深感苦惱。儘管她決心不再到羅斯托夫住所去，想把一切都忘掉，她還是覺得，自己時常神情恍惚。當她自問，是什麼令她苦惱時，她不得不承認，令她苦惱的，正是她和尼古拉的關係。他那冷淡的、禮貌性的口吻並非出自他對她的感情（這一點她是知道的），而是在隱瞞著什麼。她必須釐清，他在隱瞞什麼；她感到，在此之前她是無法安心的。

冬季中旬的一天，她坐在教室督促姪子做功課，僕人通報羅斯托夫來訪。她決心不暴露內心的想法，也不流露羞澀之態，把布里安娜小姐請來和她一起走進客廳。

她一見尼古拉氣色，便知道他來只是要盡到禮節性的探訪，於是決定嚴格遵從同樣的態度。

他們談起伯爵夫人的健康，談起共同的熟人和最近的戰爭消息，在禮節所要求的十分鐘過去、客人可以離去之際，尼古拉立即起身告辭。

公爵小姐在布里安娜小姐的協助下出色地承受住談話的考驗；可是就在最後一刻，在他站起來的瞬間，她是那麼倦於談論和她無關的話題，又想到為什麼唯有她的生活缺少歡樂而無限傷感，她一時若有所失，光芒四射的眼睛直視前方，一動不動地坐著，竟未發覺尼古拉已經站起來了。

尼古拉看了看她，想假裝對她茫然若失的神態視而不見，轉而對布里安娜小姐說了幾句話，又瞥了公爵小姐一眼。她仍然動也不動地坐著，溫柔的臉上流露出內心的苦澀。他驀地對她滿懷憐惜，隱約覺得，自己也許是她滿腹哀愁的起因。他很想幫助她，對她說幾句寬慰話語；可是他想不出該對她說什麼才好。

「再見了，公爵小姐。」他說。她醒了過來，突然滿面緋紅，長嘆了一聲。

「啊，對不起，」她說，彷彿剛從夢中醒來似的。「您就要走了，伯爵。好吧，再見！給伯爵夫人的靠枕呢？」

「您等一下，我馬上拿來。」布里安娜小姐說，隨即出去了。

兩人默然無語，偶爾面面相覷。

「是啊，公爵小姐，」尼古拉終於憂傷地含笑說道，「好像是不久之前的事啊，可是自從鮑古恰羅沃一別，多少光陰已經流逝。當時我們都覺得多麼不幸——可是我願付出任何代價，只要能回到那個時候……然而已無可挽回了。」

在他說這些話時，公爵小姐神采奕奕的目光凝視他的眼睛。她彷彿正努力探究他話裡隱含的意思——那足以說明他對她的感情的弦外之音。

「是的，是的。」她說，「不過您沒有什麼可追悔的，伯爵。據我現在對您的生活的理解，您永遠會欣然回憶眼下的生活，因為您目前在生活中所表現的奉獻精神……」

「我不能接受您的讚揚。」他連忙打斷她，「反之，我不斷埋怨自己；不過這是非常乏味，而且令人懊喪的話題。」

他的目光再次流露出原來的冷淡、漠然。但是公爵小姐已經在這個目光中又看到她所了解、所愛的那個人，於是她現在只對那個人說話。

「我原以為，您會允許我對您這麼說，」她說，「我和您……以及您的家庭這麼親近，所以我以為，您不會認為我的關切是不合時宜的；可是我錯了。」她說。她的聲音突然顫抖了一下。「我不知道這是為什麼，」她恢復常態後接著說，「您從前不是這樣的……」

「這個為什麼有幾千個理由（他在為什麼這個字眼上特別加重語氣）。謝謝您，公爵小姐，」他低聲說，「有時很難受。」

「原來如此！原來如此！」瑪麗亞公爵小姐的心裡有一道聲音在說。「不，我愛他不僅僅是因為這快樂、和善、坦誠的眼神，不僅僅是因為這俊俏的外貌；我看到他高尚、堅強、勇於奉獻的心靈。」她自言自語道，「不錯，他很窮，而我非常富有……不錯，就是由於這個原因……要是沒有這個原因的話……」她回想他過去的溫柔，看著前眼善良、憂傷的面容，突然明白了他態度冷淡的原因。

「為什麼呢，伯爵，為什麼？」她突然不由自主地幾乎叫嚷起來，一邊逼近他。「告訴我，為什麼？您應當告訴我。」他沉默著。「伯爵，我不明白您的為什麼，」她接著說，「但是我很難過，我……我寧願向您承認。您不知為什麼要讓我失去您的友情。我感到很痛心。」她的眼睛和聲音裡飽含淚水。「我生活中的幸福太少，任何損失都使我難受……請原諒我吧，再見。」她突然失聲痛哭，向門外走去。

「公爵小姐！您等一下，看在上帝分上，」他大聲叫道，努力想攔住她。「公爵小姐！」

她回過頭來。有幾秒鐘他們默默四目相對，於是遙不可及和不可能的事變成了近在眼前的、可能的、不可避免的了。

七

一八一四年秋天，尼古拉娶了瑪麗亞公爵小姐，並偕同妻子、母親和索尼婭遷往童山。

三年內，他未出售妻子的產業便還清其餘債務，一名表姊去世後留下一筆為數不多的遺產，他償還積欠皮埃爾的債務。

又過三年，即將一八二〇年了，尼古拉的財務狀況已經改善，他在童山附近添置一處不大的莊園，並且正為贖回父親的快樂莊園而進行談判，這是他心嚮往之的夢想。

他由於需要而開始經營農業，很快就對經營管理產生濃厚的興趣，經營管理也成了他熱愛的職業，更幾乎成為他唯一的活動。尼古拉是樸實的地主，不喜歡新作法，尤其是成為時尚的英國的那一套，他嘲笑經營管理的理論著作，不喜歡代價高昂的生產，不喜歡播種貴重作物，總之，不從事任何獨立生產。在他的心中，只有莊園整體，而沒有任何一個獨立的單位。在莊園裡，最重要的不是土壤和空氣中的氮和氧，不是特別的犁和糞肥，而是能使氮、氧、糞肥和犁發揮作用的生產工具，即農民的勞動力。當尼古拉著手經營並深入鑽研其各個面向時，特別吸引他注意的是農民；在他看來，農民不只是生產工具，也是生產的目的和顧問。他起初認真觀察農民，努力了解他們的需求、了解他們對好和壞的看法，自己只是假裝發號施令，其實他只是在向農民學習勞動、語言和對好壞的判斷。唯有在了解農民的愛好和追求，學會了用農民的語言說話，覺得自己和農民親密無間時，他才開始放膽管理農民，即要求農民履行職責。因而尼古拉的經營管理帶來了極顯著的成果。

尼古拉在接手莊園時，立即憑藉某種天賦的洞察力，正確地指派了莊園管理者、村長和農民代表，如果他們有機會進行選舉的話，這些人會所是農民選擇的人，而他從不更換指派人選。在研究糞肥的化學成分前，在熱中於衡量借、貸（他喜歡戲謔地這麼形容）之前，他先向農民了解牲畜數量，並設法延伸。他維護農民的大家庭，不允許分家。對懶散、墮落、衰弱的人他同樣排斥，設法將他們調離團隊。

在播種、收割乾草和農作物期間，他對自己和農民一視同仁。像尼古拉那樣趁早精耕細作、屢獲豐收的地主是很少見的。

他不喜歡和家僕打交道，更稱之為寄生蟲，人人都說他縱容他們，把他們慣壞了；要對家僕做出安排，尤其是處罰時，他往往猶豫不決，而且要和全家人商量；不過，只要有可能讓家僕代替農民去當兵，他是毫不猶豫的。對涉及農民的所有安排，他從來不會有任何疑慮。他的任何安排，他知道，一定會得到所有人贊同，只有個別人例外。

他絕不會僅僅根據個人的好惡去刁難、處罰一個人或優待、獎賞一個人。他也許說不出獎罰的標準，但是在他心裡，這個標準是明確而不可動搖的。

他碰到什麼挫折或不合理的事常說：「我們俄國人啊。」以為他對農民簡直無法容忍。可是事實上，他全心全意地熱愛俄國人和他們的風俗習慣，正因如此，他才理解並掌握了唯一能帶來正面效果的經營方式和方法。

伯爵夫人瑪麗亞因為他的這種愛而對丈夫心懷嫉妒，又因為不能分享這種愛而感到惋惜，卻不能理解這個使她感到陌生的世界為他帶來的快樂和煩惱。她不能理解，當他黎明起身，在田間和打穀場上度過整個早晨，從播種、割草或收成的農活中回到她身邊來飲用早茶時，怎麼會那麼興致勃勃、充滿活力。她不明白，他在讚賞什麼，他是那麼興高采烈地談到善於經營的富裕農民馬特維．葉爾米申，說他帶領全家通宵運回新收割的作物，別人家還沒有收割，而他家的穀物垛卻已經都堆好了。她不明白，溫暖的細雨密密地落在乾旱的麥苗上，他怎麼會那麼興奮地從窗邊走上陽臺，嘴角含笑，欣喜地眨著眼，或者在收割時節帶著濃濃雨意的烏雲被風吹散，他曬得黑裡透紅，渾身冒汗，頭髮上帶著一股艾草和毛蓮菜的氣味從打穀場上跑來時，怎麼會那麼高興地搓著雙手說：「再一個晴天，我和農民的一切都就可以入倉了。」

她更不能理解，當她向他轉達某些農夫或農婦向她提出關於解除他們勞動的要求時，他這個心地善良、隨時準備滿足她的願望的人怎麼會沮喪得近乎絕望，這麼善良的尼古拉，怎麼會固執地拒絕，生氣地求她不要多管閒事。她感到，他有一個他所熱愛的特殊世界，這個世界的行事法則是她所不理解的。

她有時很想多多理解他，對他談到他為莊園的每一份子謀福利的功勞，他卻生氣地回答道：「哪有這種事，我連想也沒有想過；我是不會為他們的福利做些什麼的。別人的福利等全是幻想和女人們的想入非非。我要做的，是不讓我們的孩子沿街乞討；我要在我活著的時候整頓家業；如此而已。為此就要有制度，要雷厲風行……就是這樣！」他信心十足地握緊拳頭說。「不言而喻，還要行事公正，因為農民要是缺衣少食，只有一匹瘦馬，他就既不能為自己也不能為我效勞。」

也許正因為他從來不想為別人、為行善做什麼事，所以他的所作所為總是卓有成效：他的家業迅速擴大；鄰近的農民都來求他買下他們，在他離世後很久，民間對他持家有方仍保留著敬若神明的記憶。「是一位好東家。先想到農民，然後才想到自己。可是也絕不縱容姑息。一句話，好東家！」

八

有一件事使尼古拉在經營管理方面深感苦惱，那就是脾氣暴躁和驃騎兵輕易動手打人的陋習。初期他覺得這沒有什麼可指責的，不過在婚後第二年他對這種懲治方式的看法突然有了轉變。

夏季的某一天，從鮑古恰羅沃叫來了接替德龍的村長，有人揭發他有各種欺詐行為和怠忽職守。尼古拉來到臺階上見他，在村長回答了幾句之後，門廊裡響起了怒斥和打人的聲響。之後尼古拉回家享用早餐，走到低頭刺繡的妻子面前，像平時一樣對她說起這天早上他所關切的事，順便也談到鮑古恰羅沃的村長。伯爵夫人瑪麗亞的臉上一陣紅一陣白，抿著嘴唇，仍低頭坐著，對丈夫的話完全未加理會。

「這個厚顏無恥的渾蛋。」他說，一想起來就冒火。「嘿，他大可告訴我，他喝醉了沒看到……妳怎麼了，瑪麗亞？」他突然問道。

瑪麗亞伯爵夫人抬起頭想說什麼，可是又急忙低下頭抿緊嘴唇。

「不舒服嗎？妳怎麼啦，我的朋友……」

長相不算標緻的瑪麗亞伯爵夫人哭的時候看起來楚楚動人。她從不因為痛苦或氣惱而哭泣，總是由於悲傷和憐憫而落淚。她哭的時候，淚光閃閃的眼睛自有一種令人傾倒的魅力。

尼古拉剛執起她的一隻手，她就忍不住哭了。

「尼古拉，我看到了……他是不對，可是你，你何必呢？尼古拉……」於是她雙手捂著臉。

尼古拉不吭聲了，臉脹得通紅，自她身邊走開，在房裡默默地踱步。他知道她為什麼哭了；可是他在心裡還不能立刻同意她的看法，將他自幼就習以為常、認為再平常不過的舉動視為惡劣行為。

「這是虛情假意、婦人之見，還是她的見解正確呢？」他自問道。他未能獨自解決這個問題，再一次注視她痛苦又深情的面容，於是他猛然醒悟，她是對的，而他早就該反省自己的錯誤了。

「瑪麗亞，」他走到她面前輕聲說道，「永遠不會再發生了；我向妳保證。永遠。」他聲音顫抖地重複了一遍，像孩子請求寬恕似的。

伯爵夫人更是淚如雨下，執起丈夫的手親吻。

「尼古拉，你什麼時候把浮雕寶石打碎的？」為了改變話題，她看著他的手說，這隻手上戴著鑲有拉奧孔[28]頭像的戒指。

「今天；就是為那件事。唉，瑪麗亞，不要再提了。」他又脹紅了臉。「我向妳保證，不會再發生了。就讓它永遠提醒我吧。」他指著打碎的戒指說。

從此在與村長或管家發生爭執時，只要血湧上面頰，雙手握緊拳頭，尼古拉便轉動手上的戒指，在觸怒他的人面前垂下眼。不過，一年總有一兩回他會忘乎所以，於是來到妻子面前坦承錯誤，又許下諾言說，不會有下次了。

「瑪麗亞，妳想必會輕視我吧？」他問她。「這是我活該。」

「要是你覺得自己忍不住了，就走開吧，趕緊走開。」瑪麗亞伯爵夫人憂傷說道，竭力安慰丈夫。

在省裡的貴族社會，大家敬重尼古拉，卻不喜歡他。他對貴族的利益不感興趣。於是一些人認為他高傲，另一些人說他愚蠢。整個夏季，從春播到秋收，他都忙於農事。秋天他以忙於農事的認真態度投入狩獵活動，帶領狩獵隊出門一、兩個月。冬天他巡視其他鄉村，認真閱讀。他的讀物主要是每年花一定金額訂閱的歷史著作。正如他所說，他為自己蒐集了可觀的藏書，並規定閱讀完他購置的所有書籍。他鄭重其事地坐在書房裡讀書，起初將讀書視為任務，後來閱讀成了學習的習慣，並從中獲得特殊的樂趣，並意識到讀書是很嚴肅的事。除了因事外出，冬天多數時間他都待在家裡，享受家庭的天倫之樂，介入母親和孩子們之間的瑣事。他和妻子愈來愈親密無間，每天都能發現她新的心靈美。

索尼婭從尼古拉婚後就住在他家。早在結婚前，尼古拉就把自己和索尼婭過去的關係告訴了未婚妻，表示自責並讚揚她。他請求瑪麗亞公爵小姐親切善待她。瑪麗亞伯爵夫人完全了解丈夫的過錯；感到自己也對不起索尼婭；她想，是她的財富影響了尼古拉的選擇，索尼婭是無可指責的，很想好好愛她；可是她非但無法愛她，反而常發現自己對她懷有惡意，而且無法克服。

有一天，她和娜塔莎談起索尼婭，覺得自己對她是不公正的。

「妳知道嗎？」娜塔莎說，「妳常讀《福音書》，其中有一段就是在形容索尼婭。」

「哪一段？」瑪麗亞伯爵夫人驚訝問道。

「『凡有的，還要加給他；沒有的，連他所有的，也要奪過來』[29]，記得嗎？她就是那個『沒有的』，為什麼？我不知道；她所沒有的也許是私心，我不知道，但是她所有的是要被奪走的，於是一切都被奪走了。我有時非常同情她；從前我很希望尼古拉能娶她；可是我總有預感，這是不可能的。她是一朵無實

28 希臘神話中，特洛伊的祭司。因警告特洛伊人勿中木馬計而觸怒雅典娜，和兩個兒子同被巨蟒纏死。

29 見《新約．路加福音》第十九章第二十六節。

花，知道嗎，像草莓上開的那種？我有時同情她，有時又想，她並沒有意識到這一點，不像我們能意識到。」

儘管瑪麗亞伯爵夫人向娜塔莎說明，《福音書》上這幾句話不能這麼理解，可是面對索尼婭，她不禁同意娜塔莎的解釋。確實，索尼婭似乎並不為自己的處境感到苦惱，反而完全安於自己無實花的命運。看來，她所珍惜的與其說是人，不如說是整個家庭。她如同一隻小貓，不是依戀人，而是依戀家。她服侍老伯爵夫人，寵愛和嬌慣孩子，總是願意竭盡綿薄為他人效勞；可是人們雖然接受了她的效勞，卻不由自主地鮮有感激之情。

童山莊園的重建已經完成，可惜其氣派和已故公爵在世時已不可同日而語。

艱困時期開工建造的房屋只能因陋就簡。建立在原來石頭地基上的豪宅為木質結構，只是內部粉刷了一下。這座寬敞的大房子地板沒有油漆，擺設著極普通的硬沙發和扶手椅，以及自家木匠用自家樺木製作的桌椅。屋內很是寬敞，有不少下房和客房。羅斯托夫和鮑爾康斯基家族的親戚有時會全家到童山來做客，他們駕著自家的十六匹馬、帶著幾十名僕人驅車而來，一住就是幾個月。此外，一年四次，每逢主人們的命名日和生日，便有賀客上百人來住上一兩天。一年的其餘時間過著不容更改的規律生活，從事日常的活動，按時享用家常的茶點、早餐、午餐和晚餐。

九

這是冬季聖尼古拉節[30]的前一天，即一八二〇年十二月五日。這一年入秋後，娜塔莎和丈夫帶著孩子們到哥哥住所做客。皮埃爾到彼得堡去了，他說有特別重要的事情要在那裡待上三個星期，如今已經過去六個多星期。預計隨時都可能回來。

十二月五日，除了別祖霍夫，在羅斯托夫住所做客的還有尼古拉的一個老朋友——退役將軍瓦西里．傑尼索夫。

尼古拉知道，在他過命名日的六日這一天有客人要來，他必須脫下緊身外衣、穿上常禮服和狹窄的尖頭長靴到他新建造的教堂去，然後接受祝賀，以茶點招待客人，談談貴族選舉和收成；不過在節日前一天，他覺得還是可以像平日一樣。午餐前，尼古拉檢查了姪子名下的梁贊莊園總管帳目，寫了兩封事務方面的信，又到打穀場、牲口棚和馬廄去察看。預計明天紀念建堂節[31]，所有人都會喝醉，他採取一些應對措施後來到餐廳，沒來得及和妻子單獨交談幾句便坐上放置二十副餐具的長餐桌，家裡所有人都圍坐在桌旁。在座的有母親、和她住在一起的老太太別洛娃、妻子、三個孩子、男女家庭教師各一名、姪子和他的

30 冬季聖尼古拉節為十二月六日，另有夏季聖尼古拉節為五月九日。

31 在這裡「建堂」的意思是為聖尼古拉而建立教堂。

家庭教師、索尼婭、傑尼索夫、娜塔莎、她的三個孩子和他們的女家庭教師，還有老公爵的建築師，在童山養老的米哈伊爾．伊萬內奇。

瑪麗亞伯爵夫人坐在餐桌的另一端。丈夫剛在位子上坐下，依他取下餐巾後把面前的茶杯和酒杯一推的動作，瑪麗亞伯爵夫人便認定他心情不好，他有時會這樣，尤其是在喝湯之前和工作後直接來就餐時。伯爵夫人很了解他這種情緒反應，在她心情愉快時，她會平靜地等他喝湯後，才和他說話，要他承認他是無緣無故地鬧情緒；可是今天她完全忽略自己往日觀察的心得；她只覺得痛心，他無緣無故地生氣令她深感不幸。她問他到哪裡去了。他回答了。她又問，事情都順利嗎？他覺得她的語調不正常，便不悅地皺起眉頭，漫不經心地回答了一句。

「可見我沒有看錯。」瑪麗亞伯爵夫人想，「他為什麼對我生氣呢？」瑪麗亞伯爵夫人從他回答的語調中聽出，他對自己沒有好感，急於結束談話。她感到自己的口氣生硬；可是她忍不住又問了幾個問題。

由於餐桌上有傑尼索夫在座，大家很快便熱絡地交談起來，瑪麗亞伯爵夫人就未再和丈夫說話。當所有人離開餐桌去向老伯爵夫人道謝時，瑪麗亞伯爵夫人把手伸過去，親了親丈夫，問他為什麼對她生氣。

「妳總是有一些莫名的想法；我根本就沒有生氣。」

但總是這些字眼隱約回答了瑪麗亞伯爵夫人：不錯，我在生氣，就是不想說。

尼古拉和妻子相處和睦，甚至出於嫉妒希望他們彼此爭執的索尼婭和老伯爵夫人也找不到乘機責備的理由；不過他們之間也會有反目的時刻。有時，正好是在一段最幸福的時期之後，他們會突然疏離和敵視；這種心情往往出現在瑪麗亞伯爵夫人懷孕期間。現在她正處於這樣的時期。

「哎，先生們、女士們。」尼古拉大聲說道，似乎心情很愉快（瑪麗亞伯爵夫人覺得，這是在故意氣她），「我六點鐘就起床了。明天又會很累，現在要去休息一下。」他未對瑪麗亞伯爵夫人再說什麼，就到小休息室的沙發上躺下。

「總是這樣，」瑪麗亞伯爵夫人想。「他向所有人打招呼，就是不和我說話。我曉得，我曉得，他討厭我。尤其是在這種情況下。」她看了看自己圓鼓鼓的肚子和鏡子裡自己蠟黃、蒼白的臉，一雙眼睛顯得比任何時候都大。

於是，一切在她眼裡淨是不如意：無論是傑尼索夫的喊叫聲、笑聲，還是娜塔莎的說話聲，尤其是索尼婭漫不經心地向她投來的那種目光。

索尼婭永遠是瑪麗亞伯爵夫人生氣的第一個藉口。

她陪客人坐了一會兒，對他們的談話聽而不聞，悄聲地出來，到育兒室去了。

孩子們坐在椅子上佯裝駛往莫斯科，邀請她一起去。她坐下和他們玩，可是關於丈夫、關於他無故生氣的想法一直困擾著她。她站起來離開，吃力地踮著腳到小休息室去。

「也許他沒有睡，我要和他談談。」她對自己說。大孩子安德留沙學她的樣子，踮起腳跟在她後面。瑪麗亞伯爵夫人沒有發現他。

「親愛的瑪麗亞，他好像在睡覺；他累了。」索尼婭（瑪麗亞伯爵夫人覺得，到處都能碰到她）在大休息室說。「安德留沙會吵醒他的。」

瑪麗亞伯爵夫人回頭一看，只見安德留沙跟在後面，覺得索尼婭說得對，正因如此她才怒氣勃發，看來是勉強忍著未出言奚落。她一聲不吭，為了不聽她的，只是做個手勢，叫安德留沙別出聲，還是讓他跟著，她走到門口。索尼婭進了另一扇門。從尼古拉睡覺的房裡傳來他均勻的呼吸聲，妻子熟悉這聲音的極細微變化。她聽著這呼吸聲，看著面前他那光潔漂亮的前額、鬍子、面容，在夜深人靜的時候，她時常久久凝視他睡夢中的這張臉。尼古拉突然動了動，乾咳了一聲。就在這時安德留沙在門裡叫嚷起來：

「爸爸，媽媽在這裡呢。」

瑪麗亞伯爵夫人嚇得面色慘白，開始對兒子打手勢。他不出聲了，瑪麗亞伯爵夫人感覺到，可怕的沉寂大約持續了一分鐘。她知道，尼古拉不喜歡任何人吵醒他。突然門後又響起了嘆氣聲、動彈聲，還有尼古拉不滿的說話聲：

「一刻也不讓人安靜。瑪麗亞，是妳？妳怎麼把他帶來了？」

「我只是過來看看，我沒有看到……對不起……」

尼古拉咳了一聲，不說了。瑪麗亞伯爵夫人從門口走開，送兒子到育兒室去。五分鐘後，三歲的黑眼睛小娜塔莎、父親寵愛的女兒，聽聞哥哥說爸爸睡在小休息室裡，便背著母親去找爸爸了。黑眼睛小女孩大膽地把門吱的一聲推開，有力地邁開小小的光腳跑到沙發前，仔細地看看背對她躺著的父親，踮起腳在父親放在腦袋下的手上親了一下。尼古拉轉過身來，臉上掛著愛憐的微笑。

「娜塔莎，娜塔莎！」門口響起了瑪麗亞伯爵夫人驚恐的低語聲，「爸爸要睡覺。」

「不，媽媽，他不想睡了，」小娜塔莎很有信心地回答說，「他在笑。」

尼古拉放下腳，把女兒抱起來。

「進來，瑪麗亞。」他對妻子說。瑪麗亞伯爵夫人走進房間，坐在丈夫身邊。

「他跟在我後面跑過來，我沒有看到。吵醒你了。」她怯生生地說，「我很……」

尼古拉單手抱著女兒，看了看妻子，發現她臉上有抱歉的神情，便用另一隻手摟著妻子，吻了吻她的頭髮。

「可以親吻媽媽？」他問娜塔莎。

娜塔莎羞怯地微微一笑。

「再來。」她說，用命令的手勢指著剛才尼古拉吻妻子的地方。

「我不知道，妳怎麼會以為我心情不好。」尼古拉說，他知道妻子的心裡是有這個疑問的。

「你無法想像，你那樣對我，我會感到多麼不幸、孤單。我老是覺得……」

「瑪麗亞，夠了，別說蠢話。妳怎麼不害羞啊。」他愉快地說。

「我覺得，你是不會愛我的，我這麼醜……老是這樣……而現在……又是這樣懷著……」

「噢，妳真可笑！人不是因為好看才可愛，而是因為可愛才好看。只有瑪律維娜之類的女人，人們才因為她們漂亮而愛她們；難道我愛妻子嗎？我不愛，不過說真的，我不知道怎麼對妳說才好。在沒有妳的時候，或者在我們之間像現在這樣有了芥蒂，我會坐立不安，什麼也做不了。若問，我愛自己的手指嗎？我不愛，可是妳割掉手指……」

「不，我不是這樣，不過我能理解。這麼說，你沒有生氣？」

「可生氣了。」他微笑說，站起來理一理頭髮，在房裡踱起步來。

「妳知道嗎，瑪麗亞，我想什麼來著？」現在他們和睦如初了，於是他開始在妻子面前說出自己的想法。他不問她是否願意聽；他無所謂。既然他有了一個想法，她也會有什麼想法的。於是對她說，他想留皮埃爾直到開春再走。

瑪麗亞伯爵夫人聽了他的話，說出自己的意見，現在輪到她說出自己的想法了。她的想法和孩子有關。

「現在就可以看出女人的韻味了。」她指著娜塔莎用法語說道，「你們責怪我們女人缺乏邏輯性。她的話就是我們的邏輯。我說；爸爸要睡覺，而她說：不，他在笑。她是對的。」瑪麗亞伯爵夫人露出幸福的微笑說。

「是的，是的！」尼古拉用一隻強而有力的手臂高高托起女兒，讓她坐在自己肩上，摟住兩條小腿，扛著她在房間裡走來走去。父女兩人的臉上都是一副傻傻的幸福神氣。

「知道嗎？你也許不大公平。你太寵愛這個孩子了。」瑪麗亞伯爵夫人悄悄地用法語說。

「是的，可是有什麼辦法呢……我盡力不表露出來……」

這時門廊和前廳傳來了門的轉動聲和腳步聲，好像是外面有人來的聲音。

「有人來了。」

「我猜這是皮埃爾。我去看看。」瑪麗亞伯爵夫人說，她出去了。

她出去後，尼古拉竟扛著女兒在房裡跑著兜圈。他喘不過氣來了，把笑咯咯的小女孩從肩上放下，摟在懷裡。他的奔跑使他想起了跳舞，於是他看著孩子喜滋滋的小圓臉想，等他老了帶她出門，像去世的父親帶著女兒跳丹尼洛·庫珀舞那樣和她跳瑪祖卡舞時，她會是什麼模樣。

「是他，是他，尼古拉。」幾分鐘後，瑪麗亞伯爵夫人回來說。「我們的娜塔莎現在活躍了。該看看她是多麼高興，等一下又會怎麼埋怨他，怪他沒有如期回來。喂，趕快去呀，去吧！你們也該分開了。」她說，含笑望著依偎著父親的女孩。尼古拉牽著女兒的手出去了。

瑪麗亞伯爵夫人獨自留在休息室裡。

「從來、從來就無法相信，」她小聲地自言自語，「我能這麼幸福。」她眉開眼笑；可是就在這時她嘆息了一聲，深邃的目光裡流露出淡淡的輕愁。除了她所體驗到的幸福之外，彷彿還有塵世生活中無緣得到的另一種幸福，此刻她不由自主地想了起來。

娜塔莎是在一八一三年早春結婚的，到了一八二〇年，已育有三個女兒和她熱烈期盼的一個兒子，如今她親自為兒子哺乳。她胖了，身材顯得寬大，在這名健壯的母親身上已很難看出當初那個纖細、活潑的娜塔莎。她面部的線條已經成熟，神情平靜柔和、泰然自若。她的臉上已不見曾賦予她以迷人魅力的那種不斷燃燒的青春火焰。她的臉和身體已不再流露內心的激情，只見一個健壯、美麗、多育的女人。在她身上已少見當年燃燒的火焰。除了在她丈夫回來之際、在孩子病癒或在她和瑪麗亞伯爵夫人一起回憶安德烈公爵的時刻（她從不在丈夫面前提起他，唯恐引起他的嫉妒），在她偶然受到觸動而歌唱的時候——這是極其罕見的，婚後她幾乎放棄唱歌的愛好。在這些罕見時刻，當她豐腴的身軀裡燃起往昔的火焰時，她看來比從前更具魅力。

婚後，娜塔莎和丈夫住在莫斯科、彼得堡或莫斯科郊區的鄉間，或住在母親住所裡，亦即尼古拉住處。在上流社會裡，已很少見到別祖霍夫伯爵夫人了，見到她的人也對她不甚滿意。她既不親切，也不動人。並非娜塔莎喜歡孤獨（她不知道她是否喜歡孤獨；她甚至覺得，她不喜歡離群索居），而是她正懷孕、生育、哺乳的同時，還得分分秒秒地參與丈夫的生活，為了滿足這些需要，她不得不放棄社交活動。凡是認識婚前娜塔莎的，無不對她身上的變化感到驚訝，甚至感覺異樣。只有老伯爵夫人憑著母親的直覺，了解娜塔莎的一切激情都源於對家庭和丈夫的需要，她也曾在快樂莊園如此宣稱，當時與其說是在開玩笑，不如說是實話實說。母親對不了解娜塔莎的那些人深感不解，也反覆強調，她一向很清楚，娜塔莎會成為賢妻良母。

「不過她對丈夫和孩子愛得太過分了。」伯爵夫人說，「簡直荒唐。」

娜塔莎不理會才智之士，尤其是法國人所宣揚的金科玉律，說什麼女人結婚後不可變成邋遢女人，不可放棄自身才華，甚至要比婚前更注意修飾，要像以前誘惑其他男人一樣誘惑丈夫。反觀娜塔莎，她立刻拋棄自己所具備的迷人特質，其中最深具魅力的，莫過於唱歌。她之所以拋棄，正因為唱歌太迷人。她真的變成了所謂的邋遢女人。娜塔莎既不關心自己的風雅，也不關心談吐的文雅，也不關心如何風姿綽約地出現在丈夫面前，也不擔心自己的嚴格要求會令丈夫尷尬。她所做的一切都和那些金科玉律背道而馳。她覺得，過去本能教會她施展的魅力，如今在丈夫的眼裡只會顯得可笑，從最初的一刻起，她便將自己完全奉獻給他，意味著她奉獻出整個心靈、敞開胸懷。她覺得，她和丈夫的結合不是依靠當初將他吸引到自己身邊的崇高感情，而是依靠某種難以捉摸卻牢不可破的特質，一如自己的靈魂和肉體的結合一樣。

她覺得，為了吸引丈夫而梳理蓬鬆的髮型、穿上長版連身裙、唱著浪漫歌曲，就如同為了讓自己滿意而梳妝打扮一樣怪異。為了取悅他人而梳妝打扮，也許會令自己高興吧，她不知道，可是就是沒有時間啊。她不唱歌，不關心衣容、不考慮談吐，主要原因就在於完全無暇顧及。

大家都知道，人能全身心地沉浸在某件事，不論這件事多麼微不足道。大家也知道，再怎麼微不足道的事情，在悉心關注下，只會愈來愈重要。

娜塔莎完全沉浸其中的，便是家庭，也就是丈夫和孩子，她要讓丈夫完完全全屬於她、屬於這個家，而對孩子要盡到懷胎、生育、哺育和教育的責任。

她所關注的，不是在理智上關注，而是全心投入，於是，家庭在她悉心關注下愈來愈重要，使她更覺得自身力量的薄弱及渺小，因而她更是集中力量，卻還是來不及完成她認為該做的事。

關於婦女權利、夫妻關係及雙方的自由和權利等方面的探討和爭論，在當時已和現在毫無二致，不過還沒有稱之為問題；但是娜塔莎對這些問題不僅不感興趣，甚至根本無法理解。

當時也和現在一樣，對那些將婚姻視為只是從對方身上獲得滿足的人而言，他們都只看到婚姻的基礎，而未看見婚姻在家庭中所具有的意義。

這些爭論和現在這些問題，如同怎麼才能從飲食中獲得更大滿足的問題一樣，無論當時或現在，對另一些人而言是不存在的，他們認為飲食的目的在於營養，而夫妻生活的目的在於家庭。

如果飲食的目的在於身體的營養，那麼突然享用雙倍飲食的人也許會得到更大的滿足，事實卻非如此，因為雙倍飲食是腸胃所無法負荷的。

如果婚姻的目的在於家庭，那麼擁有很多妻子或丈夫的人也許會得到很多滿足，卻無法真正擁有家庭。

如果飲食的目的在於營養，而婚姻的目的在於家庭，那麼所有問題的解決只能是：飲食不能超過腸胃的消化能力，而擁有妻子或丈夫的數量不能超過家庭的需要，亦即只能是一夫一妻。娜塔莎需要一個丈夫。她有了一個丈夫。於是丈夫給了她家庭。因而她不僅不需要另一個更好的丈夫，而且她既然把所有心思都用在這個丈夫和家庭上，也就不可能想像也沒有興趣去想像，在另一種情況下會如何。

娜塔莎根本不喜歡社交，但因此也就更加珍惜親人——瑪麗亞伯爵夫人、哥哥、母親和索尼婭的團聚。她珍惜和這些人的聚會，在他們面前，她可以蓬頭散髮、穿著睡袍大步地從育兒室出來，滿面喜色地展示沒有綠斑而帶有黃斑的尿布，聽家人安慰她說，孩子的身體好多了。

娜塔莎變得很邋遢，她的衣著、髮式、不投機的談話、她的嫉妒——她嫉妒索尼婭、嫉妒家庭女教師、嫉妒所有漂亮和不漂亮的女人——成了身邊所有人日常的笑料。多數人的看法是，皮埃爾對妻子唯命是從，情況也的確如此。從婚後的最初幾天起，娜塔莎就坦白自己的要求。皮埃爾非常驚訝於妻子這個嶄新的看法，即他在生活中的每一分鐘都屬於她和家庭。皮埃爾對妻子的要求感到驚訝，卻又備感榮幸，並欣然接受。

皮埃爾的順從表現在他不僅不敢向其他女人獻殷勤，也不敢面帶微笑和其他女人說話，不敢為了消磨時間而隨意前往俱樂部或參加宴會，他不敢任意揮霍，不敢長期外出，除非有正事要處理，妻子將他研究科學視為正事，她對科學一竅不通，不過她認為科學非常重要。其交換條件是，皮埃爾在家裡擁有全權，不僅可以自由行動，而且可以支配全家。娜塔莎在家裡甘願做丈夫的奴僕；只要皮埃爾在書房裡從事研究——看書或寫作，全家就必須踮起腳走路。只要皮埃爾表現出某種愛好，他的愛好經常會得到滿足。只要他有什麼想法，娜塔莎就會一躍而起，立即付諸實現。

全家完全秉承想像中的皮埃爾旨意，即娜塔莎所竭力揣摩的丈夫的想法。生活方式、居住地點、交往、人際關係、娜塔莎的家務、孩子的教育——不僅全依皮埃爾明白表示的方式行事，甚至娜塔莎還盡力揣摩，從皮埃爾的言談中所表露的想法裡，得出某些結論。她能準確猜測皮埃爾的想法其實質何在，一旦猜測到，便堅決依既定方法執行。而當皮埃爾本人企圖改變主意時，她會以他曾經有過的想法來反駁他。

皮埃爾和娜塔莎曾經歷過一段難忘的困苦時期。他們在生下第一個體質虛弱的孩子後，不得不先後換了三個奶媽，娜塔莎由於絕望而病倒了。有一天，皮埃爾告訴她盧梭的觀點，盧梭認為，僱用奶媽是違反自然且有害的。第二個孩子出生後，儘管母親、醫生和丈夫都反對她親自哺乳，因為這在當時是前所未聞的害事，她卻堅持己見，從此親自為每個孩子哺乳。

生氣時常見的情況是，夫妻一旦爭論太久，爭論後皮埃爾總是驚訝地發現到，妻子不僅在言談中，甚至在行動上體現了他原有的想法。他不僅發現自身想法的體現，而且發現自己在爭辯中脫口而出的衝動話語。

結婚七年之後，皮埃爾慶幸且堅定地感到，他不是壞人，他有這種感覺是因為他看到了反映在妻子身上的自己。他覺得，在自己身上一切好的和壞的都混合在一起，兩者混淆不清。然而反映在妻子身上的，淨是真正的美好；所有非正面的事物都被揚棄了。這種反映不是由於邏輯思維，而是藉由另一種神祕的、直接的途徑反映而出。

十一

兩個月前，皮埃爾已在羅斯托夫住所做客，當時他接到費多爾公爵的來信，請他前往彼得堡討論重大議題，這些議題已引起彼得堡一個團體成員的關切，皮埃爾則是該團體主要創始人之一。

娜塔莎會一一過目丈夫所有信件，當然也看過這封信。儘管丈夫不在身邊會讓她心情沉重，她還是建議他前往彼得堡。對丈夫抽象的純理論工作，她雖然不能理解，卻非常重視，唯恐會妨礙丈夫這些活動。皮埃爾一讀完信，憂鬱地向她投以探問的目光，她的回應是讓他前去，不過要向她確定歸期，最終確定是四個星期的期限。

自皮埃爾兩個星期前逾期不歸起，娜塔莎始終處於擔心、憂傷和惱怒的情緒裡。

對現狀不滿的退役將軍傑尼索夫是最近兩個星期來的，他一看到娜塔莎，是既驚訝又傷感，彷彿觀賞著依曾經愛過的人所描繪的一幅肖像，只是形象稍顯偏差。沮喪、抑鬱的眼神、答非所問、絮絮叨叨地聊著孩子的話題，這就是他在當年迷人的女巫面前所目睹和聽到的一切。

這段時期的娜塔莎總是憂心忡忡、怒形於色，尤其是在母親、哥哥、索尼婭或瑪麗亞伯爵夫人為了安慰她，試圖為皮埃爾尋找藉口，為他遲遲不歸想出千百種理由的時候。

「他那些蠢話、廢話，」娜塔莎說，「他那些不會有任何結果的想法，還有那些荒謬的團體。」她所批評的，淨是她對其重要性深信不疑的事。她到育兒室為唯一的男孩彼佳哺乳了。

沒有人能像這個才三個月的小生命那樣，說出這麼多令她感到安慰和合乎情理的話來，他躺在她懷裡，她感覺到他的小嘴吮吸和小鼻子的呼吸。這個小東西在說：「妳在生氣，妳在嫉妒，妳很想報復他，可是我就是他啊。我就是他啊……」娜塔莎無話可說。這是再真實不過的了。

在這惶恐不安的兩個星期裡，娜塔莎經常來到孩子身邊尋求慰藉，忙著照料他，結果孩子母奶喝太多，反而生病了。孩子的病令她大為驚恐，所幸這正好是她所需要的，忙於照顧孩子減輕了她對丈夫的牽掛。她正在哺乳時，大門口響起了皮埃爾的雪橇聲，知道怎麼讓太太高興的保母悄悄快步走來，滿臉欣喜地進門來。

「他回來了？」娜塔莎很快地小聲問道，她動也不敢動，深怕驚醒正要入睡的孩子。

「回來了，太太。」保母小聲說。

血氣一股腦湧上娜塔莎面頰，兩腿不由得動了一下；可是不能跳起來就跑啊。孩子又睜開小眼看了看。「是妳在這裡。」他彷彿在說，又懶洋洋地嘬著小嘴。

娜塔莎輕輕抽出乳頭，搖了搖孩子，將他交給保母，快步朝門口走去。可是一到門口，她便停住腳步，彷彿有些內疚，她一時興奮，那麼快就放開孩子，於是回頭望了望。保母抬起手臂，正隔著小床的欄杆將孩子放到小床上。

「您去吧，去吧，太太，您放心地去吧。」保母帶著主僕間所培養來的默契笑嘻嘻地小聲說。

於是，娜塔莎腳步輕鬆地朝前廳走去。

傑尼索夫拿著菸斗從書房來到大廳，這才第一次認出娜塔莎。她那變了樣的臉上散發燦爛的喜悅神采。

「他回來了！」她邊快走邊對他說，於是傑尼索夫覺得，他也因為皮埃爾回來而感到高興，其實他不大喜歡這個人。娜塔莎跑進前廳，看見身穿皮大衣，正在解下圍巾的高大身影。

「是他！是他！真的是他！他回來了！」她自言自語道，猛地撲了過去，擁抱他，緊緊地摟著，把頭依偎在他胸前，然後又把他略微推開，看著皮埃爾掛著霜花的紅潤面容。「是的，這是他；他又幸福又得意……」

霎時，她想起兩個星期以來她所忍受的等待及煎熬，她臉上快樂的神采消失了；她皺起眉頭，於是責難和怨言朝皮埃爾傾瀉而出。

「是呀，你可好了！你很開心，你在外面尋歡作樂……而我呢？你就算是想想孩子也好啊。我不時餵奶，以致我的奶水變質了。彼佳都快死了。你倒是很快活。是呀，你很快活。」

皮埃爾知道，他完全沒有錯，因為他不可能提早回來；他知道，她這麼大發脾氣是不成體統的，也知道，兩分鐘後這一切就會過去；重要的是，他很清楚自己的確很開心、很愉快。他很想大笑，卻又不敢。他不由得裝出一副可憐兮兮、驚慌失措的樣子。

「我回不來，真的！彼佳怎麼了？」

「現在沒事了，我們走吧。你怎麼都不覺得羞愧！要是你看到，沒有你，我是什麼樣子就好了，我是多麼難過啊……」

「妳身體好嗎？」

「我們走吧，走吧。」她說，抓住他的手不放。他們到自己的房間去了。

尼古拉和妻子來找皮埃爾時，他正在育兒室裡，右手托著剛睡醒的嬰兒逗弄。孩子咧開未長牙的小嘴，寬寬的小臉上露出快樂的笑容。暴風雨早已過去，娜塔莎臉上閃耀著燦爛、愉悅的陽光，感動地望著丈夫和兒子。

「和費多爾公爵都商量好了嗎？」娜塔莎問。

「是的，談得很順利。」

「看到吧，他能抬頭（娜塔莎的意思是，孩子能抬起頭）。哼，他把我嚇壞了！」

「見到公爵夫人了嗎？聽說，她是愛那個人的，這是真的？」

「是的，妳要知道……」

這時尼古拉和瑪麗亞伯爵夫人進來了。皮埃爾未放下手上的孩子，彎腰和他們親吻，回答他們的詢問。儘管有很多有意思的問題需要商談，可是戴著睡帽、搖晃著腦袋的孩子顯然吸引了皮埃爾所有注意力。

「好可愛！」瑪麗亞伯爵夫人看著孩子說，她在逗他。「我真不懂，尼古拉，你怎麼不懂，這些小傢伙是多麼可愛啊。」

「我不明白，不懂。」尼古拉冷冷地看著孩子說，「就是一團肉。我們走，皮埃爾。」

「其實，他是溫柔體貼的父親。」瑪麗亞伯爵夫人為丈夫辯護道，「不過等孩子長到一歲左右……」

「不，皮埃爾很會哄孩子，」娜塔莎說，「他說，他的大手長得正好可以托住孩子的屁股。你們看看。」

「嘿，才不是呢。」皮埃爾突然笑呵呵地說，順手把孩子交給了保母。

十二

如同每個真正的家庭，在童山住宅裡有幾個不盡相同的人生活在一起，這些人各自保有自身特點，而又互相謙讓，融為和諧的整體。家裡發生的每個事件，或喜或悲，對這些人都同樣重要；但每個人對某一事件都各自有其悲喜的原因而不取決於其他人。

例如皮埃爾的到來是可喜的重要事情，也就如此反映在所有人之中。

僕人是主人最忠實的裁判，因為他們的評判不是根據言談和流露的感情，而是根據行動和生活方式，他們歡迎皮埃爾的到來，是因為他們知道，有他在，尼古拉伯爵就不會每天忙於農事，而且會更有活力、為人更是和善，更因為人人都能得到豐厚的節日禮物。

孩子和家庭女教師歡迎皮埃爾的到來，是因為沒有人像皮埃爾，總會帶著他們參與各種娛樂。只有他會在古鋼琴上彈奏一種蘇格蘭舞曲（他只會這一支樂曲），在舞曲的伴奏下，如他所說，可以跳各式各樣的舞，而且他一定會為大家帶來禮物。

尼科連卡現今已是十五歲的聰明少年，他羸弱多病，有一頭淡褐色鬈髮和一雙漂亮的眼睛，他也很高興，因為皮埃爾叔叔（他這麼稱呼他）是他欽佩和熱愛的對象。沒有人要求他對皮埃爾多加敬愛，更遑論他偶爾才見到他。他的教育者瑪麗亞伯爵夫人竭盡全力，希望尼科連卡能和她一樣愛她的丈夫。尼科連卡是愛姑丈的，不過他的愛帶有輕視。而他對皮埃爾則是崇拜。他不願和尼古拉姑丈一樣，成為驃騎兵和聖喬治勳章的獲得者，他想像皮埃爾那樣，有學問且又聰明善良。有皮埃爾在座，他的臉上總是散發喜悅的光輝，皮埃爾和他說話，他會臉紅、呼吸急促。他不會遺漏皮埃爾所說的任何一句話，然後再和德薩爾一起或獨自回憶和領會皮埃爾每一句話的涵義。皮埃爾過往的生活、在一八一二年前所遭到的不幸（他根據所聽到的話為自己營造出富於詩意的想像）、他在莫斯科的驚險經歷、遭俘虜、普拉東……卡拉塔耶夫（這是聽皮埃爾說的）、他和娜塔莎的愛情（這個少年對娜塔莎也懷有一種特別的愛），重要的是，他和尼科連卡已不復記憶的父親的友誼——這一切再再使皮埃爾成為他心目中的英雄和聖賢。

從他偶爾聽到關於父親和娜塔莎的談話中，從皮埃爾談到故人時激動的情緒中，從娜塔莎談到他而不慎流露的脈脈柔情中，剛開始對愛情有了朦朧意識的少年形塑出一種觀點，他認為父親是愛娜塔莎的，臨終前，將她託付給自己的朋友。少年已經不記得父親在他心目中是他無法想像的神，每當想起他，尼科連卡總是屏氣凝神，眼裡滿是悲傷和激動的淚水。少年由於皮埃爾的到來而感到幸福。

客人們歡迎皮埃爾，因為這個人能為任何聚會帶來活躍和融洽的氛圍。

家裡所有成年人，且不說妻子，都歡迎這個朋友，有他在，大家顯得更輕鬆從容。

老太太們因為他會帶來禮物，也因為娜塔莎又會眉開眼笑而歡迎他。

皮埃爾意識到不同的人對自己有不同的看法，因而急於滿足每一個人的期待。

皮埃爾這個向來魂不守舍、健忘的人，如今依妻子開列的清單一一買齊所有禮物，他既沒有忘記岳母和大舅子的請託，也沒有忘記送給別洛娃的衣料和姪子們的玩具。結婚初期，他對妻子的要求很不解：他答應過買什麼，就一定要做到，而且一樣也不能忘記。第一次出門時，他把她的提醒拋到九霄雲外，結果，她那愁眉不展的樣子令他很是震驚。不過後來他總算習慣了。他知道，娜塔莎自己從來不要求什麼，至於買什麼送別人，只有在他主動提起時，她才會同意。現在他為全家購物時，竟意外地感到孩子般的快樂，再也不會忘記任何事。如果他受到妻子的責備，那一定是買了多餘或太貴的禮物。在皮埃爾看來，娜塔莎除了邋遢、懶散等公認的缺點外，她還很節儉。

自從在開銷極大的大家庭裡生活以來，皮埃爾驚訝地發現，他的開支比過去少了一半，而且他因為前妻的債務而惡化的經濟狀況，近日逐漸好轉了。

開支少了，是因為生活受到約束：皮埃爾不再過那種隨時可能使他處境惡化的奢華生活，也不想過了。他感到，現在的生活方式已經永遠確定下來、至死不變，他無權改變，因而生活開支也就少了。

皮埃爾面帶愉快的微笑拿出禮物。

「怎麼樣？」他問，像布店夥計那樣鋪開一塊花布。娜塔莎把大女兒抱在膝上坐在他對面，閃閃發亮的眼睛從丈夫身上很快地移向花布。

「這是給別洛娃的？很好。」她摸摸布的質地說。

「大概一盧布一尺吧？」

皮埃爾報出價錢。

「太貴。」娜塔莎說。「嗯，孩子們和媽媽會很高興。不過你不該為我買這個。」她加了一句，忍不住滿臉笑意地欣賞一把鑲有幾顆珍珠的金梳子，這種梳子當時正開始流行。

「是阿傑利慫恿我的，她一直說，買吧，買吧。」皮埃爾說。

「我什麼時候戴呢？」娜塔莎將梳子插入髮辮裡。「帶瑪申卡出門時戴吧；說不定那時又會時興這個。好了，我們走吧。」

他們帶上禮物先去育兒室，再去見伯爵夫人。

皮埃爾和娜塔莎腋下夾著包裹走進客廳時，伯爵夫人一如往常，正和別洛娃玩牌。

伯爵夫人已經年過六十。她的頭髮全白了，戴著睡帽，睡帽鑲邊把臉裹在中間。她的臉布滿皺紋，上嘴唇癟了進去，兩眼暗淡無神。

兒子和丈夫在短時間內相繼去世後，她覺得自己是失去目的和意義的人，偶然被遺忘在這個世界。她吃、喝、睡、起床，可是這不能算是生活。她的生活沒有為她留下任何記憶。她對人生別無所求，只圖安靜，而能讓她安靜的唯有死亡。可是在死亡來臨之前，她不得不活著，即消磨時間和殘餘的生命力。在她身上最明顯的是，只有在年幼的孩子和年邁的老者身上才能看見的特點。在她的生活中，看不到任何外在目的，顯而易見的只是練習自己各種喜好和能力的需要。她需要吃、睡、思考、說話、哭泣、工作、生氣等，只是因為她有胃、有大腦、有肌肉、神經和肝臟。她這麼做，不是基於某種外在因素，這不同於那些充滿活力的人，他們在做同樣的事時，除了他們所追求的目的之外，會忽視其他目的。她說話，只是因為她在生理上需要活動一下肺和舌頭。她像孩子一樣哭泣，因為她需要擤鼻涕，如此而已。對充滿活力的人們而言，會視為目的的舉動，對她來說顯然只是藉口。

例如早晨，尤其是前一天吃下過度油膩的食物，她會有發脾氣的需要，於是她就找一個最方便的藉口——別洛娃耳聾。

她在房間的另一頭輕聲對她說話。

「親愛的，今天好像暖和些了。」她小聲地說道。別洛娃回答說：「當然，他們都來了。」這時她就生氣地呢喃道：「我的天哪，又聾又蠢！」

另一個藉口是鼻咽，她覺得鼻咽太乾、太潮或者研磨得不好。這麼發脾氣之後，膽汁湧上面頰，臉色泛黃，侍女們根據這些跡象，得以知道何時別洛娃的耳朵又要聾了、鼻咽又要發潮了、何時她的臉色會發黃。正如她需要讓膽汁發揮作用一樣，她有時也需要讓殘餘的腦力發揮作用，為此便以打牌為藉口。當需要哭泣的時候，就拿已故伯爵大作文章。當需要擔憂的時候，藉口就是尼古拉及其健康；當需要說說刻薄話的時候，瑪麗亞伯爵夫人就成了藉口。當需要練練發音器官的時候——這往往是在昏暗的房裡休息消化之後的六點多鐘——那麼藉口就是要對同樣的聽眾說些同樣的故事。

老太太的這種情況，家裡的人都了解，不過誰也沒明說，所有人都努力滿足她這些需要。只是在尼古拉、皮埃爾、娜塔莎和瑪麗亞偶爾面面相覷、憂傷地似笑非笑中，表現出對她情況的理解。

不過，這面面相覷的目光還別具意義；這目光彷彿在說，她已經完成了人生使命，眼前看到的她，不能代表她的全部，有一天我們都會像她一樣啊，我們心甘情願地順從她，為了這位曾經親愛的人，曾經像我們一樣充滿活力而如今這般可憐的人，我們要約束自己。記住，人總是會死的[32]。

在全家人當中，只有那些極卑劣、極蠢的人和幼小的孩子才不明白這個道理而疏遠她。

32 原文為拉丁文。

十三

皮埃爾和妻子來到客廳時，老伯爵夫人正像平常一樣，需要打牌讓腦力活動，因此儘管她依老規矩，說著她在皮埃爾或兒子回來時總要說的話：「該回來了，該回來了，讓我們等太久啦。好了，謝天謝地。」把禮物交給她時，她又說了另外兩句說慣了的話：「禮輕情意重，親愛的，謝謝，還給我這個老太婆帶禮物……」可是，皮埃爾這個時候來，似乎惹得她不大高興，因為她分心了，牌還沒打完呢。她打完牌才來看禮物。禮物是精緻的牌盒、一個繪有幾個牧羊女的藍色有蓋塞夫爾瓷杯和一個繪有已故伯爵肖像的金質鼻菸壺，這幅肖像是皮埃爾在彼得堡請一位微型畫家繪製的。（老伯爵夫人早就想要這款鼻菸壺了。）她現在不想哭，所以她冷漠地看了看肖像，對牌盒更感興趣。

「謝謝你，朋友，你讓我得到安慰，」她像平常一樣說道，「不過你回來就好。要不簡直不像話；你就算管管自己的老婆也好。你不在家時，她就像個瘋子。她對什麼都不聞不問。」這些都是她常說的話。「妳看，別洛娃，」她加了一句，「女婿買了牌盒給我。」

別洛娃稱讚她的禮物，也很喜歡自己的花布。

雖然皮埃爾、娜塔莎、尼古拉、瑪麗亞和傑尼索夫有很多事要談，而在老伯爵夫人面前有些事是不便談的，這並非要瞞著她什麼，而是因為她落伍了，要是在她面前談起來，就不得不回答她不時插進來的問題，把已經對她說過好幾回的話再說一次：某某過世了、某某結婚了，這些她是不可能再記住的；不過他們還是像平時一樣，坐在客廳裡的茶壺旁飲茶，由皮埃爾回答老伯爵夫人的問題，都是一些她自己不需要了解、別人也不感興趣的問題，例如她會談到瓦西里公爵老了，轉達伯爵夫人瑪麗亞·阿列克謝耶夫娜的問候，說她還記著大家呢等……

喝茶時，始終進行著這種誰也不感興趣、然而不可避免的談話。索尼婭坐在茶壺旁，家裡的成年人都聚在圓桌和茶壺周圍用茶。孩子和男女家庭教師已經喝過了，隔壁休息室裡傳來他們的說話聲。喝茶時，大家都坐在自己習慣的位置；尼古拉坐在靠近爐子的小圓桌旁，他的茶點都送到那裡去。老獵犬米爾卡躺在他身邊的扶手椅上，牠臉上的毛都白了，鼓鼓的黑眼睛顯得更加突出，牠是第一個米爾卡所生。傑尼索夫身穿將軍常禮服坐在瑪麗亞伯爵夫人身旁，他的頭髮、鬍鬚和落腮鬍都花白了。皮埃爾坐在妻子和老伯爵夫人之間。他正說一些老太太或許會感興趣、能聽懂的事。他談到社會上的一些事件，談到一些人，他們曾構成老伯爵夫人的同齡人社交圈，這些同齡人曾是一個真實、活躍的獨立圈子，但現在大多流落世界各地，像她一樣消磨餘生，擷取昔日播種如今剩下的殘穗。但在老伯爵夫人心目中的他們，這些同齡人，是特殊、重要且真實的世界。娜塔莎從皮埃爾活躍的情緒中看出，他的彼得堡之行很有意義，他有很多話要說，就是不敢在老伯爵夫人面前明講。傑尼索夫不是家庭的一員，不明白皮埃爾的顧忌，此外他心懷不滿，對彼得堡的情況很感興趣，因而不斷地要求皮埃爾聊聊不久前發生在謝苗諾夫團的事件，談談阿拉克切耶夫或《聖經》協會。皮埃爾有時情不自禁地講了起來，但尼古拉和娜塔莎總是把話題拉回伊萬公爵和瑪麗亞·安東諾夫娜伯爵夫人的健康問題上來。

「究竟怎麼樣呢，那麼瘋狂，那個戈斯納[33]和塔塔里諾娃[34]，」傑尼索夫說，「難道還是一樣？」

「還是一樣？」皮埃爾大聲說道，「有過之而無不及。《聖經》協會嘛，現在就是整個政府[35]。」

「這是在說什麼呢，我親愛的朋友？」老伯爵夫人喝茶後問道，看來在用過茶點後，想找個藉口發脾氣。「你怎麼會提到政府呢，我不懂。」

「您知道嗎，母竟，是這樣的，」尼古拉插了進來，他知道要怎樣翻譯成母親的語言，「戈利岑公爵組織了一個團體，據說如此一來，他就很有勢力了。」

「阿拉克切耶夫和戈利岑，」皮埃爾冒失地說，「現在就是整個政府。而且大權在握！他們覺得處處都是陰謀，簡直草木皆兵！」

「怎麼，戈利岑有什麼錯？他是可敬的人物。我當初在瑪麗亞．安東諾夫娜家裡見過他。」老伯爵夫人氣憤說道，大家都不答話，她就更生氣了，又說：「現在對什麼人都品頭論足。就說《福音》書協會吧，有什麼不好？」她神情嚴峻地朝休息室裡自己的那張桌子從容走去。

在一片傷感的寂靜中，從隔壁房裡傳來孩子們的歡笑。顯然，在歡樂的孩子們之間激起了一陣騷動。

「好了，好了！」孩子們周圍響起了小娜塔莎快樂的尖叫聲。皮埃爾與瑪麗亞伯爵夫人和尼古拉對看一眼（娜塔莎總是在他的視野之內），微微一笑。

「這悅耳的聲音太美了！」他說。

「那是安娜．馬卡羅夫娜織好毛襪了。」瑪麗亞伯爵夫人說。

「啊，我去看看，」皮埃爾跳起來說。「你知道嗎？」他在門口停住腳步說，「為什麼我特別喜歡這種聲音？這聲音告訴我，一切都好。今天我坐雪橇回來，離家愈近，愈忐忑不安。走進客廳，只聽安德留沙笑聲朗朗——這就意味著，家裡一切都好。」

「知道，我知道這種心情，」尼古拉附和道，「我不能去，毛襪是要送給我的意外禮物。」

皮埃爾走進孩子們的房間，笑聲和叫喊聲更響亮了。「喂，安娜．馬卡羅夫娜，」傳來了皮埃爾的聲音，「妳到中間來，聽我的口令——一、二，等我說到三，妳就站到這裡。妳是中心。好，一、二……」房裡響起了孩子們興高采烈的喧嚷聲。

「兩隻，兩隻！」孩子們大聲叫著。

那是兩隻毛襪，安娜．馬卡羅夫娜按照只有她知道的祕密，用棒針同時編織兩隻襪子，襪子織好後，她總是在孩子們面前得意洋洋地將一隻襪子從另一隻襪子裡抽出來。

---

33 戈斯納（一七七三—一八五八），巴伐利亞的牧師，神祕主義者，一八二〇年被選為《聖經》協會會長。

34 塔塔里諾娃（一七八三—一八五六），於一八一七年在彼得堡創立宗教神祕主義教派的「宗教協會」，該派集會採取狂熱的宗教娛神活動形式，有集體和個人的舞蹈，與會者往往達到神魂顛倒的程度。

35 除了最有影響的人物阿拉克切耶夫、戈利岑之外，《聖經》協會的成員及其同情者還有內政大臣科丘別伊伯爵、馬格尼茨基、彼得堡總督米洛拉多維奇、教育區督學魯尼奇等人。

十四

此後不久，孩子們都來道晚安。孩子們一一親吻所有人，男女家庭教師鞠躬告退。只有德薩爾和他的學生留了下來。他低聲叫自己的學生下樓去。

「不，德薩爾先生，我要請求姑姑讓我留在這裡。」尼科連卡．鮑爾康斯基低聲回答道。

「姑姑，請允許我留下來。」尼科連卡走到姑姑面前說。他的臉上流露出懇求、激動和異常興奮的神情。瑪麗亞伯爵夫人看了看他，轉向皮埃爾。

「有您在這裡，他就不肯離開了……」她對他說。

「待會兒我就把他送過去還你，德薩爾先生；晚安。」皮埃爾把手伸向瑞士人說，隨即微笑著轉向尼科連卡。「我們好久不見了。瑪麗亞，他長得愈來愈像了。」他轉向瑪麗亞伯爵夫人加了一句。

「像父親？」少年問，他陡然滿面緋紅，炯炯有神的眼睛充滿喜悅地仰望著皮埃爾。皮埃爾對他點點頭，繼續講被孩子們打斷的事。瑪麗亞伯爵夫人在十字布上繡花；娜塔莎目不轉睛地看著丈夫。尼古拉和傑尼索夫不時站起來要菸斗抽菸，向一直坐在茶壺旁神情落寞的索尼婭要茶，並詳細詢問皮埃爾。一頭鬈髮的病弱少年目光炯炯地坐在沒有人注意的角落，露在翻領外的細脖子上、長著鬈髮的腦袋轉向皮埃爾所在之處，他偶爾顫抖一下，小聲地暗自說著什麼，看來體驗到一種全新的強烈感情。

話題圍繞著當時出自最高行政機關的流言蜚語，多數人都認為這種流言蜚語對內政具有極其重要的意義。傑尼索夫由於仕途失意而對政府不滿[36]，幸災樂禍地打聽他預料是發生在彼得堡的種種愚蠢行為，並以尖酸刻薄的措詞對皮埃爾的話加以評論。

「從前應該做個德國人，現在應該和塔塔里諾娃和克呂德訥夫人共舞，閱讀……埃卡茨豪森之流的作品[37]。噢！把我們的好漢拿破崙再放出來吧！他會把所有的烏煙瘴氣一掃而光。這像話嗎，把謝苗諾夫團交給軍事作風的施瓦爾茨[38]？」他大聲吼道。

尼古拉雖然不像傑尼索夫那樣把形勢看得一團糟，卻也認為議論政府是正當且重要的事，他認為，A被任命為某部大臣，B被任命為某地總督，皇上說了什麼，而大臣又說了什麼，這一切都是意義重大的。他認為應當關心，並向皮埃爾打探。在這兩位談伴的盤問之下，話題離不開政府上層的流言蜚語之類的陳詞濫調。

但是娜塔莎很了解丈夫的態度和思想，她看出皮埃爾早就想把談話引導到另一個方向，卻不能如願，他想說出內心的想法，也就是他特地到彼得堡和新結識的朋友費多爾公爵商談的想法；於是她提出一個問題幫助他：和費多爾公爵談得怎麼樣？

---

36 此處反映出這個人物的原型——傑尼索夫．達維多夫——的命運。達維多夫由於自由思想而失寵於俄國政府。他在衛國戰爭時期所建立的功勳沒有得到官方應有的認可。他曾徒勞地請求調往高加索，並在葉爾莫洛夫指揮下的現役部隊服役。最終在一八二三年被迫退役。

37 傑尼索夫在暗示一八一二年德國人在俄軍將領中的霸道，以及現在對俄國上層代表人物中的德裔宗教狂的盲目崇拜。塔塔里諾娃娘家姓布克斯格夫登；身為傳教士的女作家瓦爾瓦拉．克呂德訥（一七六四—一八二五）娘家姓菲京戈夫；卡爾．埃卡茨豪森是德國神祕主義作家。

38 一八二〇年三月，施瓦爾茨上校被任命為謝苗諾夫團團長，此人以軍事作風著稱。

「你們談了什麼？」

「還是那個老話題，」皮埃爾環顧四周說。「大家都看到，情況太糟了，絕對不能聽之任之，正直的人都有責任竭盡所能地加以制止。」

「正直的人能做些什麼呢？」尼古拉微皺起眉頭說。「能做些什麼呢？」

「聽我說……」

「我們到書房去吧。」尼古拉說。

娜塔莎早就猜到會來叫她餵奶，這時她聽到保母的呼叫聲，便前往育兒室去了。瑪麗亞伯爵夫人和她一起離開。男人們都到書房去，尼科連卡·鮑爾康斯基趁叔叔不注意也來到書房，坐在靠近窗子的陰影裡，身邊是一張書桌。

「說吧，你能做些什麼呢？」傑尼索夫問。

「老是在空想。」尼古拉說。

「聽我說，」皮埃爾開始說道，他沒有坐下，時而在房裡走動，時而停住腳步，說話時口齒不清，打著迅速有力的手勢。「聽我說。彼得堡的局勢是這樣的：皇上不過問任何事。他完全沉浸在那種神祕主義（皮埃爾現在不原諒任何人的神祕主義了）。他只求安靜，而能給他安靜的只有那些喪盡天良和人格、胡作非為的人：馬格尼茨基、阿拉克切耶夫之流[39]……要是你自己置農事於不顧，只求安靜，那麼你的莊園管理人愈殘酷，你就能愈快地達到目的，這種說法你能同意嗎？」

「喂，你說這些是什麼意思？」

「意思是一切都會完蛋。法庭貪贓枉法，軍隊靠的是武力：佇列操練、軍屯[40]——使人受盡折磨，教育被扼殺。新生的、正直的力量遭到摧殘！大家都看到，不能再這樣下去了。弦繃得太緊一定會斷。」皮埃爾說（自從有政府以來，人們審視任何政府的作為後總是這麼說）。「我在彼得堡對他們陳述我的想法。」

「對誰表述？」傑尼索夫問。

「啊，您知道是誰。」皮埃爾雙眉緊鎖、意味深長地看著他說：「是費多爾公爵和他們所有人。熱心教育和慈善事業[41]，不言而喻，這都是好事。宗旨非常好，如此而已；但在目前形勢下需要其他的。」

這時尼古拉發現姪子。他的臉色陰沉下來；他向少年走了過去。

「你怎麼在這裡？」

「什麼？隨他去吧。」皮埃爾拉著尼古拉的手說，又接著說道：「這是不夠的，我對他們說：現在需要其他的。你們與其坐等繃緊的弦斷裂；大家與其等候不可避免的災難性巨變——不如盡可能動員更多人，更緊密地攜手對抗普遍的災禍。所有新生力量正受到蠱惑而投向日益腐化的一方。有的惑於女色，有的惑於地位，有的受到虛榮和金錢的引誘而轉投那個陣營。像你們和我這麼獨立自由的人就一個不剩了。我對他們說：你們要擴大組織的規模；口號不再是道德，而是獨立和行動。」

尼古拉離開姪子，氣憤地挪過一張扶手椅坐下聽皮埃爾說，不滿地輕咳幾聲，臉色愈來愈陰沉。

「行動的目的何在？」他大聲問道。「你們對政府採取什麼態度？」

---

39 原文為義大利文。

40 阿拉克切耶夫於一八一七年根據亞歷山大一世旨意，在諾夫哥羅德、哈爾科夫、赫爾松等省建立軍屯。

41 這是和十二月黨人祕密組織「幸福同盟」有聯繫的「俄國文學愛好者自由協會」的格言。

「告訴你吧！採取協助的態度。組織可以是公開的，只要政府允許組織存在。它不僅不敵視政府，而且是真正保守派的組織。這是名副其實的紳士團體。我們只是為了明天普加喬夫[42]不會來屠殺你我的孩子，阿拉克切耶夫不會把我流放到軍屯的地方——我們只是為此而攜手抗爭，唯一的目標是爭取公眾的幸福和安全。」

「好，然而祕密組織多是敵對和有害的勢力，只會產生罪惡。」尼古拉提高嗓門說道。

「為什麼？難道拯救歐洲的道德同盟[43]（當時還不敢說俄國拯救了歐洲）產生了什麼弊端？這是道德同盟，是友愛和互助；這是被釘在十字架上的基督所宣揚的。」

在談話的過程中走進來的娜塔莎興奮地望著丈夫。她不是因為他所說的話而激動。她對他的話甚至不感興趣，因為她覺得，這一切都那麼簡單明瞭，而且她早已了然於胸（她有這種感覺，是因為她了解這一切的根源所在——皮埃爾整個心靈）。不過，她還是興奮地望著他那充滿活力、熱情洋溢的身影。

而更興奮且激動的望著皮埃爾的，是那個被大家遺忘、翻領裡露出細脖子的少年。皮埃爾的每一句話都使他心情激動，於是他在無意間以手指的痙攣動作折斷了偶然落在手裡的火漆和鵝毛筆，那原是放在姑丈書桌上的。

「完全不是你所想的那樣，德國的道德同盟和我所主張的組織究竟如何，我剛才已經解釋過了。」

「唉，賣香腸的傢伙覺得道德同盟好。可是我不了解，也沒什麼好說的。」響起了傑尼索夫語氣堅決的大嗓門。「一切都很糟糕，令人厭惡，這我同意，不過我不了解道德同盟，就是不喜歡什麼暴動[44]，就是這樣！我能跟你們走嗎？」

皮埃爾微微一笑，娜塔莎笑出了聲，但是尼古拉更是皺緊眉頭，開始向皮埃爾證明，在可預見的未來，看不見任何災難性巨變的可能，而他所提的危險，只存在於他的想像中。皮埃爾則反向證明，由於皮埃爾的智力更高，也更敏銳，尼古拉感到自己理屈詞窮，他因此更加惱怒，因為他不是根據推論，而是根據比推論更有力的某種緣由，他清楚知道自己的看法無疑是正確的。

「我跟你說，」他說，以一個抽搐的動作將菸斗挪到嘴角，最後又乾脆扔了。「我無法向你證明。你說，我們這裡一切都很糟糕，會發生災難性巨變；我卻完全看不出來；可是你說宣誓效忠是有條件的，關於這一點我要告訴你：你是我最好的朋友，你是知道的，但是如果你們組織祕密團體、對抗政府，不管這個政府如何，我的責任就是服從。倘若阿拉克切耶夫此刻命令我指揮騎兵連向你們揮刀砍殺，我會毫不猶豫地執行命令。隨便你怎麼看。」

此話一出，在場盡皆尷尬沉默了。娜塔莎率先發言，她維護丈夫，攻擊兄長。她的維護既缺乏說服力，也顯得拙劣，然而她的目的達到了。話題再一次開啟，但是已沒有尼古拉那最後幾句話的不快敵對。所有人起身準備去享用晚餐時，尼科連卡·鮑爾康斯基走到皮埃爾面前，他面色蒼白，兩眼閃閃發亮。

「皮埃爾叔叔……您……不……如果爸爸活著，他會同意您的看法吧？」他問。

皮埃爾突然明白了，剛才他侃侃而談時，這個少年曾有過多麼獨特、複雜且激烈的思緒轉折啊，於是，他想起自己所說的那些話，悔不該讓少年聽到。可是，眼下他必須回答他的問題。

---

42 普加喬夫（一七二六—一七七五），十八世紀俄國農民起義領袖。

43 道德同盟是一八〇八年於哥尼斯堡成立的祕密政治組織，其宗旨是在反對法國占領普魯士的戰爭中恢復德國的「民族精神」。俄國十二月黨人的第一個祕密組織「救國同盟」在制訂政治綱領和策略時，曾借鏡道德同盟的章程。

44 俄語「暴動（бунт）」和德語「同盟（bund）」諧音，此處是故意把同盟說成暴動。

「我想是的。」他不大情願地說，從書房出去了。

少年低下頭，彷彿這時才第一次注意到書桌上的鵝毛筆。他紅著臉走到尼古拉面前。

「姑丈，對不起，這是我在無意中折斷的。」他指著折斷的火漆和鵝毛筆說。

尼古拉氣得哆嗦了一下。

「好了，好了。」他說，把火漆和鵝毛筆的碎片都扔到桌底下。看來他勉強壓抑住心頭的怒火，別開了臉。

「你根本就不該待在這裡。」他說。

十五

晚餐桌上的談話不再涉及政治和祕密組織，反而談起了尼古拉最喜歡的話題——對一八一二年的回憶，這個話題是傑尼索夫提起的，皮埃爾在談話中顯得尤其親切且幽默。分手時，親人們的關係極其融洽。

晚餐後，尼古拉在書房脫下外衣，為等候多時的管家做了一些指示，穿著睡衣來到臥室，這時妻子還坐在書桌前寫字。

「妳在寫什麼呢，瑪麗亞？」尼古拉問。瑪麗亞伯爵夫人臉紅了，深怕自己所寫的內容無法得到丈夫的理解和認同。

她寧願不讓他看到自己所寫的內容，可是同時又很高興他看見了，因而不得不向他坦承。

「這是日記，尼古拉。」她說，將藍色封面的小冊遞給他，上面寫滿了筆跡堅挺、粗大的字。

「日記？」他略帶嘲笑的意味問，接過了小冊。是以法文書寫：

十二月四日。今天大兒子醒來後不願穿衣服，路易絲小姐派人來叫我。他任性又倔強。我試著嚇唬他，他卻更是大發脾氣。我假裝不理他，和保母去照料其他孩子起床，並對他說，我不喜歡他了。他久不吭聲，一副感到驚訝的樣子。後來只穿著襯衣便向我撲過來，放聲大哭。我安慰了好久他才平靜下來。顯然，惹我生氣是最令他難受的。後來，我晚上留了字條給他，他又吻著我傷心地哭了起來。對他，只要動之以情，一切就都沒事了。

「什麼字條？」尼古拉問。

「我每晚會留字條給大一些的孩子，上面記著他們的行為。」

尼古拉看了看那雙望著他的眼睛，繼續翻閱日記。日記裡記錄了母親覺得孩子的生活中值得注意的一切，表現了孩子的性格並引發關於一般教育方法的思考。大多是一些微不足道的小事，但是無論母親或是眼前第一次翻閱這本兒童生活日記的父親都不這麼認為。

十二月五日是這麼記錄的：

米佳在餐桌上舉止太頑皮。爸爸吩咐不要給他餡餅。於是沒有給他；可是他那麼可憐而貪婪地看著其他孩子吃餡餅！我想，為了懲罰孩子而不給他東西吃，會助長孩子的貪婪。要告訴尼古拉。

尼古拉放下小冊，看了看妻子。一雙閃亮的眼睛正疑問地（他是否贊同寫這些日記）望著他。毫無疑問，尼古拉對妻子不僅讚賞，更是欽佩。

「也許不必學究式地這麼做，也許根本就不需要。」尼古拉想；然而這種內心永遠不知疲倦的關切，是以培養孩子精神上的善為唯一目的，尼古拉的欽佩之情油然而生。如果他能意識到自己的心情，那麼他會發現，他如此堅定、溫柔而自豪地深愛著妻子，主要原因在於他總是驚訝於她的善良，驚訝於尼古拉幾乎覺得高不可攀的崇高精神境界，而他的妻子總是生活在如此崇高的精神境界之中。

尼古拉因為她的聰明、優秀而感到驕傲，就精神境界而言，他意識到自己在她面前的渺小，而他更是欣喜的是，她和她的心靈不僅屬於他，而且成為他自身的一部分。

「我非常、非常贊同，我的朋友，」他神情鄭重地說。沉默了一會兒，他說：「今天我的表現很不好。妳當時不在書房。我和皮埃爾爭論起來，我動怒了。這是不可容忍的。他是像孩子一樣天真的人。要不是有娜塔莎管著他，真不知道他會出什麼事。妳想想看，他為什麼到彼得堡去……他們在那裡組織了……」

「是的，我知道，」瑪麗亞伯爵夫人說，「娜塔莎對我提過。」

「啊，妳知道了。」尼古拉接著說道，他一想起這場爭論不覺暴躁起來。「他想說服我，每一個正直的人都有責任起來反對政府，而效忠的誓言和職責……可惜妳不在場。他們反而一一攻擊我，包括傑尼索夫和娜塔莎……娜塔莎太可笑了。她把丈夫管得服服貼貼，可是一碰到爭論，她就頓失自我主張——她完全用皮埃爾的話辯解了起來。」尼古拉補充了一句，屈服於評論最親近的人那種無法克服的欲望。尼古拉未注意到，關於娜塔莎所說的話，句句都適用於他和妻子的關係。

「是的，這一點我注意到了。」瑪麗亞伯爵夫人說。

「我對他說，職責和效忠高於一切，天知道他這時說了些什麼。可惜妳當時不在，妳怎麼認為呢？」

「我認為，你完全正確。我對娜塔莎就是這麼說的。皮埃爾說，人們在受苦受難、腐化墮落，幫助他人是我們的責任。當然，他是對的。」瑪麗亞伯爵夫人說，「但是他忘了，我們還對親人負有責任，這是上帝給我們的指示，我們可以自己去冒險，可是不能拿孩子冒險。」

「是啊，是啊，我也是這麼對他說的。」尼古拉緊接說道，他真的覺得，他說過這些話。「他還是固執己見，大談愛他人和基督教，而且都是當著尼科連卡的面說的，他這時溜進了書房，把桌上的文具都弄壞了。」

「噢，你知道嗎，尼古拉，尼科連卡時常讓我憂心。」瑪麗亞伯爵夫人說，「他是那麼與眾不同的孩子。我很擔心，我會為了自己的孩子而冷落他。我們都有孩子了，人人都有親人；而他卻形單影隻。他老是獨自沉思。」

「看看妳說的，我看妳不必為了他而責備自己。一個溫柔體貼的母親為兒子所做的一切，妳都為他做了。當然，我看了也很高興。他是很好、很好的孩子。今天他聽皮埃爾說話，聽得有些忘乎所以。妳想想，我們都要出來吃晚飯了；我一看，他竟把我桌上的文具折斷了，不過他立刻向我坦承。我從來沒聽他說過一句假話。一個很好、很好的孩子！」尼古拉又說了一遍，他心裡不喜歡尼科連卡，不過總是願意承認他是好孩子。

「終究和母親不同，」瑪麗亞伯爵夫人說，「我感到是不同的，這令我很苦惱。他是很優秀的孩子；不過我非常為他擔心。人際交往對他是有好處的。」

「好吧，不會等太久了；今年夏天我就帶他去彼得堡。」尼古拉說，「皮埃爾仍然是個幻想家，」他接著說，又想起了書房裡的談話，看來這次談話令他非常激動。「那些事和我有什麼關係，阿拉克切耶夫不好等，那些事究竟和我有什麼關係，我結婚了，負債累累，會坐牢的，還有母親，她看不到真相，也不能理解。再說，現在有了妳、孩子、事業。難道我願意從早到晚在辦公室忙碌？不，我知道我必須工作，為的是安慰母親、報答妳、不讓孩子們像我當初那樣一貧如洗。」

瑪麗亞伯爵夫人想對他說，人不是免於飢餓就可以了，他把這些事務看得太重；但是她知道，說這些是沒有用的。她只是拉起他的手親了親。他把妻子這個舉動看作對自己見解的贊同和肯定，於是默默地想了一會兒，接著說出自己的想法。

「妳知道嗎？瑪麗亞，」他說，「今天伊里亞・米特羅方內奇（這是管家）從坦波夫鄉下來，他說有人願出八萬盧布購買我們的樹林。」於是尼古拉興奮說道，短期內就有可能贖回快樂莊園。「再過十年，我就能為孩子們留下上萬家產。」

瑪麗亞伯爵夫人聽著，對丈夫所說的話全都明白。她知道，他說出自己的想法時，有時會反問她，他說了什麼，一旦發現她心有旁騖，就會生氣。可是她為此要付出很大的努力，因為他所說的話一點也不吸引她。她望著他，並不是心有旁騖，而是另有所感。她感到對這個人懷有溫婉而充滿柔情的愛，他從來不能理解她所理解的一切，她彷彿因此而更強烈地、帶有某種溫柔的情欲色彩愛著他。這種感情占據了她的心靈，妨礙她詳盡了解丈夫的計畫，此外她還會閃過一些和他所說的話毫無關聯的想法。她想的是姪子（丈夫說，他在皮埃爾說話時情緒激動，這使她大為驚訝），想起他的溫柔、敏感的性格等種種特質；她想到姪子時，也想到了自己的孩子。她不會比較姪子和自己的孩子，但是她比較了自己對他們的感情，憂傷地發現，自己對尼科連卡的感情是有所虧欠的。

有時她會想，這種差別是由於年齡的關係；但是她覺得，自己在他面前是有罪過的，於是暗下決心要予以糾正，完成不可能完成的事——此生要愛自己的丈夫、孩子、尼科連卡以及其他所有人，就像基督愛世人那樣。瑪麗亞伯爵夫人的心靈永遠在追求無限、永恆和完美，因而永遠無法平靜。她的臉上出現了為肉體所累的心靈那種隱祕而崇高的受難神情。

「我的天啊！每當她流露這般神情，我就會覺得，她要是離世了，我們該怎麼辦呢。」他暗忖，於是站在聖像前開始晚禱。

十六

娜塔莎和丈夫獨處時，兩人的談話也是只有在夫妻之間才會進行的話題，也就是說，彼此之間的了解和思想交流特別明快，違反一切邏輯規則，沒有判斷、推理和結論，而是一種截然不同的談話方式。娜塔莎習於以這種方式和丈夫交談，以至於皮埃爾一旦傳達太過有邏輯，對她來說，那便是她和丈夫之間不快的預兆。當皮埃爾企圖證明什麼，理性而平靜地說話，而她也如法炮製時，她知道這一定會引發爭端。

他們獨自留下後，娜塔莎睜著欣喜的眼睛，輕輕走到他面前，驀地抱住他的頭，摟在自己胸前說：「現在一整個、一整個都是我的，我的！你跑不掉了！」從這時起，便展開了違反一切邏輯規則的交談，兩人同時談起各種不同的話題，這本身便違反了邏輯。由此，同時涉及諸多問題，不僅無礙於明確的了解，反之，這是他們完全理解對方的明證。

在夢裡，一切都不真實、不合理、矛盾，除了支配夢境的感情，在這種違反一切議論規則的交流中也猶如在夢裡，一貫且明確的不是語言，而只是支配著他們的感情。

娜塔莎對皮埃爾談及哥哥的生活，談及丈夫不在時，她多麼痛苦，簡直過著非人的生活，談及她更愛瑪麗亞了，說瑪麗亞在各方面都比她優秀。這麼說的時候，她真誠地表白，她能看到瑪麗亞的優越，不過她在談到這件事的同時，要求皮埃爾必須更愛她，而不是瑪麗亞和其他女人，現在，尤其是在他見識過很多彼得堡的女人之後，應該重新表達他對她的情感。

皮埃爾回答娜塔莎時告訴她，他在彼得堡的晚會和午宴上和其他女人相處時，是多麼難受。

「我完全不知如何和女人交談了。」他說，「簡直無聊。何況我當時那麼忙。」

娜塔莎留心地看了他一眼，接著說：

「瑪麗亞太了不起了！」她說。「她很了解孩子啊。她好像能看到他們的內心。就說昨天吧，米堅卡太頑皮……」

「啊，他好像他的父親。」皮埃爾插了一句。

娜塔莎明白，他為什麼會提到米堅卡像尼古拉：他想起自己為了和大舅子的爭論而感到不快，想聽聽娜塔莎的意見。

「尼古拉向來有這個缺點，凡是未被所有人接受的事物，他是無論如何也不會贊同的。但是我了解，你所重視的，是要開闢一處新舞臺。」她說，重複著皮埃爾曾經說過的話。

「不，主要是對尼古拉而言，」皮埃爾說，「思想和討論都是遊戲，幾乎就是消磨時間。例如，他蒐集書本並規定，不讀完現有的書就不買新書——西斯蒙第、盧梭和孟德斯鳩的書都不買。」皮埃爾笑著補充道。「妳是知道的，我對他多麼……」他開始緩和語氣；但是娜塔莎打斷他的話，讓他明白，不必如此。

「你說，對他來說思想是遊戲……」

「是的，然而對我來說，其餘一切才是遊戲。我在彼得堡見到任何人總覺得精神恍惚。當我耽於思想時，其餘一切就是遊戲了。」

「噢，真可惜，我沒看見你怎麼和孩子們打招呼的。」娜塔莎說，「誰最高興？大概是麗莎吧？」

「是的，」皮埃爾說，又接著原來的話頭說了下去。「尼古拉說，我們無須思考。可是我辦不到。且不說我在彼得堡就感覺到（現在我可以說了），要是沒有我，一切都會分崩離析，所有人都在結黨營私。但是我成功地團結所有人，而且我的思想簡單明確。我並沒有說我們要對抗什麼。我們可能犯錯。我的意思是：讓一心向善的人團結起來，高舉一面旗幟：將美德貫徹於行動。謝爾蓋公爵這個人很好，而且很聰明。」

娜塔莎不會懷疑，皮埃爾的思想是偉大的，但有一點令她感到困惑。這就是他竟然是她的丈夫。「社會所需要的一位如此重要的人物，同時也是我的丈夫？怎麼可能？」她想向他表示自己的懷疑。「哪些人能斷定，他是否真的聰明過人？」她反問自己，同時將皮埃爾非常尊重的人也放在心裡衡量一遍。根據他的自述，在這些人當中，他最尊重的是普拉東．卡拉塔耶夫。

「你知道我在想什麼嗎？」她問，「在想普拉東．卡拉塔耶夫。他會有什麼想法？他還會支持你嗎？」

皮埃爾對這個問題一點不感到突兀。他理解妻子的思路。

「普拉東．卡拉塔耶夫？」他反問，並沉吟了起來，看來真的在用心思慮，卡拉塔耶夫在這個問題上會有什麼看法。「他是不會理解的，不過我想他會支持。」

「我好愛你！」娜塔莎突然說。「非常愛你。非常！」

「不，他不會支持，」皮埃爾想了想說，「他會讚賞我們的家庭生活。他很希望看到一切井然有序、幸福安寧，我會自豪地讓他看看我們的生活。妳剛才提到分別。妳簡直無法相信，分別後，我對妳懷有多麼特殊的感情……」

「啊，原來……」

「不，不是那個意思。我對妳的愛是始終不渝的。不可能更愛了；而那是一種特殊的……嗯，是的……」他沒有說完，因為兩人相遇的目光透露了一切。

「真荒唐。」娜塔莎突然說，「說什麼蜜月和結婚初期最幸福。現在反而才是最美好的時光。只要你不離開。記得我們的爭吵嗎？總是我不對。總是我。我們為什麼吵起來——我甚至不記得了。」

「總是老問題，」皮埃爾微笑說，「吃醋……」

「不許說，我受不了，」娜塔莎大聲說。她的眼裡閃著冰冷、兇悍的光芒。「妳見到她了？」她沉吟片刻，又問。

「沒有，即使見到也認不得了。」

他們沉默了一會兒。

「啊，你知道嗎？你在書房說話時，我看著你，」娜塔莎說，看來她想驅散臨近的烏雲。「嘿，你和男孩（她這麼稱呼兒子）就像兩滴水一樣相像。啊，該到他那裡去了……我想到了……但就是捨不得走。」

他們有幾秒鐘相對無語。然後驀地同時轉身相向，說起話來。皮埃爾神情得意且興奮；娜塔莎則面帶平靜、幸福的微笑。既然都開口了，兩人索性各自閉嘴，讓對方先行開口。

「不，妳要說什麼？說呀，說呀。」

「不，你說，我沒什麼好說的，都是一些傻話。」娜塔莎說。

皮埃爾接著說了下去。他繼續自鳴得意地談論他在彼得堡的成功。此刻他覺得，他負有為整個俄國社會和世界指出新方向的使命。

「我只是想說，所有產生深遠影響的思想都是簡單的。我所有思想就在於，既然那些為非作歹的人聯合起來，形成一股力量，那麼正直的人們也應如此。就是這麼簡單。」

「是啊。」

「妳想說什麼？」

「我沒什麼好說的，不過一些傻話。」

「不，還是說吧。」

「真的沒什麼，都是小事，」娜塔莎說，臉上的笑容更燦爛了，「我只是想聊聊彼佳：今天保母要把他從我懷裡抱走時，他笑了起來，瞇起眼緊緊地依偎著我——大概以為自己躲起來了。好可愛。他在哭了。好了，再見！」於是她朝門外走去。

此時，尼科連卡·鮑爾康斯基位於樓下的單間臥室裡，一如往常點著油燈（孩子怕黑，這是他改不掉的缺點）。德薩爾高臥在四個靠墊之上，羅馬式的鼻子發出均勻的呼吸聲。尼科連卡剛醒來，出了一身冷汗，大睜雙眼坐在床上，直視前方。可怕的夢驚醒了他。他夢見自己和皮埃爾戴著頭盔——如普盧塔克插圖本著作[45]中所繪。他和皮埃爾叔叔走在一支大部隊前面。這支部隊是由滿布空中的白色斜線組成的，宛如秋天飄蕩的蜘蛛網，德薩爾稱之為聖母的絲線。榮譽就在前面，且和那些線是一樣的，不過更密實一些。他們——他和皮埃爾——輕鬆愉快地飛奔，愈來愈接近目標。突然，牽動他們的線鬆了，糾纏在一起；他感覺很沉重。尼古拉姑丈卻神態威嚴且嚴厲地站在他們面前。

「這是你們做的嗎？」他指著折斷的火漆和鵝毛筆問。「我愛你們，但是阿拉克切耶夫命令我，誰第一個往前走，我就打死他。」尼科連卡回頭看看皮埃爾；可是皮埃爾不見了。皮埃爾原來是父親安德烈公爵，父親沒有形象和形體，但是他在那裡，尼科連卡望著他，感到一股溫情脈脈的愛戀：覺得自己綿軟無力、柔若無骨。父親輕撫他、憐惜他。但是姑丈尼古拉逼近他們。尼科連卡極其恐懼，於是他醒了。

「父親，」他想，「父親（儘管家裡有兩幅酷似的畫像，尼科連卡卻從來沒有將安德烈公爵想像為常人的形象），剛才父親和我在一起，並且輕撫我。他讚揚我，讚揚皮埃爾叔叔。不論他說什麼，我一定會去做。穆西烏斯・斯凱沃勒[46]燒自己的手。但是為什麼在我的生活中沒有這種事？我知道，他們希望我學習。我會努力學習。但是總有一天，我會停止學習；到時，我就要採取實際作為。我只求上帝一件事：讓我也和普盧塔克筆下的人物有同樣的際遇，我也會採取同樣的行動。我要做得更好。大家都會知道我、愛我、欽佩我。」尼科連卡突然感覺淚水堵住胸口，於是痛哭失聲。

「您不舒服嗎？」他聽到德薩爾的詢問。

「不，」尼科連卡回答說，在靠枕上躺下。「他是善良的好人，我愛他。」他想到德薩爾。「而皮埃爾叔叔！噢，多麼傑出的人！父親呢？父親，父親！是的，我要有所表現，連他也感到滿意……」

---

45 可能是指普盧塔克的法文版插圖本《名人錄》（一八一一年巴黎版），其中收錄將領和統帥戴頭盔的畫像。

46 穆西烏斯・斯凱沃勒為古羅馬傳說中的英雄。伊特拉斯坎國王率軍圍攻羅馬，他潛入敵營行刺，被捕受審時把手伸入烈火，表示對酷刑的蔑視。國王見其英勇，便將他釋放，並撤走圍攻羅馬的軍隊。

第二章

一

歷史學的研究對象是各民族和人類的生活。直接用語言捕捉和掌握，即直接描述民族的生活看來是不可能的，更不用說所有人類的生活了。

古代歷史學家為了描述和捕捉看似無法捕捉的民族生活，無不運用同樣的方法。他們描述統治某個民族的個人活動；在他們看來，這種活動就是整個民族活動的表現。

若問個人如何使民族依自己的意志行事，而這種意志本身又被什麼所支配，古人對第一個問題的回答是：承認神的意志使民族服從一個傑出人物的意志；對第二個問題的回答是：承認神在引導這個傑出人物的意志並實現預定目標。

對古人來說，這些問題的解決就是相信神直接參與人類活動。

近代史在理論上推翻了這兩種論點。

既然推翻了古人的信仰，否定人服從神的意志，否定各民族被引向既定目標，那麼近代史應該研究的，就不是權力的表現，而是形成權力的原因。但是近代史沒有這麼做。近代史在理論上推翻了古人的觀點，在實踐中仍遵循那些觀點。

為取代具有神授權力並直接受神的意志引導的人，近代史提出極具天賦能力的英雄，或索性提出各種不同屬性的人，從君主到領導群眾的新聞記者，所在都有。為取代猶太人、希臘人、羅馬人等民族中，符合神的意志的目標——古人視之為人類行動的目標，近代史提出自己的目標，即法蘭西、德意志、英格蘭民族福祉的目標，並在高度抽象中視之為人類文明幸福的目標，所謂人類，通常是指那些占據歐洲大陸西北方、小小地盤上的民族。

近代史推翻古人的信仰，卻未提出取代古人信仰的觀點，於是情勢的邏輯迫使歷史學家在想像中推翻帝王的神賜權力和古代的天命觀之後，又殊途同歸，首先承認民族是由個人領導的，再者，存在著民族和人類活動的既定目標。

從吉朋[47]到巴克爾[48]等近代歷史學家的所有著作，儘管表面上有分歧，且具新穎觀點，其基礎都無可避免地基於這兩個古老原理。

第一，歷史學家描述個人的活動，認為他們在領導人類（有些則認為，領導人類的只是君主、統帥、大臣；有些認為，除了君主和演說家之外，還有學問淵博的改革家、哲學家和詩人）。第二，歷史學家很清楚，人類正被引向某個目標（有些認為，這個目標是羅馬、西班牙、法國的強盛；有些認為，是世界一隅的自由、平等和某種文明，而這個世界正是所謂的歐洲）。

一七八九年，巴黎局勢動盪；動盪的發展、擴大，演變為由西向東的運動；這個運動幾次朝向東方，與由東向西的反向運動發生衝突；一八一二年，這個運動達到極限——莫斯科，又以引人注目的對稱形式發生了由東向西的反向運動，像前一運動一樣，同時捲入了中歐各民族。反向運動到達了西方運動的出發點——巴黎，於是歸於平息。

在這二十年間，大量土地荒蕪了；房屋被焚毀；貿易改變了方向；千百萬人有的窮了，有的富了，有的遷徙，千百萬信奉要愛人的基督徒相互殘殺。

這一切意味著什麼？為什麼會發生這種事？是什麼迫使這些人焚燒房屋並殘殺同類？這些事件的原因何在？是什麼力量迫使人們採取這樣的行動？凡是親臨這段時期的運動所留下的遺跡和傳說時，人類總會不由自主地提出這些樸質且合情合理的問題。

為了解決這些問題，人類健全的理性會訴諸歷史科學，這門科學正是以各民族和人類的自我認識為目的。

假如歷史學接受古人觀點，便會認為，神為了獎賞或懲罰人民，賜予拿破崙權力，並引導他的意志去實現神自己的目標。這個回答充分且明確，拿破崙的作為來自神授，人們可以相信，也可以不相信；不過，對相信的人來說，這段時期的歷史昭然若揭，不可能有任何矛盾之處。

可惜近代史不可能如此回答問題。科學不承認古人關於神直接參與人類活動的觀點，因而近代史的回答應當是不同的。

近代史回答這些問題時會說：你們想知道，這個活動意味著什麼、為什麼會發生、是什麼力量造成這些事件的？請聽：

> 路易十四非常驕傲自大；他有這些情婦和那些大臣，他治國無方。路易十四的後繼者也都是平庸之輩，也都不善理政。他們有這些寵臣和那些情婦。當時有些人發表了一些著作。十八世紀末，有二十人左

47 愛德華．吉朋（Edward Gibbon，一七三七—一七九四），英國啟蒙派歷史學家，著有六卷本《羅馬帝國衰亡史》。

48 巴克爾（H. T. Buckle，一八二一—一八六二），英國實證主義歷史學家，著有《英格蘭文明史》。

右聚集在巴黎，他們說，人人都是平等和自由的。因此法國人開始互相砍殺或把人淹死。那些人殺死了國王和其他很多人。就在這時，法國一個天才——拿破崙。他戰無不勝，也就是殺人如麻，因為他是天才。他不知為何跑去殺非洲人，他殺人得心應手，狡詐又聰明，回到法國後，便命令所有人服從他。於是人人都服從他。當上皇帝後，他又跑到義大利、奧地利和普魯士殺人。在那些地方也是殺人如麻。俄國是亞歷山大皇帝在位，他決定恢復歐洲秩序，便和拿破崙作戰。但在一八〇七年，他突然和拿破崙和好了；到了一八一一年，雙方再次鬧得不可開交，於是他們又開始殺人如麻。拿破崙率領六十萬人進入俄國，占領莫斯科；後來他又突然逃離莫斯科，於是亞歷山大皇帝接受施泰因等人的建議，聯合歐洲起兵反對歐洲安寧的破壞者。拿破崙的盟國頓時都變成他的敵人；他們的武裝力量開始進攻集結了生力軍的拿破崙。盟軍戰勝拿破崙，進入巴黎，迫使拿破崙退位，將他流放到厄爾巴島，並未剝奪他的皇帝稱號，並給予他種種禮遇，雖然五年前[49]和一年後，所有人都認為他是不受法律保護的不法分子。於是路易十八[50]即位，此前法國人和盟國都一味嘲笑他。拿破崙在老近衛軍面前落淚退位，前往流放地。然後文明的國家要求外交家們（特別是塔列蘭[51]，他搶先坐到顯要的席位上，因而擴大了法國疆界）在維也納召開會議，此次會議決定了各國人民的幸與不幸。外交家和君主們幾乎鬧翻了；他們已經準備再次命令部隊相互殘殺；但這時，拿破崙帶著一個營來到法國，本來仇恨他的法國人竟再次臣服於他。盟國的君主們大為震怒，又起兵與法國人作戰。優秀的拿破崙被打敗，被流放到聖赫勒拿島上，人們突然又認為他是不法之徒了。在那裡，他在流放中遠離幾個心上人和心愛的法國，在懸崖上慢慢死去，將自身的偉大功業留給後人。歐洲發生了政治上的反動，各國君主又開始蹂躪人民。

不要以為，這是對歷史著述的諷刺和醜化。相反的，這是對所有歷史學，從回憶錄、國別史到世界史和當時一種新興文化史所提供的自相矛盾、文不對題的回答中，最溫和的表述。

這些回答離奇且可笑，是由於近代歷史學如聾子回答任誰也沒有向他提過的問題。

如果歷史學的目的是描述人類和各民族的活動，那麼首先必須回答推動各民族的力量是什麼，不回答這個問題，其餘一切便無從理解。對這個問題，近代史津津樂道的或是拿破崙的優越，或是路易十四的驕傲，或是某某寫了什麼書。

這一切很可能是真實的，人類願意進一步認可；但人類問的不是這些。這一切可能是有意義的，假如我們承認神的權力，神的權力以自己為基礎，始終如一地透過每一個拿破崙、路易十四和作家治理各族人民；但我們是不承認這種權力的，因此在提及每一個拿破崙、路易十四和作家之前，必須說明這些人和各民族活動之間的本質聯繫。

如果以另一種力量來代替神的權力，那就必須說明這種新的力量是什麼，因為歷史學的意義在於闡明這種力量。

歷史學彷彿以為，這種力量是不言自明且眾所周知的。可是，雖然極其願意承認這種新的力量是眾所周知的，在讀過大量歷史著作之後卻不由自主地會對此感到困惑，因為歷史學家自身對這種全新力量的理解不盡相同。

49《尾聲》第一部第三節為「十年前」。

50 路易十八（一七五五—一八二四），路易十六的兄弟，一八一四至一八二四年在位。

51 在維也納會議上戰敗國法國外交大臣塔列蘭利用盟國的矛盾，提出要恢復一七九二年的法國疆界。

二

推動各民族的力量是什麼？

某些傳記作者和單一民族的歷史學家將這種力量理解為英雄和統治者所固有的權力。據他們的描述，事件之所以發生，完全是由於每一個拿破崙、亞歷山大或歷史學家所描述的那些人物的意志。這類歷史學家對推動事件發展的力量這個問題，其回答是令人滿意的，但僅止於只有一個歷史學家處理單一事件的情況下才令人滿意。一旦具有不同觀點、不同民族的歷史學家開始描述同一個事件，他們所做出的回答大多失去意義，因為每個人對這種力量的理解不僅不相同，而且往往對立。一名歷史學家認定，事件發生是由於拿破崙的權力；另一名認定，該事件的發生是由於亞歷山大的權力；第三名認定，是由於其他某個人的權力。此外，這類歷史學家甚至在解釋同一個人的權力是基於什麼力量時，彼此之間也會相互矛盾。拿破崙派的梯也爾說，拿破崙的權力基礎是他的美德和天才。共和派的朗弗雷[52]認為是基於他的狡詐和對人民的欺騙。因此這類歷史學家彼此否定對方的論點，從而否定關於造成事件的力量的概念，無法對歷史的本質問題有任何回答。

反觀世界通史學者，其涉及的則是所有民族，他們似乎認為，傳記類歷史學者對於造成事件的力量其觀點是不正確的。他們不承認這種力量是英雄和統治者所固有的權力，反而認為是各種被支配的諸多力量作用的結果。在描述戰爭和對一個民族的征服時，世界通史學者不是在一個人的權力中，而是在介入事件的眾多人相互作用中，尋找事件的原因。

根據這個觀點，歷史人物的權力做為諸多力量的產物，看來不能被視為獨立造成事件的力量。與此同時，世界通史學者在大多數情況下運用的權力概念，又將權力視為獨自造成事件並成為其原因的力量。據他們的描述，歷史人物有時是所處時代的產物，因而其權力只是各種不同力量相互作用的結果；有時他的權力又是造成事件的力量。例如格維努斯[53]、施洛塞爾[54]等人有時要證明，拿破崙是一七八九年革命和思想的產物，有時又直截了當地說，一八一二年的遠征以及他們所不樂見的其他事件都是拿破崙錯誤意志的產物，一七八九年革命思想本身的發展，由於拿破崙的專橫而被扼殺了。革命思想和普遍情緒造就了拿破崙的權力。拿破崙的權力又鎮壓了革命思想和普遍情緒。

這個奇怪的矛盾並非偶然，不僅隨處可見，而且世界通史學者的敘述淨是由這種連續不斷的一連串矛盾所構成。這種矛盾的產生是由於世界通史學者進入分析的領域後，就半途而廢了。

為了找到構成合力的各種力量，必須使構成合力的各種力量之總和等於合力。世界通史學者卻從不遵守這個條件，因此，為了說明合力，他們不得不假設，除了數量不足的力量之外，還存在著某種作用在合力上的不明力量。

52 朗弗雷（一八二八—一八七七），法國政論家和歷史學家，所著《拿破崙一世史》描寫至一八一一年為止。

53 格維努斯（一八〇五—一八七一），德國歷史學家、文學史家，施洛塞爾的學生，篇幅宏大的《維也納會議以來的十九世紀史》作者。

54 施洛塞爾（一七七六—一八六一），德國歷史學家，海德堡大學教授，史學界海德堡派的奠基人。主要著作有《十八世紀史》和十九卷的《世界史》。

傳記類歷史學者在描述一八一三年遠征或波旁王朝復辟時，直截了當地說，這些事件是亞歷山大的意志所決定的。但世界通史學者格維努斯推翻這個觀點並力求證明，一八一三年遠征和波旁王朝復辟，除了亞歷山大意志外，還有其他原因，即施泰因、梅特涅、斯塔爾夫人、塔列蘭、費希特、夏多布里昂等人的促成動。顯然，這位歷史學家將亞歷山大的權力分解如下：塔列蘭、夏多布里昂等人的權力，然其總和，即夏多布里昂、塔列蘭、斯塔爾夫人及其他人的相互作用，顯然還不等於全部合力，即千百萬法國人臣服於波旁王朝的現象。夏多布里昂、斯塔爾夫人等人在彼此之間所說的那些話，只能說明他們之間的關係，而不能說明千百萬人的臣服。因此，為了說明如何從他們的關係中引伸出千百萬人的臣服，即從一個A的組成部分引伸出等於一千個A的合力，歷史學家被迫容忍他所否定的那種權力，承認這是各種力量作用的結果，也就是假設存在著一種作用於合力的不明力量。世界通史學者就是這麼處理問題的。因此他不僅和傳記類歷史學者相互矛盾，而且還自相矛盾。

鄉間居民不了解雨的成因，一旦晴或雨，便說風吹散了烏雲或風吹來了烏雲。世界通史學者亦是如此；有時他們想這麼說，因為這麼說才符合他們的理論，便說權力是事件的結果；有時由於需要證明，便說權力造成事件。

第三種歷史學家，即所謂文化史學者，追隨世界通史學者，有時承認作家和女性是造成事件的力量，但是對這種力量卻有完全不同的見解。他們認為，這種力量在於所謂的文化，在於智力。

文化史學者完全合乎邏輯地追隨其奠基者世界通史學者，既然可以用某些人彼此之間的這種或那種關係來解釋歷史事件，那麼為什麼不可以用哪些人寫了什麼書來解釋歷史事件呢？這些歷史學家從任何實際現象所具有的大量特徵中抽取出智力活動這項特質，並言明這項特質便是原因。儘管他們竭力證明，事件的原因在於智力，但是只有做出巨大的讓步才能同意，在智力和民族活動之間有某些共同之處，但是無論如何無法假設智力能引導人們的行動，因為有一些現象，諸如人人平等的宣傳引發了法國大革命的殘酷屠殺，由於宣傳博愛而發生了兇殘的戰爭和酷刑等，都無法證實這種假設。

不過，即使假設充斥於這些歷史敘述的複雜議論都是正確的；假設各民族受到所謂思想這種難以界定的力量的支配，歷史的本質問題或者仍然沒有得到解答，或者要在前述君主的權力和世界通史學者所提及的顧問及其他人的影響之外，再補充一種新的力量——思想，而思想和群眾的關係是需要解釋的。可以理解的是，拿破崙擁有權力，因而事件得以發生；退一步還可以理解，拿破崙和其他各種影響力都是事件的原因；然而《社會契約論》怎麼會導致法國人相互殘殺——若不說明這種新力量和事件的因果關係，就無法理解了。

無疑，同時存在的一切都是有聯繫的，因而有可能在人們的智力及其歷史活動之間找到某種聯繫，正如可以在人類運動和商業、手工業、園藝等其他之間找到這種聯繫一樣。但是為什麼文化史學者認為，人們的智力是歷史活動的原因和表現，這就難以理解了。導致歷史學者得出這個結論的只能是如下原因：第一，歷史是學者撰寫的，因此他們自然樂於承認，他們這個階層的活動是整個人類活動的基礎，正如商人、農民和士兵也樂於這麼想（這一點不可能表達出來，因為商人和士兵不撰寫歷史）；第二，精神活動、教育、文明、文化、思想——這些概念都是含糊的、不明確的，以其為號召便於使其意義更含糊，因而容易納入任何理論的詞句。

不過，且不說這些歷史論述的內在價值（也許它們對某些人或某種目的是有用的），所有世界史愈來愈與之合流的文化史，其特殊性在於，詳細而認真地分析各種宗教、哲學、政治學說等視之為事件的原因，可是一旦著手描述現實的歷史事件，例如一八一二年遠征，就不由自主地將其描述為權力的產物，不如說，這次遠征是拿破崙意志的產物。這麼認定的時候，文化史學者便不由自主地陷入自相矛盾的境地，或是在證明，他們所想出的那種新力量並不是歷史事件的表現，而理解歷史事件的唯一可能在於他們似乎不願承認的權力。

三

一輛火車在行駛。有人提問：火車為什麼能動？一個農民說：是鬼在推動。另一人說：火車行駛是因為車輪在動。第三人硬說：動的原因在於被風吹走的煙。

農民是駁不倒的。要駁倒他，必須有人能向他證明沒有鬼，或者另一個農民說，不是鬼，而是一個德國人在推火車。只有那時他們才能從矛盾中看出，他們兩人都不對。但是說動的原因是車輪的那個人自己就能駁倒自己，因為他既然走進分析的領域，他就應當繼續走下去：他應當說明車輪動的原因。在找到火車動的最終原因，即找到鍋爐裡被壓縮的蒸汽之前，他無權停止尋找原因的腳步。至於用向後飄動的煙來解釋火車行駛的那個人，他發現關於車輪的解釋說明不了原因，便抓住首先看到的特徵，並認為這是原因。

能解釋火車運動的唯一概念，是與可見運動相等的力的概念。

能用以解釋各民族活動的唯一概念，是與各民族所有活動相等的力的概念。

然而，不同歷史學者將此概念理解為完全不同的力量，而且都是和可見運動不相等的力量。有些人在這個概念中看到的是英雄直接擁有的力量——如農民看到火車中的鬼；另一些人看到的是從其他力量中衍生而出的力量——如車輪的轉動；還有一些人看到的是智力的影響——如飄動的煙。

只要撰寫的仍是個人的歷史——不論是凱撒、亞歷山大[55]、路德[56]或伏爾泰，而非參與事件的所有人、毫無例外的所有人的歷史，那麼在描述人類活動時，能迫使人們致力於同一個目標的力量，便是不可或缺的概念。而在這方面，歷史學者所知道的唯一概念，便是權力。

這個概念也是唯一手段，借助這唯一手段才能在現有的敘事方式中掌握歷史資料，若有任何人如巴克爾那般折斷這種手段，而又不知道運用歷史資料的其他方法的話，等同失去了運用歷史資料的最後可能性。世界通史學者和文化史學家表面上棄絕權力的概念，卻又處處使用，由此便足以證明，權力概念對解釋歷史現象是不可或缺的。

迄今為止，歷史科學對人類問題而言猶如流通貨幣——紙幣和硬幣。傳記和單一民族史如同紙幣，不但可以使用和流通，也能完整發揮貨幣的功能，對任何人也不會有害，甚至有益，直至出現一個問題——如何保值。只要忽略英雄的意志是如何造成事件的這個問題，梯也爾之流的歷史著述便是有意義、有教益的，此外還頗有詩意。然而，正如對紙幣的實際價值會產生懷疑，或是由於印製紙幣太過容易，因而開始大量發行，或是因為人們想用紙幣兌換黃金，由此，對這類歷史著作也會產生懷疑，或是因為此類著作大量氾濫，或是因為有人天真提問：是什麼力量使拿破崙完成這件事？也就是說，他想用流通的紙幣來兌換真金——一個有效的概念。

世界通史學者和文化史家很像一些人，他們承認紙幣效用有限，決定以延展性不及黃金的金屬硬幣取代紙幣。硬幣果然很硬，但也只是硬而已。紙幣還能騙過無知的人；但不值錢的硬幣是騙不了任何人的。正如黃金唯有在不僅可以用於流通，而且有實際用途時才是價值一樣，世界通史學者也只有在一種情況下才有價值，即能夠回答歷史的本質問題：權力是什麼？世界通史學者對這個問題的回答自相矛盾，而文化史學者則索性迴避，完全是答非所問。正如與黃金相似的金屬籌碼只能在承認其為是黃金的人之間流通，或在不了解黃金屬性的人們之間流通一樣，不回答人類本質問題的世界通史學者和文化史學者，兩者為了自身某些目的而成為流通於大學和愛好嚴肅讀物的讀者群之中。

55 指馬其頓王亞歷山大。

56 路德（一四八三—一五四六），德國宗教改革運動的著名活動家，德國新教的創始人。

四

古人認為，神使民眾的意志服從於一個特定的人，並使他的意志服從於神，歷史學屏棄這一觀點便不能前進一步而不遇到矛盾，二者必擇其一：或者回到原來對神直接參與人類事務的信仰，或者明確解釋造成歷史事件的那股力量，即權力的涵義。

回到前者是不可能的：信仰已被摧毀，因此必須解釋權力的涵義。

拿破崙命令召集軍隊投入戰爭。這個觀念我們已習以為常，我們十分熟悉這個觀點，因此我們認為，為什麼拿破崙說了那些話，六十萬人便走向戰場的問題是毫無意義的。他擁有權力，所以他的命令得到執行。

這個回答是完全可以接受的，只要我們相信，他的權力是神所賜。可是我們一旦不承認這一點，那就必須說明，個人對其他人所擁有的這種權力是什麼。

這種權力不可能是體力占優勢的強者對弱者所具有的那種直接權力，其優勢是以運用體力和威脅為基礎的，如海克力斯[57]的權力；這權力也不可能是基於精神力量的優勢，一如某些過於天真的歷史學家所想像的，他們認為，歷史活動家都是英雄，具有非凡的精神力量和智力以及所謂的天分。且不說道德人格毀譽不一的拿破崙之流，歷史已經說明，統治千百萬人的路易十一和梅特涅的精神力量都沒有任何異於常人之處，相反的，他們在道德上甚至有很多方面不如在他們統治下的千百萬人中的任何一個。

既然權力不是源於當權者的生理和精神素質，那麼顯然，這種權力的根源是存在於這個人之外——存在於當權者和群眾的關係之中。

法學正是這麼理解權力的，法學可謂歷史的兌換處，可把歷史的權力觀兌換成純金。權力是群眾意志的總和在明確同意或默許下，被移交給群眾所選擇的統治者。

法學論述的是，應如何組織國家和權力，如果這一切是可以組織的話，這在法學領域是十分明確的，然而要把權力的這個定義應用於歷史，還要詳加解釋。

法學看待國家和權力，如同古人看待火，以為是某種絕對存在的事物。可是就歷史而言，國家和權力其實只是現象，正如就當代的物理學而言，火並不是元素，而是一種現象。

由於史學觀點和法學觀點具有這一基本分歧，因而產生了如下情況，法學可以依自身的見解詳細論述應如何組織國家，以及什麼是存在於時間之外、一成不變的權力；然而法學對史學的權力問題無法提供任何解答，因為史學所涉及的權力是隨時間而變動的。

如果權力是移交給統治者的群眾意志總和，那麼普加喬夫是不是群眾意志的代表？如果不是，那麼為什麼拿破崙一世是呢？為什麼拿破崙三世[58]在布洛涅被捕時是罪犯，而後來他所逮捕的那些人也成為罪犯？

參與宮廷政變的，有時只是兩、三個人，群眾的意志是否也要移交給新的人？在國際關係中，人民群眾的意志移交給自己的征服者？一八〇八年，萊因聯盟[59]的意志移交給拿破崙？一八〇九年，我軍和法國人結盟攻打奧地利，俄國人民群眾的意志移交給拿破崙？

---

57 海克力斯是希臘神話中的大力士。

58 拿破崙三世（一八〇八—一八七三），拿破崙一世的姪子，一八四〇年，曾試圖奪取法國政權。他在布洛涅森林被捕，判處終身監禁於城堡，但越獄逃往比利時。一八五一年十二月二日，發動軍事政變後稱帝，建立法蘭西第二帝國。

針對這些問題，可以有三種解答：

第一，承認群眾意志總是無條件地將權力移交給他們所選擇的一名或幾名統治者，因此任何新權力的出現，任何反對現有權力的抗爭只能被視為對真正權力的破壞。

第二，承認群眾意志是有條件地，在明確規定、眾所周知的條件下將權力移交給統治者，指出對權力的一切壓制、衝擊甚至摧毀都是由於統治者未遵守他們獲得權力的上述條件。

第三，承認群眾意志是有條件地移交給統治者，然而條件是未知的、不明確的，因而很多權力的崛起、抗爭及其衰亡只能是由於這些統治者或多或少地執行了那些未知的條件，群眾意志根據這些條件離棄一些人且被移交給另一些人。

歷史學家對群眾和統治者的關係，其解釋不外乎這三種。

有些歷史學家過於天真，不了解權力的涵義問題，前述單一民族歷史學者和傳記類歷史學者彷彿承認，群眾意志的總和是無條件地移交給歷史人物的，因而在描述某一權力時，這些學者就把這一權力視為絕對的真正權力，任何反抗這個真正權力的其他力量都不是權力，而是破壞權力的暴力。

他們的理論對原始和平時期是合適的，但若應用於人民生活複雜、動盪的時期便無能為力，因為這時，各種力量同時興起並相互競爭，保皇派歷史學者會證明，國民議會[60]、督政府[61]和拿破崙是對權力的破壞，而共和派和拿破崙派則分別證明，國民議會或帝國才是真正的權力，其餘一切都是對權力的破壞。顯然這是在相互否定，這些歷史學者對權力的解釋只能哄騙年幼無知的孩子。

另一些歷史學者承認這種歷史觀是錯誤的，他們說，權力是建立在群眾意志的總和有條件地移交給統治者的基礎之上，歷史人物唯有在以預設的方式規範下執行人民的意志，才能擁有權力。然而這些條件是什麼，這些歷史學家未明說，即使說了也是莫衷一是。

每一位歷史學者都根據他們所認定的人民運動的目的，而認為上述條件是法國或其他國家公民爭取尊嚴、富足、自由和教育的目的。且不說歷史學家對這些條件看法上的矛盾，即使假定有一符合這些條件的公認綱領，我們還是會發現，這個理論幾乎和歷史事實相牴觸。若移交權力的條件是爭取人民的富足、自由和教育，那麼為什麼路易十四和伊萬四世[62]安然度過當政時期，而路易十六和查理一世[63]卻被民眾處以死刑？歷史學家對這個問題的回答是，路易十四違反綱領的行為反映在路易十六身上。但是為什麼不是反映在路易十四和路易十五身上，而是反映在路易十六身上呢？反映的期限是多久？對這些問題沒有也不可能有答案。這種歷史觀也不足以解釋，為什麼意志的總和在幾個世紀都不曾離棄自己的統治者及其繼承人，卻突然在短短五十年間相繼移交給國民議會、督政府、拿破崙、亞歷山大、路易十八、又移交給拿破崙、查理十世[64]、路易菲力普[65]、共和政府。在解釋人民的意志如此迅速地離棄一個人而移交給另一個

---

59 萊因聯盟是一八〇六年德意志西部和南部國家在拿破崙的「保護」下結成的聯盟，參加聯盟國家，一開始有十一國，到一八一一年，已有三十六國。奧地利和普魯士等四國不包括在內。聯盟各國推行拿破崙法典。一八一三年，拿破崙在萊比錫戰役失敗後，聯盟就此瓦解。

60 國民議會是法國大革命時期建立的最高立法機關，其存在時期為一七九二年九月至一七九五年十月。

61 督政府是一七九五至一七九九年法國資產階級專政的政府。

62 伊萬四世（一五三〇—一五八四），即伊萬雷帝，俄國沙皇，一五四七年至一五八四年在位。

63 查理一世（一六〇〇—一六四九），英國國王，十七世紀英國資產階級革命中被推翻和處死。

64 查理十世（一七五七—一八三六），法國國王，一八二四至一八三〇年在位。

65 路易菲力普（一七七三—一八五〇），法國國王，一八三〇年至一八四八年在位。一八四八年二月革命時被推翻。

人，尤其是在國際關係、征戰、結盟中的這種現象時，這些歷史學家不得不承認，這種現象的一部分已不是正常的意志移交，而是某個外交家、君主或黨派領袖的狡詐、錯誤或詭計所造成的偶然現象。因此很大一部分歷史現象，如內訌、政變、征服，在這些歷史學家看來，已不是自由意志移交的產物，而是一個或幾個人的意志誤導下的產物，也就是說，是對權力的破壞。因此這類現象在歷史學家看來，也是對理論的背離。

歷史學家如同植物學家，他注意到某些植物的種子萌芽時的一對子葉，於是斷定，所有生長中的植物只有分成兩片子葉才能生長，由此認為棕櫚、蘑菇甚至橡樹完全分枝、分叉後也沒有形成兩片子葉，是背離了理論。

還有一些歷史學家認為，群眾意志是有條件地移交給歷史人物，但這些條件是我們所未知的。他們說，歷史人物擁有權力，只是因為他們在執行被移交給他們的群眾意志。

但是在這種情況下，既然推動人民的力量在於人民自身，而不在於歷史人物，那麼這些歷史人物的意義何在？

這些歷史學家說，歷史人物反映群眾的意志；歷史人物的行動是群眾行動的代表。

但是在這種情況下便出現一個問題，反映群眾意志的，是歷史人物的所有行動，或僅僅是其行動的某一部分？如果像某些人所假設的，歷史人物的所有行動都是群眾意志的反映，那麼在拿破崙、葉卡捷琳娜等歷史人物的傳記中所充斥著的宮廷流言蜚語，就是人民生活的反映了。這顯然是荒謬的；如果像某些自封的歷史哲學家所設想的，歷史人物的行動只有某些方面是人民生活的反映，那麼為了確定歷史人物哪方面的行動是人民生活的反映，就先要了解人民的生活狀況。

這類歷史學家遇到這種難題，思考出極其含糊、難以捉摸的一般性抽象概念，可以最大限度地將大量事件歸入其中，並說明這種抽象概念概括了人類活動的目的。最普通的、幾乎被所有歷史學家所接受的一般性抽象概念是：自由、平等、教育、進步、文明、文化。將某一抽象概念定為人類運動的目的後，歷史學家便研究起在身後留下最多文獻的人物——帝王、大臣、統帥、著作家、改革家、教皇、新聞記者等，研究的範圍是這些人物就他們的眼光來看，對此一抽象概念的實現有所促進或阻礙。但是沒有什麼可以證明，人類的目的是自由、平等、教育或文明，而且群眾和統治者以及人類啟蒙者的關係只是基於任意的假設，認為群眾意志的總和多被移交給引人注目的人物，因此千百萬人離鄉背井、焚燒房屋、拋棄農耕、相互殘殺的行為，不會出現在不焚燒房屋、不從事農耕、不相互殘殺的這十幾個人的活動描述中。

歷史所走過的每一步都在證明這一點。上世紀末，西方各民族間的動亂和湧往東方，能以路易十四、路易十五、路易十六及其情婦和大臣的活動來說明嗎？能以拿破崙、盧梭、狄德羅[66]、波馬榭[67]等人的生活來說明嗎？

俄國民眾向東方的喀山、西伯利亞移動，能在病態性格的伊萬四世的生活細節及其與庫爾布斯基[68]的通信中得到反映嗎？

在歷次十字軍東征時期，各民族東進能透過對戈弗雷[69]之流、歷朝路易國王及其情婦們的研究來說明

66 狄德羅（一七一三—一七八四），法國哲學家、文學家、《百科全書》主編。
67 波馬榭（一七三二—一七九九），法國劇作家，代表作有《塞維利亞的理髮師》、《費加洛婚姻》。
68 庫爾布斯基（一五二八—一五八三），俄國政治活動家和政論作家。在和伊萬四世長達十五年（一五六四—一五七九）的通信中，曾譴責他殘酷和處死無辜。

嗎？對我們來說，西方各民族沒有任何目的、沒有領導、一群流民和隱修士彼得[70]追隨的東進，至今仍無法理解。更無法理解的是，這次東進在歷史活動家們明確提出讓耶路撒冷自由這個合理神聖的目標之後卻戛然而止。教皇、國王和騎士們激勵民眾前往聖地；可是民眾不願去，因為過去激勵民眾東進的那個未知原因已不復存在。戈弗雷之流和抒情歌手們的歷史顯然容納不下各族人民的生活。因而戈弗雷之流和抒情歌手們[71]的歷史也就只是戈弗雷之流和抒情歌手們的歷史，而各族人民的生活及其動機的歷史依然是不可知的。

作家和改革者的歷史對人民生活的說明就更少了。

文化史向我們說明作家和改革者的動機、生活條件和思想。我們知道了脾氣暴躁的路德說了哪些話；知道了多疑的盧梭寫了哪些書；可是我們不知道，宗教改革後，各族人民為什麼相互廝殺，在法國大革命期間為什麼會相互處以死刑。

如果像近代史學家那樣，將這兩種歷史結合在一起，那麼也只能是帝王和作家們的歷史，而非各族人民生活的歷史。

五

人民的生活不是幾個人的生活所能容納的，因為未發現這幾個人和人民之間有什麼聯繫。理論認為，人民意志的總和被移交給歷史人物是這種聯繫的基礎，然而這種理論只是沒有被歷史經驗所證實的假設。

關於群眾意志的總和被移交給歷史人物的論述，也許在法學領域可以說明很多問題，也許對達到自身目的是必要的；可是應用於歷史時，只要出現革命、征戰、內訌，只要歷史開始演變，此一理論就什麼也說明不了。

這個理論似乎是無法反駁的，因為人民意志的移交不可能得到檢驗：這種移交從來就不曾有過。

不論發生任何事件，不論誰是事件的為首者，這種理論總是可以說，某人成為事件的為首者，是因為群眾意志的總和移交給他。

這種理論對歷史問題的回答，類似一個人如下回答：他看見畜群朝一個方向走，既不注意野外各處牧場的品質，也不注意有牧人在驅趕，便根據哪一隻牲畜走在前頭來判斷畜群向這個或那個方向走的原因。「畜群朝這個方向走，是因為走在前方的牲畜引領牠們，其餘牲畜的意志總和移交給畜群中的這個統

69 戈弗雷（一〇六〇？—一一〇〇？），第一次十字軍東征的領導者之一。占領巴勒斯坦後成為耶路撒冷王國的統治者。
70 隱修士彼得（一〇五〇？—一一一五？），法國人，在第一次十字軍東征中領導貧民支隊。
71 指中世紀德國騎士階層的抒情詩人和歌手，他們美化騎士的軍事生活和十字軍東征。

治者。」這是第一類歷史學者的回答，他們認為，權力的移交是絕對的。「如果走在畜群頭的牲畜不一樣了，那麼這是因為所有牲畜的意志總和離棄了原先的統治者而移交給另一個，端看這領頭的牲畜是否朝著整個畜群所選定的方向走。」另一類歷史學家這麼回答，他們認為，群眾意志的總和是在某些條件下移交給統治者的，而這些條件是已知的。（在這種觀察方式下，往往會有類似的情況，觀察者根據自身所選擇的方向，認為領頭者在改變方向時已不是前面的那個，而是側面的，有時甚至是後面的一個。）

「如果為首者不斷更換，整個畜群也不斷改變方向，那麼原因在於，為了朝我們已知的方向走，畜群將自己的意志移交給那些引人注目的牲畜，因此為了研究畜群的動向，就必須觀察走在畜群四周所有引人注目的牲畜。」第三類歷史學家這麼說，他們認為，從君主到新聞記者所有歷史人物都是自己時代的表現。

群眾意志被移交給歷史人物的理論只是在變換詞句——只是把問題換成另一種說法。

歷史事件的原因是什麼？是權力。權力是什麼？權力是移交給某個人的群眾意志的總和。群眾意志在什麼條件下移交給某個人？條件是這個人要反映所有人的意志。這就是說，權力是權力，是一個其意不明的空洞字眼。

如果人類的知識領域僅限於抽象思維，那麼在批評科學對權力所做出的說明之後，人類就會得出結論，權力只是空話，實際上並不存在。但是對認識現象來說，人除了抽象思維之外，還有經驗做為工具，他可以用經驗來檢驗思維的結果。經驗說明，權力不是空話，而是實際存在的現象。

且不說對人類共同活動的任何描述都離不開權力概念，權力的存在已被歷史所證明，也被對現代事件的觀察所證明。每當發生一個事件，總會出現一個或一些人，看來事件就是由於他們的意志而得以完成。拿破崙三世下令，法國人就去了墨西哥[72]。普魯士國王和俾斯麥下令，部隊便開赴波希米亞[73]。拿破崙一世發布命令，部隊就開進了俄國。亞歷山大一世發布命令，法國人便臣服於波旁王朝。經驗告訴我們，不論發生什麼事件，總是和一個或幾個發號施令的人有關。

由於承認神參與人類事務的舊習，歷史學家想把當權者的意志表達視為事件的原因；但是這個結論既沒有被推理所證明，也沒有得到經驗的證實。

一方面，推理表明，一個人的意志表達——他的話語只是戰爭或革命之類的事件中的廣泛活動的一部分，因此，若不承認有不可理解的超自然的力量，即奇蹟，就不能設想，話語是千百萬人行動的直接原因；另一方面，即使承認話語有可能成為事件的原因，歷史也說明，歷史人物的意志表達在多數情況下，沒有產生任何作用，亦即他們的命令往往不僅未被執行，有時甚至會產生與他們的命令相左的結果。

不承認神參與人類事務，我們就不能把權力視為事件的原因。

從經驗來看，權力只存在於個人表達自身意志和其他人執行這個命令之間的依存關係。

為了闡明這種依存關係，我們首先重提意志表達的概念，表達意志的，是人而非神。

如果神發布命令，表達自己的意志，像古人史書所說的那樣，那麼這個意志的表達是不取決於時間也沒有任何緣由的，因為神和具體事件沒有任何關聯。但是談到在時間中行動並相互聯繫的人的命令，即意

72 拿破崙三世多次發動侵略戰爭。一八六二年至一八六七年參加對墨西哥的武裝干涉，以失敗告終。

73 指普魯士政府於一八六六年發動普奧戰爭。自一八六二年起，普魯士政府的實權掌握在號稱「鐵血宰相」的俾斯麥（一八一五—一八九八）手中。

志的表達，我們為了闡明命令和事件的關係，首先必須恢復事件得以發生的條件；事件在時間中發展的連續性；再者，恢復發布命令的人和執行命令的那些人之間那種必然聯繫的條件。

六

只有不受時間制約的神的意志表達，才能涉及幾年或幾百年後即將發生的一連串事件，也只有不受任何事物影響的神，才能單憑自己的意志決定人類活動的方向；而人是在時間中行動並親自參與事件的。

恢復第一個被忽略的條件，即時間的條件，我們就可以看到，任何一個命令沒有前一個命令就不可能執行，前一個命令為後一個命令的執行創造了可能性。

任何一個命令都不會自行出現，也不會涵蓋一連串事件；每個命令都源於另一個命令，而且從來不會涉及一連串事件，大多只涉及一個事件的某個面向。

例如我們說，拿破崙命令部隊投入戰爭，這時我們是把一連串連續的、彼此依存的命令結合成一個同時表達的命令。拿破崙不可能命令出征俄國，也沒有下過這樣的命令。他今天命令起草致維也納、柏林和彼得堡的信件；明天對陸軍、海軍、軍需部門發布什麼指示和命令等——不可勝數的命令構成適合一連串事件的連續命令，這一連串事件導致法軍進攻俄國。

拿破崙在位期間一直想下令遠征英國[74]，除了這件事，且從未對任何事情付出這麼多的努力和時間，儘管如此，在他在位期間，一次也不曾實現自己的企圖，卻遠征俄國，而他曾一再信誓旦旦地說，他認為

74 拿破崙曾制訂入侵不列顛群島的計畫。

與俄國結盟更為有利，這種情況之所以發生，是由於前期那些命令不適合，後來的命令才是適合一連串事件的。

一個人為了命令能切實執行，必須發出有可能執行的命令。然而，想知道一個命令是否可行是不可能的，不僅對千百萬人參加的拿破崙對俄國入侵來說如此，對一個極其簡單的事件來說也是如此，因為命令在執行中總會遇到無數障礙。任何一個得到執行的命令都是來自不可勝數、未得到執行的命令。所有不可能執行的命令都因為和事件沒有關聯而未得到執行。只有那些有可能執行的命令，由於構成了適合於一系列事件的連續命令，才得以執行。

我們總有一個錯誤的觀念，認為在事件之前發出的那個命令便是事件的原因，這是因為事件發生後，千百道命令中，那些和事件相關的命令都被執行了，這時我們卻忘記了那些因為不可能執行而未執行的命令。此外，我們在這方面有所失誤，其主要根源在於，在歷史的陳述中，一系列無數細微的事件，例如導致法軍進攻俄國的一切，都根據這一系列事件所產生的結果而概括為一個事件，並將這一系列命令概括為一個單一的意志表達。

我們說，拿破崙想遠征俄國，所以，就遠征了。實際上，我們在拿破崙所有行動中，從未找到表現出這種意志的任何跡象，我們看到的是，他的一連串命令或意志的表達，其目的多元或不明確。在拿破崙無數不曾執行的命令中，關於一八一二年遠征的命令卻執行了，不是因為相關命令和那些不曾執行的命令有什麼不同，而是因為這些命令與導致法軍入侵俄國的一連串事件不謀而合；正如範本上能描繪出不同的圖形，並不是因為在範本上的某處著色和如何著色，而是在範本上所有圖形上都有著色。

因此，我們在時間中追究命令和事件的關係，就會發現，命令在任何情況下都不可能是事件的原因，兩者之間僅存在著某種確定不移的依存關係。

要理解這種依存關係，必須留心另一個被忽略的條件，亦即命令是人而不是神所發布，且發布命令的人親自參與其中。

發布命令的人和接受命令的人兩者之間的關係，便是所謂的權力。這種關係可以陳述如下：

為了進行共同的活動，人們會集結成一定團體，共同行動所制定的目的雖有差別，參與行動的人之間的關係是始終如一的。

集結成團體後，人們之間會形成如下關係：人數最多的那部分，直接參與也最多，人數最少的那部分人，對共同行動的直接參與也最少。

在人們為進行共同行動而集結的各種團體中，最嚴厲、最固定不變的團體之一是軍隊。

在軍隊的組成中，有軍銜最低的人員，如列兵，其人數總是最多；軍銜依次較高的人員是軍士、士官，他們的人數少於前者；軍銜更高的人員，人數也更少，以此類推，直至集中於一人之手的最高軍事權力。

軍事組織完全可以用圓錐體來表現，列兵構成其底部的最大直徑；軍銜較高的，占據高一點、面積相對小的底部，然後是軍隊高層直至圓錐體頂部，統帥構成其頂點。

人數最多的士兵和下級軍官構成圓錐體最低點和底部。士兵直接進行燒殺搶掠，他們總是奉上級命令採取行動；自己從來不下命令。士官（士官的人數就少些了）較少參加實際行動；不過可以下命令了；軍官更少參與實際行動，下命令的時刻也更多；將軍已經只向部隊發出行動命令、指示目標，幾乎從來不使用武器。統帥從不直接參與實際行動，只是對廣大官兵的行動進行一般性的指示。

在從事共同活動的團體中，人們的關係大多如此，農業、商業和一切機關概莫能外。

總之，不必刻意區分圓錐體的組成，如一支軍隊的軍銜，或任何一個機關或共同事業的名稱和地位，從低層到高層便可自然看出一種規律。依照這個規律，人們為了採取共同行動總是會形成這類關係：愈是直接參與實際行動，就愈是不可能發號施令，他們的人數也就愈多；對實際行動的直接參與愈少，就愈能發號施令，他們的人數也就愈少；這種由低上升到最後一個人，他對事件的直接參與最少，因而最有可能使自己的活動僅限於發號施令。

發布命令的人和接受命令的人的這種關係，就是所謂權力這個概念的實質。

留心一切事件得以發生的時間條件，我們發現，命令只有在涉及相應的一系列事件時才能得到執行。重新尋找下令者和執行者發生聯繫的必要條件，我們發現，就其特性而言，如果發布命令者對實際事件的參與最少，那麼他們的活動就專注於發號施令。

七

在一個事件發生時，人們會表達對這個事件的看法和期待，因為事件是許多人共同行動下的產物，所以在那些看法或期待中總有一個會實現，哪怕是近似的實現。其中一個看法實現了，這個看法就和事件有了關係，猶如是在之前發出的命令似的。

人們想拖行一根木頭。每個人都發表看法，要怎麼拖、拖到哪裡。人們拖開木頭，最後，這件事一如其中一人所說的完成了。這是他的命令。這就是原始形態的權力。

在工作中活動較多的人，就會較少思考他所做的事、設想共同活動可能產生的結果並發布命令。較常發布命令的人，由於以口說為主，顯然較少出手干預。在人們為了一個目的而展開活動的更大群體中，會更明顯地區分出一類人，他們對共同活動的直接參與愈少，用於發號施令的行動就愈多。

一個人單獨行動時，憑經驗總是有一系列想法，他覺得這些想法曾指導他過去的行為，是他當前行動的理由，並且能指導他對未來行動的預測。

群體也是如此，讓那些不參與行動的人對他們的共同行動提出想法、理由和預測。

由於我們已知或未知的原因，法國人開始相互殺戮。於是，為事件提出相應的辯解理由說，人們所表達的意志是，這一切對法國的福祉、對自由和平等，都是必要的。人們停止相互殺戮，對這一事件提出的理由是，必須統一權力、抵抗歐洲等。人們從西方奔向東方，殘殺同類，對這一事件說的是法國的光榮、英國的卑劣等。為事件辯護的這些理由沒有任何普遍意義，這些理是自相矛盾的，例如承認人的權利而又殺人，為了汙辱英國而到俄國去殺人無數。然而，這些理由對當時來說是有其必然意義的。

這些理由無非是要為那些製造事端的人迴避道義上的責任。這些暫時性的目的如同在火車前面沿著鐵軌清掃道路的刷子一樣：是要為人們的道義責任掃清道路。如果沒有這些理由，就無法解釋在鑽研每起事件時都會提出的簡單問題：千百萬人怎麼會集體犯罪、進行戰爭、屠殺等？

在目前歐洲國家和社會這種複雜的生活形態中，能想出任何一個事件不是由國家、君臣、議會、報刊所策畫、指示和發動的嗎？有什麼共同行動不是以國家統一、民族、歐洲均勢、文明做為辯解的理由呢？因此，任何一個已然發生的事件都必定會符合人為表達過的某種願望，於是事件得到辯解，並被視為一個或幾個人的意志產物。

大船不論駛向何方，前面總能看到劈開的波浪水流。對船上的人來說，這水流是唯一可以覺察的運動。只有時刻逼近注視水流，並比較水流的運動和船的行進，我們才會確信，水流的運動在每個瞬間都是由船的行進所決定的，我們之所以會產生錯覺，是因為我們不自覺地處於運動之中。

只要時刻注視歷史人物的活動（即恢復一切活動的必要條件——活動在時間中的連續性條件），毫不忽略歷史人物和群眾的必然聯繫，我們便能目睹同樣的情形。

輪船朝一個方向行駛時，在前面的是那同一道水流；輪船經常改變方向時，在前面奔流的水流也經常改變。但是不論大船轉向何方，一定會有水流在船行進的前方。

不論發生什麼事，總認為這件事是預料之中的、是人為發動的。不論船如何改變航向，水流既不引導也不加速，只是在船的前面翻騰，而從遠處看去，我們卻覺得，水流不僅任意運動，而且正引導船的行進。

只考察歷史人物的意志表達——做為涉及事件的命令——歷史學家認為，事件取決於命令。研究事件本身以及歷史人物和群眾的聯繫，我們卻發現，歷史人物及其命令取決於事件。這個結論確鑿證據是，不論有多少命令，如果沒有其他原因的話；事件也不會發生，可是事件——不論什麼事件——一旦發生，那麼從各種人物不斷表達的意志中，便能找出相關意向，就其涵義和時間而言，是涉及事件的命令。

得出這個結論後，我們可以直接而肯定地回答歷史的兩個本質問題。

一、權力是什麼？

二、什麼力量產生各族民眾的活動？

針對第一個問題，權力是某個人對其他人的一種關係，在這種關係中，這個人愈少參與行動，便對正在進行的共同活動表達愈多意見、預測和辯護。

而第二個問題，產生各族民眾活動的不是權力，不是智力，甚至不是這兩者的結合，一如歷史學家所想像。而是參與事件的所有人聚集之後的活動，而其中，對事件直接參與最多的那些人，所承擔的責任也最小；反之亦然。

在精神方面，權力似乎是事件的原因，在體力方面，服從權力的那些人似乎是原因。但是精神活動離開體力活動是不可思議的，因而事件的原因既不是前者，也不是後者，而是兩者。

換言之，就我們所研究的現象而言，原因的概念是不適用的。

在上述分析中，我們遇到了無限迴圈，這是人類智力在任何思維領域都會面臨的極限，如果對問題不是以兒戲的態度面對的話。電產生熱，熱產生電。原子相吸，原子相斥。

談到熱和電的相互作用以及原子，我們說不出為什麼會發生這種情況，於是我們說，因為不可能不如此進行，這是理應如此的，甚或說，這是規律。歷史現象也是如此。為什麼會發生戰爭和革命？我們不知道；我們只知道，為了進行這些活動，人們會集結起來，並全體參與；於是我們說，情況便是如此，因為不可能不如此進行，或者說，這是規律。

八

如果史學涉及的是外部現象，那麼提出這個簡單明瞭的規律便已足夠，我們的討論也就結束了。然而，歷史規律是涉及人的。物質的微粒不可能對我們說，它根本感覺不到相吸和相斥的需要，相吸和相斥是謊言；而人是歷史研究的對象，他大可直截了當地說：我是自由的，不受規律的約束。

人意志自由的問題即使不提出來，歷史所走過的每一步也都能感覺到這個問題的存在。所有進行嚴肅思考的歷史學家都會不由自主地觸及這個問題。史學的一切矛盾和模糊不清之處，以及這門科學曾走過的錯誤道路，都是由於這個問題未獲得解決。

如果每個人的意志都是自由的，可以隨心所欲，那麼整個歷史就是一連串毫無聯繫的偶然現象。即便一千年裡，千百萬人之中只有一個人能自由行動，即為所欲為，那麼他一個違反規律的自由行動，便足以摧毀人類存在任何規律的可能性。

即使只有一個支配人們行動的規律，那麼就不可能有自由意志，因為人們的意志必須服從這個規律。這個矛盾包含著意志自由的問題，自遠古起，這個問題便引起眾多優秀的思想家關注，而且自遠古起，便提出了這個問題的意義。

問題在於，不論從什麼觀點——神學、史學、美學或哲學觀點來看，做為觀察對象的人，我們發現他和萬物一樣皆服從普遍的必然性規律。若從自身來看，我們一旦意識到自己，我們就會感到自己是自由的。

這個意識是完全獨立且不依存於理性的自我意識根源。人藉由理性來觀察自己；但是他只能藉由意識來了解自己。

沒有對自我的意識，任何觀察和理性的應用都是不可思議的。

人為了理解、觀察、推論，先要意識到自己是有生命的。有生命的人所了解的自己不是別的，只能是有所希冀的人，即意識到自己的意志。人意識到組成其生命實質的自我意志，而他所意識到的不是其他，只能是意志的自由。

如果讓自己處於觀察之下，人就會看到，他的意志總是在遵循同一個規律（不論他觀察的是進食的需要，或是腦力活動或其他），對自己意志這種始終如一的遵循，不可能有其他看法，只能看作是對意志的限制。凡是不自由的，是不可能受到限制的。人覺得自我意志受到限制，正是因為他意識到，意志是自由的。

您說：我不自由。而我舉起手又放下。人人都明白，這個毫無邏輯的回答是自由無可辯駁的證明。

這個回答是不受理性支配的意識表現。

如果自由的意識不是獨立，並且不依存於理性的自我意識根源，自由就會服從推理和經驗；然而，實際上這類服從是從來沒有也不可能有的。

一連串經驗和推理再再向每個人說明，人做為觀察對象，是服從某些規律的，於是人服從這些規律，且從來不反抗他所認知的引力或神祕莫測的規律。但是同樣的一連串經驗和推理也再再向他說明，他在內心所意識到的完全自由，是不可能存在的，他的任何行動都取決於體質、性格以及影響他的動機。但是人從來不接受這些經驗和推理的結論。

從經驗和推理中認識到，石頭是向下掉的，且毫不懷疑地相信，並在所有情況下，都預期他所認識到的規律會發生。

但是，人同樣無可置疑地認識到，意志是服從規律的，他卻不相信也不可能相信這個事實。

不論經驗和推理多少次向人表明，在同樣的條件下，以同樣的性格，他會採取和過去相同的行動，他第一千次在同樣的條件下，以同樣的性格開始行動，其結果總是一樣，他依舊深信不疑，他可以想怎麼做就怎麼做，就像不曾有過經驗一樣。任何人，無論是野蠻人或思想家，不論推理和經驗如何不容置疑地向他證明了在同樣的條件下，不可能出現兩種行為，他仍然認為，一旦沒有這個毫無意義的想像（而這想像是構成自由的實質），他就無法想像生活。他覺得，不論有多麼不可能，自由是存在的；失去這種自由的想像，他不僅無法理解生活，而且連一分鐘也活不下去。

他活不下去是因為人們的一切追求、在生活中的一切動機，都是對擴大自由的追求。富和貧、榮譽和沒沒無聞、權力和受權力支配、堅強和軟弱、健康和疾病、教養和愚昧、勞動和閒散、飽腹和飢餓、美德和罪惡等，都只是自由的多少不等而已。

想像一個沒有自由的人，那只能是失去生命的人。

就理性來看，自由的概念只是無聊的矛盾，例如可以在同一瞬間採取兩種行動或從事沒有原因的活動，那麼這只能證明意識不屬於理性的範圍。

這種不可動搖、不容置辯、不屬於經驗和推理範圍的自由意識，被所有思想家所承認，也毫無例外地是所有人都能感覺得到的，一旦失去自由意識，任何關於人的想像都是不可思議的，這種意識構成了問題的另一個面向。

人是全知全能、至善的上帝的造物。罪惡這個概念源於人的自由意識，那麼罪惡是什麼？這是神學問題。

人的行為服從統計學所表現的普遍的、不變的規律。人的社會責任其概念源於自由意識，那麼人的社會責任是什麼？這是法學的問題。

人的行為源於其天生性格和影響他的動機。源於自由意識的良心和行為善惡的意識是什麼？這是倫理學的問題。

人在和人類共同生活的聯繫中，服從於決定人類生活的規律。但是這同一個人獨立於這種聯繫之外，又是自由的。應當如何看待各族人民和人類以往的生活——將其視為人們自由活動的產物，或是不自由的活動的產物？這是史學的問題。

只有在我們這個自以為是、普及知識的時代，藉助於發達的印刷術傳播愚昧落後的觀點，將意志自由的問題放在這落後的基礎上，而在這個基礎上，問題本身就不可能存在。當代多數所謂的先進人物，即一群無知之徒認為，研究問題其中一個面向的自然科學家，其著作便是在解決整個問題。

沒有所謂的靈魂和自由，因為人的生命表現於肌肉運動，而肌肉運動是以神經的活動為條件；沒有所謂的靈魂和自由，因為我們是在不可知的時期，從猴子演變而來的——他們在這麼說、這麼寫、這麼著書立論。根本沒有想到，幾千年前所有宗教、思想家，不僅已經承認而且從未有人否定過他們現在以生理學和比較動物學力求證明的必然性規律[75]。他們看不到，自然科學在這個問題上的影響，只是闡明問題的一種工具。因為就觀察者看來，理性和意志只是大腦的分泌物，人根據普遍規律，可以在不可知的時期從低等動物進化而來，這只能從一個新的角度來說明幾千年前已被所有宗教和哲學理論所承認的真理，即從理性的角度看，人是受必然性規律制約的，但絲毫沒有推動問題的解決，因為問題還有另一個基於自由意識的對立面向。

如果說，人是在不可知的時期從猴子演變來的，那麼這和人是在某個時期是用泥土造出來的一樣，是可以理解的（在第一種情況下，X是時間，在第二種情況下，X是過程），至於人的自由意識以及人所服從的必然性規律如何結合的問題，是不可能用比較生理學和動物學來解決的，因為在青蛙、家兔和猴子身上，我們只能觀察到肌肉、神經的活動，而人不僅有肌肉、神經的活動，還有意識。

想解決這個問題的自然科學家及其崇拜者如同一群油漆工人，他們被叫去粉刷教堂的一面牆，卻趁工頭不在，一時興起將窗戶、神像、鷹架以及尚未砌上女兒牆的牆壁全部粉刷一遍，他們都很高興，因為以油漆工的眼光來看，一切都顯得平整而光潔。

75 作者在《尾聲》這一部分的文章中，對他當代自然科學成就的批判性看法較少，同時積極肯定動物學（達爾文）、生理學（謝切諾夫）、心理學（馮特）等。

九

歷史解決自由和必然性的問題，與研究這個問題的其他知識學科相較，是極具優勢的，歷史中的這個問題並不涉及人的意志本質，只涉及這種意志在過去一定條件下表現出來的表象。

歷史在解決這個問題時，和其他學科的關係屬於經驗科學和思辨科學的關係。

歷史的研究對象不是人的意志本身，而是我們對於意志的認識。

歷史與神學、倫理學和哲學不同，對歷史而言，不存在自由和必然性兩者矛盾結合所無法揭開的祕密。歷史研究人的生活，並認為兩者矛盾的結合已經在生活中表現出來了。

在實際生活中，每個歷史事件、人的每個活動都可以看得很清楚，不會有絲毫的矛盾，儘管每個事件的一部分是自由的，一部分是必然的。

為了解決自由和必然性兩者之間如何結合、兩個概念的本質是什麼的問題，歷史哲學可以而且應當走一條和其他學科完全相左的道路，歷史不是先對自由和必然性下定義，再將生活現象歸入既有的定義，而是要從歷史所研究的、依存於自由和必然性的大量現象中，得出自由和必然性概念的定義。

不論我們如何觀察許多人或一個人的活動，我們對其活動的理解只能是：其部分是人自由的產物，部分是必然性規律產物。

不論是談論民族的遷徙和野蠻人的入侵，或是拿破崙三世的命令，或是某個人的行動，他在一個小時前出去散步，在散步的幾個方向中選定一個方向——我們都看不到任何矛盾。指導這些人行動的自由和必然性，對我們而言，是可以明確界定的。

由於我們觀察的觀點不同，往往對自由的看法也不盡相同；但有一點是永恆不變的，每個人的行動，在我們看來，都是自由和必然性的某種結合。在我們所觀察的每個行動中，我們都能看到一定成分的自由和必然性。而且在任何一種行動中，我們看到的自由多些，必然性就少些；必然性多些，自由就少些，永遠如此。

由於觀察一種行動的觀點不同，自由和必然性的占比會少些或多些；但兩者總是成反比。

一個溺水的人抓住別人，導致他被淹死，或一個餵奶的疲憊、飢餓母親偷竊食物，或一個習於服從紀律的人在佇列裡奉命殺死一個毫無抵抗力的人——在了解他們所處的情況的人看來，他們的過錯較小，這就是說，他們少有自由，多是對必然性規律的服從；在不了解那個人快要淹死了、那個母親飢餓難忍、那個士兵正服役中的人看來，他們是比較自由的。同樣，一個人二十年前曾殺人，此後在社會上平靜地生活，並不危害他人——二十年後，就審查他的行為的人看來，他的行為多是受必然性規律的支配，而在這個行為發生的一天後，再來審查這同一個行為的人看來，他的行為是相對自由的。同樣，一個瘋子、醉漢或非常衝動的人，他們每個行動，在了解他們當時精神狀態的人看來，是較少自由而必然性較多，在不了解情況的人看來，是自由較多而必然性較少。在這些場合中，自由的概念擴大或縮小，必然性的概念便相應地縮小或擴大，根據觀察該行為時的觀點而定。總之，必然性愈多，自由就愈少。反之亦然。

宗教、人類的健全理性、法學和歷史本身都同樣了解必然性和自由之間的對比關係。

在所有事例中，關於自由和必然性的觀念擴大或縮小，都毫無例外地只有三個根據：

第一，行為者與外部世界的關係；

第二，和時間的關係；

第三，和產生行為的原因的關係。

第一個根據或多或少是我們可見的與外部世界的關係，是或多或少明確了解到每個人在與同時存在的一切關係中，所處的一定地位。由於這個根據，一個即將淹死的人比站在陸地上的人，顯然較少自由，而較受必然性支配；由於這個根據，生活在稠密地區的人，由於和其他人有密切聯繫，即一個受家庭、公務、事業束縛的人，其行為比獨身的人無疑較少自由且較受到必然性支配。

如果我們觀察一個人，不理會他和周圍的一切關係，我們就會覺得，他的每個行為都是自由的。但是，只要我們多少能看到他和周圍的一切關係、看到他和任何一個東西的聯繫——一個和他說話的人、一本他正在看的書、一份他所從事的工作，甚至他周圍的空氣、落在他四周物體上的光線——我們便可看到，其中的任何一個條件都對他有所影響，即便只是支配他的活動的某個面向。我們對這些影響能看到多少，我們關於他自由的觀念就會限縮多少，而關於制約他的必然性觀念就會擴大多少。

第二個根據是，人和世界或多或少可見的時間關係；或多或少可了解到，人的行為發生的時間點。由於這個根據，第一個人類出現時，他墮落的自由顯然比現代人結婚的自由少。由於這個根據，幾個世紀前的人們，無論生活和活動，與我是有時間上的距離的，在我看來，他們的生活和活動不可能和我的現代生活一樣自由，即使我不知他們生活的結果。

就時間而言，關於自由和必然性兩者占比的多寡，則取決於該行為實際發生和對其論斷之間相距的時間長短。

如果我思考我在一分鐘之前的行為，此刻我處於大致相同的條件下，我會覺得我的行為無疑是自由的。可是，如果我思考一個月前的行為，那麼因為自己已處於不同的條件，我會不由自主地承認，假如這個行為不曾發生，那麼這個行為所產生的諸多有益的、愉快的甚至必要的後果就不會有了。如果我回憶更遙遠的過去，如十年前或更久之前的行為，那麼行為的後果就更加顯而易見；於是我會難以想像，假如這個行為未發生，情況會如何。我愈是把回憶往前推，或者把論斷推遲也一樣，關於行動自由的論斷就愈是可疑。

關於自由意志在人類共同活動中的參與程度，我們在歷史中也能找到。我們覺得，已經發生的現代事件無疑是所有著名人物活動後的結果；可是對更遙遠的事件，我們已能看到其所產生的必然後果，此外，我們無從想像任何其他結果。我們愈是把對事件的觀察往前推，就愈是覺得，很難將該事件視為任意的結果。

在我們看來，普奧戰爭無疑是狡獪的俾斯麥等人的行動結果。拿破崙的歷次戰爭雖然令人起疑，但我們還是認為，那是英雄意志的產物；然而，我們已經視十字軍東征為占有一定地位的事件，沒有十字軍東征，歐洲近代史將顯得不可思議，儘管十字軍東征的編年史學者依然視這個事件為某些人的意志產物。至於歐洲民族大遷徙，當代已沒有人會認為，歐洲全然改觀是由於阿提拉[76]的一意孤行。我們愈是將歷史的觀察現象往前推移，人們製造事件的自由就愈顯得可疑，而必

76 匈奴王阿提拉（？—四五三），四三四年至四五三年在位，為匈奴各氏族的盟主，曾征服東羅馬帝國，占領歐洲廣大地區，為匈奴帝國的極盛時期。死後匈奴帝國旋即瓦解。

然性規律就愈是顯而易見。

第三個根據是我們對無限的因果聯繫了解多少。無限的因果聯繫組成理性的必然要求，每一個需要了解的現象都處於無限的因果聯繫之中，因此人的每個行為都占有一定位置，是以前那些行為的結果和以後那些行為的原因。

由此根據，一方面我們愈是了解，從觀察中得出使人受其制約的生理、心理規律和歷史規律，我們愈能準確看出行為的生理、心理原因或歷史原因；另一方面，被觀察的行為本身愈單純，我們研究其行為的當事人，其性格和智力愈不複雜，那麼在我們看來，自己和他人的行為就愈自由，受到必然性制約就愈少。

當我們完全不了解行為的原因時，無論惡行、善行甚或無所謂善惡的行為，就認為這種行為有極高的自由。對惡行，我們首先要求懲罰；對善行，我們會讚賞。對無所謂善惡的行為，我們認為，其表現了個性、獨特性、自由。但是我們即便了解無數原因中的其中一個，我們就認為有某種必然性的成分，於是我們相對較少要求懲罰惡行、少承認善行的功績、少承認表面獨特的行為自由。罪犯若是成長於惡人之間，也就減輕了其罪過。父母的自我犧牲或有可能得到讚賞的自我犧牲，比沒有原因的自我犧牲更易於理解，因而沒有原因的犧牲比較不值得同情，也比較不自由。對於一名教派和黨派的創始人和發明家，我們要是了解其活動的醞釀過程和條件的話，就比較不會太過驚訝。如果我們擁有一系列豐富的經驗，如果我們的觀察經常是在人們的行為中探索因果之間的相互關係，那麼愈是能正確的將因果聯繫起來，就愈是會覺得，在人們的行為中，必然性多於自由。如果被研究的行為很單純，我們又有大量相似的行為可觀察，那麼我們對這種行為的必然性認識就更充分了。例如，身為不誠實父親的兒子，其不誠實的行為，某種環境中的女人的惡行，酒鬼再次酗酒等行為，我們愈了解其原因，就愈覺得他們的行為是不自由的。如果我們研究其行為的當事人，其智力發展程度低，像個孩子、瘋子或傻子，那麼我們了解了其行為的原因及其不複雜的性格和智力，就會看到必然性高於自由，於是我們只要知道即將發生的行為的原因，便能預見他的行為。

在所有的立法中，關於刑事無責任能力和減刑條件的規定，便是基於這三個根據。責任能力大或小，端看對受審者所處條件的了解多少、行為發生的時間和審判之間相隔時間長短以及對行為成因的了解多少。

十

總之，關於自由和必然性的觀念是縮小和擴大，端看和外部世界的聯繫多少、時間間隔的長短、對原因的依存多少，我們是在因果聯繫中，探究人的生活的。

如果我們觀察的對象其生活樣貌和外部世界的聯繫多，評判時間和行為發生的時間間隔長，而且行為的原因易於了解，那麼我們便會得到必然性多於自由的觀念。如果我們觀察的對象，他和外部的依存少，而他的某個行為發生在不久之前，而且行為的原因是我們所難以理解的，那麼我們便會得到必然性少於自由的觀念。

但是在這兩種情況下，無論我們怎麼改變自己的視角，無論怎麼研究這個人和外部世界的聯繫或覺得這種聯繫多麼難以了解，無論怎麼延長或縮短時間間隔，無論我們覺得其中的原因多麼清楚或難以理解——我們任何時候都不可能發現完全的自由或完全的必然性。

第一，無論我們怎麼想像人不受外部世界的影響，也永遠無法得出空間自由的概念。人的任何行動都必定會受到周圍環境和自身的制約。我抬起手又放下。我覺得我的行動是自由的。然而我自問，我能朝所有方向抬手嗎？我確認，我是朝障礙較少的方向抬手的，這裡所說的障礙，既指周圍環境中的障礙，也指我身體結構中的障礙。如果我在所有可能的方向中選擇了一個，那是因為這個方向的障礙較少。為了行動的自由，我必須假定這個行動不會碰到任何障礙。為了想像一個人是自由的，就要想像他是處於空間之外，這顯然是不可能的。

第二，我們無論怎麼使評判的時間接近行動的時間，永遠也無法得出時間自由的概念。因為如果我正在觀察發生在一秒鐘前的行動，我還是不得不承認行動的不自由，因為行動被限制在發生的瞬間。我能抬起手嗎？我抬起了手；然而我自問，我能在剛才過去的瞬間不抬起手嗎？為了確信這一點，我在最後的瞬間沒有抬手。然而，我並不是在我問及自由時的最初瞬間沒有抬手。時間過去了，我是無力挽回的，我當時抬起的那隻手，我當時完成這個動作所置身其中的空氣，已不是現在圍繞著我的空氣，也不是我現在沒有抬起的這隻手了。第一個動作發生的瞬間已一去不復返，在那個瞬間我只能完成一個動作，不管我完成了什麼動作，這個動作只能是一個。我在下一分鐘沒有抬手，並不能證明我當時也可以不抬手。由於我的動作在同一瞬間只能有一個，所以不可能是其他動作。要把這個動作想像為自由的，就要想像是發生在此時此刻、發生在過去和未來之間，即發生在時間之外，而這是不可能的。

第三，無論了解原因有多困難，我們也絕不會想像完全的自由，即沒有原因。無論我們覺得，表現在自己和別人的任何行動中的意志，其原因多麼難以了解，理性的第一個要求便是推測和尋找原因，沒有原因，任何現象都是不可思議的。我為了採取一個不取決於任何原因的行動而抬起手，然而我想採取一個沒有原因的行動，這本身就是我行動的原因。

但是，即使想像一個人完全被排除於一切影響之外，只觀察他當下沒有任何原因的瞬間行動，因而承認必然性的無窮小，幾乎等於零，我們也絕不會認為人是完全自由的；因為一個不受外部世界的影響、處於時間之外、不受時間制約的生物已經不是人了。

同樣，我們也永遠無法想像，人的行為會毫無自由的參與，且只是服從必然性的規律。

第一，關於人置身其中的空間條件，無論我們對這方面的知識有多大，這種知識永遠不可能是完全的知識，因為這些條件的數量是無限多的，正如空間是無限的。因此，既然所能確定的不是影響人的所有條件，也就沒有完全的必然性，總有一定成分的自由。

第二，無論我們怎麼延長我們所觀察的現象和評論之間的時間間隔，這間隔總是有限的，而時間是無限的，因而在這方面也不可能有完全的必然性。

第三，任何一個行動的因果關係，無論多麼易於了解，我們也永遠不能認識整個因果關係，因為因果關係是無限的，我們也永遠無法掌握完全的必然性。

除此之外，即使承認最小的自由幾乎等於零，認為在某些事例中，例如垂死的人、胎兒、智力不足是完全沒有自由，我們也就因此而否定了所觀察的對象其概念本身；因為只要沒有自由，也就沒有人。因此人的行為只受必然性規律的制約，而毫無自由的觀念是不能成立的，正如人的行為完全自由的觀念是不能成立的。

總之，為了想像只受必然性制約而沒有自由的人的行為，我們必須假定能了解無窮的空間條件、無窮的時間間隔和無窮的因果關係。

為了想像人完全自由而不受必然性規律的制約，我們就要想像，他獨自處於空間之外、時間之外和因果關係之外。

在第一種情況下，如果沒有自由的必然性是可能的，我們就只能以必然性本身來為必然性下定義，即只能得到一個沒有內容的形式。

在第二種情況下，如果沒有必然性的自由是可能的，我們就只能承認在空間、時間和因果關係之外的絕對自由，絕對自由正因為是絕對的和沒有限制的，因而是空無或一個沒有形式的內容。

總之，我們回到了形成人的宇宙觀的那兩個根據，即不可理解的生命本質和規範這個本質的規律。理性認為，首先，空間和賦予其可見性的所有形式——物質——是無限的，而且不可能不是這樣。再者，時間是一刻不停的無限運動，而且不可能不是這樣。最後，因果聯繫不可能有開端也不可能有終結。意識認為，首先，我是唯一的，凡是存在的一切都只是我；由此可見，我是包容空間的；再者，我以現在這個不動的瞬間衡量奔流的時間，我只是在這個瞬間才意識到自己是有生命的；由此可見，我是在時間之外；最後，我在原因之外，因為我覺得自己是生命的一切表現的原因。

理性表現必然性規律。意識表現自由的本質。

不受任何限制的自由是人的意識生命本質。沒有內容的必然性是人的理性及其三個形式。

自由是觀察的對象。必然性是觀察者。自由是內容。必然性是形式。

唯有將形式和內容相關的根源分離，使兩者孤立，並成為相互排斥和不可理解的自由概念和必然性概念。

也唯有將兩者結合，才會有人類生活的明確表象。

在形式和內容兩者結合並相互規範的概念之外，不可能有生活的任何表象。

關於人們的生活，我們所了解的一切都只是自由和必然性，即意識和理性規律的一定關係。

關於外部自然界所了解的一切，只是自然力和必然性或生命本質和理性規律的一定關係。

自然界的生命力存在於我們之外，不是我們所能意識到的，於是我們把這種力量稱為引力、慣性、電力、畜力等；但人的生命力是我們所能意識到的，我們稱之為自由。

然而，正如我們能感覺到的引力，其自身是無法了解的，我們對引力只能有一定程度的了解，端看對它所服從的必然性規律了解到什麼程度（從一切物體都有重量的最初認識到牛頓定律[77]），同樣，每個人都能意識到的自由的力量，其自身是無法了解的，我們對自由的力量只能有一定程度的了解，就看我們對自由所服從的必然性規律能了解到什麼程度（從知道人人會死，到認識極其複雜的經濟規律或歷史規律）。

任何知識都只是將生命的本質歸結為理性規律。

人的自由和任何其他力量的不同之處在於，前者是人所能意識到的；然而對理性來說，和任何其他力量沒有差別。引力、電力或化學親和力之間的區別僅僅在於，理性為這些力量所下的定義不同。以理性來說，人自由的力量和其他自然力的區別也僅僅在於，理性為其所下的定義不同。而沒有必然性的自由，即未下定義的理性規律自由，和引力、熱力或植物的生命力是沒有任何區別的——以理性而言，沒有必然性的自由只是生命中一種瞬間的、無法定義的感覺。

正如無法定義推動天體運行的力量的實質，以及無法定義熱力、電力、化學親和力或生命力的實質構成天文學、物理學、化學、植物學、動物學等的內容一樣，自由的力量的實質構成史學的內容。但是，正如任何一門學科的目的都是生命這種未知的實質表現，而這種實質本身是形而上的，人的自由力量在空間、時間和對原因的依存中的表現構成史學的成因，而自由本身是形而上的成因。

在經驗科學中，我們把已知稱為必然性規律；把我們未知的稱為生命力。生命力所表達的，只是我們關於生命實質知識之外的未知部分。

歷史也是如此：我們將已知稱為必然性規律；將未知稱為自由。對歷史來說，自由所表達的，只是人活動規律的知識之外那未知的部分。

十一

歷史在與外部世界的聯繫中觀察人的自由表現，而世界是在時間和因果關係中發展的，這就是說，歷史以理性規律來規範這種自由，因此歷史僅僅在某種程度上是科學，端看理性規律能在何種程度上規範這種自由。

就歷史而言，承認人的自由是足以影響歷史事件的力量，即承認這種力量不受理性規律制約——等於天文學承認天體運行的力量是自由的。

承認這一點就否定了存在規律的可能性，即否定了存在任何知識的可能性。即便只有一個自由運行的天體，克卜勒[78]和牛頓定律便不復存在，關於天體運行的任何觀念亦不復存在。只要人有一個行動是自由的，就不會有任何歷史規律，也不會有關於歷史事件的任何觀念。

就歷史而言，存在著人的意志的活動，有著不同路線，而路線的一端隱沒於未知領域，另一端是人在當下的自由意識，於空間、時間和因果關係中的活動。

這種活動的舞臺在我們眼前愈廣闊地展現，規律就愈明顯。捕捉和確定這些規律乃是史學的任務。

77 牛頓（一六四二—一七二七），英國物理學家，建立了成為經典力學基礎的牛頓運動定律，在天文學方面發現萬有引力定律。

78 克卜勒（一五七一—一六三〇），德國天文學家，提出行星運動的三定律，為牛頓發現萬有引力定律定下基礎。

根據科學現今對自身的看法，依科學現今所走的路，在人的自由意志中尋求現象的原因，科學必須表現規律是不可能的，因為不論我們怎麼限制人的自由，只要我們承認自由是不受規律制約的力量，規律就不可能存在。

唯有對這種自由加以無限的限制，並視為無窮小的量，我們才能確信，原因是完全不可企及的，於是歷史不再探索原因而以探索規律為己任。

對這種規律的探索早就開始，史學應當在舊史學由於將原因不斷細化而日趨沒落的同時，培養並掌握新思考方法。

人類的各門學科都具備同樣的過程。數學這門最精密的科學在得出無窮小後，便放棄了細化過程，而展開對未知的無窮小的歸納過程。數學忽視原因概念而探索規律，即探索一切無窮小的因素之間的共同屬性。

儘管形式不同，其他科學也有過同樣的思維過程。牛頓發表萬有引力時，他沒有說太陽或地球具有引力的屬性；他說，從極大到極小的任何物體，都具有一種似乎在彼此吸引的屬性，這意味著，他忽視運動的成因問題，表述了從無窮大到無窮小的一切物體之間的共同屬性。各門自然科學也是如此：忽視原因問題而探索規律。歷史也站在這條道路上。既然史學的研究對象是各族人民和人類活動，而不是要表述人們的生活細節，就應當忽視原因概念，去尋求一切相等並緊密結合的無窮小自由元素之間的共同規律。

十二

自從哥白尼[79]提出日心說並得到論證後，只要承認運動的不是太陽而是地球，便足以推翻古人所有宇宙學說。可以否定日心說而堅持天體運行的舊觀點，但是若不否定，似乎就不可能繼續研究托勒密[80]體系。然而哥白尼提出日心說之後，人們仍持續很長的時間研究托勒密體系。

自從有人首先提出並論證，出生或犯罪的數量符合數學定律，一定的地理條件和政治經濟條件決定不同的政體，居民和土地的一定關係產生各種民族活動——從那時起，實質上已經摧毀過去史學藉以建立的基礎。

人們當然可以否定這些新規律而堅持原來的歷史觀，但是若不否定，似乎就不可能在研究時，繼續將歷史事件視為人的自由意志的產物。因為如果由於某種地理、民族或經濟條件而建立了某種政體或出現了某種民族活動，那麼被我們視為建立政體或激起民族運動的那些人，其意志就不可能被視為原因了。

然而，人們持續研究原來的歷史，也同樣地研究統計學、地理學、政治經濟學、比較語言學和地質學定律，而這些定律和原來的史學論點是直接抵觸的。

---

79 哥白尼（一四七三—一五四三），波蘭天文學家，提出日心說，否定了在西方支持一千餘年的地心說。

80 托勒密（九〇？—一六八？），古希臘天文學家，提出地心說，主張地球為宇宙中心，日、月、行星和恆星繞地球運行，稱為地心體系，又稱托勒密體系。本書《第四部・第二章・第一節》一開始便提到哥白尼日心說和托勒密地心說兩者的對立。

在自然哲學中，新舊觀點之間進行了長期且頑強的對抗。神學捍衛舊觀點，指責新觀點違反神的啟示。真理獲勝後，神學又穩固地立足於新基礎。

目前新舊歷史觀也在進行長期且頑強的對抗，神學也是捍衛舊的歷史觀，指責新的歷史觀違反神的啟示。

在這兩個事例中，雙方在對抗中無不意氣用事且摧毀真理。一方的爭論是為幾個世紀才建立起來的大廈感到恐懼和惋惜，另一方的爭論是激烈地要進行破壞。

與新興自然哲學的真理進行抗爭的人們認為，如果他們承認這個真理，對上帝、創造天地、約書亞奇蹟[81]的信仰便會遭到破壞。哥白尼日心說和牛頓定律的保衛者，如伏爾泰，認為天文學的定律是違反宗教的，於是用萬有引力定律做為反對宗教的武器。

如今也同樣認為：只要承認必然性規律，關於靈魂、善惡的概念以及建立在這些概念上的國家機關和宗教機構便會崩潰。

如今也和當初的伏爾泰一樣，必然性規律那自告奮勇的捍衛者，無不用必然性規律做為反對宗教的武器；其實，和天文學中的哥白尼學說一樣，史學中的必然性規律非但未被摧毀，反而強化了國家機關和宗教機構的基礎。

當初的天文學問題和現今的史學問題是一樣的，觀點的區別都基於承認還是不承認對現象的感知是唯一的絕對標準。在天文學中，這就是地球不動；在史學中，這就是個人的獨立性——自由。

正如天文學要承認地球運行，其難處在於要放棄對地球不動以及行星運行的直接感覺，史學要承認個人服從於空間、時間規律和因果關係，其難處也在於要放棄對個人獨立性的直接感覺。但是，正如天文學的新觀點提到：「不錯，我們感覺不到地球的運行，可是承認地球不動，我們便陷於謬誤；而承認我們感覺不到的運行，我們便能得出規律。」全新歷史觀也這麼說：「不錯，我們感覺不到我們的依存性，可是承認我們自由，我們便會陷於謬誤；而承認自己依存於外部世界、時間和因果關係，我們便能得出規律。」

在第一個事例中，必須放棄對地球在空間不動的感覺，承認我們感覺不到的運動；在當前的事例中，同樣必須放棄並不存在的自由，承認我們感覺不到的依存性。

81《舊約》中〈約書亞記〉描述了約書亞在長期戰爭中的三大奇蹟：他率領以色列人渡過約旦河，河水斷流，被以色列人包圍的耶利哥城城牆突然坍塌，於是，耶穌令日月停止運行，不讓敵人在夜色的掩護下躲藏起來。

關於《戰爭與和平》一書的幾句話[82]

在優越的生活環境下，連續五年不斷創作的作品即將問世之際，我想在本書序言中談談我對這部作品看法，以此對讀者可能產生的困惑做些說明。我希望，讀者不要在我的書中看見或尋找我不願或不善於表達的事物，而是留心我想表達卻認為不便細說（限於作品的條件）之處。我的時間和才能有限，不允許我將一切表達得如我所願地完美，承蒙這本雜誌的厚愛，我可以在此簡略地對可能感興趣的讀者談談作者對自身作品的看法。

一、《戰爭與和平》是什麼？不是長篇小說，不是長詩，更不是歷史紀實。《戰爭與和平》是作者希望藉由一種形式來表達的創作，而現在藉以表達的，便是這種形式。如果這是有意為之而又沒有先例的話，作者忽視約定俗成的散文藝術形式也許顯得過於自負。然而，俄羅斯文學史自普希金時代起，不僅提供了有悖於歐洲形式的諸多先例，甚至沒有任何相左的例子。從果戈理的《死農奴》到杜思妥也夫斯基的《死屋手記》，在俄羅斯文學新時代未見一部散文藝術作品——只要略微超脫平庸——能完全納入長篇小

82 發表於《俄國檔案》雜誌一八六八年三月號，這時小說末尾的第五、六部（依最初的劃分）尚未付梓。作者最初想為作品寫一篇序，並保存了幾篇有詳細大綱的草稿。隨著小說的寫作和發表，根據最一開始的一些讀者反應，作者認為，需要完成的不是序言，而是後記，於是作者在一八六九年的一封信裡，曾將這篇文章稱為〈說明〉。文章第六點寫於小說《尾聲》所提及的，偉人在歷史事件中的影響之前。

說、長詩或中篇小說的形式。

二、本書《第一部》發表後，部分讀者曾向我表示，在我的作品中時代特徵表現得不夠鮮明。對於這番指責，我有如下異議。我知道，在這部長篇小說裡找不到時代的特徵——即農奴制度的恐怖，將妻子禁閉在家，用鞭子抽打成年的兒子，薩爾蒂科娃[83]現象等；然而，存在於我們的想像中的時代特徵，我認為是不真實的，因而不想表現。在研究信件、日記和傳說時，我發現那些令人膽寒的暴行都無過於我現在或在任何時候所發現的。在那個時代，也有愛情、嫉妒、對真理的追求、德行以及對情欲的貪戀，也有深奧的精神生活，在上層社會有時甚至表現得比現今更為雅緻。如果說，在我們的印象中形成看法，認為那個時代的特徵便是專橫和暴力，那麼這只是因為在傳說、筆記和中、長篇小說中流傳下來的，淨是暴力和蠻橫的突出事例。由此便結論出那個時代的主要特徵是蠻橫，這是不對的，正如一個人隔著山岡只看見樹梢，於是下結論說，那個地方除了樹木，便一無所有。那個時代所形成的一些特徵（也和任何時代的特徵一樣），起因於上層和其他階層相對疏遠、具領導地位的哲學、教育的特點和使用法語的習慣等。這些特徵我反而竭盡所能地企圖表現出來。

三、俄國作品中使用法語的問題。為什麼在我的作品裡，不僅俄國人，甚至法國人都同時會說俄語及法語？責備俄國作品裡的人物以法語表達和寫作，這就像觀賞一幅畫，卻責備畫作上有現實中不存在的暗影。某些人以為，畫家在畫布上所呈現的暗影，是現實中所沒有的，這並非畫家的錯。如果暗影描繪得草率、粗糙，那才是畫家的錯。我研究本世紀初的時代時發現，在描寫一定階層的俄國人以及拿破崙和直接捲入當時生活的法國人時，經常過於迷戀法國人思維方式的表現形式。因此，我不否認我描繪的暗影或許草率、粗糙，不過，我但願那些覺得拿破崙時而說俄語，時而說法語很可笑的人能夠理解，他認為可笑，只是因為他就像那個觀賞畫作的人，眼裡看到的不是有明暗對比的呈現，而是鼻子底下的暗影。

四、人物的姓氏鮑爾康斯基、德魯別茨基、比利賓、庫拉金等，和俄國某些名門的姓氏相似。將非歷史人物和某些歷史人物安排在一起，並讓拉斯托普欽伯爵和普龍斯基公爵、斯特列利斯基或其他虛構的複姓或單姓公爵或伯爵談話，我覺得極其不協調。鮑爾康斯基或德魯別茨基雖然不是沃爾康斯基或特魯別茨科伊，但在俄國貴族的圈子裡，聽起來相對熟悉。我無法為所有人物杜撰一個像別祖霍夫和羅斯托夫這類聽起來不覺虛假的姓氏，為了避開這個難題，只能採用一些聽慣了的俄羅斯姓氏，再更動其中的一、兩個字母。如果因為虛構的姓氏和真實的姓氏相似而引起誤解，以為我企圖描寫某個真實的人，我會感到非常遺憾；尤其是因為那種描寫現在或過去真人真事的文學，和我所從事的文學毫無共同之處。

瑪．德．阿夫羅西莫娃和傑尼索夫是書中僅有的兩個案例，我偶然不假思索為他們所取的姓名，極接近當時社交界中，兩位深具代表性的可愛真實人物。這是我的一個錯誤，起因是這兩位真實人物特別有代表性；不過，我在這方面的錯誤僅限於創作出這兩個人物；讀者想必會同意，他們的故事純屬虛構。其餘人物都是杜撰的，甚至沒有傳說或現實中的原型。

五、我對歷史人物的描寫和歷史學者的敘述差別問題。差別的產生並非偶然，而是必然。歷史學者和藝術家對某個歷史時代的描述有兩個完全不同的目的。如果歷史學者試圖表現歷史人物的完整性，表現他和生活各方面的複雜關係，那是不對的；如果藝術家總想表現人物的歷史意義，那也是不可能的。庫圖佐夫並非只騎白馬，手拿望遠鏡指著敵人。拉斯托普欽並非只會手持火炬，縱火焚燒沃羅諾沃村的房舍[84]

83 薩爾蒂科娃（一七三〇—一八〇一）對待農奴猶為殘忍。

（他甚至從未這麼做過），瑪麗亞・費多羅夫娜皇太后也並非只是身披銀鼠皮斗篷站在一處手按法典；然而，他們在民眾的想像中便是如此。

在歷史學者的心目中，就人物在促進某個目標的實現而言，是英雄；在藝術家的心目中，就這個人物對生活各方面的適應而言，不可能也不應當是英雄，反而是普通人。

歷史學者有時非得扭曲真相，將歷史人物的一切行為納入他強加於這個人物的某種理念。藝術家則相反，認為這種理念的單一性本身便和自己的任務相矛互盾，他竭力要理解並表現的不是活動家，而是人。

在對事件本身的描述中差別更為明顯，也更為重要。

歷史學者著眼於事件的結果，藝術家著眼於事件中的事實本身。歷史學者在描述戰役時說：某部左翼向某座村莊進攻，擊退了敵人，卻被迫撤退，而發動衝鋒的騎兵被擊潰了等。歷史學家不可能不這麼描寫。然而對藝術家來說，這些話是毫無意義的，甚至未觸及事件本身。藝術家根據自身經驗或信件、回憶錄、口述形成自己對已發生事件的認識，於是（以戰役為例）歷史學者敢於對這支或那支部隊的行動做出結論，且往往和藝術家的結論截然相反。其所獲得的結果差異，也可以用雙方汲取資料的來源來解釋。歷史學者（仍以戰役為例）的主要資料來源是部隊指揮官和總司令的報告。藝術家從這種來源中汲取不到任何想法，對他來說，這些資料無法說明或解釋任何事。不僅如此，藝術家棄而不用這些資料，認為其中必然會有謊言。更不必說，在每次戰役中，敵對雙方對戰役的描述幾乎完全相左；任一方對戰役的描述都必然會有謊言，因為需要用幾句話來描述成千上萬人的行動，而這些人分散在幾俄里的地域，由於恐懼、羞恥、死亡的影響而在精神上極度亢奮。

在戰役的描述中，常見的說法是，某部被派去向某個據點發動進攻，後來奉命撤退等，似乎是在假設，在練兵場上使幾萬人服從一人意志的紀律，在生死攸關的戰場上也能同樣發揮作用。親臨過戰場的人都知道，這是不對的[85]；然而作戰報告就是基於這種假設，對戰爭的描述又以作戰報告為依據。在一個戰役結束之後，隨即，甚至在第二天、第三天，在作戰報告寫好之前，訪問所有部隊，向所有士兵、上級和下級軍官詢問戰況；這些人都會對您講述切身體驗和見聞，於是您會形成一種壯麗、複雜、無限紛繁且沉重、模糊的印象。您不可能向任何人，尤其不可能向總司令了解到當時整個情勢。可是，兩、三天後開始遞交作戰報告，饒舌者大談他們不曾見到的情形；最後彙整為整體報告，根據整體報告又形成全軍共識。每個人都輕鬆地打消自己的懷疑和問題，並接受這個不符合實際的、卻明確且總能使人的虛榮心得到滿足的報告。一、兩個月後，再去詢問參加過這次戰役的人吧，您在他的陳述內容中，已經感覺不到曾經有過的生動素材了，而他是依作戰報告陳述的。波羅金諾會戰中，很多倖存下來的參戰者便是這麼對我描述那次會戰的。人人說的都一樣，都是依米哈伊洛夫斯基丹尼列夫斯基、格林卡[86]等人不切實際的描述而說的；甚至細節也都一樣，儘管他們在相距幾俄里的地方。

塞瓦斯托波爾失守後，砲兵司令克雷札諾夫斯基送來所有砲臺的砲兵軍官的報告，要求我將這二十多

---

84 這是拉斯托普欽在莫斯科近郊的房舍，沃羅諾沃村位於卡盧加大道旁。參見《第四部・第三章・第五節》。

85 作者注：在本書《第一部》關於申格拉伯恩戰役的描寫發表後，有人向我轉告了尼古拉・尼古拉耶維奇・穆拉維約夫卡爾斯基對於描寫戰役的意見，而他的話證實了我的看法。穆拉維約夫總司令說，他從來沒未讀過對戰役如此精準的描寫，他根據自己的經驗深信，作戰時，總司令的命令是無法執行的。

86 格林卡，參見《第三部・第一章・第二十二節》注釋。
穆拉維約夫卡爾斯基（一七九四—一八六六），俄國將軍，曾參加一八一二年的戰爭，一八五四年至一八五五年任高加索總督。

份報告彙整成一份。我很遺憾，未能將這些報告一一抄錄下來。那是天真的、不可避免的軍事謊言中，最經典的類型，人們便是依據這種謊言去描述的。我想，當時編寫這些報告的朋友們，在讀了這幾行後，想起他們當初如何依長官的命令描寫他們不可能了解的情勢，一定會發噱。凡是經歷過戰爭的人都知道，俄國人在戰場上多麼勇猛，卻不大會撰寫那種必然顯得浮誇的報告。所有人都很清楚，在我們的部隊裡，草擬作戰報告和其他報告的職務，多是由異族承擔的。

我說這些話無非是為了表明，在歷史學者以為素材的戰爭描述中，必然會有謊言，進一步也表明，藝術家和歷史學者對歷史事件的理解，往往產生分歧是無可避免的。但是，除了對戰爭的描述必然不實之外，在我所關切的時代的歷史學者著述中，我甚至發現一種（也許是因為習於將事件分門別類，並簡短陳述以適應事件的悲劇性）詞藻華麗的獨特語言風格，在這些詞藻華麗的語言中，不實和扭曲不僅波及對事件的描述，而且波及對事件意義的理解。關於這個時代，研究梯也爾和米哈伊洛夫斯基丹尼列夫斯基所著的其中兩部主要歷史著作，我常感到困惑，這些作品怎麼能出版、閱讀。且不說對同一些事件的描述語氣盡顯嚴肅而深沉、引證各種素材，而兩人的看法卻截然相左，我在他們的著作中，還看到如下這類描述，而一想到這兩本作品是那個時代僅有的文獻，且擁有數以百萬計的讀者，我簡直無言以對。以下僅從著名歷史學者梯也爾的書中引用一個例子。在提及拿破崙製造偽幣後，他說：「為了符合他以及法國軍隊，並彰顯其高尚品德，他下令救助慘遭祝融的人們。但是由於食品價格高昂，不能發給大多懷有敵意的異國民眾，所以拿破崙認為，最好是給他們錢，讓他們到其他地方購置糧食；於是他下令發行盧布紙鈔。」[87]

若只看這段文字，內容令人目瞪口呆，不能說是不道德，簡直是毫無實際意義；但是若從全書看來，並不令人驚訝，因為其描述完全符合詞藻華麗、激昂慷慨卻又空洞的語言風格。

總之，藝術家和歷史學者的任務是完全不同的，我在書中對事件和人物的描寫，和歷史學者有所分歧不足為怪。

但是藝術家不應忘記，關於歷史人物和事件觀念的形成不是基於空想，而是基於歷史學者所能搜羅的歷史文獻；因此，藝術家在對歷史人物和事件有不同的理解和認識同時，也要像歷史學家一樣，以歷史文獻為依據。在我這部長篇小說裡，凡涉及歷史人物的言行之處，都不是出於臆造，而是運用資料，我在寫作期間所積累的資料累積為大量藏書，我覺得不必在此羅列書名，然而我隨時因應需要而援引這些書籍。

六、最後，第六個也是對我來說最重要的看法，其所涉及的是，所謂的偉人在歷史事件中，其影響極為渺小。

研究如此悲慘、重要且離我們又如此近的時代，關於其複雜多樣的傳說至今仍盛傳不衰，我深感我們的智力顯然難以理解發生中的事件的原因。認為一八一二年的事件起因於拿破崙的侵略野心和亞歷山大·巴甫洛維奇皇帝的堅定愛國主義（人們會覺得這是顯而易見的）是沒有意義的，這如同認為，羅馬帝國的衰亡起因於某個野蠻人率領民族湧往西方，而當時某個羅馬皇帝昏庸無能，或者說人們在挖掘的一座大山轟然倒塌是由於最後一名工人鏟土。

千百萬人相互殘殺且導致五十萬人喪生的事件，不能歸因於一人的意志，正如一個人不可能鏟倒一座山，一個人也不可能使五十萬人死亡。那麼究竟是什麼原因呢？有些歷史學家說，原因是法國人的侵略野心和俄國的愛國主義。另一些歷史學者還談到拿破崙大軍傳播民主的基本思想、俄國和歐洲結盟的必要性

87 這段話作者在本書正文裡也引用過，見《第四部·第二章·第九節》。

等。但是，千百萬人怎麼會開始相互殘殺呢，是誰命令的？似乎人人都明白，這對任何人都沒有好處，對任何人都只有壞處；為什麼他們還要這麼做呢？針對造成這個毫無意義的事件的原因，已進行過無數的回顧和推論；解釋極多，所有的解釋都一致地指向同一個目標，這只能證明，解釋的數量是無限的，其中卻沒有一個堪稱原因。

為什麼千百萬人相互殘殺，既然亙古以來人們就知道，這無論在肉體上還是精神上都是傷害？因為這是不可避免的需要，人們滿足這個需要就是在實行本能的、原始動物的規律，蜜蜂在入秋時，彼此螫死對方便是在實踐這條規律，雄性動物依這條規律進行殊死的搏鬥。對這個可怕的問題不可能有其他回答。

這個真理不僅昭然若揭，且是每個人與生俱來的，所以這個真理無需證明。然而人還有其他感覺和意識使他確信，他在採取行動的每個瞬間都是自由的。

從普遍的觀點審視歷史，無疑會確信有亙古長存的規律，事件就是依這個規律發生的。從個人的觀點看，則又不然。

殺人者、下令渡過涅曼河的拿破崙、要求安排職務、抬起手又放下的您和我，我們所有人無疑都確信，我們的每個行動都是基於合理的原因和意願，行動總是這樣或那樣地取決於我們，這個信念是每個人所固有的，也是每個人所極為珍視的，因此儘管歷史和犯罪統計學的結論再再向我們證明，他人的行為都是不由自主，我們還是將我們的自由的意識擴展到我們的一切行動。

這個矛盾似乎是無法解決的：採取某個行動時，我深信我是在依個人意願行動；若從這個行動參與人類共同生活的角度來審視（就其歷史意義而言），我認為這個行動是註定的和必然的。錯誤在哪裡呢？

心理學的觀察說明，人在回溯往事時，有能力在霎時間以一連串臆造的自由論斷去支持既定事實（我打算在其他場合更詳盡地闡述這一點），這證實了一種假設，即在採取某一類行動時，人的自由意識是錯誤的。但心理學的觀察也證明，在另一類行動中，人的自由意識不是回溯性的，而是瞬間的和無可質疑的。不管唯物主義者怎麼說，我無疑可以採取或放棄某個行動，只要這個行動只涉及我一人。我現在無疑可以依個人意志抬起手又放下。我現在可以停止寫字。您現在可以停止閱讀。毫無疑問，我現在可以依個人的意志、毫無阻礙地神游美洲或思考一道數學題。我可以體驗自由，抬起手並在半空中用力地放下。我這麼做了。可是我身邊站著一個孩子，我在他頭上抬起手來，想同樣用力地把手朝孩子放下。我不可以這麼做。有一隻狗向這個孩子撲來，我不可以不朝狗抬起手來。我站在隊伍裡，不能不追隨團隊行動。我在戰爭中不能不和團隊一起衝鋒，周圍的人都在逃跑，我不能不逃跑。我站在法庭上為被告辯護，不能不說話或不知道要說什麼。有某物朝我的眼睛撲來，我不能不眨眼。

總之，有兩類行動，一類取決於我的意志，一類不取決於我的意志。導致矛盾的錯誤之所以發生，只是因為涉及我個人、涉及我的高度抽象存在的行動時，自由意識才是合情合理的，我卻錯誤地將自由意識移情在我和其他人共同採取的一致行動中。要確定自由和依存性的界限是很困難的，而確定這個界限是心理學唯一的、實質性的任務；但是在觀察我們最大自由和最大依存性的表現條件時，不能不觀察到，我們和其他人的活動之間，聯繫愈少，活動就愈自由，反之，活動就愈不自由。

和其他人最強而有力、不可分割、沉重且經常的聯繫，是支配其他人的所謂權力，這種權力的真正意義只是對其他人的最大依存。

對也好，錯也好，反正我在寫作過程中，對這一點是確信不疑的，自然，我在描述一八〇七年，尤其是突出地表現了先驗規律的一八一二年歷史事件[88]時，不會承認那些人活動的意義，他們自以為在主導事件，然其在事件中所進行的自由活動卻遠少於所有參與事件的人。我對這些人的活動感興趣，只是為了解釋我認為是在主導歷史的先驗規律和上述心理規律，後者使行動最不自由的人在想像中臆造一連串追溯性的論斷，其目的無非是要向自己證明，他是自由的。

88 作者注：幾乎所有寫到一八一二年的作家，都在這個事件中觀察到某種非比尋常、注定的因素。

經典文學

戰爭與和平　第四部

Войнá и миръ

作者　列夫・托爾斯泰（Leo Tolstoy）
譯者　婁自良
社長　陳蕙慧
總編輯　戴偉傑
特約編輯　曹子儀
責任編輯　鄭琬融
行銷企劃　陳雅雯
封面設計　莊謹銘
排版　極翔企業有限公司

讀書共和國集團社長　郭重興
發行人　曾大福
出版　木馬文化事業股份有限公司
發行　遠足文化事業股份有限公司
地址　231 新北市新店區民權路 108-3 號 8 樓
電話　(02) 2218-1417
傳真　(02) 2218-0727
E-mail　service@bookrep.com.tw
郵撥帳號　19588272 木馬文化事業股份有限公司
客服專線　0800-221-029
法律顧問　華陽國際專利商標事務所　蘇文生 律師
印刷　前進彩藝有限公司
二版四刷　2023 年 2 月
定價　新台幣 400 元一冊，四冊不分售。
ISBN　978-986-359-665-3

本書中譯本由上海譯文出版社授權

國家圖書館出版品預行編目

戰爭與和平 / 列夫．托爾斯泰（Leo Tolstoy）著 ; 婁自良譯. -- 初版. -- 新北市 : 木馬文化出版 : 遠足文化發行, 2020.01
面 ; 公分
譯自 : **Война и миръ**
ISBN 978-986-359-661-5(第一冊 : 平裝)
ISBN 978-986-359-662-2(第二冊 : 平裝)
ISBN 978-986-359-663-9(第三冊 : 平裝)
ISBN 978-986-359-664-6(第四冊 : 平裝);
ISBN 978-986-359-665-3(套書 : 平裝)
880.57　108004897